EDI GRAF

Wolfsgebiet

MIT ISEGRIMS WAFFEN Er ist zurück. Der Wolf ist zurück im Schwarzwald. Seit ein einzelnes Tier bei einer Attacke dutzende von Schafen getötet hat, ist der Nordschwarzwald wieder Wolfsgebiet. Als im Wald neben der Leiche eines Mädchens Wolfsspuren im Schnee gefunden werden, steht der graue Jäger als Täter fest. Die Tübinger Journalistin Linda Roloff zweifelt daran, dass der Wolf das Mädchen getötet hat. Ist da draußen ein kaltblütiger Mörder unterwegs, der mit Isegrims Waffen tötet? Als eine zweite Leiche gefunden wird, beginnt eine wilde Hetzjagd in der bisher trügerischen Idylle des Schwarzwalds. Zusammen mit ihrer Liebe, dem Safariführer Alan Scott, sucht Linda nach der Fährte des Wolfs. Während sich im Wald die Schlinge um den Wolf immer enger zusammenzieht, macht Linda eine grausame Entdeckung und stößt auf eine Spur, die sie zum wahren Mörder führt. Hoch oben, auf der WildLine, der Hängebrücke auf dem Bad Wildbader Sommerberg, kommt es zum dramatischen Finale und zur Antwort auf die Frage: Ist der Wolf Täter oder Opfer?

Edi Graf, Jahrgang 1962, studierte Literaturwissenschaft in Tübingen und arbeitet als Moderator und Redakteur bei einem Sender der ARD. Zuhause ist er in Rottenburg am Neckar. Seit über 30 Jahren bereist der Autor den afrikanischen Kontinent und lässt neben seinen Protagonisten, der Journalistin Linda Roloff und ihrer Fernliebschaft, dem Safariführer Alan Scott, die gemeinsam zwischen Schwarzwald und Afrika ermitteln, auch Tierwelt und Natur tragende Rollen zukommen. Er greift aktuelle und bewegende Themen auf und liefert dazu detailliert recherchierte Hintergründe, die er geschickt in den Plot integriert. Durch authentisch beschriebene reale Handlungsorte haucht er seinen Krimis Echtheit und Leben ein.

EDI GRAF

Wolfsgebiet

Kriminalroman

GMEINER SPANNUNG

Immer informiert

Spannung pur – mit unserem Newsletter informieren wir Sie regelmäßig über Wissenswertes aus unserer Bücherwelt.

Gefällt mir!

Facebook: @Gmeiner.Verlag
Instagram: @gmeinerverlag
Twitter: @GmeinerVerlag

MIX
Papier aus verantwortungsvollen Quellen
FSC® C083411

Besuchen Sie uns im Internet:
www.gmeiner-verlag.de

Im Ehnried 5, 88605 Meßkirch
Telefon 07575/2095-0
info@gmeiner-verlag.de

4. Auflage 2020

Lektorat: Claudia Senghaas, Kirchardt
Herstellung: Mirjam Hecht
Umschlaggestaltung: U.O.R.G. Lutz Eberle, Stuttgart
unter Verwendung eines Fotos von: © MARIMA / stock.adobe.com
Druck: CPI books GmbH, Leck
Printed in Germany
ISBN 978-3-8392-2480-9

Handlung und Namen, auch die einiger Orte, sind frei erfunden, nicht jedoch die Hintergründe und das Wolfsgebiet …

»Warum können wir den Wolf nicht einfach Wolf sein lassen?«

Andreas Beerlage, Wolfsfährten.
Alles über die Rückkehr der grauen Jäger.

VORWORT

Es war im Schwarzwald, bei »Doppelmord«, einer der gemeinsamen Lesungen meines Freundes und Krimiautors Bernd Leix und mir, als wir auf den Wolf zu sprechen kamen: »Das ist doch dein Thema«, meinte Bernd, »Tiere spielen doch in allen deinen Krimis Hauptrollen!«

In der Tat. Ob in den Linda-Roloff-Krimis als Opfer in »Nashornfieber« oder »Elefantengold«, oder als vermeintliche Täter in »Löwenriss« oder »Leopardenjagd«. Selbst in den schrägen Kommissar-Zufall-Fällen schlagen ein getarnter Höhlenbär, ein zahmer Geier und eine dressierte Hyäne zu. Und in »Bombenlauf« ziert eine Schlange, die hochgiftige Jararaca, das Cover.

Warum also nicht der Wolf?

Ich bin dem grauen Jäger zum ersten Mal im Yellowstone in Amerika begegnet und habe ihn Jahre später an der finnisch-russischen Grenze heulen hören. Unvergessliche Momente. Als ich die Geschichte im Frühjahr 2017 zu schreiben begann, war der Wolf noch nicht im Land und so spielte sie auf der Schwäbischen Alb.

Doch dann holte mich – wie schon so oft beim Schreiben – die Realität ein: Die erste Sichtung eines lebenden Wolfs in Baden-Württemberg seit 1866 erfolgte am 21. Juni 2017: Seine Spuren zogen sich von Überlingen am Bodensee über die Baar bis in den Schwarzwald, wo man am 8. Juli 2017 ein erschossenes Exemplar im Schluchsee fand.

Im November desselben Jahres tauchte er im Nordschwarzwald auf und sorgte Ende April 2018 durch einen Angriff auf eine Schafherde für Schlagzeilen. Ich verlagerte den Schauplatz meiner Geschichte in den Schwarzwald und folgte der Fährte des Wolfs. Neben Recherchen vor Ort am Wildsee, im Enztal, auf dem Sommerberg und im Wolfstal war mir dabei vor allem das Buch »Wolfsfährten« von Andreas Beerlage eine wertvolle Quelle.

Ich habe mir als Autor somit erlaubt, die Geschichte in einem realen Wolfsgebiet im Nördlichen Schwarzwald, irgendwo im Nirgendwo zwischen Murg- und Enztal spielen zu lassen. Die Orte *Wintersbach* und *Otterholz* wird man auf der Schwarzwaldlandkarte jedoch vergebens suchen.

Ich danke an dieser Stelle meiner Familie für die Geduld und das Verständnis während der Zeit, in der ich dem Wolf auf der Spur war. Besonderen Dank meiner Privatlektorin Veronika Wieland, die mit mir an so manchen Abenden Inhalt und Handlung diskutierte und unermüdlich und mit großem Engagement Fehler und Unstimmigkeiten im Manuskript aufspürte.

Und der Wolf?

Ist er Täter, falsch Verdächtigter oder Opfer?

Dies mag der geschätzte Leser in diesem Krimi selbst herausfinden …

Edi Graf, 30. November 2018

PROLOG

Blut.

Es riecht nach frischem Blut.

Die Fähe schnürt trotz der Dunkelheit zielsicher am verschneiten Waldrand entlang. Ihr Lauftempo ist ein leichter Trab, bei dem sie automatisch ihre etwas kleinere Hinterpfote in den Abdruck der Vorderpfote setzt, was beim Treten im nachgiebigen frischen Schnee Energie spart.

Es hat aufgehört zu schneien, und die tief hängenden grauen Wolken haben einem klaren Nachthimmel Platz gemacht. Sterne schieben sich aus der Finsternis über die Wipfel der hoch aufragenden Fichten, deren schneebedeckte Äste den Wald wie ausgestreckte Flügel in eine tiefe Dunkelheit tauchen. Zwischen den Bäumen bahnt sich das schmale Flussbett seinen Weg, von dessen anderem Ufer die Geräusche der Schafherde an die Ohren der nächtlichen Jägerin dringen.

Die Fähe hat die Höhle seit der Geburt ihrer Jungen nicht verlassen, doch heute hat sie der Hunger, der seit Tagen in ihr nagt, dazu getrieben, die fünf Welpen zum ersten Mal allein zu lassen. Sie braucht Nahrung, um ihre Jungen säugen zu können, und da sie allein ist, muss sie selbst auf die Jagd gehen. Der Geruch des frischen Blutes weist ihr den Weg.

Der Mond, der vor einer halben Stunde aufgegangen ist, streut vor dem Waldsaum genügend Licht, um über der verschneiten Wiese einen matten Silberglanz auszubreiten, über den wie ein Schatten die Schleiereule gleitet, heimliche unheimliche Jägerin der Nacht. Doch in dieser Nacht ist sie nicht allein in ihrem Revier.

Die Fähe hat tagelang nichts mehr gefressen und der Hunger quält sie. Sie hat den verlockenden Blutduft aufgenommen und gefühlt, dass nicht weit entfernt junges Aas auf sie wartet. Sie bevorzugt zwar frisches Fleisch von Tieren, doch um ein Reh oder ein Wildschwein aufzuspüren und es zu verfolgen, braucht sie Zeit, und um es zu hetzen und schließlich zu schlagen, benötigt sie die Hilfe des Rudels. Allein kann sie allenfalls Mäusen auflauern oder einen Hasen überraschen. Und sie ist allein. Einsam im neuen Territorium.

Sie weiß nicht, was aus ihren Einjährigen geworden ist, seit sie mit dem Rüden das Rudel im alten Revier verlassen hat. Es war zu eng geworden in dem Wald mit seinen sandigen Flächen, wo sie groß geworden war und mit ihren Eltern und Geschwistern gejagt hat. Der Wald dort ist zu klein geworden, um noch ein weiteres Rudel zu ernähren, die Rehe waren zu scheu und die Hütehunde bei den Schafherden zu wachsam.

Sie waren den Zweibeinern immer näher gekommen, ihrem Vieh auf den Weiden und in den Ställen, den Männern mit ihren Waffen und den Frauen mit ihren Schreien. Es war fast so, als seien die Fähe und der Rüde nirgendwo willkommen gewesen.

Sie waren aufgebrochen, hatten den Wald in der Ebene verlassen und ein neues Revier gesucht. Der Rüde und sie. Ein unschlagbares Team, ein Leben lang. Bis in den Tod.

Geflohen.

Vertrieben.

Verfolgt.

Gejagt.

Nicht geduldet, wohin sie auch gekommen waren.

Andere Rudel.

Fremde Rüden.

Hunde.

Zweibeiner.

Schüsse.

Lichter.

Zäune.

Überall.

Sie hatten Wälder durchquert, waren über Felder geschnürt, hatten Hindernisse übersprungen, Flüsse durchschwommen, Berge und Täler hinter sich gelassen, auf der Suche nach einer neuen Heimat, Richtung Süden. Dort, wo es noch keine Markierungen anderer Wölfe gab. Dort, wohin sich noch keiner ihrer Art gewagt hatte. Hatten sich von Mäusen und Ratten ernährt und nach Maulwürfen gegraben, bis der Schnee gekommen war. Leise Flocken, weiße Flächen, helle Nächte.

Ranzzeit.

In der Nacht des ersten Schnees hatten sie und der Rüde sich gepaart. Danach hatten sie ein Blutbad unter Hühnern angerichtet und zwei Tage später drei Lämmer gerissen. Mit den Hunden waren ihnen die Zweibeiner ziemlich nahe gekommen, nur ihre Gerissenheit und Erfahrung hatten sie gerettet. Sie waren ihren Verfolgern im Bachlauf entkommen.

Dann wieder die Lichter. Grelle Augen.

Die sich bewegten.

Sie blendeten.

Die näher kamen, schneller als jedes Tier.

Die flackernd auf sie zurasten.

Sie blendeten.
Laut rauschend.
Brüllend vorbeischossen.
Zischend.
Lärmend.
Und rot leuchtend verschwanden.
Schneller als jedes andere Lebewesen.

Sie waren an der breiten, dunklen Brache stehen geblieben, die sich, nass glänzend und düster, in zwei Richtungen erstreckte und sich erst in weiter Ferne verlor. Sie hatten unter den hohen Bäumen im dichten Buschwerk Deckung gesucht und ausgeharrt, bis die lärmenden, grellen Lichter an ihnen vorbeigerauscht waren und sich die zwei roten Augen der seltsamen Ungeheuer in der Nacht verloren.

Dann war der Rüde aufgebrochen.

Er hatte zwei der rasenden, grellen Augen zu spät bemerkt. Nicht erkannt, dass sie schon da waren, kurz nachdem sie am Ende der breiten, nass glänzenden Brache aufgetaucht waren.

Die aufgerichteten Ohren der Fähe hatten den dumpfen Schlag vernommen, mit dem die Augen des Ungeheuers den Rüden ergriffen und ihn niedergerissen hatten. Ein schmerzhafter, dumpfer Schlag.

Sein Jaulen.
Das Verschwinden der roten Lichter.
Stille.
Endlose und unheimliche Stille.
Von da an war sie allein gewesen.

Mit krummem Rücken und eingezogener Rute hatte sie sich geduckt über die dunkle Brache gewagt, an deren Rand der Leib des Rüden wie ein flacher, schwarzer Hügel in den Nachthimmel ragte.

Sie hatte sein Blut gerochen und seinen Tod. Die Brache hatte sich an den nackten Sohlen ihrer Pfoten kalt und feucht angefühlt, wie der Schnee, durch den sie gemeinsam gezogen waren, doch nicht so weich.

Sie hat die Jungen in sich gespürt, gefühlt, wie sie wuchsen und sich bewegten. Sie brauchten Schutz und sie hat nach einer Wurfhöhle gesucht, einem Versteck in der Nähe eines Wassers. Und sie hat gewusst, dass sie auf sich allein gestellt war. Allein und einsam hat sie ihre Jungen zur Welt gebracht, fünf Welpen, taub und blind.

Jetzt, nach Tagen der einsamen Wanderung und den Nächten in der Höhle bei ihren Jungen, fühlt sie wieder den Schnee, die Nässe und die Kälte vor der Höhle. Und die Leere in ihrem Bauch. Es ist der Hunger, den sie seit Tagen nicht gestillt hat.

Sie hat nicht gejagt.

Allein hat sie keine Chance.

Endlos quälender Hunger.

Sie braucht Nahrung, um Milch für ihre Jungen zu haben.

Der Blutgeruch gibt ihr Hoffnung.

Frisches Blut.

Frisches Fleisch.

Doch es ist kein Reh, was sie riecht.

Kein Wildschwein.

Auch kein Schaf.

Obwohl, etwas an dem Geruch erinnert sie an die drei Lämmer. Es ist aber nicht der Duft der jungen Schafe. Auch nicht die seltsam vertraute Witterung der Hunde, die ihr so nahestehen und ihr doch so fremd sind, weil sie sich mit den ärgsten Feinden verbündet haben. Noch ein anderer Duft liegt in der Luft.

Der Duft nach etwas Jungem.

Kein Kitz, kein Frischling, kein Lamm.

Junge Beute.

Tote Beute.

Verbunden mit diesem bedrohlichen Geruch.

Doch ihr Hunger ist größer als ihre Angst vor dem Unbekannten.

Sie ahnt, von welchem Lebewesen das Blut stammt, das ihre feine Nase gewittert hat, sie weiß es, als sie ihre Zähne in das Fleisch schlägt, doch sie ahnt nicht, welche Folgen es für sie und ihre hilflosen Jungen haben würde.

Niemand hätte ihre verräterischen Spuren bei dem Kadaver entdeckt.

Niemand hätte sie für eine kaltblütige Mörderin gehalten.

Niemand hätte Angst gehabt vorm bösen Wolf.

Niemand hätte sie gehetzt.

Niemand.

Wenn sie nicht in jener Nacht in dem einsamen, verschneiten Tal das Blut des jungen Zweibeiners gerochen und ihren Hunger gestillt hätte.

TEIL 1
WOLFSFÄHRTE

1

Am selben Abend, einige Stunden zuvor.

»Ich ruf jetzt die Polizei«, sagte Katja Gassner. »Luisa müsste doch längst zu Hause sein!«

»Nein«, widersprach ihr Mann und umklammerte ihre Hand, die nach dem Telefon gegriffen hatte. Roland Gassners Stimme klang ungewöhnlich scharf: »Die stellen nur wieder Fragen. Ich such sie selbst!«

»Und wo?«, fragte Katja, doch die Worte gingen im Schluchzen unter und ihre Augen schimmerten feucht. Die braunen, strähnigen Haare hingen ihr wirr ins Gesicht, die Wangen leuchteten rot und waren von durch Wimperntusche verschmierten Tränenspuren gezeichnet, und ihre gepiercten Lippen zitterten. Die junge Mutter, Mitte 30, machte sich Sorgen um ihr einziges Kind. Verständnis oder gar Trost hatte sie von ihrem Mann nicht zu erwarten, das wusste Katja Gassner. Es war ja schließlich nicht sein Kind.

Luisa war 14, ging in die neunte Klasse. Hatte das Wochenende bei ihrem Vater verbracht, wie sie es alle 14 Tage tat. Um 17 Uhr hätte sie zu Hause sein sollen. Luisa ging den Weg gewöhnlich allein, im Sommer fuhr sie mit dem Rad, im Winter lief sie zu Fuß.

Die beiden Dörfer lagen in Sichtweite voneinander entfernt. Die Landstraße führte in ein paar langgezogenen Kurven in dem von Wald gesäumten Tal zwischen den Wiesen hindurch, zum Fluss hin verlief parallel ein geteerter landwirtschaftlicher Hauptweg, ein geschotterter Feldweg zog sich kerzengerade in der Talsohle durch den Wald, der sich am anderen Ufer der Enz den Hang hinaufschob. Man sah den Wasserlauf leuchten, wenn man aus dem Waldschatten auftauchte, so nah am Waldrand verlief die Enz.

Luisa fuhr oder lief am liebsten durch den Wald, es war der schnellere, der kürzere Weg. Und der einsamere, dachte Katja und putzte sich die Nase, nachdem sie ihre Hand vom Telefonhörer genommen und Roland sie losgelassen hatte. Die Glocke auf dem nahen Kirchturm schlug viermal. Die volle Stunde. Katja zählte unbewusst die darauffolgenden tieferen Schläge mit.

Eins. Zwei. Drei. Vier. Fünf. Sechs. Sieben. Acht.

Luisa war seit drei Stunden überfällig! Ihr Vater ging nicht ans Telefon und am Handy stieß Katja seit zweieinhalb Stunden nur auf die Mailbox. Sie war die Strecke zweimal abgefahren, kurz nach sechs und zuletzt vor einer Viertelstunde.

Alle drei Wege.

Die Landstraße, ständig mit Blick auf den parallel verlaufenden Landwirtschaftsweg, und zurück den Waldweg. Es gab nicht viel Verkehr hier im Tal. Drei Autos waren ihr entgegengekommen, zwei hatten sie überholt, weil sie langsam fuhr, um kein Detail am Fahrbahnrand zu übersehen. Sie hatte an Haralds Wohnungstür geklingelt und gewartet. Doch es war niemand zu Hause gewesen. Keine Spur von Luisa.

Auf dem Rückweg hatte sie den Waldweg im Schritttempo genommen. Mit klopfendem Herzen hatte sie am Steuer gesessen, die Hände wie ans Lenkrad geschweißt, den Blick starr durch das ungeachtet der Schneeflocken heruntergekurbelte Fenster auf den Wegrand gerichtet, den vom frischen Schnee weiß gefärbten Rain abgescannt, Spuren gesucht, ihren Namen gerufen, Meter für Meter.

Ihre tränennassen Augen hatten jede Bewegung im Unterholz registriert, sie hatte das Reh an seinen reflektierenden Lichtern erkannt, einen Sekundenbruchteil, bevor es über den Weg gehuscht war. Es war das einzige Lebewesen gewesen, das ihr begegnet war auf der nächtlichen Fahrt durch den Wald, zwischen den beiden einsamen Dörfern, in dem abgelegenen, verschneiten Schwarzwaldtal.

Als sie nach Hause gekommen war, hatte Roland auf sie gewartet, sein Bier in der Hand. Es war sein drittes, wie ihr die beiden leeren Flaschen auf dem Couchtisch signalisierten. Er war im Sportheim gewesen, wie jeden Sonntagnachmittag. Sie schauten dort Fußball.

Die Männer im Dorf nannten ihn Role. Schwäbische Koseform für Roland. Er war sieben Jahre älter als sie und man sah auf den ersten Blick, dass er körperlich arbeitete. Jetzt, als er im ärmellosen Unterhemd und mit langer Sporthose vor ihr saß, schienen die Oberarmmuskeln mit ihren

Tattoos und die breite Schulterpartie fast den weißen Feinrippstoff zu sprengen.

Role war es immer zu warm. Selbst wenn sie im dicken Fleece auf der Couch saß und zitterte, weil er die Heizung mal wieder zurückgedreht hatte, brauchte er keine Jacke, kein T-Shirt. Er arbeitete in Pforzheim in einem Baumarkt. Fahrtzeit im Winter eine Stunde täglich. Einfach. Mit dem Bus bis Bad Wildbad, ab da mit der Bahn. Sobald es die Witterung zuließ, fuhr der Biker mit seiner Yamaha Enduro und nützte die Geländetauglichkeit seiner Maschine für Wege abseits der Straßen.

Roland war vorbestraft. Drogen, Diebstahl, Sachbeschädigung, Körperverletzung. Sie verstand ja, dass er keine Lust auf die Polizei hatte. Aber für Katja in ihrer Verzweiflung war es der einzige Weg, Hilfe zu bekommen.

»Wo warst du?«, hatte er schroff gefragt, ohne auf ihre verheulten Augen zu achten.

»Luisa suchen«, hatte sie gestammelt und sich auf einen Wutausbruch Rolands gefasst gemacht. Er hasste es, dass Luisa jedes zweite Wochenende bei ihrem Vater verbrachte, er hasste es, dass Harald immer noch im Nachbardorf wohnte und jede Bewegung seiner Ex zu kontrollieren schien. Er hasste Harald aus vielerlei Gründen. Am meisten, weil er glaubte, dass Katja noch immer etwas für ihn empfand.

»Ich hab sie gesucht«, hatte Katja wiederholt. »Überall. Bin die Strecken abgefahren, hab bei Harald geklingelt. Da war niemand.«

Ihre Stimme war in ihrem Schluchzen erstorben.

Roland hatte erst reagiert, als sie zum Telefon gegangen war.

Jetzt leerte er im Stehen die Flasche, streifte sich die Trainingsjacke über und ging zur Tür.

»Was hast du vor?«, fragte sie und folgte ihm in den Hausflur.

»Ich suche *deine* Tochter!«, antwortete er und gab dem Wort ›deine‹ diese seltsame Betonung, eine Mischung aus Hohn und Hass, die sie so kannte, wenn sie aus anderen Gründen über Luisa redeten. Oder besser: stritten.

Sie stritten meist, wenn es um Luisa ging. Roland war oft anderer Ansicht und leicht in Rage zu bringen, schon beim geringsten Anlass. Weil Luisa ihr Zimmer nicht aufräumte, weil sie nicht laut genug »Guten Morgen« sagte oder weil sie nachts noch ins Bett machte.

»Mit 14!«, höhnte Roland dann. »Deine Tochter gehört mal übers Knie gelegt, damit sie weiß, wie sie sich zu benehmen hat«, zischte er dann. »Heulsuse!«, höhnte er, wenn Luisa wimmerte, weil er ihr eine Ohrfeige verpasst hatte, nachdem sie einen Tropfen Ketchup auf ihre Bluse gekleckert hatte.

»Hau ab, in dein Zimmer! Wer mit 14 noch nicht essen kann, braucht keine Pommes mit Ketchup!« Und Katja sah zu und schwieg.

Katja widersprach auch jetzt nicht. Sie sah Roland nur eindringlich an.

»Keine Angst, ich tu ihm schon nichts, deinem Harald! Aber wenn ausgemacht ist, dass Luisa um fünf hier ist, hat er sich daran zu halten, dein geliebter Ex! Und wenn er das noch immer nicht kapiert hat, werde ich ihm das so deutlich sagen, dass er es nie mehr vergisst!«

»Bitte, bring mir Luisa wieder«, flüsterte sie eindringlich.

»Und die kann auch was erleben!«, drohte er. »Sich nachts noch draußen rumzutreiben! Nur weil sie zu blöd ist, eine Uhr mitzunehmen! Die bleibt die ganze nächste Woche nach der Schule zu Hause, das kann ich dir sagen!«

»Ich hoffe nur, es ist ihr nichts passiert«, sagte Katja mehr zu sich selbst als zu Roland, der schon in der offenen Wohnungstür stand.

»Was soll ihr schon passiert sein?«, brummte er. »Dein Harald wird ja wohl auf sie aufpassen können, wenn er sie schon ständig bei sich haben will. Wozu musst du auch Luisa dauernd zu ihm schicken?«

»Immerhin ist er ihr Vater!«, sagte sie.

Und wusste, dass sie log.

2

Die Wölfin ist in die Wurfhöhle zurückgekehrt. Sie hat nicht viel gefressen in dieser Nacht, zu sehr hat sie der Geruch gestört, der Blutgeruch ihres größten Feindes. Und sie hat eine andere Witterung aufgenommen, Witterung einer Beute, die sie auch allein schlagen kann, wenn sie es geschickt anstellt. Sie wird ihre Jungen säugen, ein wenig schlafen und dann noch einmal losziehen.

Eng aneinandergeschmiegt, liegen die fünf Welpen in der Höhle. Die Geschwister wärmen sich gegenseitig, solange die Mutter nicht da ist. Noch können sie ihre Körpertemperatur nicht selbst regulieren und brauchen immer wieder das wärmende Fell der Wölfin.

Die Fähe spürt das schnelle Klopfen der fünf kleinen Herzen und weiß, dass die Jungen Hunger haben, wenn sie jetzt aus ihrem Schlaf erwachen. Leises, flehendes Fiepen und Mucken dringt an die Ohren der Wölfin.

Noch können die Jungen sie nicht sehen, aber sie fühlen jetzt wieder die beruhigende Nähe ihrer Mutter, spüren ihr weiches Fell und die endlich wieder prall gefüllten Zitzen, die mit ihrer Milch locken.

Mit pendelnden Bewegungen suchen sie die Nahrungsquelle, um ihren Hunger zu stillen. In der Wölfin nagt er nach wie vor mit quälender Leere.

Sie wird jagen müssen, unbarmherzig Beute schlagen, um ihn zu stillen.

3

Schäfer Johann merkte an diesem Morgen sofort, dass mit der Herde etwas nicht stimmte. Er stellte seinen Suzuki Vitara unter der hohen Rottanne ab, die wie eine einsame Wegmarke neben dem Schafspferch in den Morgenhimmel ragte.

Der Schäfer trug einen filzigen grünen Poncho, der seinen ganzen Oberkörper bedeckte und ihn vor Regen, Schnee und Kälte schützte. In sein wettergegerbtes, bartloses Gesicht hatten sich zahlreiche Falten gegraben, die Augen waren schief und wurden von dichten, buschigen Brauen und ledrigen Tränensäcken eingerahmt, eine Warze ragte wie eine Wulst zwischen Wange und der hakenförmigen Nase heraus und seine grauen Haare waren nicht zu sehen, denn der Alte hatte einen schmalkrempigen Hut aufgesetzt. In der Armbeuge trug er die langstielige Schäferschippe, Werkzeug, Stütze und Stock zugleich.

Basko kam ihm entgegen und sprang aufgeregt innerhalb des Zauns am Nylongeflecht entlang und sein Japsen schien eine wichtige Botschaft an seinen Herrn übermitteln zu wollen.

»Ja, was isch denn los, Alter, was bisch denn so unruhig?«, fragte Schäfer Johann seinen Berner Sennenhund, doch als er die Herde dicht gedrängt in einer Ecke der Umzäunung stehen sah, ahnte er nichts Gutes. Er war es gewohnt, dass die Tiere neugierig an den Zaun kamen, da sie ihn kannten und wussten, dass es nach der langen Nacht im Pferch wieder hinaus auf die Winterweide ging.

Der bislang milde Winter hatte ihn dazu bewogen, die Schafe noch im Freien zu lassen. Wieder kein Schnee zwischen Weihnachten und Neujahr, fast milde Nächte und sonnige Tage. Es tat der Herde gut, noch draußen zu sein und über die immer noch satten Wiesen im Tal und entlang der grünen Hänge zu ziehen, die bisher keine geschlossene Schneedecke niedergedrückt und braungrau verfärbt hatte.

Jetzt, nach den Schneefällen der letzten Tage, würde er sie zurücktreiben müssen. Zwei Tage würden sie mindestens brauchen, über die verschneiten Wiesen, bis sie den großen Stall am Ende des Tals erreicht hätten.

Einen Augenblick hatte der Schäfer ein schlechtes Gefühl gehabt, als er aus dem Suzuki ausgestiegen war und die verstörte Herde bemerkt hatte. Rasch hatte sein Blick die Linie des Weidegatters abgewandert und er hatte keine Schäden entdeckt. Das gleichmäßige Ticken aus dem Weidestromgenerator verriet ihm, dass der Elektrozaun funktionierte. Er schaltete das Gerät aus und ließ den Hund aus der Einfriedung. Sofort schnürte der Rüde los, zielgerichtet an der Außenseite des Zauns entlang, um die Ecke, blieb am oberen Ende der schmalen Seite – genau gegenüber der Stelle, wo die Herde kauerte – stehen und wartete pflichteifrig auf den Schäfer.

Johann Kerner schritt den Zaun ab und ließ dabei seine Herde keinen Augenblick aus den Augen. Was hatte die Schafe dermaßen beunruhigt? Weshalb hatten sie so dicht zusammengedrängt die Nacht verbracht und kamen auch jetzt nicht wie sonst an den Zaun?

Als er bei dem Berner Sennenhund anlangte, sah er die Fährte im Schnee. Er bückte sich und betrachtete eingehend die Pfotenabdrücke, die sich im frischen Schnee hier in weitem Umfeld abzeichneten.

»Oh verreck!«, zischte er und suchte die Umgebung mit seinen Augen ab. Woher kamen die Spuren, wohin führten sie? Und vor allem: Wie viele waren es?

Johann Kerner war lange genug Schäfer, wie es auch schon sein Vater und Großvater gewesen waren, und hatte dabei täglich mit Hunden zu tun. Und er hatte einen Vortrag besucht, damals, als dieser Naturschutzbeauftragte als »Wolfsberater« hier aufgetaucht war, nach der Attacke in Nonnenmiß. Und so wusste er, dass diese Spuren im Schnee nicht von Hunden stammten. Weder Basko noch ein Schäferhund oder ein Ungarischer Kuvasz hinterließen solche Abdrücke. Baskos Spuren waren deutlich auf der Zauninnenseite im Schnee zu erkennen, der

Unterschied war eindeutig. Offensichtlich hatte sich der Hund erfolgreich zwischen die Herde und den Eindringling gestellt.

Der Schäfer umrundete den Pferch in der Gegenrichtung und war beruhigt, auf den anderen drei Seiten keine weiteren Fährten zu finden. Er zählte die Schafe, die nahezu regungslos gedrängt zusammenstanden, und stellte erleichtert fest, dass kein Tier fehlte. Auch Verletzungen oder Blutspuren sah er nicht.

Er pfiff seinem Hund, der schwerfällig angetrabt kam. Man sah es ihm an, dass er nicht mehr der Jüngste war. Aber zuverlässig und mutig, dachte der Schäfer.

»Na, mein Alter, hosch du super gmacht«, lobte er Basko und tätschelte ihm sein langes schwarzes Fell. »Hosch den Kerl vertrieba!«

Der Schäfer kniff die Augen zusammen und seine Backenknochen mahlten. Tiefe Falten zeigten sich auf seiner Stirn, er schob den schmalkrempigen Hut in den Nacken und ließ seinen Blick durch das Tal schweifen.

War es soweit?

War er jetzt dran?

Waren seine Schafe jetzt die nächsten?

Trieb sich der Wolf wieder hier herum? Oder diesmal gar ein ganzes Rudel?

Hatte der Wolf seiner Herde heute Nacht einen Besuch abgestattet?

Die Spuren schienen der Beweis zu sein.

Sie waren da gewesen. Einer, zwei oder viele? Hatten Bekanntschaft mit Basko und dem Elektrozaun gemacht und die Herde in Panik versetzt. Gott sei Dank hatte der Zaun gehalten.

Doch wie würde das in den nächsten Tagen aussehen?

Würde er sie unbehelligt nach Hause treiben können? Ein oder zwei Nächte musste er noch riskieren. Er hatte noch das logistische Problem mit dem Weidezaun zu lösen. Der Pferch musste am Morgen abgebaut werden und noch am selben Abend wieder an Ort und Stelle stehen, wenn die Herde am Stall ankam. Der Stall allein bot zu wenig Platz für alle Tiere. Doch wer würde den Zaun transportieren und errichten, während er die Herde mit Basko Richtung Heimat trieb?

Er brauchte Hilfe.

Er würde Role anrufen. Wenn er ihn gut bezahlte, würde er zwei Tage Urlaub nehmen und ihm helfen. Der Schäfer ging zu seinem Suzuki und nahm das Smartphone aus der Halterung. Roles Nummer war eingespeichert.

Er stieß auf die Mailbox. Er hasste es, auf Anrufbeantworter zu quatschen, und legte auf.

Schäfer Johann Kerner hatte noch eine andere Idee und suchte die Nummer in der Namensliste. Als er das Wort »Wolf« ausgesprochen hatte, sagte ihm der Mann am anderen Ende sofort zu, das Problem zu lösen.

»Kümmere du dich um deine Herde«, schlug der andere am Telefon vor, »ich übernehme den Wolf!«

»Ich möchte damit nicht allzu lange warten«, antwortete der Schäfer, »am liebsten noch heute!«

»Das schaffe ich nicht«, entgegnete die Stimme am Smartphone. »Morgen früh?«

Schließlich verabredeten sie sich für den nächsten Tag, nach der Morgendämmerung. Die eine Nacht würde Basko noch einmal wachsam sein müssen.

4

Der Irish Setter war unruhig. Das prächtige braune Fell leuchtete rostrot in der Morgensonne, die nach der klaren Nacht ihre ersten Strahlen auf das verschneite Tal im Schwarzwald sandte und den wolkenlosen Winterhimmel in ein pastellenes Hellblau tauchte.

Für Förster Heinz Werkmann war es das schönste Stückchen Erde, das es gab. Er mochte die Waldeinsamkeit, die Stille oben am Wildsee und die tosenden Wildbäche im Tal. Gerade jetzt im Winter, wenn die Touristen höchstens zum Skifahren auf den Kaltenbronn kamen, oder bei entsprechender Schneelage auch zum Langlaufen ins Tal, und am frühen Nachmittag wieder verschwanden, nach Baden-Baden, Karlsruhe und Stuttgart.

Im Frühling liebte er die Lichtungen im Tal mit den dunklen Veilchentupfen im niedrigen Gras, den Duft der feuchten Erde oben im Moor und das Erwachen der spärlichen Vegetation auf den kahlen Grinden, im Sommer die grünen Hänge mit dem schmalblättrigen Weidenröslein und den rosaroten Kuckuckslichtnelken und im Herbst den angenehmen Wind, der hier oben fast immer wehte und im Winter das Laub von den Buchen und Eichen fegte.

Die roten Buntsandsteinfelsen, die dann aus den golden schimmernden welken Farnwäldern wie Hinkelsteine hervorragten und im Sonnenlicht kupfern glänzten, dazu die Kargheit der Disteln und Herbstzeitlosen, zwischen denen dann die Herde von Schäfer Johann weidete. 200 Tiere, frei zogen sie über die Wiesen zwischen den Waldhängen, wie schon in seiner Kinderzeit auf der Schwäbischen Alb, wo er aufgewachsen war.

Er erinnerte sich an den Schäfer aus seinem Dorf oben bei Münsingen, der noch im Schäferwagen gehaust hatte. Jetzt stand die alte Karre als Denkmal neben dem Rathaus in Gruorn, dem verlassenen Dorf mit dem alten Friedhof und der Kirche, am Rand des ehemaligen Truppenübungsplatzes.

Touristen kamen dorthin, wo die alten Mauern und verwilderten Gärten Geschichten aus vergangenen Tagen erzählten, Wanderer durchstreiften das Biosphärenreservat, wo noch vor 20 Jahren Schützenpanzer gerollt und Schießübungen abgehalten worden waren. Und neugierige Kinder fragten ihre Väter beim Spaziergang, warum es Krieg gegeben hatte, während sie in den Spielen ihrer iPhones auf Comicfiguren schossen.

Heinz Werkmann hatte die Unruhe seiner Irish Setter Hündin schon vor einigen Minuten bemerkt. Aufgeregt war sie auf ihn zugerannt, hatte ihn, ohne einen Laut von sich zu geben, mit ihren wunderschönen großen Augen auffordernd angesehen und war in weiten Sätzen den Weg zurückgesprungen, den sie gekommen war. War stehen geblieben, mit hoch erhobener Rute, immer wieder die feine Nase auf eine Spur gerichtet, die dort im Schnee zu verlaufen schien, wahrscheinlich ein Fuchs, ein Marder, ein Wiesel.

Wieder kam die Hündin zurück, der Schnee wehte zwischen ihren langen Beinen auf, flog ihr um die Ohren und bestäubte ihr herrliches Fell. Kein Jaulen, kein Japsen drang aus ihrer Kehle, als sie hechelnd und mit triefenden Lefzen bei ihrem Herrchen anlangte.

»Na, Leila, was bist du denn so aufgeregt, das kenn ich ja gar nicht an dir, altes Mädchen«, murmelte der Förster und tätschelte ihr das Fell. Ein leises Winseln ließ sie nun doch vernehmen, aber es war nicht der kehlige Wohlfühllaut, den sie sonst von sich gab, eher ein nervöses, ungeduldiges Flehen. Ungestüm drängte sie ihren schlanken Körper an seine Beine und schien ihn aufzufordern, ihr doch endlich zu folgen.

Heinz Werkmann kannte die Sprache seiner Hündin und wusste, dass sie ihm etwas mitteilen wollte. Nur hatte er jetzt, mit über 70 Jahren, nicht mehr die Energie, Leila auf jede der von ihr aufgespürten Fährten zu folgen, selbst wenn die Entdeckung für den Hund noch so wichtig war.

Der Förster blickte sich um, seine hohe Stirn lag in Falten, der grüne Filzhut beschirmte seine wachen braunen Augen und verbarg sein schütteres Haar, das auch im Alter immer noch mehr blond als silbern glänzte. Er rieb sich mit einer Hand den hellen Vollbart, der nur von wenigen grauen Fäden durchzogen wurde, und seine Zähne kauten nervös auf der Unterlippe, was er immer tat, wenn er in Momenten wie diesem seine Pfeife nicht zur Hand hatte. Seine Hand tastete in der Tasche des grünen Anoraks, doch er musste die Pfeife im Wagen gelassen haben.

Heute, das spürte er, war irgendetwas anders. Nur selten war die Hündin so ungestüm, wenn sie auf eine einfache Wildspur gestoßen war. Dafür gab es selbst hier im Nordschwarzwald einfach zu wenig aufregendes Getier.

Zwar zog ab und an mal ein Rothirsch durch das Revier, doch meist hielten sie sich weiter oben auf, wo in den Heidelbeeren der Auerhahn kollerte. Selbst der Luchs, der sich vor einiger Zeit in der Gegend gezeigt hatte, war inzwischen wieder verschwunden, vielleicht hinunter ins Donautal, wo auch der Uhu jagte, oder hinauf zu den Grindenplatten zwischen Ruhestein und Mummelsee.

Die Zeiten, wo die Schwarzwälder Gefährten des Steinzeitälblers Rulaman hier Bären und Auerochsen gejagt hatten, waren längst vorbei. Heute zogen nur die Wasserbüffelherden von Büffel-Willy drüben auf der Schwäbischen Alb über ihre Weiden und suhlten sich in den künstlich angelegten Wasserlöchern, aber jetzt, im Winter, waren auch sie in ihren Ställen. Die Bisons im Südschwarzwald hatten ihre Heimat in einem Gatter im Mundenhof bei Freiburg, und der Bär würde wohl kaum wieder eine Heimat in den engen Schwarzwaldtälern finden.

Nur der Wolf würde kommen, sagten sie und erwarteten ihn mit gespannter Aufmerksamkeit, die einen mit offener Freude, die anderen mit blankem Hass. Befürworter und Gegner standen sich im Tal frontal gegenüber. Fast wie damals, als man sich zum Nationalpark bekannte oder ihn bekämpfte. Der Nordschwarzwald war vom Wolfserwartungsland in Teilen zum Wolfsgebiet geworden.

Immer wieder war der Wolf seit einigen Jahren hier aufgetaucht, einzelne Exemplare, zuerst überfahren auf der A5 bei Lahr oder erschossen, unten am Schluchsee im Südschwarzwald. Übers Donautal und die Baar würden sie aus der Schweiz einwandern, meinten die Experten, oder von Norden kommen, da war einer am Neckar aufgetaucht, in der Nähe von Ludwigsburg. Auf dem Weg in den Süden.

Und dann die Attacke vor einem Jahr hier im Tal. Förster Heinz Werkmann war dabei gewesen, als sie die toten Schafe auf der Weide bei Nonnenmiß gezählt hatten. Es war ein entsetzlicher Anblick gewesen.

»Na gut, meine Süße, dann zeig mir doch mal, was du so Aufregendes gefunden hast!«, meinte der Förster und folgte dem wild davonstiebenden Setter. Nach 100 Metern blieb die Hündin stehen und verharrte.

Förster Heinz Werkmann starrte auf die Spur, die sich vor ihm als ein regelmäßiges Muster entlang des Waldsaums im Schnee abzeichnete. Der leichten Biegung der Enz folgend, die Wald und Wiese trennte, zog sie sich mit der Gleichmäßigkeit einer einsamen Eisenbahnschiene dahin, verlor sich in der Unendlichkeit der verschneiten Fläche wie die Spur eines einbeinigen Langläufers.

Heinz Werkmann war lange genug im Wald unterwegs gewesen, um die Spur eines Hundes auf den ersten Blick zu erkennen. Ebenso die von Fuchs und Waschbär. Andere Räuber, die ähnliche Fährten dieser Größe hinterließen, gab es hier oben nicht. Und selbst beim Fuchs hatte er noch nie einen Abdruck dieser Größe gefunden. Mindestens acht Zentimeter, schätzte er.

Während Leila reglos verharrte, betrachtete er die Fährte eingehend, bückte sich über die deutlichen Trittsiegel im Schnee, Abdrücke der Ballen und Zehen, und schüttelte den Kopf.

Das Tier, das hier entlanggeschnürt war, hatte im frischen Schnee eine gut lesbare Visitenkarte hinterlassen. Die Spuren waren von der vergangenen Nacht, dessen war sich der Förster sicher. Es hatte bis in die Abendstunden hinein geschneit, danach nicht mehr. Der Schnee war in der Nacht verharscht und ausgefroren und die Trittsiegel hatten sich deutlich verewigt. Sogar die Abdrücke der vier Krallen waren am vorderen Ende der ovalen Vertiefungen auszumachen.

So weit hätte es auch die Spur eines Schäferhundes sein können. Was jedoch das Kopfschütteln des Försters verursachte, war die Gesamtansicht der Fährte. Dieses Lineal, diese Gerade, dieses Nichtabweichen vom Ziel. Die immerzu in eine Richtung schnürende Spur aus regelmäßigen Abdrücken im Abstand von schätzungsweise 50 Zentimetern. Wie Perlen aneinandergereiht, zwei übereinander und wieder zwei übereinander.

Er kannte diese Fährte aus Finnland. Karelien. An der russischen Grenze. Sie hatten Braunbären beobachtet. Und ihre Spuren gelesen. »Spur von Bär«, hatte der finnische Führer gesagt und auf den morastigen Boden gedeutet. Und die andere Fährte hatte er ihnen auch erklärt.

Ein Abdruck, der wie aus zwei verschobenen Einzelabdrücken aussah. Eine Fährte in der Fährte, zwei Spuren ineinandergelegt. Zwei übereinander und wieder zwei übereinander.

Der sie hinterließ, hatte Energie gespart und seine Hinterpfote immer genau in den Abdruck seiner Vorderpfote gesetzt. Kein Hund schnürte auf diese Weise. Beim Hund überlappten sich Trittsiegel von Hinterpfote und Vorderpfote, sie lagen nicht ineinander.

Der Förster richtete sich auf und blickte sich misstrauisch um. Er war sich sicher, auf eine Wolfsfährte gestoßen zu sein.

»Du bist also immer noch da, Meister Isegrim!«, murmelte er.

Schäfer Johann würde seine Freude haben …

5

Das schrille Scheppern der Haustürglocke riss Harald Haag aus dem Schlaf. Er schielte auf seinen Wecker und erkannte durch die Lamellen der herabgelassenen Jalousien, dass es draußen schon hell war. Kurz nach halb neun …

Früher hatte er selbst bei Spätdienst um diese Zeit längst im Bus nach Pforzheim gesessen, frisch geduscht und rasiert, den kleinen Rucksack mit der Thermoskanne Kaffee und dem Vesperbrot, das ihm seine Katja liebevoll gerichtet hatte, neben sich auf der freien Sitzbank und den Blick hinaus auf die Landschaft, die sich zwischen den Dörfern erstreckte.

Er hatte es geliebt, in der Arbeitspause im Baumarkt seinen Kaffee zu trinken und das Wurstweckle auszupacken, den Duft der groben Hausmacher Leberwurst einzuatmen und den ersten Bissen zu genießen. Eine hauchdünne Schicht Butter unter der Leberwurst musste sein, und genau so schmierte ihm Katja sein Brötchen, jeden Morgen, jeden Tag.

Seitdem er geschieden war, leistete er sich weder Butter noch Leberwurst. Nicht einmal Brötchen. Im Kühlschrank fanden sich – wenn überhaupt – drei, vier Flaschen Bier und ein Glas Essiggurken. Der Joghurt war oft abgelaufen, der Käse verschimmelt. Er war kein Hausmann. Und kein Ehemann mehr.

Nicht einmal ein richtiger Vater. Trotzdem lag im Kühlschrank immer wenigstens eine Tafel Kinderschokolade für Luisa. Mindestens. Manchmal, wenn er wusste, dass sie kam, auch ein Überraschungsei. Das mochte sie.

Der zweite schrille Schepperton der Haustürglocke

schien ungeduldiger und lauter als der erste und Harald Haag wälzte sich aus dem Bett und machte Licht. Er hatte in Unterhose und Unterhemd geschlafen, zog das Hemd an, das von gestern noch auf der anderen, unbenutzten Hälfte des Doppelbetts lag, und schrie laut: »Jaaaaaa! Ich komm ja!«, als die Haustürglocke zum dritten Mal schepperte. Seit sie ihm gekündigt hatten, war er nicht mehr so früh aufgestanden.

Das Scheppern nervte noch ein viertes Mal. *Da scheint es jemand verdammt eilig zu haben*, dachte Harald Haag, als er in die Jeans schlüpfte, sich Wollsocken anzog und ohne Schuhe aus dem Schlafzimmer wankte. Der Flur war noch dunkel, da alle Jalousien unten waren, doch er kannte den Weg durch den L-förmigen Gang.

Statt des Schepperns dröhnte ihm nun ein dumpfes Poltern von der Haustür entgegen, Fäuste schlugen gegen das milchige Glas und Haralds Hand fuhr zum Lichtschalter, um dem Ungeduldigen zu signalisieren, dass er auf dem Weg war.

»Geht's noch?«, fauchte er zornig und bog um die Ecke Richtung Eingang. Der Schnee im Hof leuchtete in hellem Grau. Harald Haag erkannte durch das Milchglas die dunkle Silhouette eines Mannes im Gegenlicht des sonnigen Morgens. Er sah den Schattenriss der Arme und der zu Fäusten geballten Hände, die jetzt ein Trommelfeuer gegen die Tür eröffneten.

»Sag mal, spinnst du? Hör sofort auf!«, schrie er dem Unbekannten entgegen. Der schien ihn gehört zu haben und das Faustfeuer setzte aus. Zwei Schritte und Harald war an der Tür.

»Wer ist da?«, rief er so laut, dass man es draußen hören konnte.

»Ich! Los, mach schon auf!«

Er erkannte die aufgebrachte Stimme von Role Gassner.

»Mach auf, oder ich schlag dir die Tür ein!«, drohte Role jetzt und das Faustfeuer trommelte erneut gegen die Tür.

Harald Haag zögerte. Er wusste, dass der Neue seiner Ex ein grober Klotz war und auch schon in Rottenburg eingesessen hatte, vielleicht sogar mehrmals. Drogen, Diebstahl, Sachbeschädigung, Körperverletzung. Auch er hatte mit ihm schon Auseinandersetzungen gehabt, Streitereien wegen Katja oder Luisa, doch es war nie zum Äußersten gekommen. Leere Drohungen, eine aufgeschlagene Bierflasche, ein Kratzer im Auto aus einer Wut heraus, mehr nicht.

»Los, mach auf!«, brüllte Role weiter. »Ich will zu Luisa!«

Luisa, durchfuhr es Harald. Wieso Luisa? Sie war doch gar nicht bei ihm!

Er drückte die Klinke nieder und die Tür, die er auch nachts nie abschloss, ging nach innen auf.

»Wo ist sie?«, schrie Role und schob sich zwischen Harald und der geöffneten Tür in den Flur.

»Wo ist Luisa?«

Er fuhr herum und starrte Harald mit weit aufgerissenen Augen an. Seine Hände packten ihn am Kragen und seine starken Arme drückten ihn gegen die Wand. Mit einem Fuß schob er die Haustür zu, und als sie schwer ins Schloss gefallen war, zog er Harald bis auf wenige Zentimeter zu sich heran.

Harald Haag spürte den feuchten Atem in seinem Gesicht und roch die Ausdünstung aus kaltem Kaffee, fahlem Biergeschmack und ungeputzten Zähnen. Der Mundgeruch von Role war so übel, dass ihm schleimige Galle hochkam.

»Wo – ist – Luisa?«

Role spuckte ihm die drei Worte ins Gesicht und fast berührten sich ihre Nasen, so dicht stand der Aufgebrachte jetzt vor ihm.

»Ich weiß es nicht«, stammelte Harald Haag und würgte den Schleim in seiner Kehle hinunter.

»Red keinen Scheiß!«, brüllte Role und schmetterte ihn mit den Schultern gegen die Wand, dass das Bild, das ihn mit Katja und Luisa beim Skifahren zeigte, vom Nagel sprang, zu Boden fiel und das Glas zerbarst. Das Klirren holte ihn aus seiner Teilnahmslosigkeit, er packte Roles Arme und versuchte, sich aus dessen Griff zu befreien.

»Sie ist nicht hier! Sie muss doch schon seit gestern Abend wieder bei euch sein. Ich hab sie pünktlich losgeschickt!«, ratterte er los, bevor Role weiterbrüllen konnte.

»Sie sollte gestern Abend um fünf zu Hause sein«, schrie Role weiter und lockerte seinen Griff an Haralds Hemdkragen, »war sie aber nicht!«

Er atmete schwer, sein Blick wanderte von Harald in den Flur, wo aus dem Gang um die Ecke Licht kam. Er stieß Harald noch einmal gegen die Wand, ließ ihn los und eilte dem Licht entgegen.

Harald folgte ihm wie in Trance. Role kam schon wieder aus dem Schlafzimmer zurück, das er leer vorgefunden hatte, und stieß die nächste Tür auf. Er warf einen kurzen Blick in das Zimmer, schrie laut »Luisa!« und nahm sich das nächste Zimmer vor. Schlafzimmer, Wohnzimmer, Küche, Bad, Klo. Mehr gab es nicht in der kleinen Dreizimmerwohnung. Doch! Luisas Zimmer, gleich neben dem Hauseingang.

Harald Haag war im Flur stehen geblieben und hatte Role fluchend eine Tür nach der anderen aufstoßen sehen, wie besessen rannte er von Zimmer zu Zimmer, schlug die Türen auf und wieder zu, riss dabei weitere Bilder von den Wänden, fegte das Telefon von seinem Tischchen und kam jetzt wieder auf ihn zu.

Luisas Zimmer!

Nein, dort durfte er nicht hinein! Es war ihr Reich. Und sein Reich. Es war Luisas und sein Zimmer. Ihre Kuschelecke. Die Schummerlichtleiste an der Wand, die sie mit Fernbedienung in allen Farben leuchten lassen konnte. Er mochte es am liebsten in Rot.

Und ihre Bücher, ihre Bilder. Bilder, die sie und ihn zeigten. Liebevolle Bilder. Bilder von Vater und Tochter. Das war nichts für diesen Brutalo!

Harald Haag stellte sich Role in den Weg. Doch gegen die tätowierten Oberarmmuskeln hatte der Schmächtige keine Chance. Role hob ihn mit Leichtigkeit hoch und schleuderte ihn gegen die Tür zu Luisas Zimmer, dass sie nach innen flog und Harald in einem schmerzhaften Aufprall auf dem Boden vor Luisas Bett landete. Zusammengekrümmt blieb er auf der Seite liegen.

Role trat ins Zimmer und sah sich um. Sah die Bilder, die Lichtleiste, auf einem Stuhl Kleider, die er nie an Luisa gesehen hatte, den Teddybären neben dem Kopfkissen.

Er starrte auf die zurückgeschlagene Bettdecke.

»Luisa war heute Nacht hier!«, zischte er und versetzte dem am Boden Kauernden einen harten Tritt in die Rippen. Harald jaulte auf und schrie:

»Nein, verdammt! Sie war nicht hier! Sie ist nach Hause gegangen!«

Er zitterte, weil er nicht die Wahrheit sagen konnte.

»Und wieso sieht ihr Bett dann so aus? Sie hat hier drin geschlafen, willst du mich verarschen?«

Er stand vor dem Bett, schleuderte die Bettdecke zur Seite und starrte auf das Bild, das darunter lag.

Er ergriff die Fotografie und seine Kieferknochen mahlten.

»Du perverses Schwein! Du Mistkerl!«, brüllte er und trat und kickte mit seinem rechten Fuß wieder und wieder auf Harald ein. Der hatte sich in seiner Seitenlage zusammengerollt und seine Arme schützend über die angezogenen Knie verschränkt, doch die Tritte kamen von allen Seiten und er schrie bei jedem Schlag auf.

Role ging in die Hocke und hielt ihm das Bild vor das Gesicht: »Was macht dieses Foto in ihrem Bett, ha?«

Er knüllte den Papierausdruck zusammen und warf ihn in eine Ecke. »Was machst du in ihrem Bett?«

Harald lag wimmernd auf dem Boden und wagte es nicht, Role anzusehen. Jeden Augenblick fürchtete er einen neuen Hieb, einen Tritt in die schmerzenden Rippen, gegen seine Beine, in sein Gesicht.

»Ich … war nicht … ihrem Bett«, stammelte er. »Und … sie war … heute Nacht … nicht hier, ich schwör's!«

»Und du?«, fauchte Role. »Wo warst du?«

Einen Augenblick lang war nur Haralds Wimmern zu hören. Role brüllte weiter:

»Ich war gestern Abend zweimal da. Es war alles dunkel und niemand da. Ich hab Sturm geklingelt! Es ging auch keiner ans Telefon. Kein Anrufbeantworter!«

»Der ist … kaputt«, brachte Harald heraus und verstärkte den Druck seiner Arme um die angezogenen Knie, jeden Moment den nächsten Tritt und einen höllischen Schmerz erwartend.

»Was hast du mit Luisa gemacht? Warum ist sie nicht nach Hause gekommen?«, fragte Role schwer atmend.

»Los, raus jetzt mit der Sprache, oder ich schlag dich zu Brei! Das würde mir sogar großen Spaß machen!«

»Luisa ... ist kurz ... vor fünf ... von hier losgegangen. Ich ... wollte sie ... fahren, aber ... sie wollte unbedingt ... zu Fuß ... durch den Schnee...«, winselte er.

»Du lügst! Dann wäre sie ja um fünf zu Hause gewesen! Du lügst, du lügst, du lügst!«

Roles Stimme steigerte sich zu einer Lautstärke, einem Brüllen, das in Haralds Ohren schmerzte. Seine Hände fuhren nach oben, um die Ohrmuscheln zu schützen, und Tränen der Angst und der Hilflosigkeit rannen ihm übers Gesicht.

Roles Pranken packten ihn an den Handgelenken, rissen ihm die Hände von den Ohren, er drehte ihn auf den Rücken und fuhr ihn an:

»Hör mir gefälligst zu, wenn ich mit dir rede! Ich weiß, was du für ein widerliches Schwein bist! Katja hat mir erzählt, was du im Bett alles von ihr verlangt hast! Aber wenn du das jetzt auch mit Luisa ...!«

Er zögerte, und dann, mit einem Ausbruch von Wut und Unbeherrschtheit, schrie er:

»Ich bring dich um, du Sau!«, und im selben Augenblick zertrümmerte seine Faust Haralds Nasenbein.

Haralds Schrei klang wie der Laut eines gequälten Tieres und ging in ein wehleidiges Jaulen über. Er krümmte sich und hielt mit beiden Händen seine Nase. Er spürte das Blut, das zwischen seinen Fingern warm zu Boden rann und den Teppich schwarz färbte.

Er fühlte, wie sein Herz raste und wie die Angst sich in ihm ausbreitete. Der würde Ernst machen, durchfuhr es ihn, und ihn totschlagen, und er hatte keine Chance, ihn daran zu hindern. Vorsichtig öffnete er hinter vorgehaltenen Händen seine Augen und versuchte, Role zu entdecken. Breitbeinig stand er über ihn gebeugt und plötzlich spürte er seine Finger in den Haaren. Sein Kopf wurde ins Genick zurückgezogen und Roles Augen tauchten direkt vor den seinen auf, das erkannte er zwischen den gespreizten Fingern, mit denen er sein Gesicht zu schützen suchte. Role starrte ihn an und flüsterte:

»Ich geb dir einen halben Tag Zeit, Luisa zu uns zurückzubringen. Wenn ich später wiederkommen muss, drehe ich dich durch den Fleischwolf! Haben wir uns verstanden?«

Roles Kopf verschwand und Harald ließ seine Hände sinken, um bessere Sicht zu haben. Das war ein Fehler. Wieder traf ihn Roles Schlag ins Gesicht, diesmal hatte er mit der flachen Hand zugehauen und versetzte ihm mit dem Handrücken gleich noch eine zweite Ohrfeige. Der Schmerz durchfuhr Harald dumpf, er schob die Hände erneut als Schutzschild vor sein Gesicht und als er vorsichtig die Augen öffnete und zwischen seinen Fingern hindurchlinste, war Roles Fratze wieder direkt vor ihm.

»Und versuch nicht, dich aus dem Staub zu machen, hörst du? Ich finde dich, egal wo du dich versteckst!«, zischte er. »Haben wir uns verstanden?«

Harald nickte und sah, dass Role sich wieder aufrichtete, über ihn hinwegstieg. Er schloss die Augen und hörte, wie sein Peiniger Richtung Türe ging.

»Das war nur ein Spaß gegen das, was dich erwartet, wenn Luisa nicht bis heute Mittag bei uns ist. Ich zerleg dich in deine Einzelteile, ich schwör's dir, also streng dich an! Und wenn du irgendjemandem auch nur das kleinste Sterbenswörtchen von unserer Unterredung hier erzählst, kannst du auch dein Testament machen. Also, lass dir was

Nettes einfallen wegen deiner blutenden Nase, der Rest ist ja nur halb so schlimm!«

Harald hörte das Öffnen der Tür und wie sie von außen ins Schloss fiel, doch er blieb reglos liegen und begann, wie ein kleines Kind zu heulen. Die Ausweglosigkeit seiner Situation war ihm bewusst und ebenso, dass Role mit seiner Drohung Ernst machen würde.

Er betastete seine Rippen und versuchte, die stechenden Schmerzen zu ignorieren. Seine Nase tat höllisch weh und blutete immer noch. Von den anderen Schlägen würde er einige blaue Male davontragen. Vorsichtig versuchte er, sich auf die Knie zu stemmen, doch das Stechen der gebrochenen Rippen machte jede Bewegung zur Qual. Liegend zog er sich so weit über den Boden, dass er im Flur um die Ecke sehen konnte. Das Telefon lag auf dem Boden, neben dem umgekippten Tischchen. Zwei Meter, vielleicht drei. Es würde schmerzen, höllisch schmerzen, aber er musste es schaffen.

Harald war kein Held. Er hatte schon als Kind immer gleich losgeheult, wenn sein Vater ihn schlug, galt in der Schule als wehleidig und als Feigling. Körperliche Schmerzen waren ihm unerträglich, er zuckte schon zusammen, wenn einer der größeren Jungs ihm nur mit einem Finger ins Gesicht schnippte.

Vor Zahnarzt und Spritzen hatte er bis heute grässliche Angst. Vielleicht fühlte er sich deshalb zu Schwächeren hingezogen, zu Kindern, zu kleinen Jungs und kleinen Mädchen? Vielleicht war seine Angst der Grund für alles?

Einen Meter hatte er geschafft. Auf dem Bauch liegend, stemmte er die Ellbogen unter sich und schob sich Zentimeter für Zentimeter über den Teppichboden Richtung Telefon. Er streckte seinen rechten Arm aus und tastete nach dem Hörer, der ihm am nächsten lag. Er angelte ihn mit den Fingerspitzen und zog über das geringelte Kabel das Telefon zu sich heran. Sein rechter Zeigefinger hackte die fünfstellige Zahl, die er auswendig kannte, in die Tastatur. 25766. Er nahm die Hörmuschel ans Ohr und hörte die rasche Folge der fünf Tastentöne. Hoch, tief, tiefer, höher, gleich hoch, in rasender Geschwindigkeit.

Er wusste nicht, ob der andere zu Hause war, falls nicht, würde er ihn zurückrufen, da war er zuverlässig. Harald überlegte, wo sein Handy lag. Zur Not würde er ihm eine Whatsapp schicken oder eine Sprachnachricht. Er musste ihn erreichen.

Falls nicht, blieb ihm keine Wahl, er musste mit der Wahrheit ans Licht.

Harald Haag atmete auf, als er das Knacken in der Leitung hörte.

6

Heinz Werkmann konnte sich den Wolf gut vorstellen hier oben in der Weite, in den Waldrücken zwischen den Flusstälern und wenigen Siedlungen, am Rand des Nationalparks, Futter hätte er genug. Rehe und Wildschweine, sogar Hirsche. Und Schafe, das hatte er ja schon blutig bewiesen.

Die wenigen Schäfer in den Schwarzwaldtälern zogen Zäune um ihre Herden, doch ihre Hunde waren darauf getrimmt, Schafe zu hüten und nicht, einen Wolf anzugehen. Doch es stand fest, der Wolf war zurück im Schwarzwald, Förster Heinz Werkmanns Revier war jetzt Wolfsgebiet.

»Leila, hier!«, befahl er und der Setter gehorchte. Sein Herrchen nahm die Leine von der Schulter und legte sie der Hündin an. Dann folgten beide der Fährte, etwa einen Meter Richtung Wiese, um sie nicht zu verwischen.

Von Zeit zu Zeit blieb der Förster stehen und lauschte. Er hielt das Gewehr, das er am Schulterriemen umgehängt getragen hatte, jetzt entsichert in den Händen, die Schlinge der Hundeleine hing lose in seiner Armbeuge, der Setter blieb an seiner Seite.

Sie waren der Wolfsfährte mehr als schätzungsweise 200 Meter gefolgt, als sie in einem fast rechten Winkel über den Graben führte und in den lichten Wald abbog. Etwa zehn Meter, vielleicht zwölf, dann blieb Heinz Werkmann wie angewurzelt stehen. Was der Förster sah, ließ ihm in der eisigen Kälte des klaren Wintermorgens sein Blut in den Adern gefrieren.

»Leila, bleib!«, zischte er, als der Setter ungeduldig an der Leine zerrte.

Der Förster blickte zunächst nur auf den roten Fleck im Schnee.

Dann starrte er auf den Riss. Er erkannte die menschlichen Formen des kleinen toten Körpers und die Farbfetzen dessen, was einmal Kleidungsstücke gewesen waren.

Schließlich sah er den Schuh.

Ein Mädchenschuh!

Der Anblick schnürte ihm die Kehle zu. Er würgte und wandte sich ab.

»Leila, komm!«

Er zerrte den Hund aus dem Wald, zurück ins Licht. Blieb schwer atmend stehen, lauschte, sah sich um, riss sich die Handschuhe herunter und fischte sein Smartphone aus der Anoraktasche, fluchte, weil er hier in der Waldeinsamkeit kein Netz hatte. Ob der Notruf trotzdem funktionierte?

Er drückte zweimal die Eins und einmal die Zwei.

Nichts.

Null.

Tot.

Verdammt! Auch noch der Akku leer! Fraß bei Kälte einfach zu viel. War nicht das erste Mal.

Er ließ seinen Blick über die verschneite Landschaft schweifen, folgte mit seinen Augen dem Verlauf der Fährte auf der Strecke, die sie gekommen waren. Er setzte das Fernglas an und suchte den Waldessaum ab. Sicher ist sicher, dachte er. Doch vermutlich hatte der Wolf längst das Weite gesucht, spätestens, sobald er die Witterung des Hundes aufgenommen hatte.

Der Förster rang mit sich, was er tun sollte. Er musste zu seinem Subaru zurück, wo er sein Smartphone ans Autoladekabel hängen und die Polizei verständigen konnte, so viel stand fest. Nahm er Leila mit, riskierte er, dass der Wolf sich zurücktraute und womöglich die Beute wegschleppte. Ließ er Leila hier, und der Wolf kam zurück …, was dann?

In dem verschneiten Tal rührte sich nichts. Nicht mal ein leichter Windhauch war zu spüren. Totenstill, dachte der Förster. Die dünne Schneedecke wies kaum Spuren auf, fast schien es, als wären alle Tiere in der Walddeckung geblieben. Da fiel ihm auf, dass er den ganzen Morgen über noch kein Lebewesen gesehen hatte.

Kein Reh, keinen Fuchs, keinen Vogel.

Keine Amsel, keinen Spatz, kein Rotkehlchen. Kein Eichelhäherschrei drang an seine Ohren. Nicht einmal Raben zeigten sich auf den verschneiten Feldern. Totenvögel, schoss es ihm durch den Kopf. Sie waren die Ersten, die dem Fuchs an den Riss folgten, die sich über die Augen hermachten und mit ihren schwarzen Schnäbeln in die Körperöffnungen hackten.

Der Förster atmete tief ein und langsam aus, fast als wollte er sich Luft machen. Er sah Leila an, die still und aufmerksam im Schnee saß. »Tja, meine Große, was machen wir denn nun?«, murmelte er. »Kann ich dich eine halbe Stunde hier allein lassen?«

Die Hündin hatte sich aufgerichtet, blickte ihn mit wachen Augen an und ihre Lauscher schienen jedes seiner Worte aufzunehmen, so konzentriert wirkte sie.

»Du bleibst hier«, sagte der Förster entschlossen. »Hier draußen. Und wenn sich da drin etwas rührt, gibst du Laut! Laut, hast du verstanden, meine Große?«

Es war ihm fast, als signalisiere ihm Leilas Blick Zustimmung.

»Ja, du bist doch meine Kluge, du weißt, was ich meine. Brav!«, tätschelte er sie und sah sie noch einmal scharf an. »Leila! Mach sitz! Und bleib!«

Er entfernte sich einige Schritte und sah zurück. Der Setter verharrte regungslos im Schnee, den Blick in den Wald gerichtet. Der Förster schulterte seine Büchse und stapfte in seinen eigenen Spuren den Weg zurück, den er gekommen war. Knapp 20 Minuten, schätzte er, würde er bis zum Auto brauchen, die Polizei informieren und dann über den verschneiten Waldweg auf kürzester Strecke zurückfahren. Mit dem Allrad kein Problem. Fünf Minuten später wäre er wieder bei Leila.

Wenn sich in dieser Zeit in der Nähe des Leichenfundorts etwas rührte, etwas bewegte, etwas veränderte, würde sie Laut geben. Dachte er.

7

Die Fähe ist ihrem Instinkt gefolgt und hat die unverhoffte Beute den Feinden überlassen. Sie weiß, wann es sich zu kämpfen lohnt und wann nicht. Doch sie hat sich nur so weit zurückgezogen, dass sie aus ihrem Versteck heraus alles beobachten kann, was sich am Riss abspielt.

Jetzt, nachdem der Zweibeiner sich entfernt hat und nur noch sein Geruch in der Luft hängt, wagt sie sich aus dem Dickicht heraus, aus der Deckung hinter dem gefällten Baumstamm, bleibt stehen und wittert.

Ihre feine Nase nimmt alle Duftnuancen ihrer Umgebung wahr. Dominant noch immer das Blut, eingebettet in den kalten, eisigen Geruch des neuen Schnees und dazu die strenge, herbe Markierung dieses anderen Tieres, das an zwei Bäumen am Rand der Lichtung Urinspuren hinterlassen hat. Dies alles in Summe signalisiert der Wölfin, dass die unmittelbare Gefahr zwar vorüber, die Luft aber noch nicht rein ist.

Ihre Ohren sind wie Peilsender in der Richtung aufgestellt, aus der sie das leise Hecheln vernimmt; die Richtung, in der der Hund seine Duftmarken gesetzt hat. Jede Sehne ihres muskulösen Raubtierkörpers ist angespannt, bereit, loszujagen und den Feind zu vertreiben. Und doch verharrt sie und schwankt zwischen vorsichtigem Näherschleichen und überraschendem Angriff.

Ihre grüngelben Augen fixieren die Silhouette des Hundes, die sich wie ein Schatten dort am Saum des Waldes vor der weißen Schneefläche erhebt, und sie fühlt sich auf eine seltsame Weise hingezogen zu diesem Wesen, das einem Wolf so gar nicht unähnlich ist und das sich doch in einem Dutzend früherer Begegnungen als Feind erwiesen hat.

Der ungleiche Kampf gemeinsam mit einem ihrer fast erwachsenen Söhne, als er von zwei Hunden beim Beschleichen eines Ziegengatters angegriffen und übel zugerichtet wurde.

Der kleine Hund in einem Garten am Waldrand, kläffend und vorlaut, dem sie mit einem beherzten Biss das Genick gebrochen hat.

Die Narbe von der Beißattacke über ihrem rechten Auge, als ihr Rudel die Schafherde angegriffen hat und dabei von zwei Wachhunden überrascht und vertrieben worden ist.

Und die Begegnung mit dem großen schwarzen Rüden, der bereit gewesen wäre, sich mit ihr zu paaren, wenn sie ihm nicht deutlich zu verstehen gegeben hätte, dass sie bereits die Jungen eines Wolfs in sich trug. Der Schwarze war in jener einsamen Nacht nicht von ihrer Seite gewichen und hatte sich erst am nächsten Morgen zurückgezogen, als die Stimme eines Menschen seinen Namen rief.

Es war das erste Mal gewesen, dass sie einen Hund nicht als Feind erlebt hatte. Und sie hatte gespürt, dass sie Kinder einer großen Familie waren, die sich nur bekriegten, weil ihre Ahnen andere Wege gegangen waren, und die einen nun fremden Herren dienten, während die anderen um ein Leben in Freiheit kämpften.

8

Leila hatte sich draußen in den Schnee gelegt, den Kopf auf die ausgestreckten Vorderpfoten gebettet und die Lauscher aufgestellt, um jedes Geräusch aus der Umgebung wahrzunehmen. Ihre Augen blickten wach hinaus auf die weite, weiße Ebene aus der ein einziger alter Baum wie ein Mahnmal seine kahlen Zweige in die Höhe reckte. An seinem Stamm führte eine halbmorsche Leiter hinauf zu dem Ansitz, den ihr Herrchen dort oben im Dreieck der sich gabelnden starken Hauptäste des alten Ahorns angebracht hatte.

Wie oft hatte sie am Fuß des Baums schon gekauert und hinüber gelauscht zum Waldrand und dem Fluss, der die große Lichtung in einem weiten Halbkreis umfloss. Nur dort, wo sich der Feldweg entlangzog, gab es eine Lücke im Waldessaum, eine meterbreite Schneise, über die der Bauer seinen Traktor auf das Feld lenkte und der Mähdrescher im Spätsommer mit ohrenbetäubendem Lärm die Ernte begann.

Hier wanderten und joggten am Tag die Menschen, kamen Fahrradfahrer entlang, Spaziergänger mit Hunden oder Schulklassen beim Waldausflug und jetzt, im Winter, auch die Schneeschuhläufer und, wenn der Skiclub Loipen gespurt hatte, auch die Langläufer, die den Weg hinauf auf den Kaltenbronn scheuten.

Heute waren sie alle schneebedeckt und weiß, die Hänge, Wiesen und Bäume im Tal, die sich im Frühling, Sommer und Herbst in den buntesten Farben der Jahreszeiten – gelb vom leuchtenden Ginster, blauviolett von den buschigen Lupinen und golden vom Glanz des Buchenlaubs – zeigten.

In der Dämmerung begannen die Tiere des Waldes auf die Lichtung hinauszuziehen, auf die Wiese, die den Ricken mit ihren Kitzen reichlich Nahrung bot, und ans Ufer des Schwarzwaldflusses, der – jetzt an den steinigen Rändern zugefroren – den Rehen als Tränke und in seinen sandigen, flach ausgeschwemmten Mäandern den Wildschweinen als Suhle diente.

An solchen Abenden saß Leilas Herrchen dort oben auf dem Hochsitz im Ahorn, und sie wartete geduldig am Fuß des Stammes, regungslos und ohne einen Laut von sich zu geben, obwohl sie den Fuchs schon lange, bevor der Mensch ihn in seinem luftigen Ansitz sah, gewittert und geortet hatte, sie den Dachs schon von Weitem aus seinem Bau auf die Lichtung trotten sah, den Bock schon bellen hörte, lange bevor er sich aus dem Waldschatten traute, und die Duftmarke der Wildschweinrotte schon wahrgenommen hatte, bevor sie am Geräusch aus dem Baum merkte, dass ihr Herrchen mit seiner Büchse wieder einmal in die falsche Richtung zielte.

Es waren aufregende Abende und Nächte für die Setterhündin, wenn der Wald und die Lichtung ihnen allein gehörten und die heimlichen Unheimlichen der Nacht lautlos vorbeiglitten, wie der Uhu und die Schleiereule, die auch ihre scharfen Lauscher nicht bemerkten, weil sie mit unhörbarem Flügelschlag die Lichtung querten und höchstens ein leiser Windhauch die nächtlichen Jäger verriet.

Im Winter war die Jagd der Eulen mühsam, im Frühjahr wurde sie erfolgreich, denn die Mäuse waren wieder im flachen Gras unterwegs und Leila musste sich zurückhalten, um nicht bei jedem Rascheln den Kopf zu heben und leise zu winseln.

Auch die braunen Grasfrösche und Erdkröten standen auf dem Speisezettel der Nachtjäger, selbst wenn sie noch mager und ausgehungert waren, wenn sie im März nach der Winterstarre vom Wald aus über die kahle Wiese ihren Laichgewässern oben im Moor oder dem kleinen Teich am Waldrand zustrebten, die Weibchen oft schon ein Männchen auf dem Rücken.

Jetzt, nach der Schneeschmelze, hatte auch der kahle Gumpen im Tal genügend Wasser für den Grasfroschlaich und wenn das Frühjahr nicht zu trocken blieb, würden in drei, vier Monaten die jungen Lurche an Land ziehen und dann wieder hungrigen Vogelkindern als Nahrung dienen.

Leila beobachtete sie alle, die Jäger und Gejagten, die Kleinen und die Großen. Sie wusste, dass sie um den leuchtend gelbschwarzen Feuersalamander besser einen Bogen machte, dessen giftige Ohrdrüsen ihr nur einmal, als sie noch jung und unerfahren war, schmerzliches Brennen und tagelangen Juckreiz auf der Zunge und an den Lefzen verursacht hatten.

Auch vor der Schlange, die sich in sonnigen Morgenstunden oben im Hochmoor auf den warmen Steinen und toten Wurzeln sonnte, nahm sie sich in Acht, deren Zischen in ihren Ohren eine eindeutige Warnung aussprach, und auch das ständige Winden des schuppigen, von einem schwarzen

Zickzackband gezeichneten schlängelnden oder manchmal durchgehend schwarz leuchtenden Körpers und das rasche und unvorhersehbare Vorstoßen des Kopfs mit dem »X« auf dem Scheitel waren ihr Zeichen eines unmittelbar bevorstehenden Angriffs.

Leila zog sich dann lieber auf den befestigten Bohlenweg zurück und mied die morastigen, mit borstigem Heidekraut und Gräsern bewachsenen Sumpfwiesen dort oben am Moor, wo die Kreuzottern lebten.

Sonst gab es wenige Tiere, die ihr als Feinde erschienen. Das angriffslustige Wiesel vielleicht, dieser kleine, mutige Zwerg, der sich vor nichts und niemandem zu fürchten schien außer vor dem Menschen und sofort zur Selbstverteidigung überging, wenn es sich bedroht fühlte.

Und der Neuankömmling mit seiner schwarzen Augenmaske und dem buschigen, geringelten Schwanz, der dieses bedrohliche Knurren ausstieß und sich aufblies wie ein Luftballon, wenn sie ihm zu nahe kam und der Waschbär sich in die Enge getrieben fühlte. Doch war sie auch von Schlange und Wiesel noch nie ohne Vorwarnung angegriffen worden und wusste instinktiv, dass all die Tiere ihr lieber aus dem Weg gingen, als sich auf einen Kampf mit ihr einzulassen.

Alle, bis auf eines …

Alle, bis auf den Wolf.

9

Förster Heinz Werkmann war schnell gegangen und erreichte den Subaru schon nach einer Viertelstunde. Er klopfte sich den Schnee von den Schuhen, nahm auf dem Fahrersitz Platz und startete den Motor. Er verband sein Smartphone mit dem Ladekabel und wartete, bis der Ladevorgang einsetzte, dann suchte er unter seinen abgespeicherten Kontakten die Handynummer von Jens Bosch.

Er kannte den neuen stellvertretenden Leiter der Calwer Kriminalpolizei, seit er im vergangenen Herbst in einem Waldstück seines Reviers schon einmal eine Leiche entdeckt hatte. Der Mann war beim Holzmachen gewesen und hatte sich mit der Motorsäge verletzt. Er hatte es nicht geschafft, die Blutung zu stillen, und als Werkmann ihn am frühen Abend gefunden hatte, war er verblutet gewesen, so schien es.

Irgendetwas war ihm damals komisch vorgekommen und er hatte recht behalten. Ein Beamter der Kriminalpolizei hatte ihn zu Hause aufgesucht und ihn nach ein paar Details gefragt, denn es war äußerst unwahrscheinlich gewesen, dass sich der Mann die Verletzung, so wie sie lag, selbst beigebracht haben konnte.

Tatsächlich erinnerte sich Werkmann an ein Auto, das ihm am Vormittag in der Nähe des Fundorts auf einem Waldweg begegnet war und dessen Fahrer er erkannt hatte. In der Tat deckte sich die Bereifung des Fahrzeugs mit Spuren, die die Polizei am Tatort gefunden hatte. Bei der Vernehmung des Fahrers stellte sich heraus, dass er den Toten gekannt und im Wald aufgesucht hatte. Er verstrickte sich bei seiner Aussage in Widersprüche und gab schließlich zu, den anderen mit der Motorsäge tödlich verletzt und im Stich gelassen zu haben.

Der Beamte war, wie sich herausstellte, der neue stellvertretende Leiter des Kriminalkommissariats Calw gewesen und hatte sich seitdem immer wieder an Förster Werkmann gewandt, wenn es in einem Fall um Fragen zum Thema Wald ging. Werkmann hatte für die Polizei Laub identifiziert, Tierspuren bestimmt und Losungen analysiert. So war der Kontakt nie abgerissen und sie waren sogar bei einem Bier nach einer gemeinsamen Tatortbesichtigung zum »Du« übergegangen.

Werkmann drückte die grüne Taste und hatte Kriminalhauptkommissar Jens Bosch tatsächlich auch schon nach zwei Freizeichen in der Leitung. Werkmann atmete auf.

Es war ihm nicht sehr wohl dabei, seine Hündin allein dort draußen zu wissen, wo vermutlich ein Wolf in der Nähe war. Doch konnte er trotz Freisprecheinrichtung noch nicht zurückfahren, da schon nach 100 Metern der Empfang beendet sein würde.

»Hallo, Heinz«, freute sich Bosch, wie immer, wenn er den Anrufer im Display erkannte und sich nicht unter dem Namen der Dienststelle und mit Dienstgrad melden musste.

»Morgen, Jens«, sagte der Förster und fügte gleich mit ernster Stimme hinzu: »Ich muss dich dienstlich belästigen, fürchte ich.«

»Dienstlich? Hat sich wieder einer in die Aorta gesägt?«, flachste Jens Bosch, der offensichtlich den Ernst im Tonfall des Försters nicht erkannt hatte.

»Ich mach keine Witze, Jens. In meinem Revier liegt ein totes Mädchen«, antwortete der Förster trocken und ließ dem Kriminalhauptkommissar Zeit, sich auf die neue Situation einzustellen.

»Ein totes Mädchen?«, fragte Bosch jetzt und der Tonfall seiner Stimme klang sofort angemessen. Er spürte, dass der Förster Mühe hatte, ihm Details mitzuteilen.

»Ja. Ich habe sie vor einer halben Stunde mit Leila gefunden. Ein sehr unschöner Anblick. Das arme Ding«, erzählte Werkmann und Bosch glaubte, ein leichtes Zittern in der Stimme des Försters zu hören. Er kannte Werkmanns Revier und fragte daher:

»Wo genau, Heinz?«

»Du kennst den Waldweg, der Wintersbach mit Otterholz verbindet und von vielen Radfahrern und Spaziergängern als Abkürzung genommen wird?«

»Ja, kenn ich.«

»Okay. Dort, etwas mehr als die Hälfte des Wegs Richtung Otterholz. Ich bin jetzt in meinem Wagen und fahre gleich zu Leila zurück. Sie passt dort auf. Wir warten 100 Meter vor der Stelle am Waldrand auf euch.«

Bosch schwieg. Bei Heinz Werkmann brauchte er den Hinweis, keine Spuren zu zerstören, nicht auszusprechen.

»Wir sind schon unterwegs«, sagte er schließlich, und: »Danke!«

»Jens!«, rief Werkmann noch, bevor der Kriminalbeamte das Gespräch beenden konnte. »Ihr solltet euren Fachmann für Wildbiologie mitbringen.«

»Warum? Du bist doch vor Ort«, entgegnete Bosch und hoffte, den Förster damit etwas aufmuntern zu können. Unter normalen Umständen hätte sich Heinz Werkmann über diese Anerkennung gefreut, doch heute hatte er einen Kloß im Hals, als er leise sagte:

»Mein Revier ist Wolfsgebiet. Und … ich glaube … es war ein Wolf.«

10

Katja Gassner starrte aus dem Fenster und ihr Blick hing an einer Fährte im Schnee fest, die sich wie eine breite dunkle Linie durch den weißen Garten zog. Die braunen Haare hingen ihr wild in das ungeschminkte Gesicht, das deutlich von den Tränen der vergangenen Nacht und den kräftezehrenden Stunden des Wachliegens und Wartens gezeichnet war. Sie kaute auf der Unterlippe, das metallische, leise Geräusch, wenn die Zähne über das Piercing fuhren, hatte etwas Beruhigendes.

In der Hand hielt sie das Wodkaglas, doch sie nippte nicht mehr daran. Drei Wodkas hatte sie schon gebraucht, seit Roland das Haus am Morgen verlassen hatte. Sie hatten gestritten. Seine Vorwürfe, weil sie es zuließ, dass Luisa am Wochenende zu Harald ging. Ein handfester Krach, weil Luisa zu Harald eine bessere Beziehung hatte als zu Roland.

»Ich fahre jetzt noch mal zu ihm!«, hatte er wütend gebrüllt. »Warum meldet der Kerl sich nicht? Fünfmal hab ich ihn angerufen, zweimal war ich schon dort! Und der tut so, als sei keiner daheim! Diesmal tret ich die Tür ein und stell seine Wohnung auf den Kopf!«, hatte er getobt.

»Nein, bitte bleib hier!«, hatte sie ihn gebeten, denn sie wollte nicht allein sein.

Nicht jetzt in dieser Ungewissheit, in dieser Sorge um ihr kleines Mädchen.

Nicht jetzt, wo sie spürte, dass ihr etwas zugestoßen war, etwas Unfassbares, Endgültiges.

Nicht jetzt, in der Kälte dieses Wintermorgens.

Die Tränen der Nacht waren zurückgekommen. Roland hatte es nicht bemerkt, er hatte sie nicht einmal angesehen, als er seinen schwarzen Anorak übergezogen hatte und gegangen war, ohne ein weiteres Wort zu sagen.

Seit Stunden war sie jetzt schon auf, tigerte unaufhaltsam wie ein gefangener Bär in seinem von Eisenstäben und Betonwänden begrenzten Verlies im Wohnzimmer auf und ab. Klack-klack, klack-klack machten ihre Clogs auf dem Holzfußboden, bis sie, nervös geworden vom Klang ihrer eigenen Schritte, wieder Platz nahm. Kaum saß sie, stand sie wieder auf, kaum stand sie, setzte sie sich erneut.

Ihr Blick huschte nervös von der Uhr an der Wand zur Wodkaflasche auf dem Tisch, zum Bild von Luisa, das auf dem Regal neben dem Fernseher stand. Ein lächelndes Kind mit langen braunen Haaren und rosarotem Stirnband, Zahnlücken, Grübchen und wachen braunen Augen.

Dann ging ihr Blick durch die gläserne Terrassentür hinaus in den Garten, in den Schnee, blieb an der Spur hängen. Wo hatte Luisa in der vergangenen Nacht ihre Spuren hinterlassen? Wohin war sie gegangen? Wo hatte sie geschlafen?

»Wo bist du, mein Kind?«, fragte die junge Mutter im Stillen und spürte, wie die Sorgen sie zerfraßen. Der erste Wodka hatte noch geholfen, sie ruhiger gemacht. Oder hatte sie es sich nur eingebildet? Der zweite hatte fahl geschmeckt, vom dritten war ihr fast schlecht geworden. Den vierten würde sie gleich brauchen.

Während sie in den Schnee starrte und der Geruch des leeren Wodkaglases in ihre Nase drang, lauschten ihre Ohren auf das geringste Geräusch. War jemand draußen vor der Tür? Kam jemand die Stufen zur Wohnung nach oben? Hörte sie Luisa in ihrem Zimmer? War sie zurückgekommen, ohne dass sie es bemerkt hatte? Drehte sich der Schlüssel? Kam Roland nach Hause, brachte er sie mit? Schepperte ihr Smartphone? Kam eine Whatsapp von Roland: *Luisa geht's gut, sie hat bei Harald geschlafen, ich bringe sie zur Schule.*

Wenn Harald doch wenigstens ans Telefon gegangen wäre, wenn er sie zurückgerufen, sich irgendwann gemeldet hätte! Er hatte kein Smartphone. Konnte es sich nicht leisten. Nur ein altes Handy, das ständig ausgeschaltet war. Warum hatten sie Luisa nicht längst ein Smartphone gekauft? Alle anderen in ihrer Klasse hatten auch eines.

»Was braucht die Göre mit 14 schon so ein Teil? Wir hatten so was doch auch nicht«, hatte Roland gefaucht und sie hatten sich darauf geeinigt, ihr ein Smartphone zu kaufen, wenn sie in zwei Jahren eine Ausbildung begann.

Daran dachte Katja, während sie auf Geräusche lauschte.

Doch es blieb ruhig.

Still.

Totenstill.

Der Schnee im Garten malte aus der Stille ein Bild. Katja öffnete die Terrassentür und trat hinaus. Schnee lag auf den Fliesen, auf dem Geländer, in den leeren Blumenkästen. Die nasse Kälte des eisigen Wintermorgens fegte ihr ins Gesicht, die Sonne stand noch tief hinter den Hängen, die das Tal einfassten.

Sie fröstelte in ihrem dünnen grauen Pullover und der Jogginghose und fühlte den Frost an Händen und Füßen auf der nackten Haut. Die Clogs boten keinen Schutz. Trotzdem blieb sie auf der Terrasse stehen, zündete sich eine Zigarette an, blies den Rauch in dicken Wolken in die klare Winterluft.

Sie spielte mit dem Gedanken, Luisas Namen zu rufen. Ihn hinauszuschreien in die verschneite Landschaft. Die Ahnung, dass Luisa irgendwo da draußen sein könnte, allein, hilflos, frierend, machte ihr Angst. Angst um ihr einziges Kind.

Die Stille der Winterlandschaft in dem Garten, der an den nahen Wald grenzte, hatte etwas Unheimliches, Beunruhigendes. Mit einem Mal wurde ihr klar, dass keine Vögel da waren. Sie hatte gestern, noch während der Schnee fiel, das Futterhaus mit Sonnenblumenkernen und Erdnüssen gefüllt, doch die Vögel waren ausgeblieben.

Keine Kohlmeise, kein Grünfink, keine Amsel. Sie lauschte in die Stille und starrte auf die dunkle Spur, die am Futterhaus vorbei zum Wald führte. Es gab dort keinen Zaun, keine Hecke. Nur Wald. War hier ein Fuchs entlanggeschnürt? Oder eine Katze?

Plötzlich erkannte sie den Umriss eines Körpers. Das Fell, der Kopf, die Ohren. Im Baum über dem Futterhaus saß sie, schwarz und regungslos und mit zusammengekniffenen Augen. Und dann sah Katja Gassner unter der Katze die Überreste des Vogels im Schnee, ein paar Federn nur, mehr nicht.

Katja starrte auf die Federn im Schnee, stieß einen Schrei aus und ließ die Zigarette fallen. Schluchzend stürzte sie ins Wohnzimmer zurück, ließ die Terrassentür offen und ignorierte die Kälte, die ins Zimmer strömte, suchte nach ihrem Smartphone, fand es auf dem Couchtisch, ließ sich in einen der Sessel fallen, schlürfte den letzten Tropfen Wodka aus dem leeren Glas, zog das Handy zu sich her bis zum Rand der Glasplatte, gab mit zitternden Fingern die Notfallnummer ein. Irgendwo hatte sie gelesen oder gehört, dass es die 110 war, die man in einem Notfall zu wählen hatte, und es war ihr vollkommen egal, ob sie jetzt bei der Feuerwehr, dem Notarzt oder der Polizei landete.

Sie hielt das Handy an ihr Ohr und vergaß Role, der ihr

verboten hatte, die Polizei zu rufen, der immer alles selbst regeln wollte und grundsätzlich fremde Hilfe ablehnte. Das Tuten des Freizeichens kam nur einmal, dann hörte sie eine Stimme. Sie bekam nicht mit, was sie sagte, registrierte nicht einmal, ob sie weiblich oder männlich, echt oder aufgezeichnet war, wusste nicht, ob sie ausgeredet hatte, als sie schon in monotonem, atemlosem Ton sagte:

»Luisa ist nicht nach Hause gekommen. Bitte helfen Sie mir. Sie ist doch erst 14!«

Die Stimme sagte etwas, doch sie verstand es nicht.

»Hallo? Hallo!«

Katja Gassners Lippen zitterten. Sie versuchte, Worte zu formen, doch sie konnte sie nicht artikulieren.

»Hallo? Sagen Sie mir bitte zuerst Ihren Namen!« Jetzt verstand sie.

»Katja«, stammelte sie schließlich, »Gassner.«

»Und Ihre Adresse?«

»Wintersbach.« Sie brachte tatsächlich auch Straße und Hausnummer über die Lippen, presste ihre Hand um das Smartphone und hielt in der anderen noch immer das leere Wodkaglas fest umklammert.

Eine Minute später hatte sie den Anruf beendet. Sie hatte Luisa als vermisst gemeldet und eine Personenbeschreibung abgegeben. Man würde jemanden vorbeischicken, hatte die Stimme gesagt, und ob sie ein Bild von Luisa heraussuchen könne.

Katja stand langsam auf, ging hinüber zum Fernseher, griff nach dem Bild im Regal und drückte es an ihr Herz. Das Geräusch an der Tür ließ sie herumfahren. Der Schlüssel im Schloss!

Schritte.

Role stand in der Tür. Allein.

»Wo ist sie?«, stieß Katja hervor. »Wo ist Luisa?«

Role zuckte lässig mit den Schultern.

»Sie wird schon auftauchen«, knurrte er, zog den Anorak aus, ließ ihn achtlos auf den Boden fallen und ging zu dem Schrank, in dem die Flaschen standen.

»Ich hab deinem Ex ein bisschen eingeheizt. Und wenn er Luisa bis heut Mittag nicht zurückgebracht hat, mach ich ihn fertig!«

Er öffnete den Schrank, suchte die Wodkaflasche und fand sie auf dem Tisch.

»Die ist ja fast leer!«, knurrte er und stellte sie in den Schrank zurück. Katja war froh, dass er sie nicht wutentbrannt in eine Ecke knallte, wie er das sonst oft tat, wenn er wütend war.

Er bückte sich, hob seinen Anorak auf und schlüpfte wieder hinein.

»Was machst du? Wo gehst du hin?« In ihrer Stimme zitterte Angst.

Angst, wieder allein zu sein, allein warten zu müssen, diese Ungewissheit mit niemandem teilen zu können.

»Ich geh was trinken«, brummte er, »und dann noch bei Johann vorbei. Der hat vorhin angerufen. Mal sehen, was er will. Bin zum Mittagessen wieder da. Und jetzt hör auf zu saufen! Koch lieber was!«

Katja Gassner hörte, wie die Tür ins Schloss fiel. Dann war sie wieder allein. Sie dachte an den toten Vogel im Schnee und an die Katze. An die Spuren im Schnee.

Und an Luisa.

11

Heinz Werkmann fuhr so schnell, dass er Mühe hatte, den Subaru auf dem verschneiten Waldweg in der Spur zu halten. Er machte sich Sorgen um Leila. Gegen einen Wolf hätte die Setterhündin keine Chance, und doch würde sie sich einem Kampf stellen, das wusste er. Sie war der beste Begleiter, den er je hatte. Nicht alle hielten einen Irish Setter für einen guten Jagdhund, doch er hatte ihre Vorzüge als Vorstehhund in all den Jahren kennengelernt und wusste, dass Leila bei Schweißarbeit und Nachsuche den Vergleich zu Drahthaar und Retriever nicht zu scheuen brauchte. Sie nahm mit ihrem feinen Geruchssinn jede Fährte auf, war dazu eine geduldige Vorstehhündin und beim Apportieren schnell und zuverlässig.

Und sie war wunderschön. Er liebte es, ihr mahagonibraunes Fell in der Sonne glänzen zu sehen, wenn sie ihm über eine gelb leuchtende Löwenzahnwiese in weiten Sätzen entgegenjagte und ihre langen Behänge im Rhythmus mitschwangen. Er liebte ihre schlanke, elegante Figur und die Geschmeidigkeit ihrer Bewegungen, wenn sie zielsicher der Schweißfährte von Schalenwild folgte oder bei Witterung von Wild still verharrend vorstand, um ihn auf Schussentfernung herankommen zu lassen.

Leila war der ganze Stolz des erfahrenen Mannes. Sie war es, die ihn morgens ungestüm begrüßte, wenn er aus dem Schlafzimmer kam, und die er abends noch einmal streichelte, bevor er zu Bett ging. Er konnte sich sein Leben ohne Leila nicht mehr vorstellen und dachte mit Wehmut daran, dass sie inzwischen mit ihren 10 Jahren schon eine alte Hundedame war. Nie hatte er daran gedacht, sie einmal durch den Kampf mit einem Wolf verlieren zu können.

Noch eine Kurve im Schnee, danach 100 Meter bis zu der Stelle, wo er seine Treue zurückgelassen hatte. Er nahm den Fuß vom Gaspedal, um nicht in den Graben zu driften, und trat sanft auf die Bremse. Dann sah er den roten Fellklumpen im Schnee leuchten.

Der Subaru schlingerte, als er die Bremse durchtrat, rutschte nach der Seite weg, er steuerte gegen und brachte den Allrad wieder in die Spur. Als der Wagen stand, würgte er den Motor ab und sprang in Panik nach draußen.

»Leila!«, schrie der Förster und rannte.

Der Wolf hatte sich in den Wald zurückgezogen, als er das Geräusch des sich nähernden Fahrzeugs vernommen hatte. Aus seinem Versteck heraus beobachtete er, wie der Zweibeiner aus dem lärmenden Ungetüm sprang und durch den Schnee rannte.

Leila hob den Kopf und stand schwanzwedelnd auf. Kein Laut verriet ihre Freude, doch sie schien zu fühlen, dass sie jetzt ihren Posten verlassen durfte, und sprang ihrem Herrchen mit weiten Sätzen entgegen. Werkmann hatte sich in den Schnee gekniet und öffnete seine Arme. Leila flog ihm entgegen und zusammen lagen sie im Schnee.

»Oh, meine Gute«, jubelte der Förster, »was bin ich froh, dass dir nichts passiert ist!«

Die Hündin sprang an ihm auf, er spürte ihr nasses Fell auf seiner Haut und die warmen Lefzen an seinen Ohren. Mit ungestümer Begrüßungsfreude empfing sie ihn und er hatte Mühe, sich aus dem Schnee herauszuarbeiten.

»Ist ja gut«, sagte er schließlich, »aus! Sitz!«

Die Hündin gehorchte und Förster Werkmann klopfte sich den Schnee von den Klamotten. Er stand auf und sah sich um. Wilde Spuren und Kuhlen im Schnee zeugten von Leilas Wiedersehensfreude, dann blieb sein Blick an einer Fährte hängen, die vom Wald zu der Stelle führte, wo Leila im Schnee gelegen hatte.

Ein Stückchen weiter vorne entdeckte er seine eigenen Trittsiegel, wo er Leila in den Schnee gesetzt hatte und von dort zum Subaru gelaufen war. War Leila noch einmal zum Wald zurückgegangen? Der Förster betrachtete die Fährte, die sich in gerader Linie von Leilas Platz zum Wald zog.

»Leila, bleib!«, befahl er, ging zum Subaru und holte sein Gewehr. Dann schritt er der kerzengeraden Fährte entgegen. Er bückte sich und betastete mit seinen Fingerkuppen vorsichtig einen der Pfotenabdrücke, die vom Wald in Richtung Leilas Platz führten. Er folgte mit seinem Blick der Spur und schüttelte den Kopf.

Es war eindeutig: Das Tier, das diese Fährte hinterlassen hatte, war auf kürzestem Weg aus dem Wald gekommen und war denselben Weg wieder zurückgegangen. Die Anordnung der Fährte in einer geraden Linie und die exakte Überlagerung der Vorder- und Hinterpfoten sagten dem erfahrenen Waidmann, dass es nicht Leilas Spuren waren, die er hier vor sich hatte. Außerdem wäre es außergewöhnlich gewesen, wenn sich Leila von ihrem Platz entfernt hätte, dachte er.

Der Förster stand auf und sah zweifelnd hinüber zu seiner Hündin, die regungslos sitzen geblieben war.

»Kann es sein, dass du Besuch … von einem … Wolf hattest?«, murmelte er und blickte auf die herzförmigen Ballenabdrücke im Schnee.

12

Der stellvertretende Leiter des Kriminalkommissariats Calw hasste Wintereinsätze im Freien. Kriminalhauptkommissar Jens Bosch hatte seinen Mantelkragen gegen den kalten Wind hochgeschlagen und die Wollmütze über beide Ohren gezogen. Er war kein Stubenhocker und konnte sich auch schönere Plätze vorstellen als sein Dienstzimmer, doch war es dort wenigstens angenehm warm und er hatte ständig Zugang zu frischem Kaffee.

Jetzt wärmte er sich seine Hände an der Thermoskanne und spürte, wie die Kälte des Schnees sich durch seine Schuhsohlen fraß. In zehn Minuten würde er kalte Füße haben und sie erst wieder warm bekommen, wenn er am Abend in seinem Wohnzimmer vor dem offenen Kamin saß.

Er stand diesseits der rot-weißen Absperrbänder, nippte an seinem Kaffee und scannte den Waldrand mit seinen Augen ab. Es gehörte zu seinen Grundsätzen, die Kriminaltechniker am Tatort ihre Arbeit machen zu lassen und ihnen dabei nicht im Weg herumzustehen.

Er hatte sich gleich nach seinem Eintreffen ein Bild von der Situation gemacht, kurz mit einem Kollegen des Polizeipostens aus Bad Wildbad gesprochen und sich von Förster Heinz Werkmann die Fährte des Wolfs und den Weg zu der Leiche im Wald zeigen lassen.

Obwohl er darin geschult war, bei Anblicken wie diesem professionelle Distanz zu wahren, musste er mehrmals schlucken und tief Luft holen, bevor er den Körper der Toten näher in Augenschein nehmen konnte. Sie waren dabei auf Abstand geblieben, um im Schnee keine verwertbaren Spuren zu zerstören, und nach wenigen Minuten in ihren eigenen Tritten wieder zum Waldrand zurückgekehrt.

Jetzt hielt sich der Kriminalhauptkommissar vom Fundort fern und bedrängte auch den Pathologen nicht durch nervige Fragen nach Tatzeitpunkt oder Todesursache. Er wusste, dass er wichtige Erkenntnisse ohnehin sofort erfahren würde und alle Experten, ebenso wie er, an einer raschen Aufklärung des Falles interessiert waren. In der Ruhe liegt die Kraft, war sein Motto, und damit war er bisher immer gut gefahren.

Es hatte genügend Hochs und Tiefs im Laufe seiner Polizeikarriere gegeben, er hatte einige Male Mist gebaut, richtigen Mist. Nach einem Disziplinarverfahren wegen versuchter Strafvereitelung im Amt war er vor einigen Jahren vom Polizeipräsidium in Stuttgart zur Kriminalpolizeiaußenstelle Singen am Hohentwiel versetzt worden. Er hatte zwar als Erster Kriminalhauptkommissar deren Leitung übernommen, doch war es für den nach einer Stelle beim Landeskriminalamt strebenden Beamten ein herber Rückschlag gewesen.

Die Beendigung seiner Affäre mit einer verheirateten Oberkommissarin des Stuttgarter Dezernats für Tötungsdelikte hatte nicht gerade dazu beigetragen, dass es ihm privat gut ging.

»Viel Spaß im Hegau«, hatte die Stuttgarter Oberkommissarin gegeifert, »ich hätte dir gewünscht, dass du die Uniform ganz ausziehen darfst! Und zwar diesmal nicht bei mir im Bett!«

Doch dann hatte er bei einem Mord am Fuß des Schiener Bergs im Grenzbezirk zur Schweiz die SOKO »Rotwein« geleitet und nach erfolgreichem Abschluss der Ermittlungsarbeiten endlich einen Job im Landeskriminalamt in Stuttgart bekommen.

Im vergangenen Herbst hatte er mit Wirkung zum 1. Oktober die Bestellung zum stellvertretenden Leiter des Kriminalkommissariats in Calw erhalten und fühlte sich mehr als wohl in seiner Zuständigkeit im Nördlichen Schwarzwald.

Förster Heinz Werkmann stand mit seiner Setterhündin abseits und beobachtete aus der Entfernung das Treiben der Ermittler im lichten Wald. Er war wie immer fasziniert von der Exaktheit und Detailgenauigkeit, mit der diese Leute vorgingen. Es würde ihn wieder einmal in Erstaunen versetzen, welche Kleinigkeiten sie im Wald entdecken und welche Schlüsse sie daraus ziehen würden. Wenn der Mörder dort auch nur die geringste Spur hinterlassen hatte, sie fänden sie. Egal ob Mensch oder Tier, dachte er.

»Auch einen Schluck Kaffee?«, fragte Kommissar Bosch und trat, den abgeschraubten Deckel der Thermoskanne als Becher in der Hand, neben den Förster.

Der nickte dankbar.

»Schrecklicher Anblick, da drin«, meinte der Förster, nachdem er einen Schluck getrunken hatte. »Mir ist das richtig auf den Magen geschlagen.«

»Geht mir genauso«, gab Jens Bosch zu. »Wir sind da längst nicht so abgebrüht, wie die Kollegen im Fernsehen das immer spielen. Vom Pathologen mal ganz zu schweigen. Wie der so was übersteht, ist mir ein Rätsel.«

»Wird gar nicht so einfach sein, das Mädchen zu identifizieren, so wie der Wolf sie zugerichtet hat«, bemerkte Werkmann.

»Bist du dir so sicher, dass es ein Wolf war? Ich meine, nur wegen der Fährte?«, zweifelte der Kommissar.

»Ziemlich sicher. Welcher Beutegreifer bei uns käme da sonst infrage? Der Luchs, der sich mal unten im Südschwarzwald rumgetrieben hat, ist seit Monaten verschwunden. Ein verwilderter Hund? Wolfsspuren und Hundespuren sind eindeutig zu unterscheiden. Und ich habe die Herzform in den Pfoten erkannt. Ich hatte ja den direkten Vergleich zu den Abdrücken meiner Leila. Aber ich bin trotzdem gespannt, was euer Wildbiologe dazu sagt.«

»Das wäre schon der Hammer!«, murmelte Bosch. »Der Wolf ist doch schon einmal hier in der Gegend auffällig geworden. Dieses Blutbad in der Schafherde damals, vielleicht ein Jahr her?«

»Gleich drüben in Nonnenmiß. 43 Tiere. Und dann noch mal im Sommer in Huzenbach oben, bei Baiersbronn, zwei Schafe. Wir sind Wolfsgebiet seit damals.«

»Aber sonst gab es meines Wissens doch nur einzelne Sichtungen, keine ständigen Nachweise in Baden-Württemberg. Angefangen hat es mit einem überfahrenen Tier und es gab den erschossenen Wolf, den sie tot im Schluchsee gefunden haben. Dann diese Risse im Enztal, aber noch kein Rudel. Und jetzt gleich das!«

»Das wird für ganz schön Wirbel sorgen«, prognostizierte der Förster. »Ich habe schon jetzt genügend Anfeindungen, weil ich mich auf die Seite des Wolfs stelle, bin mal gespannt, was da noch kommt.«

»Was befürchtest du?«, fragte der Ermittler.

»Selbstjustiz«, sagte der Förster trocken. »Es gibt ein paar Leute, die keine Skrupel haben, in den Wald zu laufen und alles zu erschlagen, was auch nur von Weitem wie ein Wolf aussieht. Wenn die mobilmachen, darf ich mich warm anziehen.«

»Möchtest du Personenschutz?«, fragte Bosch, nicht ohne zu schmunzeln.

»Könnte nicht schaden«, gab der Förster mit einem Lächeln zurück, »aber vielleicht warten wir erst mal ab. Ich denke, es ist wichtig, nichts zu überstürzen. Selbst wenn hier Wolfsspuren neben einem toten Kind auftauchen, kann es doch auch ganz anders gewesen sein.«

»Du meinst, ein Zufall? Na, das kann ich mir nicht vorstellen. Aber du hast recht, wir sollten erst mal das Ergebnis der Obduktion abwarten.«

»Und Jaschke einschalten.«

»Den Wolfsberater aus Nagold?«, fragte Bosch.

Werkmann nickte.

»Das würde ich auf alle Fälle tun. Wenn jemand die Situation einschätzen kann, dann er.«

Die beiden Männer tranken einen Schluck Kaffee und sinnierten über das eben Gesprochene. Jeder hing seinen Gedanken nach, an einem kalten Wintermorgen im Nordschwarzwald, nach dem nichts mehr so sein würde wie vorher.

»Die armen Eltern«, murmelte der Förster schließlich.

»Es liegt eine Vermisstenanzeige vor«, sagte der Kommissar leise, »bisher nur per Telefon, wir haben noch kein Foto. Ein Mädchen, 14 Jahre. Würde passen. Aus Wintersbach ...«

»Von hier?«, fragte Werkmann. »Hast du einen Namen?«

»Moment«, sagte Bosch und zog sein Smartphone aus der Tasche. Er rief eine der letzten Nachrichten auf und las vor:

»Luisa Gassner heißt das Kind. Die Mutter Katja. Der Vater Harald Haag. Die Mutter hat die Notrufzentrale angerufen, eine Kollegin ist unterwegs zu ihr und organisiert ein Foto des Mädchens.«

»Gassner, sagst du?«, fragte Werkmann zurück. »Ach du Scheiße!«

»Du kennst die Leute?«, wollte der Ermittler wissen.

»Ja, klar. Wintersbach ist nicht sehr groß. Hier kennt jeder jeden.«

»Und die Gassners?«

»Katja ist geschieden. Luisas Vater wohnt in Otterholz, der nächste Ort. Die Scheidung war eine üble Sache, viel schmutzige Wäsche, wenn du weißt, was ich meine. Die Katja hat damals gleich wieder geheiratet, den Kerl, mit dem sie ihren ersten Mann, also Luisas Vater, betrogen hat. Role Gassner. Ein richtiges Arschloch, wenn du mich fragst. Sorry, aber es gibt kein Wort, das ihn besser beschreibt. Drogen, Schlägereien, Einbruch, Knast. Das volle Programm.«

»Kennst du ihn persönlich?«

»Nur flüchtig. Ich möchte mit dem nichts zu tun haben. Keiner weiß, wie die Katja an den geraten ist. Er arbeitet in derselben Firma wie ihr Ex. Warum sie den inzwischen entlassen haben, aber Role noch dort ist, versteht keiner. Wahrscheinlich brauchen die so kräftige Gestalten im Baumarkt. Es heißt, Katja und Role haben sich bei einer Weihnachtsfeier kennengelernt und ihr Mann hat damals den Kürzeren gezogen.«

»Und das Mädchen?«

»Luisa ist ein Einzelkind. Ein nettes Ding. Freundlich, still, brav, manchmal ein bisschen nachdenklich, in sich gekehrt. Aber das ist nur mein persönlicher Eindruck, ich kenn sie nur vom Sehen. Ich glaube, sie darf noch zu ihrem Vater, aber sonst ist der Kontakt zu Haag abgerissen. Ich kann mir nicht vorstellen, dass Role ein guter Vater ist, aber das geht mich auch nichts an.«

»Interessante Familie«, sagte der Kommissar. »Und die Luisa? Hat …«, er starrte auf sein Smartphone, »…

lange braune Haare und einen kleinen Pigmentfleck auf der Nase …?«

Werkmann bejahte.

»Sie haben mir grade das Foto geschickt. Ist sie das?«

Jens Bosch zeigte dem Förster das Display. Der nickte zuerst und schüttelte dann den Kopf.

»Arme Katja«, flüsterte er. »Das bricht ihr das Herz …«

Oh mein Gott, dachte der Kommissar. Wer würde den Eltern die Nachricht überbringen?

13

Martin Jaschke starrte auf das Bild auf dem Monitor seines Smartphones. »Scheiße!«, fluchte der Biologe und wiederholte das Wort noch dreimal leise mit seinem sächsischen Akzent.

Er überlegte angestrengt, was zu tun war und wie er reagieren sollte. Die Lachfalten um seine Augen, die ihm ein verschmitztes, fast jugendliches Aussehen gaben, und das sympathische Lächeln, das sonst fast ständig um seine schmalen Mundwinkel spielte, wurden von breiten Sorgenfalten auf seiner hohen Stirn überschattet.

Er hatte die Augen zusammengekniffen und Daumen und Zeigefinger seiner rechten Hand fuhren auf dem fast geraden Rücken seiner schmalen Nase auf und ab, als ob er damit sein Nachdenken anregen wollte. Dann kratzte er sich am Kopf und fuhr sich mit der Hand durch sein dichtes, volles Haar, das, obwohl er noch nicht einmal 50 war, schneeweiß leuchtete und jetzt nach allen Seiten abstand. Er starrte erneut auf das Bild auf dem Display.

Wenn das Märchen von Rotkäppchen wahr wird, hatte er sich immer gesagt, dann ist die Kacke am Dampfen!

Fast schien es, als wäre es jetzt so weit.

14

Kriminalhauptkommissar Jens Bosch hatte recht gehabt: Es hatte ihn getroffen. Als leitender Ermittler der SOKO »Isegrim« war es seine Pflicht, den Eltern des getöteten Mädchens die Nachricht zu überbringen.

Es gab Situationen in seinem Leben als Polizist, in denen er seinen Job hasste. Was er jetzt vor sich hatte, gehörte dazu. Gewiss, sie waren geschult und fast immer zu zweit auf dem Weg zu den Angehörigen. Doch noch verfügte die SOKO nicht über genügend Leute und es gab für die Kollegen Wichtigeres zu tun. Er hatte dem Beamten des zuständigen Polizeipostens Bad Wildbad freigestellt, ihn zu begleiten, doch der hatte kopfschüttelnd abgelehnt. Somit war Jens Bosch allein losgefahren.

Er hatte eine Wegbeschreibung der Kollegin, die am Morgen nach der Vermisstenmeldung ein Foto des Mädchens bei der Familie abgeholt hatte, und ließ sein Navi ausgeschaltet. Er fuhr ohnehin immer noch lieber mit der Landkarte und verließ sich auf seinen Orientierungssinn. »Ortsausgang Richtung Bad Wildbad«, hatte die Kollegin gesagt, »letzte Straße links.« Ortsrandlage, das Grundstück grenzte an den Wald, durch den der Fußweg nach Otterbach führte. Der Wald, in dem der Förster die Leiche Luisas gefunden hatte.

»Katja und Roland Gassner« war auf dem Klingelschild des schlichten ehemaligen Bauernhauses zu lesen, das jetzt ein Mehrfamilienhaus war. Renovierungsbedürftig, dachte der Kommissar angesichts der abblätternden Farbe auf den Holzschindeln und der verschmutzten Jalousien, die schief und krumm in einigen der Fenster hingen. Die Haustürglocke erzeugte einen altertümlichen Gongton in Dreiklangfolge, wie er ihn zuletzt vor Jahrzehnten bei seiner Großmutter gehört hatte, dann kamen von drinnen Schritte näher.

Die Frau, die ihm öffnete, sah ihn erwartungsvoll an. Er trug keine Dienstuniform und war somit nicht als Polizist zu erkennen.

Katja Gassner war ungeschminkt, braune, strähnige Haare hingen ihr bis auf die Schultern und der Pony berührte die spärlichen Augenbrauen. Ihr Piercing sollte wohl jugendlich wirken, doch Bosch schätzte sie auf Anfang 30.

Er ahnte, dass sie um einiges jünger war, doch die dicken Tränensäcke unter ihren verheulten Augen, die faltigen

Wangen und hängenden Mundwinkel und die insgesamt ungepflegte Erscheinung der Frau in schmuddeligem Pulli und zu enger, fleckiger Jeans ließ sie um Jahre älter wirken.

»Frau Gassner?«, fragte er, nur der Form halber, und zeigte ihr seinen Ausweis. »Mein Name ist Jens Bosch vom Kriminalkommissariat Calw.«

»Kriminal-…kommissariat?«, echote sie und schluckte trocken.

»Darf ich reinkommen, bitte?«, fragte er.

Sie trat einen Schritt zur Seite und er zwängte sich an ihr vorbei in einen düsteren, schmalen Flur, der wesentlich mehr Gegenstände zu beherbergen schien, als in ihm Platz hatten. Eine Garderobe an der linken Wand des engen Raums quoll über vor Jacken, Anoraks, Schals und Mützen, darunter lag ein Dutzend Schuhe in wildem Durcheinander und ohne paarweise Zugehörigkeit. Zeitungen und billige Zeitschriften stapelten sich kniehoch entlang der anderen Wand, Altpapier für die kommende Sammlung. Ein gelber Sack ragte dazwischen empor, gut gefüllt, aber oben offen. Leere Getränkekisten, Tetrapacks und ein Korb mit leeren Flaschen standen ebenfalls auf dem kaum einen Meter breiten Boden, der sicher seit Monaten kein Putzwasser gesehen hatte.

Die Lampe an der Decke warf nur einen gelblichen, fahlen Schein auf das Chaos und Jens Bosch bahnte sich einen Weg zu einer offen stehenden Tür am Ende des Ganges. Gerne wäre er zur Seite getreten, um Katja Gassner den Vortritt zu lassen, doch es gab keinen Raum für zwei Erwachsene nebeneinander. Also trat er als Erster in das Wohnzimmer und die junge Frau folgte ihm mit eiligen Schritten.

»Sie haben Ihre Tochter als vermisst gemeldet«, begann

er, und es war, wie er es betonte, keine Frage, sondern eine Aussage.

Katja Gassner nickte.

»Ja, heute Morgen war schon jemand da und wollte ein Bild.«

Mit zittriger Stimme fragte sie:

»Haben Sie Luisa gefunden? Wo ist sie? Es ist doch nichts passiert?«

Die Angst, die in ihrer letzten Frage mitschwang, schnürte dem Kommissar die Kehle zu und er sagte zunächst nichts. Dafür fischte er einen Gegenstand aus seiner Jackentasche und hielt ihn Luisas Mutter hin.

»Kennen Sie das hier?«

Es war ein kleines silbernes Kettchen, ein Armband, mit einer ovalen Platine, auf der fünf Buchstaben graviert waren. Katja Gassner riss entsetzt die Augen auf und starrte auf die Kette. Ihre Finger fuhren über die Gravur und ertasteten die fünf Großbuchstaben des Namens: LUISA.

Kommissar Bosch ließ ihr keine Zeit, die Wahrheit zu begreifen, sondern reichte ihr das Foto, das sie am Morgen seiner Kollegin ausgehändigt hatte.

»Das ist Ihr Foto von Luisa«, hörte sie nur, doch es klang nicht wie eine Frage, sondern wie eine Bestätigung. Die Ahnung, die in ihr aufstieg, hatte etwas Bedrohliches und wurde zur grausamen Bestimmtheit, als sie den ernsten Gesichtsausdruck des Kommissars sah. Katja Gassners Augen huschten zwischen dem Foto und dem Kettchen hin und her.

»Ja«, murmelte sie, so leise und dünn, dass Jens Bosch Mühe hatte, es zu verstehen.

»Luisa hat … lange braune Haare und einen kleinen Pigmentfleck auf der Nase?«, fragte er weiter.

Katja Gassner nickte und Tränen rannen über ihre Wangen, ihre Mundwinkel zuckten, als sie zitternd fragte:

»Was ist mit Luisa? Ist sie … tot?«

Sie sprach das Wort aus, was sich viele Angehörige in solchen Situationen nicht getrauten, und Jens Bosch nickte rasch. Er war froh, den Satz »Sie ist tot« nicht mehr selbst aussprechen zu müssen, und sagte nur leise, fast unhörbar: »Es tut mir leid.«

Er überließ der Frau das Kettchen und schwieg. Er musste ihr Zeit lassen, das Unbegreifliche zu begreifen, den Schmerz zuzulassen und ihn vielleicht hinauszuschreien, hinauszuheulen, explodieren zu lassen, wie er es schon so oft erlebt hatte. Oder ihn einfach schweigend zu ertragen, zu unterdrücken, es nicht wahrhaben zu wollen. Oder zusammenzubrechen. Jeder Mensch nahm eine solche Nachricht anders auf.

Doch Katja Gassner überraschte ihn erneut. Nicht nur, dass sie das Wort *»tot«* selbst ausgesprochen hatte, sie verfiel auch jetzt weder in Heulen oder Schreien noch brach sie zusammen. Vielmehr wischte sie die Tränen ab, wandte ihm den Rücken zu und starrte aus dem Fenster hinaus in den Schnee.

»Wie?«, hörte er.

Nur dieses eine Wort.

Wie.

Er brauchte einen Augenblick, um es zu verstehen.

Wie.

Rein akustisch.

Wie.

Und er verstand.

Katja Gassner hatte es geahnt.

Gespürt.

Vielleicht sogar gewusst.

Sie hatte es geahnt, als sie Luisa vermisst gemeldet hatte. Und es schon gespürt, als er vor ihr stand. Es gewusst, als sie die Kette sah. Oder vorher schon. Dass ihr Kind tot war.

Nur eines wusste sie nicht:

Wie.

Kriminalhauptkommissar Jens Bosch zögerte.

Was sollte er antworten? Dass vielleicht ein … Wolf …? Sollte er sie schonen? Sollte sie es aus der Zeitung erfahren? Oder im Radio hören?

Die Polizei geht davon aus, dass das Kind von einem Wolf gerissen wurde …

Noch hatte er Zeit, ihr das zu verschweigen. Doch falls es so war, würde sie das als eine der Ersten erfahren, das schwor er sich. Sie würde es nicht in der Zeitung lesen oder im Radio hören. Er selbst würde es ihr sagen, aber erst, wenn er Gewissheit hatte.

»Wir wissen es noch nicht, Frau Gassner.« Er holte tief Luft. »Wir können Ihnen augenblicklich nur sagen, dass es mit einiger Sicherheit kein Unfall war. Man hat sie im Wald gefunden.«

Er machte eine Pause und rechnete mit der Frage: *Wurde sie umgebracht?*

Doch Katja Gassner überraschte ihn zum dritten Mal.

»Hat man sie vergewaltigt?«, fragte sie.

Er starrte sie an, doch da er nur ihren Rücken sah, konnte er nicht erkennen, welcher Gesichtsausdruck diese Frage begleitete.

»Wie kommen Sie … auf diese Frage?«

Ein stummes Schulterzucken, mehr nicht.

»Haben Sie einen Grund, das zu vermuten?«, bohrte er weiter. Doch Katja Gassner schüttelte den Kopf und drehte sich zu ihm um.

»Sie werden mir die Wahrheit sagen ...?« Es klang wie ein Flehen.

Jens Bosch ließ eine Minute verstreichen, bevor er nickte und dann fragte:

»Darf ich Ihnen ein paar Fragen stellen?«

Sie nickte.

»Seit wann haben Sie Luisa vermisst?«

»Seit gestern Abend. Sie sollte um 17 Uhr zu Hause sein. Es ist schon dunkel um diese Zeit und ich habe mir Sorgen gemacht.«

»Wo ist sie gewesen?«

»Bei ihrem Vater. Wir sind geschieden. Er lebt in Otterholz. Dem Nachbardorf.«

»War Luisa allein unterwegs?«

»Ja. Sie geht dort immer allein hin. Ist ja nicht weit.«

»Zu Fuß?«

»Jetzt im Winter ja. Sonst nimmt sie das Rad.«

»Haben Sie sie gesucht?«

»Ja. Ich bin alle Wege abgefahren. Die Straße und den Feldweg.«

»Der führt durch den Wald!«

Sie sagte nichts.

»Ist Luisa bei Nacht allein durch den Wald gegangen?«

»Ja. Es machte ihr nichts aus und sie lief lieber den kürzeren Weg.«

Er stellte wieder einmal überrascht fest, wie selbstverständlich man von Toten in der Vergangenheit sprach.

»Wann ist sie bei ihrem Vater aufgebrochen?«

»Ich weiß es nicht. Ich habe ihn noch nicht erreicht.«

»Wie heißt Luisas Vater?«

»Harald Haag.«

»Hätte er sie nicht herfahren können?«

»Das wollte ich nicht!« Ihre Antwort kam scharf und schneidend.

»Und warum nicht?«

»Weil es immer Streit gab.«

»Streit?«

»Mein Mann und Luisas Vater. Die beiden mögen sich nicht gerade. Mein Mann … Roland … hat Harald Schläge angedroht, wenn er sich hier blicken lässt.«

»Und das hätte er gemacht? Ich meine – Luisas Vater geschlagen?«

Sie nickte stumm.

»Ist Ihr Mann da?«

»Nein. Er ist unterwegs. Ich werde ihn anrufen. Er muss es ja auch wissen.«

»Und Luisas Vater? Rufen Sie ihn auch an? Oder sollen wir jemanden hinschicken?«

»Das … wäre mir lieber.«

»Kann ich sonst irgendetwas für Sie tun? Brauchen Sie Hilfe oder Beistand?«

»Nein«, sagte sie. »Mir hilft sonst auch keiner.«

Jens Bosch ließ sich die Adresse von Luisas Vater geben, doch er traf niemanden an. Mit einem schlechten Gefühl im Bauch fuhr er ins »Kreuz« nach Wintersbach zurück.

Sein Bauchgefühl hatte ihn noch nie getrogen.

15

Martin Jaschke wählte die Nummer des Mannes, der ihm die Nachricht und das Bild geschickt hatte.

»Kommissar Bosch, sind Sie vor Ort?«, fragte Jaschke, als sich die Stimme endlich meldete.

»Nein«, erwiderte der Leiter des Kriminalkommissariats Calw, »zumindest nicht mehr am Fundort. Ich war durchgefroren nach dem Morgen im Wald. Die Kollegen haben erst vor einer Stunde ihre Arbeit da draußen beendet.«

»Wo sind Sie jetzt?«, fragte Martin Jaschke.

»Im Gasthof ›Kreuz‹ in Wintersbach. Wir haben im Nebenzimmer eine kleine Kommandozentrale eingerichtet. Es wird eine SOKO geben.«

»Und Sie sind sicher, dass es ein Wolf war?«

»Sonst hätte ich Sie ja wohl kaum verständigt. Die Spuren sind ziemlich eindeutig.«

»Wer sagt das?«

»Der Förster, der das Kind gefunden hat.«

»Ein Förster? Verdammt, warum haben Sie mich nicht gleich hinzugezogen?«

»Ich habe das nicht für notwendig gehalten. Wir hatten einen wildbiologischen Sachverständigen des LKA vor Ort, der die Vermutung des Försters bestätigt hat. Es ist alles dokumentiert. Fotos, Abdrücke, das ganze Programm. Unser Mann hält es nach seiner ersten Einschätzung für möglich, dass die Wunden des Opfers einem Wolfsriss zugeordnet werden könnten. Den Rest werden die Kollegen in der Pathologie klären.«

»Können wir uns treffen?«, fragte Martin Jaschke aufgeregt. »Ich muss die Spuren mit eigenen Augen sehen.«

»Sie wollen zum Fundort?«, fragte der Kommissar.

»Ich muss mir das anschauen! Es ist meine Pflicht als Wolfsberater!«

»Wann können Sie hier sein? Es wird bald dunkel!«

Der Biologe überschlug die Strecke von Nagold nach Wintersbach. Er würde über Altensteig hinauf nach Simmersfeld fahren und dann hinunter ins Enztal nach Enzklösterle. Von dort aus war es ein Katzensprung.

»In gut 'ner dreiviertel Stunde, wenn die Straßen frei sind.«

»In Ordnung. Kommen Sie in Wintersbach ins ›Kreuz‹. Ich stelle jemanden ab, der mit Ihnen da rausfährt.«

»Was davon geben Sie der Presse bekannt?«

»Eine Pressemitteilung geht in diesen Minuten raus. Wir haben nur noch abgewartet, bis die Angehörigen informiert sind. Das Kind wurde heute Morgen als vermisst gemeldet. Ich schätze, im SWR und bei den regionalen Privaten hören Sie es in der nächsten Stunde. Und online wird's kaum länger dauern.«

»Auch der Verdacht, dass es … ein Wolf gewesen sein könnte?«, hakte Jaschke nach.

»Es könnte nicht ein Wolf gewesen sein, es war ein Wolf!«, korrigierte ihn der Kommissar. »Wir können das nicht geheim halten!«

»Und wenn es doch ein streunender Hund war?« Martin Jaschke klammerte sich an den letzten Strohhalm.

»Wir konnten das Wort ›Wolf‹ noch vermeiden, aber wer ein bisschen zwischen den Zeilen lesen kann, wird seine Schlüsse ziehen. Morgen wird es eine Pressekonferenz geben«, gestand der Kommissar ein. »Wir werden die genetischen Beweise abwarten. Und dann, mein lieber Jaschke«, schloss er, »möchte ich nicht in Ihrer Haut stecken, falls es tatsächlich ein Wolf war! Dann ist es aus mit der Wolfsromantik!«

»Und falls es keiner war? Gibt es dann auch noch mal eine Pressekonferenz? Oder steht das dann nur wieder klein gedruckt im Regionalteil?«

Martin Jaschke, Wolfsberater für die Region Nördlicher Schwarzwald, beendete das Gespräch.

16

Martin Jaschke konnte es nicht glauben. Es war einfach zu unwahrscheinlich. Der Biologe war jetzt seit über zehn Jahren im Wolfsmonitoring beschäftigt und lebte seit zwei Jahren in Nagold, in einem Gebiet zwischen dem Gäu mit seinen weiten Wiesen und Feldern und dem Nördlichen Schwarzwald mit seinen engen Tälern und ausgedehnten waldigen Höhenzügen, eine Region, die als Wolfsrevier ideal war. Seitdem im vergangenen Jahr ein Wolf im Enztal zugeschlagen hatte, war es vom Wolfserwartungsland zum Wolfsgebiet geworden.

Martin Jaschke hatte die Rudel in seiner sächsischen Heimat beobachtet, die Spuren der ersten Wölfe im Schwarzwald verfolgt und ihr vereinzeltes Erscheinen dokumentiert. Als 2017 der erste Wolf nach seiner Ausrottung in

Baden-Württemberg auftauchte, war er an einem Wolfsmonitoring beteiligt, das die Existenz von 47 Rudeln, 15 Paaren und vier Einzeltieren für ganz Deutschland ermittelt hatte.

Er hatte Fotofallen, Kotproben und Spuren ausgewertet, tot aufgefundene Tiere untersucht, für das »Kontaktbüro für Wölfe in Sachsen« Aufklärungsarbeit betrieben und in Fällen von Nutztierrissen Schadensbegutachtung geleistet. Und er hatte seine Hand dafür ins Feuer gelegt, dass es zu keinem Zwischenfall mit Menschen kommen würde.

Doch hatte er wirklich daran geglaubt?

Seine Gedanken wanderten zurück in seine Heimat. Der Elbtalkessel in der Lößnitz, zwischen Dresden und Meißen. Er war unweit von Dresden aufgewachsen, 50 Minuten mit der Tram raus aus der Stadt, rüber über die Elbe, Richtung Nordwesten. Radebeul. Kannte man im Westen am ehesten durch Karl May. Der Schriftsteller hatte seine letzte Ruhestätte auf dem kleinen Friedhof.

Jaschke hatte seinen ersten Karl May erst nach der Wende gelesen und war fasziniert gewesen. Die Abenteuer von Old Shatterhand und Winnetou hatten ihn sofort in ihren Bann gezogen, und die Tiergeschichten, mit denen die Abenteuer der Helden gespickt waren, hatte er verschlungen. Da gab es Büffel und Grizzly in »Winnetou I«, den Löwen in »Die Sklavenkarawane«, Kaimane in »Am Rio de la Plata« und sogar einen Wolf in »Im Tal des Todes«. Dabei hatte ihn nie die geschilderte Jagd auf die Tiere interessiert, sondern vielmehr die scheinbar so hautnahe Begegnung von Mensch und Tier in der Wildnis, die er später in seinem Studium auf zahlreichen Reisen am eigenen Leib erleben konnte.

Vielen seiner Traumtiere war er dabei begegnet: Schimpansen in Mahale, Panzernashörnern in Kaziranga, Gorillas in Bwindi, Braunbären in Finnland und dem Jaguar im Pantanal.

Nur einen Wolf hatte er bisher noch nie lebend in freier Wildbahn gesehen. Gehört schon, drüben im Yellowstone, aber eben nicht gesehen, obwohl Wölfe schon seit 1996 wieder in Deutschland lebten, zugewandert von Polen in die Lausitz im Süden Brandenburgs und im Osten Sachsens. Hier war der Wolf schon früher zu Hause gewesen. Martin Jaschke dachte an die Geschichten, die man sich in der Lausitz vom »Tiger von Sabrodt« erzählte, ein »echter, rechter Wolf«, eine »Bestie, die nachweislich fünf Jahre ihr Dasein in der Umgegend gefristet hat« und – wie er im Artikel einer Jagdzeitung nachgelesen hatte – 1904 »ebendort zur Strecke gebracht« worden war.

Und noch einmal war 1948 ein Wolf aufgetaucht, der unter dem Namen »Würger vom Lichtenmoor« Berühmtheit erlangte und dem im August desselben Jahres in der Schotenheide im Kreis Fallingbostel in Niedersachsen sein Ende bereitet wurde.

Die Märchen vom bösen Wolf hatten in Wirklichkeit nie aufgehört zu existieren, und fast schien es so, als würde jetzt im Schwarzwald ein neues Kapitel geschrieben, dachte Martin Jaschke, schnappte seinen Autoschlüssel und verließ das kleine Büro.

Sein Smartphone vibrierte und er erkannte das Profilbild von Linda Roloff. Es zeigte eine gut aussehende Frau Mitte 40 mit langem schwarzem Pferdeschwanz und sportlicher Figur irgendwo in Afrika. Im Hintergrund waren Baobabs und Dumpalmen zu erkennen. Tarangire oder Moremi, vermutete er.

Jaschke drückte den Anruf weg. Diese Roloff war ihm zwar nicht unsympathisch, aber die aufdringlichen Fragen einer Journalistin hatten ihm jetzt gerade noch gefehlt. Außerdem hatte ihm der stellvertretende Leiter der Kriminalpolizeidirektion Calw versichert, dass noch nicht von einem Wolfsangriff die Rede war und es eine offizielle Pressekonferenz geben würde, was also wollte sie von ihm? Gut, sie war vif und betrieb eine gründliche und kluge Recherche. Je nach Abfassung dieser Pressemeldung würde sie ihre Schlüsse ziehen, und da sie sich kannten, rief sie ihn an. Logisch.

War es richtig, sie abzuweisen, fragte er sich. Wäre es nicht klüger, mit ihr zu reden? Sie zählte gewiss nicht zu den sensationsgeilen Mitgliedern ihrer Zunft und er hielt sie für vernünftig genug, eine tödliche Wolfsattacke auf ein Kind erst dann als solche zu melden, wenn sie untrüglich feststand.

Er setzte sich ans Steuer seines Dacia Duster, den er sich als Allrad gerade so leisten konnte, hängte das Smartphone in die Freisprechanlage und wählte den letzten Anrufer.

Linda Roloff.

»Martin? Danke, dass Sie zurückrufen! Sie haben's ja sicher schon mitbekommen?«, fragte sie und er wusste, dass er richtig kombiniert hatte.

»Mitbekommen – was?«, fragte er trotzdem vorsichtig zurück.

»Es kam grade eine Meldung rein, von einem Leichenfund in einem Waldstück im Nordschwarzwald. Ein Kind. Todesursache ungeklärt. Die Meldung ist so seltsam formuliert, dass bei einigen von uns in der Redaktion sofort die Alarmglocken schrillten. Es sei von einem ›Fremdverschulden durch Mensch oder Tier‹ auszugehen.«

Welcher Idiot hatte das so formuliert, schoss es ihm durch den Kopf und er hörte nur mit halbem Ohr, wie Linda Roloff fortfuhr:

»Nach der Unruhe, die es schon vor einem Jahr nach diesen Schafsrissen durch einen Wolf gab, werde ich mich keinem wilden Aktionismus anschließen, aber die Frage liegt auf der Hand, ob es ein Wolf gewesen sein könnte. Und da wende mich lieber gleich an Sie.«

Sie machte eine Pause und er bemerkte, wie seine Gedanken Achterbahn fuhren. Wenn auch nur in einer Meldung in den nächsten Stunden das Wort »Wolf« – selbst mit drei Fragezeichen – auftauchte, wenn auch nur eine Schlagzeile am nächsten Morgen die vier Buchstaben »Wolf« in Zusammenhang mit dem Tod des Kindes brachte …!

Er mochte den Gedanken nicht zu Ende denken.

»Was wissen Sie über den Fall?«, fragte Linda Roloff jetzt laut, denn er hatte nicht registriert, dass sie ihm die Frage schon einmal gestellt hatte.

»Nicht mehr als Sie«, antwortete er. »Ich habe nur ein Bild vom Tatort, mit der Leiche. Allein damit kann ich …«

»War es ein … Wolf?«, fiel sie ihm ins Wort.

»Ich weiß es nicht.«

»Könnte es einer gewesen sein?«

»Es könnte alles Mögliche gewesen sein, das ist auf dem Foto nicht zu erkennen! Ein Mensch, ein Hund, ein Wildschwein …« Er wagte es nicht, das Wort »Wolf« auszusprechen.

»Wann fahren Sie hin?«, fragte sie direkt. »Ich möchte, dass Sie mich mitnehmen!«

»Und wozu?«, fragte er. »Es soll doch morgen eine Pressekonferenz geben, sobald weitere Erkenntnisse vorliegen.«

»Das dauert meinen Kollegen zu lange. Sie wollen etwas Handfestes melden. Soll ich in der Pathologie anrufen? Gut, das kann ich machen. Aber in der Pathologie kenne ich niemanden. Sie kenne ich! Und ich wiederhole noch einmal: Ich werde mich keiner Hysterie anschließen. Wenn es auch nur die geringste Hoffnung gibt, dass es *kein* Wolf war, bin ich auf Ihrer Seite!«

Er hatte ihr ruhig zugehört. *Bin ich auf Ihrer Seite*. War das nicht eine Chance? Eine Journalistin, die nicht auf den allgemeinen Hype gegen den Wolf aufsprang?

»Ich weiß nicht«, sagte er zögernd. »Ich glaube nicht, dass die Polizei einer Journalistin den Zutritt zum Tatort erlaubt.«

»Wer leitet die Ermittlungen?«

»Hauptkommissar Bosch von der Kriminalpolizeidirektion Calw.«

»Jens Bosch?«

»Ja. Ist erst seit Herbst im Schwarzwald. Patenter Mann.«

»Den kenne ich. Wir hatten schon ein-, zweimal das Vergnügen. Er schuldet mir noch so was wie einen Gefallen. Er wird nichts dagegen haben, wenn ich Sie begleite. Ich bin außerdem Mitglied bei EUROLUPUS. Den Ausweis habe ich bei mir. Sie kennen mich lange genug, also was ist?«

»Und was passiert, wenn es doch …«

»Der Wolf war?«, ergänzte sie.

»Ja«, antwortete er kleinlaut.

»Dann können Sie sicher auch jemanden brauchen, der Sie und Ihre Arbeit nicht an den Pranger stellt!«

Er hatte sie richtig eingeschätzt. Sie würde recherchieren und neutral berichten.

»Im Zweifel für den Angeklagten?«, fragte er.

»Was glauben Sie? Könnten es Wölfe gewesen sein?«

Er atmete tief durch.

»Äußerst unwahrscheinlich. Und ich hoffe: nein.«

»Im Zweifel für den Angeklagten«, bestätigte sie.

»Schaffen Sie es in 45 Minuten nach Wintersbach ins ›Kreuz‹?«

»Durch Herrenberg und Calw um diese Zeit? Wohl kaum. Ich brauche mindestens fünfviertel Stunden.«

»Das wird zu spät, es wird schon bald dunkel. Ich fahr allein zum Tatort und Sie warten im ›Kreuz‹ auf mich. Ich gebe dort Bescheid. Wenn es noch nicht zu spät ist, sollen die Sie rausbringen.«

»Nicht nötig«, meinte sie jetzt und lachte. »Ich habe darauf vertraut, dass Sie Ja sagen und bin schon unterwegs. Ich kenn die Strecke ganz gut, aus meiner Zeit in Baden-Baden. Komme gleich an die Kreuzung zur Bundesstraße nach Pforzheim und Freudenstadt. Bin in einer Viertelstunde da. Ich warte im Wagen vor dem ›Kreuz‹ auf Sie. Und: Danke!«

17

Linda Roloff lächelte in sich hinein. Martin Jaschke passte in die raue Landschaft des Schwarzwalds und zum Menschenschlag in den einsamen Tälern zwischen Nagold und Enz wie eine Orchidee in die Arktis.

Für sie hatte sein unverkennbar sächsischer Dialekt etwas Sympathisches, auch wenn er ihn ständig zu unterdrücken versuchte, schimmerte er doch immer leicht durch und verriet seine Herkunft. Gerade im abgelegenen Wintersbach, wo die Einheimischen gerne unter sich blieben und selbst sie als Journalistin aus Tübingen wie ein Fremdkörper wirkte, fiel Martin Jaschke auf wie ein exotisches Alpaka in einer Schafherde. Linda selbst hatte schon mehrfach aus Wintersbach berichtet, es war im Winter ein beliebter Ort für Schneeschuhtouren und der Skiclub einer der ersten, der bei Neuschnee Loipen spurte. Auch nach Bad Wildbad hatte sie gute Kontakte, war fast jährlich im Juli beim Rossinifestival dort und hatte live von der Eröffnung der neuen Wild Line-Hängebrücke im letzten Sommer gesendet.

Linda kannte die Region hier oben seit Jahren, hatte schon während ihrer Ausbildung als junge Radiojournalistin in Baden-Baden den Nordschwarzwald kennengelernt und nahm für ihre Termine dort, so oft es ging, statt der überlasteten Autobahn über Stuttgart und Karlsruhe die Strecke durch den Schwarzwald, auf den kurvenreichen Straßen über die Höhen und entlang der Täler von Nagold, Enz und Murg und dann in Gernsbach durch den Wald mit seinen Rhododendrenhängen an Schloss Eberstein vorbei, hinunter an die Oos. Von ihrer Haustür in Wurmlingen bei Rottenburg zur Funkhauspforte in Baden-Baden benötigte sie gerade mal 90 Minuten.

Seit sie beim Sender arbeitete, genoss sie neben ihrer Tätigkeit am Mikrofon die Recherchen, die sie für ihre Reportagen in die hintersten Winkel des Sendegebiets führten. Sie fuhr gerne immer wieder andere Strecken über den Schwarzwald Richtung Rhein und weiter ins Elsass, über Calw und den Dobel nach Bad Herrenalb oder über Freudenstadt und den Kniebis und den Ruhestein hinunter nach

Achern, liebte die rauen Grinden entlang der Schwarzwaldhochstraße, die Wasserfälle von Allerheiligen und den verträumten Sankenbachsee bei Baiersbronn, spazierte durch die Fachwerkidylle von Schiltach, wenn sie durch das Kinzigtal Richtung Elzach fuhr, wo ihr Lieblings-Wellnesshotel lag, genoss die Weite der Landschaft aus Mooren und Hochflächen auf dem Kaltenbronn und rund um den Wildsee.

Die Landschaft dort oben erinnerte sie an die Aberdares in Kenya, wo sie vor vielen Jahren mit Alan Scott ihr erstes Schwarzes Nashorn gesehen hatte. Der Bergwald dort, die Sumpfwiesen, in denen Buschböcke, Kaffernbüffel und Riesenwaldschweine weideten, waren so etwas wie die tropische Ausgabe des Wildseemoors.

Linda dachte an Alan Scott, den Mann, der dort lebte, in Afrika, wenn auch jetzt nicht mehr in Kenya, sondern auf seiner Farm in Namibia. Über Weihnachten war sie dort gewesen und sie hatten ihre Liebe genossen und neue Pläne für eine gemeinsame Zukunft geschmiedet. Pläne, die wieder in den Hintergrund gerückt waren, als sie nach Deutschland und in ihren Alltag zurückgekehrt war.

Afrika war abermals zu einem unerreichbaren Traum geworden und die Realität hatte sie rasch wieder eingefangen.

»Träume werden geträumt«, hatte ihre beste Freundin Babs einmal zu ihr gesagt, »und die Realität ist real. Wenn du das ändern willst, musst du die Realität ändern und nicht weiterträumen.«

In Deutschland schien ihr Alan Scott unendlich weit entfernt. Das Band, das sie zwischen sich und ihm spürte, seine Anziehungskraft, die sie immer wie ein Magnet nach Afrika zog, beides nahm ab, je länger sie voneinander getrennt waren. Und plötzlich verschwand sein Gesicht vor ihrem geistigen Auge und machte Platz für den Mann, den sie in wenigen Minuten wiedertreffen würde.

Jens Bosch, dachte Linda. Aller guten Dinge sind drei…, und sie schmunzelte bei dem Gedanken an den attraktiven, sympathischen Kommissar. Kurz nach ihrer letzten Begegnung war er nach Stuttgart ins LKA versetzt worden und sie hatten sich aus den Augen verloren.

Linda folgte den Serpentinen, die hinunter ins Enztal führten und ihre Gedanken wanderten zurück. Sie kannte den knapp 50-jährigen Polizisten schon einige Zeit, doch hatte ihr freundschaftliches Verhältnis einen Knacks bekommen, als sie vor einigen Jahren sein Vertrauen ausgenützt hatte.

Ihr erstes Zusammentreffen kam ihr in den Sinn. Es war auch auf einer Pressekonferenz gewesen, unten am Bodensee, in Friedrichshafen. Ein mysteriöser Mordfall damals, mit einer Leiche auf einem Baum. Vom »Leopardenmörder« hatte die Presse geschrieben.*

Jens Bosch war damals stellvertretender Leiter der SOKO »Kastanie« gewesen. Ein attraktiver Typ, sportlich, ziemlich gestylt und – natürlich – verheiratet. Sie hatten sich auf Anhieb gut verstanden. Aber mehr als einen etwas zu langen Händedruck oder eine flüchtige Berührung hatte es nicht gegeben, wobei Jens – da hatte er offen gespielt – einem heißen Flirt nicht abgeneigt war.

Nach der Lösung des Falls war er befördert worden. An seinem Ermittlungserfolg war sie damals nicht ganz unbeteiligt gewesen. Doch seine Versetzung nach Stuttgart sollte nur von kurzer Dauer sein, es wurde nichts aus der Stelle beim Landeskriminalamt.

---

* Leopardenjagd

Auch das hatte er letzten Endes ihr zu verdanken: Linda hatte zu der Zeit unter dem Verdacht gestanden, einen Architekten aus Südafrika erschossen zu haben. Die Oberkommissarin, die das Verhör geführt hatte, hatte für Untersuchungshaft plädiert. Jens Bosch hatte sich für Linda verbürgt und sie durfte nach Hause, unter der Voraussetzung, sich am nächsten Morgen zu einer bestimmten Zeit wieder zur Verfügung zu stellen. Doch sie hatte sich stattdessen nach Südafrika abgesetzt, um auf eigene Faust zu recherchieren.*

Gegen Kriminalhauptkommissar Jens Bosch war ein Disziplinarverfahren eröffnet worden, der Vorwurf hatte auf versuchte Strafvereitelung im Amt gelautet. Jens Bosch hatte noch Glück gehabt, dass ihn statt eines Strafverfahrens nach Paragraph 258 des Strafgesetzbuchs mit Freiheitsentzug bis zu fünf Jahren oder einer Geldstrafe nur eine Versetzung in die Provinz ereilt hatte.

Linda hatte ihn ganz schön reingeritten durch ihre Flucht nach Südafrika. Er hatte sie von der Untersuchungshaft verschont, im guten Glauben, ihr vertrauen zu können. Doch sie hatte sein Vertrauen missbraucht und seiner Karriere dadurch enormen Schaden zugefügt.

Linda hatte zwar die Tat in Südafrika aufklären und ihre Unschuld beweisen können, doch die Verbindung zu Jens Bosch hatte einen Knacks bekommen.

Als sie sich nach Jahren auf der Höri wiederbegegnet waren, hatten sie sich ausgesprochen. Jens Bosch war ihr mehr als sympathisch, und zu wissen, dass er ihr verziehen hatte, hatte sie einfach nur glücklich gemacht.

Jetzt also war er, wie Martin Jaschke gesagt hatte, der leitende Ermittler vor Ort und sie würde ihm mit Sicher-

---

* Bombenspiel

heit wieder begegnen. Linda setzte den Blinker und folgte der Landstraße im Großen Enztal Richtung Wintersbach.

18

Der Schnee lag zentimeterhoch auf dem Dach des Einfamilienhauses, der Weg durch den Garten war verschneit, die Zaunpfosten trugen weiße Hauben und auf den schwarzen, kahlen Ästen der Obstbäume lag ein Hauch Puderzucker.

Marc war allein zu Hause und es gab niemanden, den er fragen konnte, ob er noch raus durfte. Papa war arbeiten und Mama beim Einkaufen. Es konnte noch ewig dauern, bis sie endlich nach Hause kam, vielleicht war es dann schon dunkel und sie würde ihm nicht mehr erlauben, in den Wald zu gehen. Dabei war er doch schon acht und ging in die zweite Klasse!

Er konnte sehr wohl auf sich aufpassen, wusste, dass er nicht mit Fremden mitgehen und auch die Tür nicht öffnen durfte, wenn es klingelte und er allein zu Hause war. Oft genug hatte er Mama schon bewiesen, dass er groß war. Und jetzt musste er einfach raus und nach seinem Versteck sehen!

Er war überzeugt, dass es wasserdicht war, doch Finn hatte gesagt, das Dach würde zusammenbrechen, wenn zu viel Schnee darauf lag, aber Marc hatte den Kopf geschüttelt. Die Plastikfolie, die er an den Ästen befestigt hatte, war viel zu dick und zu schwer, um unter einer Schneelast zusammenzubrechen. Außerdem hatte er sich bei Mama – ohne dass sie es wusste – zehn Wäscheklammern ausgeliehen, um die Folie festzumachen, das musste ja wohl genügen! Er hatte mit Finn um sein neues, ferngesteuertes Auto gewettet, jetzt musste er wissen, ob er gewonnen oder verloren hatte.

Das Versteck war sein ganzer Stolz. Er hatte es zusammen mit Finn und dessen kleinem Bruder Ben gebaut, aus Holzlatten, Ästen und Brettern, die sie in Papas Keller und im Wald gesucht hatten. Sie hatten genagelt und gezimmert und zwischen den vier Bäumen etwas errichtet, das eine Mischung aus Hütte und Höhle geworden war, denn sie hatten es mit Tannenzweigen und Gestrüpp getarnt und schließlich mit der Folie ein wasserdichtes Dach angebracht.

Schon hatten sie sich Gedanken über eine Dachrinne und einen festen Fußboden gemacht, als der Schnee gekommen war. Marc hatte die Folie noch von unten durch einen starken Stock gestützt und so eine Art Kuppeldach konstruiert, doch Finn war dabei geblieben: »Wenn zu viel Schnee drauf liegt, kracht das ein!«, hatte er gesagt.

Marc war froh, dass es endlich zu schneien aufgehört hatte. Von Mama war nichts zu sehen und nichts zu hören. Noch einmal spähte er durch das Küchenfenster hinaus, ob er vielleicht ihren Wagen kommen sah. Doch die Straße war leer, kein Mensch war draußen unterwegs, nur der Schneepflug war gefahren und hatte eine breite Matschspur hinterlassen.

Marc zog sich an. Turnschuhe, Pulli, Anorak. Mama

würde ihm sagen, er solle eine Mütze aufziehen und Handschuhe, doch er war selbst groß. Mütze und Handschuhe waren etwas für Weichlinge und einen Schal trugen nur Mädchen.

Er ignorierte den kalten Wind, als er die Terrassentür öffnete und nach draußen trat. Er zog die Tür hinter sich zu und ging rückwärts über die Terrasse und durch die Wiese bis zum Zaun. Er wusste, dass Indianer so ihre Feinde täuschten, und auch Mama würde glauben, er sei durch den Garten ins Haus gegangen. Erst hinter dem Zaun wandte er sich um und rannte in weiten Sätzen auf den Wald zu.

Er spürte die Kälte an seinen Fingern und in seinem Gesicht und zog die Kapuze seines Anoraks über den Kopf. Vielleicht waren die Mädchen doch nicht so blöd, wenn sie Schals trugen …

Es waren nur fünf Minuten bis zum Waldrand und Marc blieb kurz stehen, um zu verschnaufen. Was, wenn Mama jetzt doch schon zurückkam? Würde er Ärger bekommen? Doch viel wichtiger war ihm die Antwort auf die Frage, ob das Dach auf ihrem Versteck gehalten hatte. Was, wenn es eingestürzt war? Er würde es reparieren und wenn er morgen mit Finn zum Versteck ging, würde alles so aussehen, als ob es nie eingestürzt wäre.

Der Schnee knirschte unter seinen Schritten und er sank tief ein, als er sich dem Waldessaum näherte. Mama wollte nicht, dass er allein in den Wald ging. Selbst mit Finn und Ben hatte sie was dagegen. Immer sollte ein Erwachsener dabei sein! Papa hatte da mehr Verständnis.

»Was soll denn schon passieren«, hatte er zu Mama gesagt. »Die Jungs können doch rufen, wenn was ist. Wir haben doch auch im Wald gespielt, als wir in dem Alter waren …«

Marc hörte die Schafe von Schäfer Johann aus dem nahen Stall. Es waren nur ein paar, die meisten hatte er auch im Winter auf der Weide unten am Bach. Marc dachte nicht weiter darüber nach und stapfte die letzten Meter durch den Schnee bis zum Waldrand.

Er sah die Spur eines Hasen, erkannte sie eindeutig an den vier Abdrücken, von denen zwei nebeneinander und zwei hintereinander lagen. Sein Papa hatte ihm das erklärt, als sie oben auf dem Kaltenbronn Schlittenfahren waren. Auch die Spuren von Fuchs und Reh hatte er ihm gezeigt und er sah, dass aus dem Schneefeld ein Fuchs in den Wald gegangen war, an der Stelle, an der auch er den schmalen Pfad zum Versteck einschlug.

Ein großer Fuchs, dachte Marc, als er in die Hocke ging und die Fährte näher betrachtete.

Ein sehr großer Fuchs …

19

Die Fähe hat die Wurfhöhle bei Einbruch der Dämmerung verlassen und ist durch den Wald geschnürt. In einer geraden Linie zieht sich ihre Spur durch den Schnee.

Sie hat den Geruch der Schafe in ihrer Nase und folgt ihrem Instinkt, der ihr sagt, dass es die einzige Beute ist, an die sie mit Leichtigkeit gelangen kann.

Der Hund, der dort wacht, wäre keine Gefahr. Er ist keine dieser muskulösen Kampfmaschinen, die die Herden in ihrem alten Revier bewacht hatten. Er ist alt und allein, und wenn sie es geschickt anstellt, würde er kein Hindernis darstellen. Zur Not würde sie ihn töten.

Plötzlich verharrt sie in ihrem zielstrebigen Lauf und blickt zurück. Sie hat Witterung aufgenommen und ihre Augen verfolgen den Jungen, der ihre Fährte entdeckt hat. Sie schwankt zwischen Neugier und Flucht, denn sie weiß, dass es ihr Todfeind ist, der sich dort in den Schnee bückt und ihr wehrlos seinen Rücken zuwendet.

In ihre Nase kehrt der Geruch des Aases zurück, von dem sie in der vergangenen Nacht gefressen und von der sie eine innere Unruhe wieder vertrieben hat. Der Junge vor ihr hat dieselbe Größe und ist zu langsam, um ihr zu entkommen.

20

Als der Biologe und die Journalistin an dem mit rotweißem Band abgesperrten Waldstück ankamen, stand die Sonne nur noch eine Handbreit über dem Waldstreifen im Westen und die Schneeflächen hatten schon die graublauen Farbschattierungen der Dämmerung angenommen.

»Wir werden uns beeilen müssen«, bemerkte Martin Jaschke in seinem nasalen Sächsisch, das er nicht verbarg, als er unter dem Absperrband hindurchschlüpfte und Linda Roloff ihm folgte. »In einer Stunde ist es Nacht.«

Der Beamte des Polizeipostens Bad Wildbad, der ihnen bis zur Absperrung beim Fundort der Leiche vorausgefahren war, fuhr im Dienstwagen zurück nach Wintersbach und es wurde Linda klar, dass sie zu Fuß allein mit einem unbewaffneten Biologen in einem Landstrich unterwegs war, in dem ein Wolf vermutlich in den Abendstunden des vergangenen Tages ein Kind getötet hatte. Mit einem etwas mulmigen Gefühl im Magen folgte sie dem Wolfsberater, der zügig auf einer breiten Fährte im Schnee in den Wald vordrang.

Sie hatte noch nicht wirklich viel von ihm erfahren.

Sie hatte vor dem Gasthof »Zum Kreuz« in ihrem Wagen auf ihn gewartet, wo die Kriminalpolizei ihre lokale Ermittlungszentrale eingerichtet hatte. Der Biologe hatte sie kurz begrüßt, hektisch auf die Uhr und zum Abendhimmel gesehen und war im Gasthof verschwunden.

»Bin gleich wieder da, warten Sie bei meinem Wagen«, hatte er gesagt.

Kriminalhauptkommissar Jens Bosch war von einer Besprechung mit den Kollegen der KTU in Anspruch genommen worden und Jaschke hatte sich kurz einem der Ermittler des Polizeipostens Bad Wildbad vorgestellt. Der hatte von Bosch Instruktionen bekommen, den Biologen zum Tatort zu führen, und stellte keine Fragen, als vor dem Gasthof eine Frau zu Jaschke in den Wagen stieg.

»Eine Kollegin«, hatte Jaschke kurz gesagt, war eingestiegen und sie waren mit seinem Wagen dem Polizeifahrzeug über die Hochebene hinaus in den Wald gefolgt.

Jaschke redete nicht viel, zu sehr kreisten seine Gedanken um den Wolf, der im Verdacht stand, ein Kind angefallen und getötet zu haben. Als sie ausgestiegen und wieder allein waren, hatte er Linda klargemacht, dass es wichtig sei, das letzte Tageslicht zu nützen, um noch Abdrücke zu finden, und er hatte ihr eine Taschenlampe geliehen.

»Bleiben Sie in meiner Spur«, hatte er sie angewiesen und war mit raschen Schritten vorangegangen.

»Es wird zwar ziemlich viel zertrampelt und niedergetreten sein, aber es gibt zwei Dinge, die ich gerne herausfinden würde.«

»Und die wären?«, fragte Linda, die Mühe hatte, mit ihm im Schnee zwischen kahlem Unterholz, dichtem Buschwerk und Gestrüpp Schritt zu halten.

»Erstens«, sagte er und blieb kurz stehen, »ob es wirklich Wolfsspuren sind, und zweitens, wann er hier war.«

»Wie meinen Sie das: Wann er hier war?«, fragte sie.

»Warten Sie es ab. Wir sind gleich da. Da vorne ist nochmals abgesperrt, das muss die Stelle sein!«

Sie näherten sich einem kleinen, fast kreisrunden Platz, auf dem der Schnee festgetreten war und sich mit der gefrorenen Erdschicht vermischt hatte.

»Dachte ich mir, dass hier nicht mehr viel zu erkennen ist. Die Kriminaltechniker hatten alles abgesichert und untersucht, bevor sie die Leiche weggeschafft haben. Das sind jetzt diese Spuren, die wir hier noch sehen. Wir müssen in einem größeren Radius suchen. Einmal im Kreis, kommen Sie. Und achten Sie auf alles, was nach einer Tierspur aussieht!«

Sie gingen ein Stück in den Wald hinein und beschrieben dann einen Bogen, der im Kreis um den Fundort herum wieder zu ihrem Ausgangspunkt zurückführen würde. Martin Jaschke blieb schon nach wenigen Metern stehen und bückte sich.

»Ein Fuchs!«, sagte er und deutete auf eine schmale Spur im Schnee. Nach einer halben Stunde hatten sie die Hälfte des Kreises erreicht und stießen auf den Trampelpfad, der vom Fahrweg in den Wald hinein zum Fundort führte. Nur wenige Schritte daneben zeigte Linda auf eine Fährte aus Pfoten im verharschten Schnee.

»Das muss der Hund des Försters gewesen sein«, kommentierte Jaschke. »Ein Setter hat ungefähr diese Größe.«

»Und wie kann ich eine Hundespur von der eines Wolfs unterscheiden?«, fragte Linda.

»Sie als Laie so gut wie gar nicht«, antwortete der Wolfsberater. »Aber das hier ist eindeutig ein Hund. Diesen Zickzackkurs schlägt kein Wolf ein. Ein Wolf nimmt immer den kürzesten, geraden Weg. Und den unbeschwerlichsten. Ich würde gerne da drüben auf dem schmalen Waldpfad suchen. Scheint ein Wildwechsel zu sein. Falls wir auf die Wolfsspur stoßen, zeige ich Ihnen noch einen anderen Unterschied.«

»Warum, *falls* wir auf die Wolfsspur stoßen? Er muss doch hier gewesen sein?«

»Ja. Aber das könnte doch auch vor dem Schneefall gewesen sein. Dann verläuft seine Spur unter der Schneedecke.«

Martin Jaschke ging durch den Wald ein paar Schritte Richtung Enz, wo ein schmaler Wildwechsel verlief.

»Der Wolf ist garantiert nicht durchs Dickicht hierhergekommen. Der bevorzugt befestigten Untergrund, auf dem er ohne Mühe laufen kann. Wir sollten in beiden Richtungen suchen, da wir nicht wissen, von wo er kam. Ich gehe da rüber und Sie in die andere Richtung. Das Licht reicht gerade noch aus.«

Es dauerte keine fünf Minuten, da stieß der Wolfsberater auf die Spur. Er ging in die Hocke und rief Linda herbei.

»Hier!«, sagte er und deutete vor sich in den Schnee. »Wir haben ihn! Er war tatsächlich hier, und zwar nachdem der letzte Schnee gefallen ist.«

Linda betrachtete die Abdrücke.

»Das sind Vorzeigespuren wie aus dem Lehrbuch für Jagdkunde«, sagte Jaschke begeistert. »Sehen Sie die Form? Länglich und oval, niemals rund. Und hier die vier Krallen.«

»Aber das sieht doch genau gleich aus wie eine Hundespur?«, zweifelte Linda.

»Da haben Sie recht. Viele Rassen haben ähnliche und gleich große Pfoten.«

Er nahm ein Maßband aus der Jackentasche und maß einen Pfotenabdruck ohne Krallen.

»Neun Zentimeter.« Er nickte. »Aber hier, schauen Sie: der Verlauf der Spur auf dem Pfad. Kein Abweichen, kein Zickzack, kein Schnuppern im Dickicht, nur zielstrebiges Vorankommen. So läuft nur der Wolf. Streng genommen müssen wir der Fährte jetzt 100 Meter weit folgen. Wenn sie auf dieser Strecke gerade verläuft, gilt das nach den einheitlichen Monitoring-Bestimmungen in Deutschland als offizielle Wolfsbestätigung.«

Er legte erneut das Maßband in die Fährte.

»Halber Meter von Abdruck zu Abdruck. Das passt«, murmelte er. »Und jetzt mal Tacheles!«

Der Biologe nahm seine Taschenlampe aus ihrem Futteral und beleuchtete eine der Spuren, sodass ihre Ränder kleine Schatten warfen. Dann nahm er sein Smartphone und fotografierte den Abdruck von allen Seiten. Linda, die auch die Hocke gegangen war, sah ihm interessiert zu.

»Hier«, sagte er und zeigte mit seinem Zeigefinger auf den Rand des Pfotenabdrucks. »Sehen Sie mal genau hin: In diesem Abdruck ist ein zweiter, etwas kleinerer Abdruck zu erkennen. Als ob er ausgeglitten wäre. Ist er aber nicht. Der Wolf ist ein kluges Kerlchen. Er spart Energie und setzt seine Hinterpfote genau in den Abdruck seiner Vorderpfote. Und weil diese etwas größer ist, sieht das so aus. Kein Hund hat das drauf!«

»Sie sind sich also sicher?«, hakte Linda nach.

Er nickte.

»Ja. Er ist von dort gekommen, und hier hat er den Wildwechsel verlassen. Und später ist er auf demselben Weg wieder zurückgegangen. Die Abdrücke dort weisen genau in die entgegengesetzte Richtung. Und die Spuren sind identisch. Das heißt, ein Einzelgänger.«

»Na ja«, meinte Linda schließlich, »somit müssen wir der Polizei dann ja wohl recht geben. Viel zur Entlastung des Wolfs können wir damit nicht beitragen.«

»Nu freilsch!«, widersprach ihr der Biologe und sie grinste, da sein Dialekt immer wieder seine Nervosität verriet. Doch schon hatte er sich wieder im Griff und fuhr fort:

»Wir können zumindest Zweifel daran anmelden, dass der Wolf das Kind getötet hat!«

»Warum das? Die sich überlagernden Abdrücke zeigen doch eindeutig, dass es ein Wolf war!«

»Rischtsch!«, entfleuchte es ihm erneut im Dialekt und er korrigierte: »Richtig! Er war hier. Und ist vor Einsetzen des Schneefalls auch wieder verschwunden. Aber fällt Ihnen denn sonst nichts auf?«

Linda dachte nach. Die Spuren des Wolfs hatten sie gefunden. Eindeutig. Eine Fährte, die herführte, und eine andere, die von hier fortführte.

»Es gibt hier weit und breit keine Spuren des Kindes …«, sagte sie schließlich.

»Genau das ist mir auch aufgefallen«, bestätigte Jaschke.

Es gab in der Tat keine Fußabdrücke von Kinderschuhen im Schnee. Keine Spur, die zeigte, wie das Mädchen hierhergekommen war. Nicht auf dem Wildwechsel und auch nicht dort, wo sie sonst gesucht hatten.

»Wenn sie über den Trampelpfad kam, den die Einsatzkräfte hinterlassen haben?«, mutmaßte Linda.

»Das schließe ich aus«, widersprach der Biologe. »Ich bin mir sicher, dass die Profis der Kriminaltechnik und der Polizei keine verwertbaren Spuren im Schnee zertrampelt haben. Die haben sich sicher einen eigenen Weg zum Tatort gebahnt. Nicht umsonst war hier alles abgesperrt. Und dort, wo der Förster mit seinem Hund ging, war auch keine Spur eines Mädchenschuhs im Schnee zu finden.«

»Und was schließen Sie daraus?«

»Nun, für mich steht fest, dass das Mädchen hierherkam, *bevor* der Schnee fiel. Wäre sie erst nach dem Schneefall da gewesen, müsste es Spuren von ihr geben, wie die vom Wolf. Oder …«, er zögerte.

»Oder was?«, fragte Linda, doch sie ahnte schon die Antwort.

»Oder sie wurde von einer anderen Person hierhergebracht!«

»Das ist allerdings eine gewagte Theorie«, warf sie ein. »Warum sollte jemand an einem Winterabend ein Mädchen in den Wald bringen?«

Sie erschauderte selbst bei dem Gedanken, der ihr plötzlich kam.

»Die Antwort darauf wird uns die gerichtsmedizinische Untersuchung liefern. Vermutlich mit deutlichen Fraßspuren, die auf einen größeren Prädator hindeuten.«

»Also auf den Wolf?«

»Ich fürchte, ja. Momentan spricht alles dafür. Aber irgendwie passt es nicht zusammen: Die Spuren zeigen eindeutig, der Wolf kam erst, nachdem es hier geschneit hatte. Das Mädchen hingegen war schon hier, *bevor* der Wolf kam.«

»Stimmt!«, gab Linda zu. »Daran habe ich wirklich noch nicht gedacht. Und was folgern Sie daraus?«

»Dass es zu dem Zeitpunkt, als der Wolf hier auftauchte, schon tot gewesen sein könnte!«

Linda schluckte trocken.

»Tot? Das würde aber bedeuten …«

»Dass der Wolf es nicht getötet hat, ja«, vervollständigte Martin Jaschke ihren Satz und fuhr fort: »Ich stelle mir daher einige Fragen: Warum sollte sich ein junges Mädchen am Abend ganz allein hier in den Wald wagen? Weitab vom Verbindungsweg zwischen den Dörfern? Und warum ist sie hiergeblieben, obwohl es zu schneien begann? Spätestens dann wäre sie doch nach Hause gelaufen!«

»Vielleicht hat sie auf jemanden gewartet?«, vermutete Linda.

»Hm. Hier im Wald?«

»Oder sie war von Anfang an nicht allein hier …«

»Weil jemand sie begleitet hat. Das hatten wir ja schon.

Aber es sind alles Mutmaßungen. Wenn sie nicht allein war, ist es äußerst unwahrscheinlich, dass der Wolf sie angegriffen hat. Wir wissen ja aus der Spur, dass es nur einer war.«

Martin Jaschke schwieg eine halbe Minute und legte dann seine Theorie dar:

»Also: Das Mädchen ist im Wald. Es fängt an zu schneien und ihre Spuren werden verdeckt. Im Schnee kommt der Wolf. Es gibt aber keine Spuren eines Angriffes. Zumindest hat Kommissar Bosch keine erwähnt. Er sprach nur von Spuren eines Wolfs bei der Leiche.«

»Und wenn der Wolf sie getötet hat, bevor der Schnee kam, und dann noch mal weglief und wieder hergekommen ist?«

»Warum sollte er das tun?«

»Vielleicht wurde er gestört?«

»Und kam dann, nachdem es geschneit hatte, wieder? Klingt äußerst unwahrscheinlich. Ich glaube eher, dass der Wolf etwas gewittert hat und ihn das herlockte.«

»Ihr Blut?«, kombinierte Linda.

»Vielleicht. Ich muss seine Losung finden!«

»Seinen Kot?«

»Ja. Aus den Resten der unverdaulichen Bestandteile kann man schließen, was er gefressen hat. Kommen Sie, wir folgen seiner Spur.«

»Es ist schon ziemlich dunkel, meinen Sie nicht?«

»Das spielt jetzt keine Rolle.«

»Können wir das nicht morgen suchen, wenn es wieder hell ist?«

»Das würde nichts mehr nützen. Die Losung darf höchstens ein, zwei Tage alt sein, damit man auch die DNA des Tieres bestimmen kann. Und wenn es heute Nacht schneit, ist die Spur ganz verloren.«

Linda zögerte und Martin Jaschke fragte:

»Was ist? Kommen Sie mit oder wollen Sie zum Wagen zurück? Ich gebe Ihnen den Schlüssel, dann fahren Sie zum ›Kreuz‹, stellen meine Karre dort ab und fahren mit Ihrem Wagen nach Hause.«

»Und Sie?«, wollte sie wissen.

»Ich bleibe hier. Ich muss wissen, was dieser Wolf wirklich gefressen hat.«

»Und Sie haben keine … Angst? Ich meine, so ganz allein in der Nacht im Wald?«

»Na ja«, gab er zu, »ein komisches Gefühl ist das schon, aber es ist die einzige Chance. Ich bleibe mit der Taschenlampe auf seiner Spur. Irgendwo werde ich Losung finden, da bin ich mir ganz sicher. Und dann wissen wir bald mehr!«

Linda zögerte.

»Ich glaube, das ist nichts für mich. Ich bin auch nicht richtig angezogen für eine Schnee-Expedition«, sagte sie mit Blick auf die Turnschuhe, die sie trug. »Ich muss außerdem noch zurück in die Redaktion. Die wollen morgen einen Beitrag für die Frühstrecke.«

»Das ist schon in Ordnung«, entgegnete er. »Passen Sie auf, wenn Sie zurückgehen, folgen Sie am besten unseren Spuren. Hier ist mein Autoschlüssel. Wenn Sie den Wagen am ›Kreuz‹ abgestellt haben, legen Sie den Schlüssel auf den rechten Vorderreifen. Oder …«, fuhr er fort, »soll ich Sie zurückbegleiten?«

»Nein, danke, ich hab ja die Taschenlampe. Und der Wolf wird nicht gerade auf mich warten«, sagte sie noch und registrierte ein mulmiges Gefühl, als sie sich von Martin Jaschke verabschiedete.

Er ließ den hellen Schein der LED über die Pfotenspur

gleiten, die fast kerzengerade über den Wildwechsel führte, und folgte dieser langsam.

21

Die Fratze mit den schwefelgelben Augen und dem zähnefletschenden Maul trug den Ausdruck erbarmungsloser Feindschaft.

Es hatte sich gelohnt, für diesen Auftrag den Besten der Besten einfliegen zu lassen.

Keiner verstand es wie Laurens van Poosen aus Windhoek, Angriffslust und Todesdrohung so lebendig im Gesichtsausdruck eines toten Prädators zu verewigen. Noch nie hatte Hartmut Schwaiker Präparate gesehen, die auch nur annähernd diese Echtheit der Bewegung und diesen lebendigen Blick des tödlichen Angreifers aufwiesen. Selbst in den Dioramen solch großartiger Museen wie dem Rosenstein in Stuttgart oder dem Naturkundemuseum in Karlsruhe sah man den angreifenden Wölfen und Hyänen auf den ersten Blick an, dass sie steif und tot waren.

Im Vergleich zu diesen leeren Hüllen glichen die Präparationen von van Poosen dem eingefrorenen Bruchteil eines Lebens, einer dreidimensional festgehaltenen Momentaufnahme, einem Dornröschenschlaf, abgehalten von einer

Sekunde zur anderen, inmitten eines Lebens, mitten im Angriff, mit dem Ausdruck der Wut, der Macht oder der Kampfeslust im Blick, in der Physiognomie, in der Haltung.

Ein Leben, reduziert auf einen Augenblick, festgehalten für die Ewigkeit. Die Millisekunde des Seins auf immer konserviert.

Hunderte von Leoparden, Wüstenluchsen, Löwen und anderen Katzen hatte van Poosen schon auf diese Weise präpariert, Hartmut Schwaiker hatte sie bewundert, seit er vor über 35 Jahren den Ausstellungsraum des über die Grenzen Namibias hinaus berühmten Tierpräparators zum ersten Mal betreten hatte, um ihm das Fell und den abgetrennten Kopf einer Nyala zu überreichen.

Schwaiker hatte die seltene Antilope im Caprivi Strip geschossen, sein erstes Großwild außerhalb Europas, und war begierig gewesen, die gigantische Trophäe in seinem Jagdzimmer neben Rothirsch und Wildschwein an die Wand zu hängen.

Laurens van Poosen hatte ein Kunstwerk daraus gemacht. Das rostrot glänzende Fell der Nyala mit den wie lebendig leuchtenden tiefschwarzen Augen und den breit nach oben schwingenden Hörnern ließen heute noch den prächtigen Kudubock mit seinen fast meterlangen Schraubenziehern und die gigantische Eland – immerhin die größte Antilope Afrikas – verblassen.

Beide hatte er Jahrzehnte später geschossen, sie hätten schon allein deshalb lebendiger wirken und besser aussehen müssen, doch er hatte sie in Kapstadt und Daressalam präparieren lassen und nicht bei Laurens van Poosen in Windhoek. Leider.

Doch spätestens damals war es ihm klar geworden, dass van Poosen der Beste war, und alles, was er danach schoss, ging durch seine Hände. Er ließ ihn sogar nach Europa kommen, das war einfacher, als die Überreste eines Sibirischen Tigers oder eines Grizzlys aus Alaska nach Namibia einzuschleusen. Hatte ihn zwar ein kleines Sümmchen gekostet, zumal sich van Poosen auch einen Großteil seiner Werkzeuge und Chemikalien in Europa kaufen musste, doch es hatte sich wahrlich gelohnt.

Gedankenverloren streichelte Hartmut Schwaiker über das silbrig glänzende Fell. Geschmeidig und dicht in seiner Gesamtheit, und jedes einzelne Haar doch rau, ja borstig, an den Flanken hingegen sanft und fast weich. Wieder ging sein Blick zum Schädel mit den schwefelgelben Augen. Laurens van Poosens Meisterwerk!

Der schönste Wolf, den er je als Präparat gesehen hatte. Ein einzigartiges Exponat. Geschossen in einer Vollmondnacht im Schwarzwald. Einer der ersten Wölfe in Baden-Württemberg. Bis heute suchten sie nach dem Schützen.

Hartmut Schwaiker hatte sich nicht erwischen lassen, keine Spuren, keine Zeugen, kein Täter. Er ging zum Waffenschrank, den er vor wenigen Minuten aufgeschlossen hatte, und nahm die R8 Kilombero heraus. Seine beste Repetierbüchse. Bewährt in Südafrika, Rumänien und im zentralrussischen Kirov. Man hatte einen Wolf im Nordschwarzwald gesichtet. Es war nicht der erste seiner Art, dort oben, im Tal der Großen Enz.

Der Schäfer Johann Kerner hatte seine Spuren bei der Herde entdeckt und Hartmut Schwaiker um Hilfe gebeten. Die Herde sollte an einen sicheren Standort gebracht werden. Schwaiker hatte sofort zugesagt. Er würde dem Schäfer helfen, klar. Doch wollte er ihn überreden, ihm zwei, drei Tiere als Köder auf der Weide zu lassen. Dort würde er sich auf die Lauer legen.

Wenn der Wolf die Herde schon einmal aufgesucht hatte, würde er es erneut versuchen. Leichtere Beute als Schafe gab es nicht. Und Schäfer Kerners Hund würde ihn dann nicht mehr von seinem Angriff abhalten.

Ein genialer Plan …

Der Großwildjäger Hartmut Schwaiker summte »Killing me softly« von Roberta Flack, als seine Finger über die glänzende Holzschäftung seiner Repetierbüchse strichen, er seine Wohnung im Erdgeschoss des herrschaftlichen Anwesens in Oberdischingen verließ und das Gewehr, zusammen mit dem 80x40-Fernglas, dem Nachtsichtgerät und seinem warmen Vaude-Anorak in seinem schwarzen Citroen Crosser verstaute.

Der Winter hatte den kleinen Ort zwischen Ehingen an der Donau und Ulm fest im Griff. Schwaiker lebte erst seit zwei Jahren hier. Seine Wohnung in dem Baukomplex, in dem im 17. Jahrhundert der als »Henkersgraf« bekannt gewordene adlige Strafverfolger Schenk von Castell eine kleine Residenz und ein Zuchthaus eingerichtet hatte, war wie geschaffen für die Zurschaustellung seiner Trophäensammlung, der er jetzt ein neues Glanzstück hinzufügen würde.

Fast einen halben Meter hoch türmten sich die Schneeruder am Straßenrand, oben an den Laternenmasten hingen noch die bunten Bändel der gerade vergangenen Fasnet, die es in diesem Jahr nicht geschafft hatte, dem Winter den Garaus zu bereiten.

Der Großwildjäger überschlug die Strecke von Oberdischingen in den Schwarzwald. Er kannte sich schon ganz gut aus in der Region, wo er wie ein Einheimischer in dem schlossähnlichen Anwesen lebte. Er würde die Autobahn Richtung Stuttgart nehmen und von dort aus mit Hilfe seines auf Nebenstrecken programmierten Navis Abkürzungen wählen und Waldwege benützen, die er mit seinem Allrad im Winter problemlos befahren konnte und für die er das grüne Schild der Jagdbehörde im Heckfenster hängen hatte. Er liebte es, offroad zu fahren, nahm es als Chance, das Revier seiner Beute kennenzulernen.

Irgendwo hier im Schwarzwald trieb sich im Schnee ein Wolf herum. Es war Zeit, dass er eingriff.

Noch zehn Minuten bis zum Gasthof, den ihm der Schäfer empfohlen hatte. Das »Kreuz« in Wintersbach. Morgen, kurz vor Sonnenaufgang, wollten sie los.

Der einsame Mann hatte endlich wieder ein Ziel.

22

Linda sah dem entschwindenden Lichtschein nach, bis er nur noch als auf und ab hüpfender Punkt aus der Dunkelheit zu ihr drang. Die Nacht um sie herum war unheimlich, die Kälte des Winterabends kroch unter ihren Fleece und die kühle Feuchtigkeit des Schnees durchnässte durch die dünnen Schuhe hindurch ihre Strümpfe. Das gelbliche Licht der analogen Taschenlampe war schwach und reichte kaum zwei Meter weit.

Sie zwängte sich durch das Unterholz und bahnte sich

einen Weg Richtung Waldrand, wo der Feldweg verlief. Zweige knackten, ihre Jeans verhedderte sich in Brombeerranken und die dürren, alten Äste der Fichten zerkratzten ihr die Haut im Gesicht und an den Händen. Sie fluchte, weil sie keine Handschuhe mitgenommen hatte und kein Schal sie vor Kälte und Kratzern im Gesicht schützte. Sie blieb stehen, um sich von den widerborstigen Brombeerdornen zu befreien, und lauschte in die Nacht.

War da ein Geräusch? Ein Vogel, aufgeschreckt und davonflatternd? Das Zetern einer Elster? Schritte, die über den Schnee huschten? Trippelnde Mäuse, eine Amsel, die im verschneiten Laub raschelte?

Ihre Ohren nahmen jedes Rascheln, jedes Knacken, jeden Laut wie eine Bedrohung wahr.

Aber waren die Vögel nicht längst auf ihren Bäumen, um zu schlafen? Ruhten die Mäuse nicht in ihren Löchern? Hatte sich nicht ein Großteil der Tierwelt zu Winterschlaf und Kältestarre in unterirdische Verstecke zurückgezogen? Doch wenn Erdkröte, Bergmolch und Igel sich zurückgezogen hatten und eine Vielzahl der Vögel den Winter im warmen Süden verbrachte, was blieb dem Wolf als Nahrung? Würde er Aas verschmähen? War er auf dem Weg zu dem Ort, wo sich vor wenigen Stunden noch reichlich Nahrung befunden hatte?

Das Mädchen war hier im Wald zu Tode gekommen, so viel schien sicher, ob der Wolf daran beteiligt war, würde sich herausstellen. Doch irgendwo hier, in diesen Wäldern, zwischen den kargen Felsen und den verschneiten Hängen, hatte er sein Revier. Vielleicht trieb ihn der Hunger noch durch die Nacht.

Linda benötigte jetzt beide Hände, um Zweige und Äste

beiseitezuschieben, und ihr Licht wurde bei jeder Bewegung in wildem Tanz zwischen die Stämme geschleudert und warf kuriose Schatten auf den verschneiten Boden. Sie kämpfte sich keuchend durch das Unterholz, sehnte sich nach einem freien Himmel über ihrem Kopf, nach dem Ende des unheimlichen Waldes, nach dem weiten Blick über die verschneite Wiese.

Der Wolf ging dem Menschen aus dem Weg, hatte Martin gesagt. Ob der Wolf das auch wusste? Sie bedauerte, ihre Handtasche mit dem Pfefferspray im Auto gelassen zu haben, wirre Gedanken schossen ihr durch den Kopf, und ohne es zu wollen, dachte sie an Rotkäppchen. Warum dachte man immer an »Rotkäppchen«, wenn es um einen Wolf ging? Es gab doch auch noch die »Sieben Geißlein«, »Peter und der Wolf« und das russische Märchen, das ihr Großvater ihr immer erzählt hatte.

Ein Bauer lebte mit seiner Familie in Russland, wo es kalt war, und es war zudem Winter. In der Stadt war Markt, und der Bauer hatte eine Kiste mit Ferkeln auf den Pferdeschlitten geladen, die er verkaufen wollte. Das Pferd war ein alter Fuchs, der den Schlitten nur mit Mühe zog.

Die jüngste Tochter des Bauern bat ihren Vater, sie mitzunehmen. »Vater, ich möchte so gerne einmal in die Stadt«, so sprach sie, »ach bitte!«

Und der Vater sprach: »Ich will dich wohl mitnehmen, aber du darfst keine Angst vor dem Wolf haben«, denn der Weg war weit und führte durch einen großen, dunklen Wald.

Das Mädchen nickte und versprach es wohl.

So kamen sie in die Stadt, wo der Vater die Ferkel bald verkauft hatte. Bevor es dunkel wurde, wollte er wieder zu Hause sein, und er hob seine kleine Tochter auf den Schlitten, lud die leere Holzkiste auf und sie fuhren zurück.

Als sie mitten im großen, dunklen Wald waren, bemerkte der Bauer, dass ihnen ein Wolf folgte. Bald waren es zwei, und bald ein ganzes Rudel. Die Wölfe hatten Hunger und spürten, dass das alte Pferd eine leichte Beute war. Der Bauer aber wusste, dass sie verloren waren, wenn er den Wölfen das Pferd überließ. Er nahm die Peitsche und trieb den alten Fuchs an, doch die Wölfe holten rasch auf.

»Hab Vertrauen zu mir«, sagte der Bauer zu seiner kleinen Tochter.

»Klettere in die Kiste. Sie ist aus gutem Holz und stabil. Die Wölfe können sie nicht öffnen. Ich stoße die Kiste vom Schlitten und du fällst in den weichen Schnee. Dann eile ich nach Hause und hole Hilfe.«

Das Mädchen nickte tapfer, denn sie hatte ja versprochen, keine Angst vor dem Wolf zu haben, und kletterte in die Ferkelkiste. Der Vater aber verschloss sie mit einem eisernen Riegel und stieß die Kiste vom Schlitten in den weichen Schnee.

Die Wölfe bemerkten den Geruch der Ferkel, ließen von der Verfolgung des Pferdes ab und fielen über die Kiste her. Doch wie sie es auch anstellten, sie bekamen die Kiste nicht auf. Der Bauer aber eilte nach Hause und holte den Nachbarn und die Knechte und gemeinsam fuhren sie den Weg zurück.

Sie verjagten die Wölfe und fanden das Mädchen heil in der Kiste. Der Bauer schloss sein Kind glücklich in die Arme und sie kehrten nach Hause zurück.

23

»Marc?«

Sie rief den Namen ihres Sohnes, wie immer, wenn sie nach Hause kam. Gewöhnlich kam dann wenigstens ein kurzes »Hallo« aus dem Kinderzimmer als Antwort, oft kam er ihr auch schon auf der Treppe entgegen, wenn er den Hausschlüssel in der Tür gehört hatte.

Doch heute blieb alles still.

»Marc?«

Sie rief den Namen etwas lauter und lauschte.

Nichts.

Stille.

Komisch, dachte sie. Hatte er sich versteckt?

Sie lauschte.

»Marc?«

Sie rief den Namen richtig laut und für ihr Gefühl etwas zu streng, doch sie wollte, dass er antwortete.

Marc antwortete nicht.

»Marc, wo bist du?«

Sie schrie jetzt und in ihrer Stimme schwangen Ungeduld und Sorge. Sie warf den Schlüsselbund auf den kleinen Schrank im Flur, wo noch die heutige Zeitung auf sie wartete, und zog die Schuhe aus. Den Korb mit den Einkäufen hatte sie schon beim Betreten der Wohnung abgestellt, drei Kisten mit Sprudel hatte sie im Kofferraum gelassen, die würde ihr Mann später in den Keller tragen dürfen.

»Marc?«

Sie ging die Treppe in den ersten Stock hinauf und trat in sein Zimmer.

Leer.

Der Schreibtisch unaufgeräumt, wie immer, die Schultasche lag auf dem Boden, Hefte und Bücher daneben. Der kleine Chaot, dachte sie und machte kehrt. Die Treppe hinunter, in die Küche. Das Radio lief, wie immer. Hatte er etwas gegessen, etwas getrunken? Nein. Keine Gläser, kein Geschirr. Und in die Spülmaschine eingeräumt hätte er es ganz sicher nicht. Aufräumen war nicht Marcs Sache. Das hatte er von seinem Vater.

Sie ging, nein, sie rannte in den Keller. Es brannte kein Licht. Sie war nervös. Der Junge ging nie ohne Licht in den Keller. Der Hobbyraum. Dunkel.

Leer.

Wieder nach oben. Es war schon dunkel draußen. Wo war der Junge?

Das Wohnzimmer. Kein Fernseher lief. Kein Licht.

Die Terrassentür!

Sie erschrak, als sie den zur Seite zeigenden Türgriff erblickte. Die Terrassentür war geöffnet und nur zugedrückt worden. Ihr Schrei hallte draußen in den Garten und über die angrenzende Wiese Richtung Wald.

»Maaaaarc!«

Im restlichen Dämmerlicht des Abends sah sie die Schattenwand der Tannen und die mattgrau schimmernde Fläche des Schnees. Wie eine dunkle Linie führte eine Spur vom Gartenzaun zum Wald. Sie starrte auf die Schuhabdrücke auf der Terrasse, die aus dem Garten zu kommen schienen, denn die Abdrücke zeigten eindeutig Richtung Haus. Die Schuhabdrücke waren klein, Kinderspuren. Marc musste draußen gewesen und über die Terrasse ins Haus gekommen sein.

Sie lief erneut zurück in den Flur und suchte nach seinen Schuhen. Sie waren fort! Sein Anorak, der Pulli! Fort! Nur die Mütze lag da, die Handschuhe, der Schal.

Der Junge war da draußen!

Nervös rannte sie noch einmal durchs Haus und rief seinen Namen. Warf von der Küche aus einen Blick auf die andere Seite des Gartens. Auf SWR3 liefen die Nachrichten. Sie zuckte zusammen, als die Sprecherin »Wintersbach« sagte.

Sie erstarrte, als sie aus dem kleinen Küchenradio das Wort »*Wolf*« hörte.

24

Endlich hatte Linda den Waldrand erreicht. Sie trat hinaus auf den schmalen Pfad, der sich noch vor einer Stunde im schwindenden Tageslicht im Schnee abgezeichnet hatte, und erschrak: Nebelschwaden waberten über die freie Fläche und hüllten die Umgebung in ein grauschwarzes Nichts. Nur nach oben ließen sie etwas Raum, gerade genug, um den Himmel zu erahnen. Doch die Nacht war nicht klar, die Sterne waren hinter einer tief hängenden Wolkendecke verschwunden, leichter Schneefall setzte ein.

Linda spürte eine innere Unruhe, als sie eine Brombeerranke mit einem Ruck aus dem Stoff ihres Ärmels riss, und richtete ihre Augen starr auf den immer schwächer werdenden Schein der Lampe vor sich. Da, im Schnee waren die Spuren, die sie und Martin zurückgelassen hatten, sie brauchte ihnen nur zu folgen, vielleicht noch zehn Minuten zu Fuß über einen einsamen Feldweg im menschenleeren Schwarzwaldtal. Irgendwo dort im Tal lebte ein Wolf, vielleicht sogar hier, wo sie jetzt den einsamen Feldweg zum Auto zurückging.

Linda atmete tief ein und versuchte, in der Dunkelheit den Saum des Waldes zu erahnen, der sich auf der gegenüberliegenden Seite erhob, die andere Seite des Wolfsreviers. Doch es war zu neblig, um die Silhouetten der Bäume zu erkennen, selbst der Schnee schimmerte nur matt und die Lichter aus dem Dorf versuchten vergebens, sich durch den diffusen Schleier einen Weg hierher zu bahnen.

Das nachlassende Licht ihrer Taschenlampe sprang ihr matt auf dem Schnee entgegen, fast, als würde es von einem schmutzigen Spiegel reflektiert. Sie hörte das Knirschen ihrer Schritte im Harsch, als sie ihren eigenen Spuren in Richtung zu dem Platz folgte, wo Martin Jaschke seinen Wagen geparkt hatte.

Düster ragten ein paar vereinzelte Bäume aus dem Nebelmeer empor und sie erschrak, als ein Schatten vor ihr den Weg überquerte. War es am Boden oder in der Luft? Eine tief fliegende Schleiereule, ein Feldhase? Oder nur ein Streich, den ihr ihre verängstigten Gedanken spielten?

Ihre nackten Finger waren klamm, die Hand, die verkrampft den Griff der Taschenlampe hielt, vor Kälte wie starr, sie unterdrückte das Klappern ihrer Zähne, hatte den Fleecekragen hochgeschlagen und zählte die Schritte, um sich abzulenken.

Die Düsternis der nebligen Winternacht legte sich wie ein unsichtbares Tuch auf ihr Gemüt, der Nebel schien ihre Schritte zu verlangsamen, sie fühlte sich von ihrem eigenen Gewicht in den Schnee gedrückt, der fahle Lampenschein zuckte, flackerte und versiegte schließlich ganz. Die Nacht war jetzt vollkommen.

Eine Szene aus Bram Stokers »Dracula«, das düstere Schloss in den Karpaten, die Kutsche mit den vier schwarzen Rossen auf dem Weg dorthin, die Spuren im Schnee, die Fledermäuse, die Schatten der Wölfe.

Oder war es ein Hitchcock-Film mit Gregory Peck, ein Streifen in Schwarz-Weiß, das einsame Landhaus im Schneetreiben, der Fremde, der langsam näher kam, eingehüllt in tanzende Flocken?

Oder die Folge eines Krimis, uralt, mit Erik Ode. Eine Leiche im Moor, gekonnt in Szene gesetzt, eingehüllt in Nebelschwaden, die wie echte Protagonisten der Geschichte ein Gesicht gaben, die Handlung untermalten. Und von irgendwoher, aus dem Dorf am Rand des Teufelsmoors, das unheimliche Jaulen eines einsamen Hofhunds.

Das Heulen zerschnitt die Stille der Winternacht und ließ ihr den Atem stocken. Noch nie hatte sie eine solche Stimme gehört – nicht in Wirklichkeit, nur im Fernsehen, im Film – und doch war sie sich sicher, dass es nur ein Wolf sein konnte. Ein Hund klang anders, weicher, weniger unheimlich.

Doch! Sie hatte diese Stimme schon einmal gehört, vor vielen Jahren, oben im Yellowstone. An jenem Abend, nachdem sie die Bisons gesehen hatten. Damals, im Camper, mit Sarah und Rob. Sarah war noch klein gewesen und hatte sich eng an ihren Vater gedrängt. Der hatte sie ins Mobilhome gebracht und ihr eine Gute-Nacht-Geschichte erzählt, während Linda draußen am Feuer sitzen geblieben war und dem Heulen der Wölfe gelauscht hatte.

Der Wolf im Schwarzwald klang genau wie seine Artgenossen im Yellowstone, und doch war es etwas anderes gewesen, auf einem Campground am Lagerfeuer zu sitzen, das sichere Wohnmobil im Rücken und einen wildromantischen Abend zu genießen, als in einer Nebelnacht allein im Wolfsgebiet durch den Schnee zu stapfen.

Linda schauderte.

Kam das Heulen näher? Wie weit war der Wolf entfernt? Die Angst war größer als der Drang, stehen zu bleiben und zu lauschen. Mochte Martin Jaschke erzählen, was er wollte, *sie* hatte keine Lust, hier draußen einem Wolf zu begegnen, auch wenn sie seiner Rückkehr nach Deutschland, und auch in den Schwarzwald, positiv gegenüberstand.

Auch wenn sie nicht in sein Beuteschema passte.

Auch wenn er mit dem Tod des Mädchens nichts zu tun hatte.

Da war es wieder!

Sie hatte Angst.

Der Ruf des einsamen Wolfs, wie er hier seit der zweiten Hälfte des 19. Jahrhunderts nicht mehr gehört worden war. Deutlicher und lauter als das erste Heulen. Und näher.

Eindeutig näher!

Sie brauchte eine Waffe!

Einen Stock.

Einen Stein.

Irgendetwas.

Sie hatte nichts bei sich, womit sie sich wehren konnte. Hilflos suchten ihre Augen in der Nacht. Da stieß ihr Fuß gegen etwas Hartes. Sie hob den Steinbrocken auf, nicht sehr groß, aber kantig und schwer wie ein Ziegel.

Besser als nichts.

Das Heulen war näher gekommen.

Hörbar.

Fühlbar.

Von dort drüben. Irgendwo zwischen ihr und dem Wald auf der anderen Seite des Tals, dessen Bäume in den Nebelschwaden verschwanden. Würde sie dort seine Augen leuchten sehen, wie man es aus den Naturfilmen kannte? Würden sie den Nebel durchdringen, wenn er näher kam?

Wie weit war es noch zu Martins Auto? Sie tastete nach dem Schlüssel in ihrer Tasche. Es hatte in Europa jahrelang keine Angriffe von Wölfen auf erwachsene Menschen mehr gegeben. Bis auf die Frau in Griechenland. Sie war allein gewesen. Die Wölfe nicht. Einen Menschen würden sie nur im Rudel angreifen.

Der Wolf im Schwarzwald war allein.

Er würde es nicht wagen.

Nicht allein.

Er war ein Rudeljäger.

Da hörte sie die zweite Stimme.

Tiefer.

Rauer.

Aus einer anderen Richtung.

Aus der Richtung, in die sie ging.

Deutschland war Wolfsland. Der Schwarzwald Wolfsgebiet.

Schäfer bangten um ihre Herden.

Menschen würden nicht angegriffen.

Es wäre eine Ausnahme.

Ein Irrtum.

Man würde sie finden. Im Schnee.

Martin vielleicht …

Oder das, was von ihr übrig war.

Ihre Spuren. Und Blut.

Und die Spur des Wolfs.

Die Reste seines Risses.

Linda ging schneller.

Keuchte.

Rannte.

Das war ein Fehler!

Nicht wegrennen! Geh auf ihn zu. Geh ihm entgegen. Langsam. Mach dich groß. Auf keinen Fall wegrennen!

Das Heulen kam jetzt näher.

Viel näher.

Vor ihr.

Noch vor den Lichtern des Dorfes, die sich jetzt im Nebel einen Weg bis zu ihr bahnten.

Sie war gleich da.

Der Wanderparkplatz. Martins alter Dacia. Ein einfacher Autoschlüssel, keine Batterie, keine Fernbedienung. Er hatte ihr den Ersatzschlüssel gegeben. Keine Türen, die sich aus der Ferne öffnen ließen, keine Scheinwerfer, die blinkten. Nicht mit dem Ersatzschlüssel.

Sie musste zum Wagen.

Ihn erreichen.

Die Augen!

Noch vor dem Wagen.

Wolfsaugen!

Zwei funkelnde gelbe Punkte, die sich bewegten. Auf sie zukamen. Ihre Faust umschloss den kantigen Stein.

Sie hörte ihn hecheln.

Deutlich.

Nah.

Sah die Silhouette. Die Ohren, das Fell, die Rute.

Er stand vor ihr wie ein Wesen aus einer anderen Welt. Sie starrte ihn an. Und sah den anderen Schatten, der neben ihm auftauchte. Hörte die Stimme.

Die Stimme eines Mannes:

»Fuß!«, befahl die Stimme, und der Hund gehorchte.

Jetzt erkannte sie im Nebel den zweiten Wagen auf dem kleinen Parkplatz. Der Mann, der den Schäferhund jetzt an die Leine nahm, öffnete wortlos die Heckklappe des Kombis und der Hund sprang hinein.

»Hat Ihrer so geheult gerade?«, fragte Linda und versuchte, das Zittern in ihrer Stimme zu unterdrücken.

Der Mann sah sie an und machte eine verständnislose Geste.

»Ihr Hund«, versuchte Linda erneut, »dieses Geheul – war er das?«

»Jo«, sagte der Mann brummig im Dialekt, während er die Heckklappe schloss. »Ich woiß ao net, was der grad hot. Des macht der sonst nie. Ade.«

Er stieg ein und startete den Wagen.

Aber ich, überlegte Linda. Ich weiß, was der Hund gerade hatte …

Und sie dachte an den Wolf, der dort draußen seine Kreise zog.

Irgendwo.

Im Wolfsgebiet.

Ein Spruch fiel ihr ein, den ihr vor einiger Zeit eine gute Freundin, mit einem Wolfsporträt auf ein Armband gedruckt, geschenkt hatte: »Der Mond ist die Sonne der Wölfe.«

Sie starrte in den Nachthimmel.

Du solltest das Armband wieder tragen, dachte sie, dringend … und meinte, in der Stille ihren eigenen Herzschlag hören zu können.

»Der Mond ist die Sonne der Wölfe.«

25

Martin Jaschke fluchte, als es zu schneien begann. Bald würde er keine Chance mehr haben, der Spur zu folgen. Er blieb stehen und sein Blick blieb an den Felsen hängen, an denen der Wildwechsel vorbeiführte und die sich vor ihm an einem sanft abfallenden Hang auftürmten.

Er kannte die Rabenfelsen von seinen früheren Streifzügen und wusste, dass es zwischen den groben, kantigen Brocken genügend Nischen und Hohlräume, ja sogar Höhlen gab. Sollte der Wolf hier sein Versteck haben?

Es schien so, denn die Fährte führte zwischen einigen der Felsen hindurch und hörte an einer Stelle auf, an der sich im Schein der Taschenlampe ein schmaler Spalt unter einer überhängenden Felsplatte öffnete. Gefühlt zu schmal, um sich als Mensch hineinzuzwängen, doch breit genug für den schlanken Körper eines Hundes. Martin Jaschke war sich sicher, das Versteck des Wolfs gefunden zu haben, und blieb stehen, um mit seiner Spiegelreflexkamera ein paar Fotos zu machen. Nachtaufnahmen ohne Blitz waren für den Hobbyfotografen keine Herausforderung. Er legte die Kamera auf und verlängerte die Verschlusszeit, um ein helles Bild zu bekommen.

Dann ging er neben der Wolfsfährte ein paar Meter zurück und blieb unvermittelt stehen, als der Taschenlampenstrahl auf einen dunklen Fleck stieß. Der Biologe ließ sich auf die Knie fallen und bückte sich hinunter zu dem dunklen Klumpen, der wie eine Wegmarke in der Spur aufragte.

Seine Nase ragte nur wenige Zentimeter über den braungrauen Haufen und er sog den Gestank wie einen wilden

Duft ein. Die Losung war noch frisch, nicht älter als ein paar Stunden, tippte er. Jetzt konnte er sich mehr als sicher sein: Der Wolf hatte sein Revier markiert und mit Hilfe dieses Kots würde er ihm per DNA-Analyse auf die Spur kommen.

Martin Jaschke betrachtete den Kothaufen eingehend im Schein der LED-Lampe, nahm ein Maßband aus seiner Jackentasche und notierte eine Länge von nur zwölf Zentimetern bei einem Umfang von knapp zwei nebeneinanderliegenden Fingern.

Nicht gerade ein Prachtexemplar für einen Wolf, dachte er und begann, sich die dunklen Latexhandschuhe überzustreifen. Vorsichtig zerpflückte er den Kotwurm und untersuchte die unverdaulichen Überreste dessen, was der Wolf gefressen hatte.

Jaschke hatte Erfahrung genug, um kurze Haare, Federn, Knochensplitter und kleine Zähne zu unterscheiden. Nichts Habhaftes war dabei, zumindest auf den ersten Blick. Keine Rehhufe, keine Wildschweinborsten, keine Knochen von Hochwild oder Schafen. Der Wolf schien sich in den letzten Tagen nur von Nagern und Vögeln ernährt zu haben. Stück für Stück wanderten die Bestandteile der Wolfslosung in einen Plastikbeutel.

Martin Jaschke hatte einen Plan. Es gab nur eine Adresse, die ihm helfen konnte, die Bestandteile dessen, was der Wolf zuletzt gefressen hatte, so schnell wie möglich zu untersuchen: Im Senckenberg Museum für Naturkunde in Görlitz in der Lausitz würden die Forscher Klarheit schaffen. Sie würden die Kotpaste auswaschen und jedes noch so kleine Partikel unter dem Mikroskop analysieren. Am Ende der Untersuchung würde feststehen, ob der Wolf tatsächlich ein Menschenfresser war.

26

»Ich lass euch raus …«, flüsterte er unter seiner Maske, als er sich dem Zaun näherte. Er war schlank und drahtig, seine Gestalt im schwarzen Anorak verschmolz mit dem nächtlichen Wald, die wilden, dunklen Haare, die zerzaust und ungekämmt in alle Richtungen hingen, wurden nur gebändigt durch das Band der Skimaske, die er über das Gesicht gezogen hatte. Sein schmaler Mund war leicht geöffnet und kleine, hastig ausgestoßene Atemwölkchen im Nebel verrieten seine Anspannung. In der Hand hielt er ein Schweizer Messer.

Der Maskierte blieb stehen, um auf Geräusche zu lauschen, doch bis auf das entfernte Murmeln der eisigen Enz war nichts zu hören. Es war schon fast völlig dunkel und somit der richtige Zeitpunkt für sein Vorhaben. Die Dämmerung, die Dunkelheit, der Nebel, die Nacht. Vier Verbündete.

Die Zeit der erfolgreichen Jäger im Tierreich, die Zeit der heimlichen Unheimlichen. Es war seine Zeit, die Zeit des Beschützers der Wehrlosen und Gefangenen. Eine neue Heldentat, eine neue Befreiung. Der einsetzende Schneefall störte ihn nicht.

In gebückter Haltung schlich er auf den Zaun zu, der den Tieren ihre Freiheit stahl. Er hasste Gefangenschaft und geraubte Freiheit. Warum musste man Tiere einpferchen, sie mit Zäunen umgeben, in Ställe sperren oder gar in Käfige zwängen?

Doch ihre Rettung war nah. Der Retter kam, lautlos wie der Fuchs im Schnee, geräuschlos wie die Schleiereule zwischen den Bäumen, leise wie die Glattnatter im Gras, unsichtbar wie der getarnte Steinfisch im Riff und unbemerkt wie die Kreuzspinne im Netz. Seine Freunde aus dem Tierreich waren seine Vorbilder und gleichzeitig war er ihr Retter, ihr Zorro, ihr Befreier.

Schafe in einem Zaun? Wozu? Sie blieben als Herde auch in Freiheit zusammen, das hatte er selbst gesehen, droben auf der Schwäbischen Alb, wo sie über die weiten Wiesenflächen zogen, ohne Gatter, ohne Grenzen, frei und ungebunden wie ihre wilden Vorfahren oder ihre wilden Vettern in den Rocky Mountains.

Jedem Tier stand seine Freiheit zu. Der Mensch hatte kein Recht, Tiere in Gefangenschaft zu halten. Weder im Zirkus noch im Zoo, und auch nicht in den Ställen und Gehegen der Höfe und Zuchtanstalten.

Es waren Gefängnisse, diese engen Boxen für Pferde auf den Reiterhöfen. Hatten diese Menschen, die sich Tierfreunde nannten, noch nie wilde Pferde in Freiheit gesehen? Nun, er auch nicht, aber er hatte davon gehört, Filme im Fernsehen gesehen und Bilder in Zeitschriften. Es schmerzte ihn, die gequälten Kreaturen in ihren Ställen wiehern und ihre Hufe gegen die Wände hämmern zu hören.

Er hatte seine ersten Pferde befreit, als er noch ein Junge war. Droben in den Höhenlagen des Schwarzwalds, wo er aufgewachsen war, auf dem Hof seines Großvaters. Es war eine Männerwirtschaft gewesen, der Alte, sein Vater und er. Seine Mutter hatte er nie gekannt, sie war davongelaufen, hatte sein Vater mit grimmiger Miene erzählt. Vielleicht, weil sie sich genauso als Gefangene vorgekommen war wie er selbst sich als Junge.

Es war für ihn wie eine Befreiung gewesen, als der Großvater damals ums Leben gekommen war. Und es hatte ihm nichts ausgemacht, dass er sogar ursächlich dafür verantwortlich war. Doch es war nie nach außen durchgedrungen, dass er damals die Pferde freigelassen hatte. Sein Großvater war beim Versuch, die Herde wieder einzufangen, verunglückt, hieß es.

Hätten sie den Tieren die Freiheit gelassen, wäre das alles nicht passiert. Doch sie hatten sie aus dem Wald wieder zurückgetrieben zu den Ställen, und als die Herde in wilder Panik auf die Straße gerannt war, hatte der Großvater einen Kleintransporter übersehen, der mit überhöhter Geschwindigkeit herangeschossen kam. Der Alte war sofort tot gewesen wie auch zwei der Pferde. Das hatte ihm, dem Enkel, fast noch mehr leidgetan als der Tod des Großvaters. Der Mann hatte seine Kindheit und seine frühe Jugend beherrscht, hatte ihn gezwungen, Dinge zu tun, die er hasste, weil er sie als ungerecht empfand. Als der Großvater ihn dabei erwischte, wie er den Schweinekoben öffnen wollte, um den Tieren die Freiheit zu schenken, hatte der Alte ihn grün und blau geschlagen.

Sechs Jahre hatte er nach dem Tod des Großvaters mit seinem Vater allein auf dem Hof gelebt, als das nächste Unglück geschehen war.

Sie waren beim Holzrücken im Wald gewesen, mit ihrem Kaltblut, einer Stute, auf der er schon als kleines Kind geritten war. Sie war anhänglich, brav und treu und hatte seine Befreiungsversuche ignoriert, indem sie ständig freiwillig zum Stall zurückgekehrt war. Für seinen Vater und den Großvater war sie mehr Arbeitsgerät als Lebewesen und sie hatten ihr nicht mal einen Namen gegeben. Sie hieß nur »Fuchs«, denn sie war eine alte Schwarzwälder Fuchsstute mit herrlich glänzendem kastanienbraunem Fell, einer weißen, rautenförmigen Blesse und graublonder langer Mähne.

An jenem nebligen Herbstmorgen waren sie mit dem Fuchs in den Wald gegangen, um einige Baumstämme, die sie gefällt hatten, zum Weg zu rücken, um sie für den Abtransport ins Sägewerk fertig zu machen. Er konnte später nicht erklären, wie es dazu gekommen war, doch plötzlich hatte er den Schrei seines Vaters gehört, als einer der Baumstämme ins Rollen gekommen war. Der Vater hatte sich in der Kette zwischen Fuchs und Holzstamm verfangen, war gestürzt und mit seinem rechten Arm unter den Stamm geraten.

Er, sein Sohn, hatte den Vater am Boden liegen sehen und jammern hören, doch er hatte sich zuerst um Fuchs gekümmert, hatte das Pferd losgeschirrt und es zurück in den Stall geführt. Da er kein Handy besaß, hatte er ohnehin keine Möglichkeit gehabt, vom Wald aus Hilfe anzufordern. So war er zum Nachbarn gelaufen, der in seinem Allrad mit ihm zum Holzplatz zurück gefahren war. Sie hatten versucht, den Vater zu befreien, und schließlich hatte der Nachbar den Notarzt und die Feuerwehr alarmiert.

Später hatten sie gesagt, dass der Arm des Vaters hätte gerettet werden können, wenn die Hilfe früher da gewesen wäre. So war der Vater als Krüppel zurückgekommen und sie hatten den Hof verkaufen müssen. Der Nachbar hatte ihnen gutes Geld gegeben, da er aus seiner Landwirtschaft einen Erlebnishof mit Gastronomie und Streichelzoo machen und die angrenzenden Grundstücke für die Erweiterung seines Angebots nutzen wollte. Dort, wo ihr Hof gestanden hatte, gab es jetzt ein Wellnesshotel, ihre Wiesen waren Parkplätze geworden.

Sein Vater und er hatten sich von dem Geld eine kleine Wohnung in der Stadt kaufen können, er selbst, der Junge, hatte nach langer Suche einen Job in einem Baumarkt in

Pforzheim bekommen. Als Handlanger und Hilfsarbeiter, wie die anderen sagten, doch das war ihm egal. Er brachte sein eigenes Geld nach Hause, nicht viel, aber genug für seine Zwecke. Und er war nicht mehr abhängig von seinem Vater, den er mehr schlecht als recht versorgte.

In jeder freien Stunde war er draußen in der Natur, in den Tälern des Schwarzwalds, oder beteiligte sich an den Aktionen der Tierschützer. Er hatte sich zwar nicht als engagierter Aktivist einem der Vereine angeschlossen, doch er war immer dabei, meist in der dritten, vierten Reihe, wenn sie gegen Wildtiere im Zirkus protestierten, oder er stand Schmiere, wenn sie illegal in einen Stall eindrangen, um die Haltung von Mastschweinen oder die Zustände in Legebatterien zu filmen. Er fuhr nachts mit auf einsame Autobahnrastplätze und leuchtete mit seiner Taschenlampe, wenn sie gerettete Hunde aus Tötungsstationen zum Weitertransport verluden, um sie ihren neuen Besitzern zu vermitteln.

Wo es um das Wohl der Tiere ging, war Jakob Sommerhalder mit dabei. Der Joggele, wie sie ihn nannten, der Hiwi und Handlanger, der sich für keine Arbeit zu schade war, den man alles heißen konnte, der alles tat, was man von ihm verlangte, nur um dabei sein zu dürfen.

Doch manchmal zog der Joggele auch allein los. Dann war er selbst der Held und nicht mehr der Hilfsarbeiter, der Schmieresteher, der Depp vom Sommerhalderhof. Zweimal schon hatten sie über seine Taten in der Zeitung geschrieben, doch keiner war darauf gekommen, dass er hinter den Aktionen steckte.

Das erste Mal hatte er die Hirsche freigelassen, drüben, beim Fasanenhof, wo der Gauß-Wirt seine Gäste mit Hirschgulasch in sein Landgasthaus lockte. Fast 200 Stück Damwild grasten in dem Gatter, einer einfachen Wiese ohne Schutz gegen Regen und Kälte, ohne Bäume und Unterstand. Joggele hatte sich von seinem ersten Geld eine Skimaske und ein teures Schweizer Messer gekauft. Das Gesicht unter der Maske verborgen und durch einen schwarzen Anorak getarnt, hatte er mit der Drahtzange den Zaun durchgeschnitten.

Über Nacht waren sie alle fort gewesen, die Hirsche vom Gauß-Wirt. Hinaus in den Wald waren sie gezogen, in die Freiheit. Das hatte für ganz schön viel Wirbel gesorgt. Vom falsch verstandenen Tierschutz hatten sie in der Zeitung geschrieben, diese Ignoranten, und von Diebstahl und Sachbeschädigung.

Er hatte gewartet, bis Gras über die Sache gewachsen war und man einen Teil des Rudels wieder eingefangen hatte. Dann hatte er den Elefanten befreit. Es war einfacher gewesen, als er es sich vorgestellt hatte, denn die Zirkusleute hatten den Elefanten, den »Star« ihrer kleinen Manege, nur mit einem dicken Hanfseil angebunden. Keine Kette, kein Schloss, nur ein Hanfseil an einem Eisenhaken, den sie in der Erde versenkt hatten.

Der kleine Wanderzirkus, der außer dem Elefanten noch Ziegen, Hunde, ein zerzaustes Kamel und zwei Lamas zeigte, lagerte am Rand der Kleinstadt und er wartete die Abendvorstellung ab. Als zum Finale alle Zirkusleute in der Manege waren, zog er die Skimaske über die Augen, huschte zwischen den wenigen Zirkuswägen hindurch zu dem Platz, wo sie den Elefanten angebunden hatten, und lief, leise flüsternd, auf das Tier zu, das ihn so schon von Weitem bemerkte und nicht wegen des Fremden mit der Maske erschreckte.

Er streckte ihm das Brot hin und hatte sofort das Zutrauen des Tieres gewonnen, ging in die Hocke und zerschnitt mit seiner schärfsten Klinge die Fasern des Hanfseils. Mit einem weiteren Brot lockte er den Elefanten von dem Platz und aus dem Bereich der Zirkuswägen. Der Elefant schien seine Freiheit zu genießen und trottete auf den nahen Fluss zu, wo er schließlich hinter der Uferböschung verschwand.

In der Manege spielte die Drei-Mann-Combo den Abschlusstusch, letzter Beifall, Ende der Vorstellung. Joggele huschte unbemerkt davon.

Drei Tage hatten sie gebraucht, um den Elefanten zu finden und wieder zum Zirkus zurückzubringen, schließlich wurde er dem Zirkus weggenommen und in einen Safaripark gebracht. Dort genoss er jetzt zumindest mehr Freiheit als angepflockt hinter der Manege. Joggele fühlte sich erneut wie ein Held, der Zorro des Elefanten.

Er grinste, als er jetzt daran zurückdachte.

»Ich lass euch raus, wie damals den Jumbo …«, flüsterte er.

Die Schafe verhielten sich vollkommen ruhig und der Hund konnte ihn nicht gewittert haben, so wie der Wind jetzt stand. Selbst wenn, er kannte Basko und Basko kannte ihn. Er würde ihn fröhlich begrüßen und keinen Alarm schlagen, da war er sich ganz sicher.

Trotzdem vermied er lieber jedes Geräusch, als er zunächst das Stromaggregat ausschaltete und dann vor dem Zaun auf die Knie ging und die einzelnen Maschen von unten nach oben aufzuschneiden begann.

Leise.

Ganz, ganz leise glitt die scharfe Klinge des Schweizer Messers durch die Fasern, öffnete den Zaun Schnitt für Schnitt. Nach fünf Minuten hatte er es geschafft. Er schob die lose hängenden Maschen rechts und links zu Boden und riss dabei einen der schmalen Pfähle aus seiner Verankerung.

So sorgte er für einen etwa einen Meter breiten Ausgang. Die Herde würde sich selbst eine breitere Schneise bahnen, wenn sie das Loch erst einmal entdeckt hatte.

Joggele lauschte in die Nacht. Zufrieden mit seiner Heldentat, machte er sich an den Rückzug. Schäfer Johann würde Augen machen, wenn er am Morgen das leere Gatter fand. Joggele grinste und steckte sein Schweizer Messer ein.

Du bist wirklich ein Zorro, dachte er und schob die Skimaske auf die Stirn.

Der Junge vom Sommerhalderhof ahnte nicht, dass er beobachtet wurde. Die ganze Zeit schon. Und dass sein Beobachter zwischen Flucht und Angriff schwankte.

27

Die Fähe kauert hinter der großen Wurzel im Schnee und hat Augen und Ohren auf die Herde gerichtet, die in dem Pferch grast. Den Zaun zu überspringen ist für die Wölfin kein Problem, das Flatterband macht sie schon lange nicht mehr nervös, doch sie hat mit dem Angriff gewartet, als der Feindgeruch ihren Lauf um die Weide herum plötzlich ausgebremst hat.

Die Angreiferin wird zur Beobachterin, die Jägerin zur Gejagten, denn es ist wieder der Feind, der sich ihr in den

Weg stellt, der Einzige, der sie töten kann, wenn er sie findet. Aus dem sicheren Versteck heraus beobachtet sie das seltsame Treiben des Mannes am Zaun und als er sich entfernt, verharrt sie so lange, bis auch ihr scharfes Gehör seine Schritte im Schnee nicht mehr wahrnimmt.

Die Taktik der Wölfin, mit der sie den Angriff plant, ist die einzig mögliche, wenn sie allein jagt. Sie muss zuerst den Hund eliminieren und danach die Panik in der Herde ausnützen. Die erfahrene Jägerin ist schlau. Sie hat das Loch im Zaun längst entdeckt und wird die Schafe darauf zutreiben.

Geduckt schleicht sie im Windschatten an der Uferböschung des Flusses entlang, bis sie den Zaun erreicht, und bricht mit einem mächtigen Satz aus der Deckung. Ihre Berechnung geht auf. Die Schafe stieben aufgeschreckt auseinander, wildes Entsetzen packt die einzelnen Tiere und aus der Herde wird ein wildes Durcheinander von Leibern, Fellen, Beinen und Köpfen.

Der Hund rast auf die Herde zu und versucht, die Tiere beieinanderzuhalten, doch schon stieben die Ersten in Panik davon, durch das Loch im Zaun, hinaus in den Wald. Der Hund verfolgt sie in wilder Hatz. Ein Teil der Schafe bleibt nervös im Pferch zurück und drängt sich in dem der Öffnung gegenüberliegenden Bereich in einer Bodensenke zusammen, unschlüssig zwischen Flucht und Verharren schwankend.

Jetzt ist die Stunde der Jägerin gekommen. Wie ein Torpedo schießt sie durch das Loch im Zaun in das Innere der Weide und lässt ihrer Beute keine Chance. Sie hat sich ihr Opfer schon längst ausgesucht, ein junges Schaf, das etwas abseits der restlichen Herde steht und auf einem Bein hinkt. Dieses eine wird sie sich herausgreifen, es töten und in Ruhe fressen.

Doch die Panik der Tiere macht ihren Plan zunichte. Als sie ihre Beute an der Kehle gepackt und zu Boden gewor-

fen hat, lösen die Schafe, die um sie herum in wilder Flucht durch den Pferch stieben, neue Angriffsreflexe in ihr aus.

Nur wenige der Schafe retten sich durch die Öffnung im Zaun, die meisten hetzen von einer Ecke des Pferchs zur nächsten und wieder zurück. Diese Panik weckt in der Wölfin einen Jagdinstinkt, den sie nicht bremsen kann.

Statt in Ruhe zu fressen, schlägt sie um sich, greift das nächste Tier und tötet es mit einem gezielten Kehlbiss, fährt herum und hat die nächste Beute im Fang. Sie will fressen, ihre Beute verschlingen, sich mit dem Kadaver den leeren Magen vollschlagen, doch sie kommt nicht dazu. Der Reflex in ihr zwingt sie, alles zu töten, was sich um sie herum noch bewegt.

Erst dann beginnt sie, in Ruhe zu fressen. Der heftige Schneefall, der jetzt einsetzt, stört sie nicht. Er deckt alles zu, was sich hier in den letzten Minuten ereignet hat, verwischt Spuren und breitet sich wie ein weißes Leichentuch über den Tod auf der Weide.

28

Johann Kerner war früh aufgestanden. Es war noch dunkel und das Außenthermometer zeigte minus 6 Grad, als er die Haustür aufschloss und den »Schwarzwälder Boten« aus dem Briefkasten zog.

Als er in die Küche zurückkam, hatte die Kaffeemaschine die Tasse gefüllt und er setzte sich an den Tisch, um, wie er es jeden Morgen tat, seinen Kaffee zu trinken, eine Scheibe Hefezopf zu essen, den Agathe zweimal in der Woche buk, und einen Blick in die Zeitung zu werfen. Wie immer wollte er mit den Todesanzeigen beginnen, danach die Leserbriefe, die Regionalseiten und am Schluss den Sport lesen, doch ein Bild und der darunterstehende Text auf der Titelseite nahmen sofort seine ganze Aufmerksamkeit in Anspruch.

Es war in erster Linie das Bild, das ihm aufgefallen war, denn er erkannte sofort, dass es sich bei dem grauen, hundeähnlichen Kopf um einen Wolf handeln musste. Zeitgleich erfasste er die fett gedruckte Überschrift: *Tödliche Begegnung mit einem Wolf?*

Das Fragezeichen nach diesen fünf Worten registrierte er erst, als er auch den Kurzartikel darunter überflogen hatte und die Überschrift und den Text ein zweites Mal las:

Tödliche Begegnung mit einem Wolf?

In einem Wald bei Wintersbach im Nordschwarzwald wurden am Montag menschliche Überreste gefunden. Es könne nicht ausgeschlossen werden, dass es sich bei der Leiche um das Opfer eines Tierangriffs handle, sagte ein Polizeisprecher. Ein Wolf gelte noch als Spekulation. Regionales Seite 24.

Er schlug die Seite 24 auf und erkannte auf dem Foto die Landschaft unweit seines Weidegatters. Dort entlang würde er seine Herde heute in den Stall treiben.

Kerner blickte nervös zur Uhr über dem Küchentisch. Er musste los. Es war Zeit, Basko zu füttern und nach der

Herde zu sehen. Er hatte den Hund heute Nacht ungern allein dort draußen gelassen, doch er hatte keine andere Wahl gehabt. Selbst bei der Herde zu bleiben war ihm zu unheimlich, zumal er keinen Schäferwagen besaß und erneut Schnee angesagt gewesen war. Er hatte es zudem für unwahrscheinlich gehalten, dass der Wolf zurückkehrte, nachdem er schon in der vergangenen Nacht Bekanntschaft mit Basko gemacht hatte.

Und wenn es mehrere waren, schoss es ihm durch den Kopf, ein ganzes Rudel vielleicht? Er überflog den Bericht über den Fund der menschlichen Überreste und die Spekulation, dass womöglich ein Wolf dahintersteckte.

Ein Förster hatte die Leiche entdeckt und die Polizei verständigt. Erste Untersuchungen hatten ergeben, dass die Überreste angefressen worden waren. Die Todesursache stand jedoch bei Redaktionsschluss noch nicht fest, man wisse noch nicht, ob es sich um einen Unfall, den Angriff eines Tieres oder eine Gewalttat handle.

Auch zur Identität des Opfers gebe es noch keine Erkenntnisse, man bitte zudem die Bevölkerung um sachdienliche Hinweise. Am Vormittag solle es eine Pressekonferenz geben, bei der die Polizei den aktuellen Stand der Ermittlungen bekanntgeben würde, hieß es am Ende des Artikels.

Schade, dachte er, da wäre ich gerne dabei gewesen. Doch er hatte sich für heute etwas anderes vorgenommen. Kerner stellte seine Kaffeetasse ab und erhob sich. Irgendetwas beunruhigte ihn und er wollte so schnell wie möglich raus zu seiner Herde und zu Basko.

Der Schäfer war froh, Hartmut Schwaiker an seiner Seite zu haben. Der hatte es schon mit Braunbären in Russland und mit Leoparden in Afrika aufgenommen und würde mit den Wölfen kurzen Prozess machen.

Draußen bahnte sich im Osten das erste Tageslicht einen Weg über die Kuppen der Schwarzwaldberge, die klirrend kalte Nacht machte einem eisigen Morgen Platz, bald würden die Sonnenstrahlen den Nebel vertreiben. Der Schnee im Garten knirschte unter seinen Schritten, als der Schäfer zur Garage ging. In einer Viertelstunde würde er beim vereinbarten Treffpunkt sein.

29

An jenem Morgen war die »*tödliche Begegnung mit einem Wolf*« im Nordschwarzwald Tagesgespräch. Die Eilmeldungen und Schlagzeilen überschlugen sich, Online-Kommentare von selbsternannten Experten wucherten ins Uferlose. Sensationslüstern hatte ein überregionales Blatt in übergroßen Lettern getitelt:

MORD! Es war ein WOLF!!!

Und auch in einigen anderen Zeitungen war die Tatsache, dass der Wolf als Täter noch Spekulation war, höchstens in einem Nebensatz zu lesen. Der Tenor aller Meldungen war klar:

Was Wolfsbefürworter nicht wahrhaben wollten und Wolfsgegner längst vorhergesagt hatten, war eingetreten: Ein Mensch war durch einen Wolf zu Tode gekommen. Wer das Opfer war und wie es zu dem vermeintlichen Angriff gekommen war, wurde nicht gemeldet.

Linda Roloff hatte im Sender schon in der ersten Stunde des Frühmagazins einen Einsatz gehabt und war als Regionalkorrespondentin dem Moderator der Sendung für eine Gesprächsaufzeichnung zugeschaltet worden. Als ihre Antworten eine halbe Stunde später ausgestrahlt worden waren, hatte man ihre Aussagen gekürzt und gerade die Punkte, die Zweifel an der Täterschaft des Wolfs ließen, herausgeschnitten. In den Regionalnachrichten war zu hören, dass man zwar noch »die abschließende Auswertung der gerichtsmedizinischen Untersuchung abwarten müsse, um bei dem bislang ungeklärten Todesfall von einer Wolfsattacke sprechen zu können, aber jetzt schon vieles dafür spreche«.

»Wo haben wir denn das her?«, fragte Linda Roloff den zuständigen Redakteur in der Redaktionskonferenz am Vormittag. »Wir tun ja so, als ob es bereits feststeht, dass es ein Wolf war!«

»Es gibt bisher keine gegenteiligen Statements!«, verteidigte sich der Sendungsredakteur mit hochrotem Kopf. Die Augen aller Konferenzteilnehmer starrten zu dem Sprecher, in dessen schneidender nasaler Stimme immer ein gewisser Befehlston mitschwang. Er war klein und drahtig, hatte ein blasses, fast bleiches, glatt rasiertes Gesicht, zu dem seine kurzen schwarzen Haare in starkem Kontrast standen. Sein Blick hatte etwas Hartes, Stechendes, Unnachgiebiges und auf seiner spitzen Nase saß eine Nickelbrille, die ihm einen Anflug von Kompetenz und Wichtigkeit gab. Seine Lippen waren schmal und fast immer, wenn er nachdachte und angespannt war, mahlten seine Kiefer unablässig. »Giftzwerg« nannten ihn manche Kolleginnen, da seine Kommentare und Diskussionsbeiträge gerne einen zynischen oder verletzenden Unterton hatten.

Linda Roloff kannte Heiko Büsgens erst seit einem halben Jahr, wusste aber, dass seine redaktionellen Schnellschüsse schon manches Mal zu Problemen geführt hatten. Immer wieder hatte er gegen die goldene Regel verstoßen, mindestens zwei Quellen oder das O-Ton-Statement eines Primärzeugen zu haben, bevor man mit einer Meldung auf Sendung ging. Er galt im Kollegenkreis als Streber und man munkelte, dass er es auf die Position des Chefredakteurs abgesehen hatte, der vor einem Jahr seinen 60. Geburtstag gefeiert hatte und einen vorzeitigen Ruhestand anstrebte.

»Dann sollten wir eben die Pressekonferenz abwarten, die für heute angekündigt ist!«, forderte Linda.

»Das Thema ist aber *jetzt* aktuell. Heute Morgen hatten wir die erste Meldung und jeder hat es in der Zeitung gelesen!«, konterte Büsgens. »Die Leute erwarten von uns, dass wir darüber berichten und die Geschichte weiterspinnen.«

»Aber nicht so!«, widersprach Linda. »Wir schüren unnötige Ängste und verunsichern die Leute! Und wenn es sich herausstellt, dass es kein Wolf war, müssen wir ganz schön zurückrudern!«

»Was soll das jetzt?«, warf eine jüngere Reporterin ein. »Es spricht ja wohl alles dafür, dass es ein Wolf war, oder hat bisher einer das Gegenteil gehört?«

»Haben wir denn nach anderen Meinungen gefragt?«, konterte Linda. »Ich habe gestern Abend den Wolfsberater getroffen, aber seine Meinung möchte ja keiner hören. Stattdessen senden wir eine Umfrage unter aufgebrachten Schafsbesitzern und O-Töne von Jägern, großartig!«

»Und warum haben Sie keinen O-Ton von diesem Wolfsberater mitgebracht?«, schaltete sich jetzt der graumelierte Redaktionsleiter irritiert in die Diskussion ein.

»Weil«, sagte Linda und fluchte innerlich, da sie das tatsächlich versäumt hatte, »weil er gestern anderes zu tun hatte, als ein Interview zu geben! Er war vor Ort, um die Spuren zu untersuchen, und musste sich beeilen, weil es dunkel wurde.«

»Und danach? Warum hast du ihn danach nicht noch mal angerufen?«, warf jetzt Heiko Büsgens ein.

»Weil er erst heute Morgen nach Hause kam, und nachdem er mein zusammengeschnittenes Gespräch in der Sendung gehört hatte, hat er meine Nummer weggedrückt!«

Linda kochte vor Wut. Allgemeines Gemurmel erhob sich, und der Redaktionsleiter mahnte zur Ruhe.

»Wir sollten in der Tat ausgewogen berichten und nichts überstürzen«, meinte er.

»Und vor allem neutral, solange noch alles in der Schwebe ist«, ergänzte Linda.

»In der Schwebe!«, höhnte Heiko Büsgens. »Dass ich nicht lache! Man hat neben der Leiche des Kindes Wolfsspuren gefunden und Fraßspuren an der Leiche. Welche Beweise willst du denn noch, dass hier ein Wolf zugeschlagen hat?«, bellte er mit einem gebieterischen Unterton in seiner Stimme und warf Linda einen vernichtenden Blick zu.

Linda holte tief Luft und sagte in sachlichem Ton:

»Ich möchte meine Beiträge zu diesem Thema künftig hören, bevor sie über den Sender gehen. So, wie du mein Gespräch gekürzt hast, muss ich dich für befangen halten.«

»Sag mal, spinnst du?«, zischte Büsgens verärgert und sprang auf. »Warum soll ich denn bitte schön ›befangen‹

sein? Hättest du doch einen O-Ton von deinem Wolfsberater mitgebracht! Lerne *du* erst mal, wie man journalistisch arbeitet, und zick hier nicht rum!«

»Ich zicke nicht. Und recherchieren habe ich gelernt«, sagte Linda in sachlichem Ton. »Dort, wo du vorher gearbeitet hast, ist der Wolf schon länger ein Thema. Ich habe mit einer Kollegin beim Sender in Sachsen telefoniert, die mich detailliert über deine damaligen Aktivitäten im Lager der Wolfsgegner informiert hat. So viel zum Thema ›befangen‹ oder nicht! Soll ich das jetzt hier in der Runde wirklich ausführen?«

»Linda«, mahnte der Redaktionsleiter, »das gehört nicht hierher. Wir alle sind neutralem Journalismus verpflichtet. Das gilt für Sie genauso wie für Herrn Büsgens. Wir wollen keine alten Geschichten aufwärmen und das Thema jetzt beenden. Von Ihnen, Linda, hätte ich gerne für unsere Nachrichtensendung am Mittag eine Zusammenfassung der Argumente, die gegen die Täterschaft des Wolfs sprechen. Und Sie, Herr Büsgens, stellen dazu die Gegenseite vor. Unsere Hörer sind mündig genug, sich selbst ein Bild zu machen. Und für die weitere Berichterstattung warten wir die Pressekonferenz ab.«

30

Die beiden Männer saßen schweigend nebeneinander im schwarzen Crosser, dessen Räder schwerfällig durch den tiefen Schnee pflügten. Es hatte noch mal Neuschnee gegeben in der vergangenen Nacht und die Spuren, die der Schäfer am Vortag mit seinem Suzuki Vitara hinterlassen hatte, waren unter der dünnen Schneedecke verschwunden.

Schäfer Johann Kerner dirigierte Hartmut Schwaiker, der am Lenkrad saß, über die verschneiten Pfade und sie stellten den Allrad unter der hohen Tanne ab, wo auch der Schäfer immer parkte, wenn er nach seiner Herde sah.

Der Morgen war hier im Tal noch milchig grau, schwer hingen die Nebelschwaden zwischen den Anhöhen über dem Fluss und kein Laut drang an die Ohren der beiden Männer, als sie das Fahrzeug verließen. Sie sprachen kein Wort, hatten sie doch auf der Fahrt genügend Zeit gehabt, sich den Tagesplan zurechtzulegen. Der Schäfer würde die Herde mit den beiden Hunden über die verschneiten Wiesen auf kürzestem Weg in Richtung Stall treiben, etwas mehr als fünf Kilometer das Tal entlang, einmal auf einem breiten Forstweg durch ein Stück des Waldes und sonst über freie Landschaft an der Enz entlang.

Kerner hatte sich von einem Kollegen dessen Hirtenhund, einen erfahrenen ungarischen Kuvasz, ausgeliehen, der Basko beim Flankieren der Herde unterstützen würde. Der Großwildjäger würde den Schluss des Konvois bilden, den Überblick behalten und im Falle eines Angriffs durch die Wölfe eingreifen, so war der erste Teil ihres Plans.

Sie würden die Herde antreiben und ohne Pause durchmarschieren, der Berner Sennenhund und der um einiges größere Ungarische Hirtenhund würden die Herde dabei ständig umkreisen und dafür sorgen, dass sie beisammen blieb. Am Nachmittag würde Kerner den Großwildjäger zur Weide zurückfahren, sie würden zwei Schafe im Anhänger mitnehmen und sie in die Umzäunung zurückbringen. Dort würde sich Schwaiker positionieren und in der Nacht auf die Wölfe warten. Das war der zweite Teil ihres Plans.

Dass alles anders kommen würde, ahnten sie, als sie ausgestiegen waren und den prächtigen Kuvasz mit seinem weißen, welligen Fell aus dem Kofferraum ließen. Ungestüm bellend, stürmte er los und Johann Kerner ahnte sofort, dass etwas nicht stimmte, als Basko seinem Freund nicht entgegenkam.

Die beiden Hunde kannten sich von vielen gemeinsamen Einsätzen. Kerner und der Schäfer, dem der Kuvasz gehörte, unterstützten sich oft gegenseitig bei ihrer Arbeit und halfen sich mit ihren Hunden aus. Doch heute hatte das Bellen des Kuvasz' nichts von der Freude und dem Übermut, mit dem er seinen Artgenossen sonst begrüßte.

Er schlug hart an, wie ein scharfer Hofhund, der einem unbekannten Gast den Zutritt verwehren wollte. Kalt wie Schüsse knallte das tiefe, kehlige Bellen in die Ruhe des friedlichen beginnenden Tags, eine Handvoll Rabenkrähen stob davon und ein Feldhase suchte entsetzt das Weite.

Der Schäfer blieb wie angewurzelt stehen, als er das Loch im Nylongeflecht auf der ihnen zugewandten Seite des Weidezauns sah. Die grünen Fasern lagen nass und schwer im Schnee, in der Mitte klaffte ein breiter Spalt und der schmale Pflock, der das Netz auf einer Seite gehalten hatte, war umgekippt und fast ganz von Neuschnee bedeckt.

Das Bellen des Kuvasz' kam jetzt aus dem Inneren des

Weidezauns, das die beiden Männer noch nicht einsehen konnten, da die Wiese zum Fluss hin abschüssig war.

»Do schtimmt was net!«, zischte der Schäfer und begann zu laufen. Schwaiker nahm seine Kilombero von der Schulter, legte mit dem Daumen den Hebel der Schlagfeder um und entspannte damit die Repetierbüchse, während er dem Schäfer folgte. Drei Schritte, fünf, zehn, zwölf. Jetzt hatten sie das obere Ende der Schafweide erreicht und überblickten den ganzen eingezäunten, nur leicht nach Westen abfallenden Wiesenhang.

Der Schäfer war durch das Loch im Zaun ins Innere getreten.

»Scheiße!«, hörte Schwaiker ihn rufen und er ließ seinen Blick über die weite, unberührt scheinende Fläche schweifen.

Der Schnee hatte sich gnädig auf der Wiese ausgebreitet und alles bedeckt, was nicht höher als ein paar Zentimeter war. Seltsam geformte kleine, weiße Hügel ragten an der linken Innenseite des Zaunes auf. Das aufgeregte Bellen des Hundes drang immer noch deutlich vernehmbar an seine Ohren, obwohl sich der Kuvasz schon am unteren Ende der Weide aufhielt.

Bis auf die Laute des Hundes lag die weiße Fläche friedlich und still da, doch der Schein trog. Unheil lag in der Luft, das spürte der Jäger und er glaubte sogar, Blutgeruch in der frischen, kalten Morgenluft wahrzunehmen. Irgendetwas irritierte ihn. Und auf einmal wusste er, was das war.

Die Schafe fehlten!

Nicht ein Tier befand sich innerhalb der Umzäunung. Klar, sie waren ausgebrochen, kam es dem Jäger in den Sinn, als er dem Schäfer folgte und zwischen den niedergerissenen Zaunenden nach innen ging.

Die sind auf und davon, dachte er, und irren jetzt irgendwo da draußen durch den Wald.

Er suchte nach Spuren, doch der Neuschnee hielt jede Fährte vor seinen Augen verborgen. Nur die Fußabdrücke des Schäfers und des Kuvasz' waren zu erkennen. Ob vielleicht der Hund eine Witterung aufnehmen konnte? Wo immer die Schafe jetzt waren, war der Wolf sicher nicht weit.

Der Jagdtrieb ließ Schwaikers Herz schneller schlagen, seine Mundwinkel zuckten nervös und seine Augen wurden feucht vor innerer Freude und Anspannung, vielleicht aber auch durch die schneidend kalte Luft des Wintermorgens.

Er dachte an die Kodiak-Insel mit ihren Bärenriesen, an die kanadischen Rockys und die Dickhornschafe und an die prächtigen russischen Braunbären in Kirov. Sein Jägerleben hatte ihn schon in die entlegensten Gegenden der Welt geführt, dort hatte er sich wohler gefühlt als auf einer Jagdfarm in Namibia, wo ihm die Treiber den Löwen oder Leoparden schussfertig servierten.

Nicht alles, was er geschossen hatte, war legal gewesen, aber welche Rolle spielte das schon? Es war ohnehin nur noch eine Frage der Zeit, bis die Menschheit auch die letzte Wildnis noch erobert und die letzten Wildtiere ausgerottet hatte. Wer fragte dann noch nach einem illegal geschossenen Sibirischen Tiger oder einem Spitzmaulnashorn? Er leckte seine trockenen Lippen und spürte dieses Kribbeln in sich, das ihn immer dann befiel, wenn die Büchse mit entspanntem Verschluss schussbereit in seinen Händen lag und er die Nähe seiner Beute ahnte.

Der Wolf in Deutschland. Der hatte hier nichts zu suchen, da gab er dem Schäfer Johann vollkommen recht.

Es gab keinen Platz für Wölfe und er als Jäger brauchte keinen vierbeinigen Konkurrenten in seinem Revier. Rothirsch, Sau und Reh wurden nach klaren Regeln waidmännisch bejagt, ihr Fleisch gehörte in die Kochtöpfe der Wildspezialitätenrestaurants statt in die Mägen von Wölfen, und die wunderbaren Trophäen gehörten an die Wände ihrer Bezwinger.

Schwaiker fühlte die schwere Kette aus Keilerzähnen um seinen Hals. Sie war sein Glücksbringer. Er hatte sie noch nie zu Hause gelassen, wenn er auf Jagd ging. Zwei der Hauer, sechs und acht Zentimeter lang, waren eine Erinnerung an seine erste Treibjagd im Schönbuch. Seither war die Kette immer schwerer geworden und die Trophäensammlung in seinem Haus immer umfangreicher. Und heute würde er sie um einen weiteren Wolf ergänzen.

Einen unnötigen deutschen Wolf.

Der Schrei des Schäfers riss ihn aus seinen Gedanken. Kerners Blick war auf einen der kleinen, schneebedeckten Hügel gerichtet, auf den er mit eiligen Schritten zugegangen war. Die Spitze seiner Schäferschippe scharrte fieberhaft den Schnee von der seltsam geformten, etwa 20 Zentimeter hohen Erhebung, die auf den ersten Blick wie ein großer, verschneiter Maulwurfshügel ausgesehen hatte. Was jedoch unter dem Schnee hervorkam, ließ Johann Kerner das Blut in den Adern gefrieren.

31

Die Räumfahrzeuge und Streudienste waren die ganze Nacht hindurch im Einsatz gewesen. Linda Roloff hatte für die Fahrt in den Schwarzwald genügend Zeit einkalkuliert und war jetzt fast eine halbe Stunde zu früh an ihrem Ziel.

Die Pressekonferenz war direkt in der kleinen Wirtschaft vor Ort anberaumt worden, was für viele Kollegen aus Karlsruhe, Baden-Baden oder Pforzheim eine lange Anreise durch den Schwarzwaldwinter ins abgelegene Enztal bedeutete.

Außerdem hatte die Kriminalpolizei mitgeteilt, dass man im Nebenzimmer der Gastwirtschaft in Wintersbach die Zentrale der Sonderkommission »Isegrim« eingerichtet habe, um vor Ort flexibel zu sein. Linda war gespannt auf ihr Wiedersehen mit Jens Bosch, der damals auch am Bodensee die SOKO geleitet hatte.

Sie betrat die Dorfmetzgerei kurz nach 10 Uhr. Der Familienbetrieb war weit über die Grenzen der Region hinaus bekannt für seine Maultaschen und die Hausmacherwurst aus eigener Schlachtung, und Linda hatte beschlossen, sich noch ein Leberkäsweckle, kurz LKW, wie man die Fleischkäsebrötchen hier im Schwäbischen nannte, mitzunehmen.

Im Verkaufsraum hatten sich fünf, sechs Frauen unterschiedlichen Alters am Fleischwaren- und Wursttresen in zwei Reihen angestellt, während drei Verkäuferinnen bedienten, abwogen, zuschnitten und kassierten.

Linda verspürte, als sie den Laden betrat, sofort eine eigenartige Stimmung, ein leises Knistern, einen eisigen Hauch, als ob sie im falschen Moment in eine Konversation geplatzt sei. Fast glaubte sie noch letzte Wortfetzen im Echo der gekachelten Wände verklingen zu hören, ihr freundliches »Grüß Gott« verhallte an einer Mauer des Schweigens. Nur das Surren der Wurstschneidemaschine war zu hören.

Ein halbes Dutzend Augenpaare starrten sie an, hart aufeinandergepresste Lippen verhinderten einen Gegengruß, dann gingen die Blicke wieder zurück zu den Verkäuferinnen hinterm Tresen.

Eine der Frauen hatte gerade bezahlt, nahm ihr Wechselgeld entgegen und verließ, ohne ein Wort zu sagen, die Landmetzgerei.

»Dera hosch's aber geba!«, sagte eine der Frauen jetzt und sprach eine etwa 60-Jährige an, die als Nächste ihre Wünsche äußerte.

»Zwei Paar Landjäger und 500 Gramm Aufschnitt.«

Die Konversation der Kundinnen erfolgte im Dialekt des Nordschwarzwalds, nicht so breit wie das Schwäbisch oben auf der Alb, aber auch nicht so gestelzt wie in der Landeshauptstadt, und Linda, die seit Jahren in Tübingen zu Hause war und jetzt in einem kleinen Dorf bei Rottenburg wohnte, hatte keine Schwierigkeiten, alles zu verstehen. So wurde ihr rasch klar, um welches Thema es ging: der Wolf!

Offensichtlich hatte die Frau, die soeben pikiert die Metzgerei verlassen hatte, eine andere Meinung als die anderen Damen im Verkaufsraum. Man hatte ihr ordentlich die Meinung gegeigt.

Alle Anwesenden schienen sich da einig zu sein, hörte Linda heraus, bis auf eine, die als Letzte in der Reihe an der Fleischtheke stand und sich bisher wohl aus der Diskussion herausgehalten hatte. Sie hatte einen dicken, grauen Wollpullover an, trug einen gestrickten Schal und ihre braunen Haare hingen ihr in zwei filzigen Zöpfen über die Schulter. Grün-alternativ, dachte Linda und verfolgte gespannt das Gespräch weiter. Jetzt, als eine der Frauen forderte: »Abknalla, no wär a Ruah!« – man solle den Wolf erschießen, dann kehre Ruhe ein –, sagte die Filzhaarige:

»Wäre es nicht besser abzuwarten, was bei den Untersuchungen herauskommt, bevor alle den Wolf einfach verurteilen?«

Die Frage glich, so empfand es Linda, einem Stich ins Wespennest.

Vier, fünf Stimmen erhoben sich geifernd auf einmal und fuhren der Fragestellerin über den Mund:

»Abwarta? Worauf denn no?«

»Der gehört nicht hierher, basta!«

»Sollet mir warta, bis er no jemand umbringt?«

»Weg damit, des isch die einzige Lösung!«

»Aber der Wolf hat ein Recht, hier zu sein«, versuchte es die Frau im grauen Wollpullover noch einmal.

»Sie haben gut reden, Sie haben ja keine Kinder! Also ich lass meine jetzt nicht mehr aus dem Haus, bevor die Bestie weg ist!«, sagte eine der jüngeren Frauen und nahm die Tüte mit ihrer Bestellung entgegen.

»Was macht eigentlich Ihr Mann jetzt, Frau Kerner?«, fragte eine andere jetzt und sprach eine Frau in einem roten Vaude-Anorak und dunkelgrauer Skimütze an. »Ich mein, die Schäfer sind doch am Ärgsten betroffen!«

»Der hatte gestern schon Wolfsspuren am Zaun, aber unser Basko hat aufgepasst. Heute treibt mein Mann seine Schafe in den Stall, draußen ist es ihm nicht mehr sicher genug.«

»Ja, und wenn ihm der Wolf dabei in die Quere kommt?«

»Dann schlägt er ihn tot!«

»Aber der Wolf steht unter Naturschutz!«, erwiderte die Filzhaarige und die Wespen schwärmten aus.

»So ein blödes Geschwätz!«

»Aber klar, wenn der Sohn einen auf ökologisch macht!«

»So, wer kommt als Nächste?«, fragte eine der Verkäuferinnen laut dazwischen und Linda hätte am liebsten die Frage nach den Christbaumkugeln gestellt. Das pflegten sie in ihrem Familienkreis immer zu tun, wenn sich ein Thema festgefressen hatte, man sich im Kreis drehte oder das Gespräch zu eskalieren drohte. »Habt ihr denn eure Christbaumkugeln schon gekauft?«, fragte dann eine aus der Runde, und alle lachten und wussten, dass es Zeit war, das Thema zu wechseln. Doch hier kannte sicher keine der Frauen dieses Spiel.

»Ich glaube, ich bin dran«, sagte die Filzhaarige und legte einen Leinenbeutel auf die Theke.

»Bitte keine Tüte, kein Alu. Ich habe eine Dose dabei.«

»Moment, Sie kommen nach mir!«, drängte sich jetzt eine drahtige Grauhaarige vor, die aus Lindas Sicht bis eben deutlich weiter hinten angestanden hatte.

»Und nach mir!«, stimmte eine Frau mit hochgeschlagenem Mantelkragen ein.

»Aber Sie sind doch nach mir gekommen!«, protestierte die Frau im Wollpullover und behauptete ihren Platz am Tresen.

»Frau Härle, was darf's sein?«, fragte die Verkäuferin jetzt die Drahtige und übersah bewusst den Blick, den ihr die übergangene Filzhaarige zuwarf.

Linda spürte die Eiszapfen, die im Verkaufsraum von der Decke zu hängen schienen. Frostiger geht's nicht, dachte sie, nicht mal im Kühlhaus.

Eine weitere Verkäuferin kam hinzu und ignorierte ebenfalls den Leinenbeutel und den offen stehenden Mund der Filzhaarigen.

»Aber ich …«, sagte diese nur und erntete giftige Blicke von allen Seiten.

»Sie könnet Ihr Fleisch gern woandersch kaufa, wenn's Ihnen nicht passt«, sagte die Frau mit dem hochgestellten Mantelkragen, und die erste Verkäuferin zischte: »Für oine wie Sie hemmir hier nix! Wer kommt?«

Sie sah Linda fragend und mit einem verschwörerischen Lächeln an.

»Bittschön, junge Frau?«

Doch Linda schüttelte den Kopf.

»Ich hab's mir überlegt«, sagte sie nur und verließ die Metzgerei.

32

Unförmig lag der von dunklen Flecken gesprenkelte Klumpen Fell im Schnee, krause, filzige Haare in wilden Locken, von Schneeresten bedeckt. Der Jäger war näher gekommen und blickte entsetzt auf den Fellball, aus dem in seltsamen Winkeln bleiche Knochen und Gliedmaßen mit kurzen, hellen Haaren herausragten.

Das Schaf hatte eine unnatürliche Haltung angenommen, nicht wie tot und von Menschenhand hier abgelegt, aber auch nicht wie im Schlaf erfroren. Es schien vielmehr in einem letzten verzweifelten Kampf erstarrt, die Beine mitten in der Flucht von einer fremden Kraft niedergerissen und unter dem Körper gekrümmt, verkrampft, in unnatürlicher Haltung verbogen. Als hätte jemand den toten Körper in wilder Tobsucht hochgehoben und mehrfach mit äußerster Gewalt in den Schnee geschmettert.

Es fiel dem Jäger schwer, den unförmigen Klumpen als Überreste eines Schafes zu identifizieren. Der Schäfer war in die Hocke gegangen, hatte seine Handschuhe abgestreift und seine blanken Finger streichelten fast zärtlich über das Fell.

Schwaikers Blick wanderte zu den anderen Hügeln im Schneefeld. Jede Erhebung ein Schaf? Jeder Hügel ein Tod? Waren es fünf? Oder sieben? Acht? Es war ihm schlagartig klar geworden, dass dies das Werk von Wölfen gewesen war. Sie waren in der Nacht in den Zaun eingebrochen und hatten ihr blutiges Werk verrichtet.

Der Schäfer stand auf und ein grässlicher Fluch kam über seine Lippen. Schwaiker verstand die schwäbischen Ausdrücke nicht, aber er starrte auf die blutverschmierten Finger Kerners.

»Sieht so aus, als sind wir zu spät gekommen«, murmelte der Jäger und war sich im selben Augenblick der Nichtigkeit und Bedeutungslosigkeit dieser Aussage bewusst. Doch es fiel ihm nichts ein, was er sonst hätte sagen sollen.

»Die scheiß Wölf'!«, knurrte der Schäfer. »Koi Mensch braucht die bei uns!«

Rot, fast schwarz glänzten zu seinen Füßen die Blutkrusten auf dem Fell im Schnee und es war dem Jäger klar, dass es hervorquellende Gedärme und Innereien waren, die dem Tierklumpen zu seiner seltsamen Form verholfen hatten.

Der Schäfer ging zum nächsten der verschneiten Hügel. Wieder versah die Schäferschippe ihre Totengräberarbeit und förderte die nächste Tierleiche ans Licht. Fast atmete Kerner auf, als er wieder ein sandfarbenes Schaffell und die Spuren von erkaltetem Blut erkannte. Zu groß war seine Angst, dass auch Basko ein Opfer des Wolfs geworden sein könnte. Wieder und wieder grub die Schippe im Schnee, wieder und wieder waren es Schafsleiber, die sie ans Licht beförderte. Der letzte Hügel unterschied sich von den anderen durch seine Form. Doch das fiel dem Schäfer erst auf, als er kurz vor ihm stand. War er größer? War er höher? War er anders geformt?

Würde das Fell schwarz glänzen, wenn er den Schnee zur Seite schob? Seine Hände zitterten, als er mit der Spitze der Schäferschippe sanft in den Schneehügel stupfte. Er schrak zurück.

Hatte sich dort etwas bewegt?

War der Schnee von allein nach unten weggerutscht? Nein! Ein seltsamer Laut, ein Winseln, ein Jammern – und noch einmal bewegte sich der Schnee!

Erneut ging der Schäfer in die Hocke. Vorsichtig schob er mit seinen durch Handschuhe beschützten Händen den Schnee beiseite und erkannte das Fell. Es war nicht Basko, es war ein weiteres Schaf. Und es bewegte sich! Plötzlich ragte am unteren Rand des Schneehaufens ein Lauf ins Freie, zappelte und scharrte eine Mulde in den Schnee. Der Schäfer fuhr vorsichtig über den Körper, der jetzt fast vollständig freigelegt war. In dem ihm zugewandten Ende der Erhebung ruhte der Kopf des Tieres und er erkannte, dass die Nüstern fast schneefrei waren. Nur eine hauchdünne

Schicht frisch gefallenen Schnees hatte verhindert, dass er den Kopf gleich als solchen erkannt hatte.

Mit raschen Bewegungen hatte er das Tier vom Schnee befreit und starrte auf die klaffende Wunde im Brustkorb, unter dem sich eine große Blutlache gebildet hatte.

Der Jäger stand schweigend neben ihm und betrachtete das leidende Tier. Knochen und Fleisch waren zerfetzt, offensichtlich war der Wolf bei seinem tödlichen Biss in die Kehle nach unten gerutscht und hatte dem Schaf dabei den Brustkorb aufgerissen.

Der Schäfer war niedergekniet, hatte erneut die Handschuhe ausgezogen und bettete den Kopf des sterbenden Schafs in seinen Schoß. Tränen standen dem alten Mann in seinen Augen, als er die Ohrmarke des Tiers entzifferte.

»Oh mein Gott«, seufzte er und schluchzte laut auf.

»Er hat aber nicht alle erwischt«, sagte der Jäger mit einem Blick auf das Schlachtfeld. »Der Rest scheint entkommen zu sein.«

»Jedes Tierle«, stöhnte Johann Kerner, »isch oins z'viel. Ich mag ihre G'sichter gar net seha, i kenn jedes Einzelne. Und des hier«, stammelte er und zeigte auf die Ohrmarke, »war mei' Beste.«

Sein Oberkörper fiel langsam vornüber, bis seine Stirn auf dem Fell des zitternden Schafs lag.

Wieder und wieder fuhren seine Finger über den Kopf des Tieres.

»Sie hat zweimal Drillinge g'het. Eins davon liegt da drüben!«

Er deutete auf einen der anderen Schneehügel, der die Umrisse eines kleineren Schafs umschloss.

»Des Tierle leidet«, lamentierte der Schäfer nach einer kurzen Pause und sah auf. »Sollen wir's net erlösen?«

Er blickte den Jäger an. In seinen Augen lag ein flehender Ausdruck.

Der Schäfer legte den Kopf des Schafs vorsichtig in den Schnee und stand auf. Langsam, als würde er von schweren Gewichten am Boden gehalten. Er nickte dem Jäger zu, wandte sich ab und entfernte sich, gebeugt von der Last, die er mit sich trug, und gezeichnet von der Sorge um den Rest der Herde und um seinen Hund.

Hartmut Schwaiker setzte seine Kilombero an, trat näher und stellte den Leuchtpunkt des Zielfernrohrs auf die Stirn des gepeinigten Tiers. Das große, schwarze Knopfauge blickte ihn flehend an, als er abdrückte. Der Knall zerriss die Stille des Wintermorgens. Schäfer Johann zuckte zusammen, stützte sich auf seine Schippe und schluchzte hemmungslos.

Der Jäger sicherte durch erneutes Betätigen des Handspanners die Waffe und starrte auf die unrealistisch anmutende Szenerie. Kleine weiße Hügel im Schnee verbargen verstümmelte und zerfetzte Körper vor seinem Blick, ein einsamer Mann mit langem Mantel und altem Hut stand daneben im Schnee und weinte wie ein Kind.

Hartmut Schwaiker ging in die Hocke, um festzustellen, dass das Schaf tot war. Ihm entging daher die Bewegung am Waldessaum.

Auch Schäfer Johann sah nicht, wie sich am unteren Ende des Weidezauns eine vierbeinige Gestalt aus dem Waldschatten schälte. Der Kuvasz schlug an. Doch sein Bellen hatte jede Schärfe und Angriffslust verloren, als wäre es nicht Feind, sondern Freund, der sich ihm näherte.

Schwaiker hatte den Tod des Schafs überprüft und richtete sich jetzt wieder auf. Sein Blick ging am Weidezaun entlang zu der Stelle, wo der Hund bellte. Ein Zucken ging über sein Gesicht, als er auf der anderen Seite des Zauns die Bewegung am Waldrand wahrnahm. Vorsichtig nahm er erneut die Büchse hoch, legte an, entspannte die Schlagbolzenfeder des Verschlusses und visierte durch das Zielfernrohr. Die Entfernung war zu groß für einen sicheren Schuss, das Ziel nur undeutlich zu erkennen und durch kahles Gebüsch und die Maschen des Nylonzauns verdeckt.

Doch die Silhouette, die er sah, war eindeutig die eines Wolfs.

Jetzt rannte der Kuvasz innen am Zaun entlang auf die Stelle zu, wo er niedergerissen war. Er jagte hechelnd an dem Jäger vorbei und stürmte durch die Öffnung nach draußen und hart an der Außenseite des Weidegatters hangabwärts in den Wald, der Stelle entgegen, wo der Wolf zwischen den Bäumen aufgetaucht war.

Der Jäger ließ den Handspanner erneut knacken, nahm das Gewehr herunter und setzte das Fernglas an. Es war nicht einfach, auf den Bereich hinter den Nylonmaschen scharfzustellen, doch als es gelang, fixierten die Augen für einen Sekundenbruchteil ein schwarzes Fell.

Wie von einer Feder geschnellt bewegte sich das Tier und rannte dem Kuvasz entgegen. Täuschte er sich oder mischte sich ein zweites Bellen in die Stimme des Ungarischen Hirtenhunds?

Als Hartmut Schwaiker erkannte, was dort unten vor sich ging, machte er ein paar Schritte auf den Schäfer zu, der sich noch immer gramgebeugt auf seine Schippe stützte und in den Schnee starrte.

»Johann!«, rief der Jäger, doch der Schäfer reagierte nicht. »Johann, das musst du gesehen haben!«

Er legte dem Alten vorsichtig eine Hand auf die Schulter und versuchte, dessen Blick in die Richtung zu lenken, in der der Kuvasz verschwunden war. Doch Johann Kerners Blick ging ins Leere. Er sah zwar die Bewegung hinter dem Weidezaun, doch es interessierte ihn nicht.

»Ich dachte erst, es ist ein Wolf«, sagte der Jäger jetzt, »fast hätte ich geschossen! Aber dann, das schwarze Fell und das Bellen! Jetzt schau doch, da unten ist dein Basko!«

Der Name seines Hundes riss den Schäfer aus seiner Lethargie.

»Basko«, stammelte er matt, »wo?«

»Da unten!«, rief Hartmut Schwaiker. »Siehst du die Bewegung hinter dem Weidezaun? Dort, wo die krumme Tanne in die Wiese hineinragt. Er und der Kuvasz begrüßen sich gerade!«

Der Schäfer richtete sich auf, es schien, als flute neue Energie in seinen zusammengesunkenen Körper, seine Augen bekamen wieder Glanz und seine Stimme hatte jede Mattigkeit verloren. Er lief los, ließ nach wenigen Schritten die Schäferschippe fallen und wäre fast gestrauchelt, als er in eine Kuhle im Schnee trat. Schneller und schneller bewegte er seine Beine, vom gemächlichen Trott zum flotten Schritt, und schließlich rannte er den beiden Hunden entgegen.

Der Jäger blieb stehen und lächelte. Er gab dem alten Mann Zeit, sich über das unverhoffte Wiedersehen mit seinem verloren geglaubten Hund zu freuen, und nützte die Zeit, das Loch im Zaun auf Spuren zu untersuchen. Er ließ die grünen Fasern des Gewebes durch seine Finger laufen und zischte leise, als er den klaren Schnitt entdeckte. Die Faser war an dieser Stelle nicht ausgefranst oder gerissen, sondern mit einem glatten, scharfen Schnitt abgetrennt worden!

Schwaiker untersuchte die nächste gerissene Masche und stellte eine ebenso scharfe Schnittkante fest. Jemand hatte hier den Zaun von unten nach oben mit einer scharfen Schere oder einem Messer zerschnitten und es dem Wolf so überhaupt erst möglich gemacht, in das Gatter einzudringen.

Hartmut Schwaikers Augen suchten im niedergetretenen Schnee nach Spuren, doch es war ihm unmöglich, in dem Durcheinander der Sohlenabdrücke, die von ihm selbst und von dem Schäfer stammten, noch ein drittes Paar Schuhe zu identifizieren. Wer wusste es schon, vielleicht war der Zaun auch schon vor dem letzten Schneefall durchschnitten worden?

Auf alle Fälle hatte der Unbekannte, der den Zaun aufgetrennt hatte, dem Wolf den Weg zu seinem Schlachtfest geebnet. Schwaiker stapfte durch den Schnee zum Stromaggregat und fand seine Vermutung bestätigt: Es war abgeschaltet worden.

Der Jäger beschloss, seine Entdeckung noch für sich zu behalten.

Leise Geräusche drangen an sein Ohr und er registrierte, dass es das vielstimmige »Mäh« der versprengten Schafherde war, irgendwo dort im Wald. Er suchte mit seinen Augen nach Bewegungen im Dickicht, strengte sein Gehör an, um die Richtung einzuordnen, aus der das leise Rufen kam, doch es schien überall zu sein.

Schon befürchtete er, die einzelnen Tiere hätten sich im ganzen Wald verstreut und irrten nun, einander suchend, orientierungslos umher, doch dann entdeckte er sie. Sie kamen auf ihn zu! Die Herde von Schäfer Johann – oder besser die Tiere, die die Wölfe verschont hatten, näherten sich dicht gedrängt ihrem Pferch, waren Basko gefolgt, der sie zusammengehalten und zurück zu ihrem Schäfer getrieben hatte.

Es war keine Unruhe zu spüren, keine Hektik, keine Aufgeregtheit, wie man es vielleicht nach dem Durcheinander ihrer Flucht erwarten würde. Zügig und mit gleichmäßigen Schritten kamen die Tiere näher, drängten sich zwischen den kahlen Stämmen von Buche und Ahorn mit schepperndem »Mäh«, das wie ein Wehklagen klang.

Schäfer Johann hatte es bemerkt, als Basko sich von ihm losgerissen hatte und auf die Herde zugetrabt war, gefolgt von dem Kuvasz. Der alte Mann richtete sich auf und traute seinen Augen nicht. Dort, wo der Zaun niedergerissen war, wo sich seine Tiere in wilder Flucht vor den angreifenden Wölfen in Sicherheit gebracht hatten, erreichten sie das Gatter und kehrten, geleitet von den beiden Hunden, in die Umzäunung zurück.

Dicht gedrängt zogen sie auf der rechten Innenseite des Zauns den sanften Hang hinunter und begannen auch schon, mit ihren Hufen im Schnee zu scharren und nach Gras zu suchen. Der Hunger hatte alle Angst verdrängt, sie schienen ihre toten Artgenossen zu ignorieren und wandten sich beim Äsen demonstrativ von dem knapp ein Dutzend weißer Hügel ab.

Der Instinkt ihrer Vorfahren, die in den wilden Gebirgen des Kaukasus den Angriffen von Wölfen und Bären ausgesetzt waren, hatte sie gelehrt, dass der Tod zum Leben gehörte. Sie waren dem Wolf entkommen und ein paar der Ihren hatten seine Attacke mit dem Leben bezahlt. Es war eine Erfahrung, die neu für die Herde war, sie hatte sich durch ihre Flucht gerettet und fühlten sich jetzt wieder sicher in ihrer gewohnten Umgebung. Sie überließen die Wache den Hunden und gaben sich dem hin, was ihr Überleben sicherte: der Nahrungsaufnahme.

Hartmut Schwaiker half dem Schäfer, den Zaun wieder

aufzurichten und zu verschließen. In seinem Kopf war eine Idee herangereift und sein Lächeln hatte etwas Hämisches. Er machte dem Schäfer den Vorschlag, den ursprünglichen Plan, die Herde auf dem kürzesten Weg zum Stall zu treiben, zu verschieben.

»Bei Tag sind die Wölfe keine Gefahr für deine Schafe, da halten sie sich zurück«, argumentierte der Jäger und erläuterte dem alten Mann seinen Plan.

Der dachte nach und nickte schließlich.

TEIL 2
ISEGRIM

33

Der kleine Saal des Gasthofs »Kreuz« in Wintersbach, in dem sonst der Akkordeonverein probte, Hochzeiten stattfanden oder zum Leichenschmaus Hefezopf und Butterbrezeln serviert wurden, diente als Räumlichkeit für die Pressekonferenz. Draußen, auf dem Parkplatz der Dorfwirtschaft, standen zwei Dutzend mit den Logos der Sender und Zeitungen gebrandete Fahrzeuge, vier davon mit Antennen und Satellitenschüsseln auf dem Dach als Reportagewagen ausgestattet. Drinnen im Saal hatte man auf Podeste und Lautsprecher verzichtet, da der Raum nicht allzu groß war.

An der dem Eingang gegenüberliegenden schmalen Wand hatte man drei Tische nebeneinandergestellt, auf denen Mikrofone in kleinen Stativen standen und mitschnittbereite Aufnahmegeräte lagen. Einige Kameras lagen auf den Stühlen oder waren auf Dreibeinstativen auf die Tischreihe gerichtet, die Journalisten, Kameraleute und andere Medienvertreter standen in Gruppen gestikulierend im Raum oder rauchten draußen noch eine Zigarette. Auf den Stühlen, die in mehreren Reihen aufgestellt waren, lagen Jacken, Laptops und Handtaschen, um die Plätze zu reservieren. Nicht ein Stuhl war leer geblieben.

Kriminalhauptkommissar Jens Bosch sah auf die Uhr und meinte zu einem neben ihm stehenden Mann in den 50ern mit dunklem Anzug und schütterem grauem Haar: »Wir sollten pünktlich anfangen.«

Der nickte und klatschte zweimal laut in die Hände. »Meine Damen, meine Herren, bitte nehmen Sie doch Platz.«

Fünf Minuten später kehrte Ruhe in dem kleinen Saal ein, die Gespräche waren verstummt, die technischen Geräusche der Kameras und Fotoapparate blieben aus, kein Smartphoneblitz störte die Kulisse, in der, flankiert von zwei Polizisten in Uniform, fünf Männer hinter den Tischen Platz genommen hatten. Rechts neben Bosch saß der Graumelierte, daneben der Wildbiologe Martin Jaschke, auf der linken Seite Förster Werkmann in legerer Outdoorkleidung und ein hoch aufgeschossener Mittdreißiger, der in seiner engen hellblauen Jeans und dem weißen Poloshirt wie ein Arzt wirkte.

Kriminalhauptkommissar Jens Bosch stand auf, ergriff das Wort und kam nach einer kurzen, formlosen Begrüßung rasch zur Sache:

»Bei der im Wald zwischen Wintersbach und Otterholz gefundenen Leiche handelt es sich um ein 14-jähriges Mädchen aus Wintersbach. Wir möchten Sie jedoch aus Rücksicht auf die Familie des Kindes bitten, die wahre Identität, also den Namen des Opfers, nicht zu veröffentlichen. Wir gehen derzeit davon aus, dass das Kind entweder Opfer eines Angriffs durch ein Tier oder eines Gewaltverbrechens wurde.«

Lautes Gemurmel erhob sich im Saal, erste Rufe wurden laut. Linda Roloff, die in der fünften Reihe saß, drehte sich nach hinten um, von wo die lautesten Stimmen kamen. Dort war die Tür zum Schankraum der Gastwirtschaft offen geblieben und eine kleine Traube von Männern aus dem Ort hatte sich in den Raum gedrängt. Einige standen mit dem Rücken an die Wand gelehnt, andere waren in der offenen Tür stehen geblieben und die Letzten reckten ihr Hälse neugierig über die Schultern und Köpfe der vor ihnen Stehenden in den kleinen Saal.

»Ich weiß«, sagte Jens Bosch jetzt laut und unterdrückte mit dem autoritären Klang seiner Stimme jeden Protest, »dass Sie alle einen Wolf als Täter sehen. Vielleicht sogar sehen wollen. Aber …«

Er betonte das Wort heftig und wiederholte es noch einmal:

»ABER wir haben zum jetzigen Zeitpunkt der Ermittlungen absolut keinen, ich wiederhole: keinen Beweis dafür, dass das Mädchen von einem Wolf getötet wurde! Die Kriminalpolizeidirektion Karlsruhe hat beschlossen, eine Sonderkommission einzusetzen, die sich ausschließlich mit der Aufklärung dieses Falles befassen wird. Die SOKO ›Isegrim‹ wird von mir geleitet und neben Kollegen und Kolleginnen des Kriminalkommissariats Calw und des Polizeireviers Bad Wildbad sind auch Experten aus anderen Bereichen daran beteiligt.

Ich möchte Ihnen dazu noch die anderen Herren vorstellen, die gleich noch etwas dazu sagen werden. Heinz

Werkmann hier neben mir hat die Leiche entdeckt. Er ist ein erfahrener Förster und Jäger mit Revier im Großen Enztal und hat auch als Erster Wolfsspuren neben der Leiche identifiziert. Da die Tat in seinem Revier geschehen ist und er über die besten Ortskenntnisse verfügt, werden wir ihn auch weiterhin mit in die Ermittlungen einbeziehen. Neben ihm sitzt Doktor Simon Lutz von der Forstlichen Versuchs- und Forschungsanstalt Baden-Württemberg in Freiburg. Er ist im Arbeitsbereich Wildtierökologie zuständig für das Monitoring von Luchs und Wolf in Baden-Württemberg. Einige von Ihnen kennen Doktor Martin Jaschke, den für die Region Nordschwarzwald zuständigen Wolfsberater. Er hat noch in der vergangenen Nacht die Spuren des Wolfs verfolgt und wird uns gleich die Ergebnisse seiner Nachsuche mitteilen.«

Bosch wandte sich jetzt dem Graumelierten zu.

»Ich darf Ihnen außerdem Christian Steidinger vorstellen, Ortsvorsteher von Wintersbach, der – wie wir alle und Sie auch – an einer möglichst schnellen, aber auch wahrheitsgemäßen Aufklärung des Falles interessiert ist. Wir alle möchten Sie eindringlich bitten, in Ihrer Berichterstattung Panik zu vermeiden und den Wolf nicht voreilig als Täter zu verurteilen, bevor seine Schuld wirklich erwiesen ist.«

Gut gesprochen, Jens, dachte Linda und ignorierte das Gemurmel, das von hinten an ihre Ohren drang.

Jens Bosch fasste noch den aktuellen Stand der polizeilichen Ermittlungen zusammen, stellte die anderen Mitglieder der SOKO vor und übergab dann das Wort an den Wissenschaftler der Forstlichen Versuchs- und Forschungsanstalt Freiburg. Doktor Simon Lutz führte aus, aufgrund welcher Spuren und Details ein Wolf als Täter eines Risses zweifelsfrei identifiziert werden konnte, und erklärte, dass das endgültige Ergebnis der wissenschaftlichen Analyse erst in einigen Tagen zu erwarten sei.

Bis dahin sei es wichtig, alle Spuren zu verfolgen und die Arbeit der Polizei nicht durch übereilte Trugschlüsse und unüberlegtes Handeln zu behindern, fügte Kommissar Bosch an, mit einem gezielten Blick auf die immer größer werdende Ansammlung Einheimischer im hinteren Bereich des Saals.

Der Ortsvorsteher hatte den Kopf geschüttelt, als er ihn flüsternd auf eine Schließung das Saals und den Ausschluss der nicht der Presse angehörenden Personen angesprochen hatte.

»Lassen Sie die Leute zuhören, es wäre fatal, sie auszuschließen«, hatte er zurückgeflüstert und darum gebeten, gleich nach Doktor Lutz das Wort ergreifen zu dürfen. Jetzt also war er an der Reihe. Christian Steidinger war selbst Landwirt und gelernter Metzger und stammte aus Wintersbach.

Sein Hof lag am Ortsrand, die Wiesen und Weiden für seine Braunweißen lagen in den umliegenden Tälern wie Flickenteppiche. Der grauhaarige Mann mit der untersetzten Gestalt und dem hochroten Kopf hatte sich erhoben und man sah ihm an, dass er lieber in blauer Latzhose und Flanellhemd auf dem Traktor saß als mit schlecht sitzendem Anzug und schief gebundener Krawatte in seinem Dienstzimmer im Rathaus.

Sein Hochdeutsch, um das er sich jetzt angesichts der Rundfunkmikrofone und Fernsehkameras bemühte, klang gekünstelt und unsicher. Schweiß war ihm auf die Stirn getreten, als er jetzt nach Worten suchte. Die Anwesenden im hinteren Teil des Saals kannten seine gestelzten Versuche, sich bei öffentlichen Auftritten und Reden korrekt auszudrücken, und auch die vielen »*Äähs*«, die er benötigte, um die richtigen Worte zu finden und einen sauberen Satzbau zu konstruieren, waren ihnen vertraut. Wenn er unter seinesgleichen war, sprach er flüssig und sogar in gutem Deutsch, doch in der Öffentlichkeit war der Mann eine Katastrophe.

»Also. Ich … ääh … *mechte* als Erstes«, begann er mühevoll, und rieb nervös seine Finger in den Handflächen, »der Familie des … äähm … getöteten Mädchens mein – also unser – Beileid aussprechen. *Ao* im Namen vom Ortschaftsrat und von meiner Frau. Also. Egal, was jetzt dabei *rauskommt*, der Verlust *ischt* tragisch und *mir* … ääh … wir … äähm …. *werdet* die Familie unterstützen. Also, da wo wir es nur *kennen*. Also. Und!« Er holte tief Luft, und seine Hand griff nach der 0,5-Liter-Sprudelflasche auf dem Tisch, zuckte dann aber wieder zurück. »Und ich *mechte* alle Mitbürgerinnen und Mitbürger wirklich ganz arg … ääh … aufrufen, *net* zu … äähm … also nicht zu … ääh … zur Besonnenheit möchte ich bitten, *nix* Unüberlegtes zu machen und … äähm … auch nicht die Polizei bei ihren Ermittlungen … ääh … also bitte, die Polizei … zu unterstützen. *Mir* wollen *älle*, dass die Sache bald aufgeklärt *ischt* und wieder Friede einkehren *meege* in unser *scheenes* Wintersbach.«

»Amen!«, flüsterte Linda. Den letzten Satz hatte Christian Steidinger ohne Stocken herausgebracht, tupfte sich mit einem alten graublauen Taschentuch aus Bundeswehrbeständen die verschwitzte Stirn und nahm erleichtert Platz. Jetzt griff seine Hand erneut zur Sprudelflasche, er gönnte sich drei, vier Züge und stellte die Flasche mit einem erleichterten Ausatmen wieder ab.

Gemurmel von hinten blieb diesmal aus. Der Ortsvorsteher hatte gesprochen, er war einer der Ihren und seine Aufforderung schien nicht ohne Wirkung zu bleiben.

Ein Arm in der letzten Stuhlreihe fuhr in die Höhe. Jens Bosch registrierte die Wortmeldung und gab dem Mann ein Zeichen zu warten.

»Wir wollten die Fragerunde für die Kollegen der Presse eröffnen, sobald alle Beteiligten gesprochen haben«, verkündete er. »Ich weiß, dass auch die anderen Anwesenden gerne ihre Fragen loswerden möchten, aber in Anbetracht der Zeit, die uns zur Verfügung steht, bitte ich Sie, damit bis zum Ende zu warten.«

»I han bloß oi Frog' an da Ortsvorsteher«, sagte der Mann, ohne die Einschränkung des Kommissars zu beachten. Sein Outfit verriet, dass er nicht zu den Presseleuten gehörte, sondern vom Dorf war, ein Landwirt oder Handwerker in Arbeitskleidung, mit einer Cordmütze auf dem Kopf, unrasiertem, wettergegerbtem Gesicht und dem Dialekt der Region. Unbeeindruckt von Boschs Worten, fuhr er fort:

»I find, do sodd mr dr Alwin ei'schalta«, sagte er nur und erntete ringsum Zustimmung.

»Jawoll, die Politik muss jetzt was entscheiden!«, rief einer.

»Genau, der Alwin! Des isch oiner von uns«, kommentierte ein anderer.

»Wozu hemmer den g'wählt?«, fragte ein Dritter in das lauter werdende Stimmengewirr, in dem der Name Alwin immer öfter fiel. Jens Bosch wusste, dass der Landtagsabgeordnete Alwin Lautenbach-Mewes aus der Region stammte, und raunte dem Ortsvorsteher etwas zu.

Der nickte, Bosch gebot Ruhe und Christian Steidinger sagte:

»Also, die Idee *ischt* gar nicht so schlecht. Ich … ääh … werd unsern Landtagsabgeordneten heut anrufen und ich bin sicher, dass er was … äähm … unternimmt.«

»Der soll drfür sorgen, dass mr den Wolf abschießa ka!«, forderte eine Stimme laut und weitere Zurufe folgten:

»Genau! Des soll der erwirka!«

»A Ausnahmegenehmigung!«

»Weg mit dem Wolf! Der g'hört sowieso net hierher!«

»Abknalla!«

»Dr Alwin isch doch selber Jäger!«

»Der soll a Treibjagd organisiera!«

»Mir brauchet koin Wolf!«

»Zu was ao?«

»Des soll dr Alwin dene in Schtuegert klarmacha!«

Jens Bosch hob beide Arme, um die Wortbeiträge zu stoppen, die ausschließlich von an der Pressekonferenz unbeteiligten Einheimischen kamen. Die Tendenz gegen den Wolf war mehr als eindeutig.

»Herr Steidinger wird sich der Sache annehmen«, sagte er laut, »und Ihren Landtagsabgeordneten entsprechend informieren. Das kann und wird aber nicht das Hauptthema dieser Pressekonferenz sein. Es geht hier um die Klärung eines Todesfalls und nicht um den Umgang mit dem Wolf, und ich ermahne alle hier im Saal, die keine Medienvertreter sind, sich jetzt bitte zurückzuhalten!«

Er blickte streng in die letzten Reihen und auf die Männer, die an der Wand lehnten. Die Journalisten würden die Zwischenrufe mit Sicherheit aufgreifen und in ihrer Berichterstattung erwähnen. Doch Jens Bosch wusste auch, dass die Politik ihre Haltung gegenüber dem Wolf nicht ohne Zwang ändern würde. Zu viele Zwischenfälle mit Schafen und anderem Vieh hatte es schon gegeben, ohne dass etwas geschehen war. Und doch war es wichtig, nach Stuttgart Signale auszusenden und die Befürchtungen und Ängste der Bevölkerung nicht zu verschweigen.

Aus diesem Grund hatte Jens Bosch auch die Beiträge der Einheimischen zugelassen und machte keinerlei Einschränkungen, was die Presse davon veröffentlichen sollte oder nicht.

Jens Bosch wartete, bis Ruhe eingekehrt war, und fuhr dann fort:

»Ich möchte jetzt die anderen Beteiligten des Podiums bitten, ihre Statements abzugeben. Ich erteile daher Revierförster Heinz Werkmann und danach dem Wolfsberater Martin Jaschke das Wort.«

Linda erwartete gespannt die Ausführungen von Martin Jaschke, nachdem Förster Werkmann nur wenige Worte zum Auffinden der Leiche und seiner Identifizierung der Spuren im Schnee als Wolfsfährte verloren hatte, ohne dies in einen Zusammenhang zu den Todesumständen des Mädchens zu stellen.

Martin Jaschke hatte von allen Rednern den schwersten Stand, da er als Einziger im Podium in seiner Rolle eindeutig »pro Wolf« aufgestellt war. Das wussten alle und Linda war sich sicher, dass er hier in diesem Raum damit ein Außenseiter war. Sicher, auch die Journalisten waren der Neutralität verpflichtet, und doch war es etwas anderes, über einen »gewöhnlichen Mord« zu berichten, als über das »Opfer einer tödlichen Wolfattacke«.

Sie dachte mit gemischten Gefühlen an die Redaktionskonferenz am Morgen und schielte zu Heiko Büsgens, der schräg vor ihr in der Reihe saß.

Martin Jaschke hatte sich erhoben und blickte konzentriert ins Publikum. Der Mann wusste, welche Rolle ihm heute zufiel, und er scannte einmal quer durch die Reihe der Medienvertreter, vermied es, direkt in eine der Kameras zu blicken, und fixierte dafür die Männer, die mit verschränkten Armen hinten an der Wand lehnten oder sich in der Türöffnung drängten.

Er ignorierte die murmelnden Stimmen, die seinen Auftritt mit Missachtung strafen wollten, und sagte zunächst nur vier Worte, die wie eine Provokation klangen:

»Der Wolf ist da!«

Er hatte sie laut und deutlich gesprochen, jeden der vier Vokale betont und die Geräusche ebbten ab.

»Der Wolf ist da«, wiederholte er lockerer, »und ich weiß, hier oben will ihn keiner haben. Ich möchte Sie daher auch jetzt nicht damit langweilen, über Berechtigung zu sprechen, oder darüber, was Sie mir ja ohnehin nicht glauben, vor allem nach dem, was hier im Wald offensichtlich passiert ist. Dass wir Menschen nämlich nicht zu seiner Beute gehören.«

Das Murmeln wurde wieder lauter, vor allem aus dem hinteren Bereich des Saals drangen Protestrufe nach vorn, zögerlich noch, doch Kommissar Jens Bosch ahnte, dass er jetzt etwas unternehmen musste, um ein Ausufern der Störungen zu vermeiden. Daher unterbrach er Jaschke durch ein Handzeichen, erhob sich und sagte laut und gezielt zu den Einheimischen im Saal:

»Ich darf Sie daran erinnern, dass das eine offizielle Pressekonferenz ist und keine Bürgerversammlung! Wir möchten Ihnen als Betroffene vor Ort gerne die Gelegenheit geben, dabei zu sein, solange Sie sich still und ruhig verhalten! Wenn Sie aber weiter versuchen, die Pressekonferenz durch unqualifizierte Zwischenrufe oder Unruhe zu stören, müssen wir Sie leider bitten, den Raum zu verlassen! Ich muss Sie, glaube ich, nicht darauf aufmerksam machen, dass Sie sich strafbar machen, wenn Sie meine Bitte ignorieren!«

Augenblicklich kehrte Ruhe ein.

Bravo, Jens, sehr souverän, dachte Linda und hörte, wie er sich noch mit der Bitte an die Medienvertreter wandte, diese Szene nicht in der Berichterstattung zu erwähnen.

»Wir möchten das große Interesse der Bevölkerung an diesem Fall akzeptieren und tolerieren daher auch Besucher außerhalb der Medien bei diesem Termin. Bitte schüren Sie in Ihrer Berichterstattung keine Emotionen und versuchen Sie, unsere Ermittlungen durch Objektivität und Seriosität zu unterstützen. Ich danke Ihnen.«

Bosch gab Jaschke ein Zeichen und setzte sich. Jaschke nickte ihm dankbar zu und fuhr mit vorsichtig gewählten Formulierungen fort:

»Was in dem Wald in der vorletzten Nacht passiert ist, wissen wir noch nicht. Irgendwann haben sich die Wege eines Kindes und eines Wolfs gekreuzt. Es gibt hierfür zwei denkbare Varianten. Die erste und für die meisten von Ihnen sicher logische ist die, dass der Wolf das Kind angegriffen und getötet hat.«

Lautes Gemurmel erhob sich, trotz der Bitte Boschs, hörte aber sofort auf, als dieser mit zornigem Blick die Hand hob und zweien der anwesenden Polizisten ein Zeichen gab, sich zum hinteren Ende des Raums zu begeben.

Jaschke fuhr fort:

»Ich hingegen halte eine andere Variante für die wahrscheinlichere. Leider hat es nach der Begegnung von Kind und Wolf heftig geschneit und wir haben wenig brauchbare Spuren. Aber ich hoffe, dass die Untersuchung im pathologischen Institut beweisen wird, dass das Kind schon tot war, als der Wolf es gefunden hat.«

»Tot?«, rief jetzt einer der Journalisten und die Köpfe vieler im Saal drehten sich nach ihm um. Linda sah, dass es

Heiko Büsgens war, der mit seinem Zwischenruf die Theorie Martin Jaschkes infrage stellen wollte. Tatsächlich hob er jetzt den Arm und bekam ein Nicken des Wildbiologen.

»Gibt es Anzeichen dafür oder ist das nur eine Spekulation von Ihnen, um den Wolf mal wieder als harmlos darzustellen?«

Beifälliges Gemurmel aus dem hinteren Saal quittierte diese provokante Frage. Doch Jaschke ließ sich nicht aus der Ruhe bringen.

»Es ist beides Spekulation«, antwortete er ruhig. »Dass der Wolf das Kind getötet hat ebenso, wie dass er es nicht getötet hat.«

»Aber mal ehrlich«, rief jetzt eine Journalistin, die direkt neben Büsgens saß, und hob noch rasch ihren Arm, »wie könnte ein 14-jähriges Mädchen in einem Waldstück hier oben in diesem friedlichen – so hat es ja der Ortsvorsteher gerade selbst formuliert – Wintersbach ums Leben kommen? Oder hat man Anzeichen entdeckt, dass sie Opfer eines Verkehrsunfalls wurde und sich noch in den Wald geschleppt hat?«

»Es gibt viele denkbare Szenarien, was einem 14-jährigen Mädchen in einem Waldstück zustoßen könnte«, gab Jaschke zu bedenken. »Ich denke, es ist nötig und wichtig, Ruhe zu bewahren und keine vorschnellen Schlüsse zu ziehen, bevor nicht die Ergebnisse der Obduktion und der Bericht der Filiale des Senckenberg-Museums für Naturkunde in Görlitz vorliegen, an die ich einige Proben der Spuren, die ich gefunden habe, zur Untersuchung schicken werde.«

Weitere Arme flogen nach oben. Man gab dem Wildbiologen keine Chance, seine Ausführungen zu beenden, sondern schien ihn schon jetzt ungeduldig mit Fragen bombardieren zu wollen. Die Mittagsmagazine begannen in einer Stunde und die Journalisten wollten Aussagen für ihre Beiträge.

Jedes Statement von Martin Jaschke, das wurde Jens Bosch mit einem bangen Bauchgefühl klar, würde in die Öffentlichkeit gezerrt werden und die Stimmung weiter anheizen. Schon wollte er sich erheben, um der Fragerunde noch einmal Einhalt zu gebieten, als Jaschke schon einem Journalisten in der ersten Reihe durch Kopfnicken und ein Handzeichen das Wort erteilt hatte. Offensichtlich hatte der Wildbiologe kein Problem damit, Geiern und Hyänen als Fraß zu dienen.

»Wie hoch«, begann der junge, vielleicht Mitte 20-jährige Journalist mit Pickelgesicht und frechem Neunmalklugblick hinter seiner Nickelbrille, »schätzen Sie die Wahrscheinlichkeit ein, dass es kein Wolf war?«

Er betonte das Wort »kein« auffällig und mit einem Unterton, der eine gewisse Ironie nicht verbarg.

»51 Prozent«, sagte Jaschke wie aus der Pistole geschossen.

»Und warum sind Sie da so sicher?«, fragte die Journalistin, die neben Büsgens saß.

»Weil«, antwortete Jaschke, und betonte ebenfalls jedes Wort, »wir nicht zur Beute des Wolfs gehören und er nicht die Bestie ist, zu der Sie ihn gerne machen wollen!«

34

»Schwätz doch koin so'n Scheiß!«, schrie eine Stimme in breitem Dialekt aus dem Hintergrund. »Du hosch doch koi Ahnung!«

Die Köpfe der Journalisten fuhren herum, manche drehten sich auf ihren Stühlen nach hinten, einzelne Fotos klickten schon, erste Smartphoneblitze schossen in die Richtung, aus der die Stimme gekommen war, denn das Bild, das sich bot, war zwar zunächst skurril und grotesk, aber dann hatte der seltsame Auftritt der beiden Gestalten, die sich mit langsamen Schritten einen Weg durch die in der offenen Tür Stehenden bahnten, etwas von einem Western-Showdown.

Die einheimischen Zuhörer machten den beiden Neuankömmlingen schweigend Platz, die unheimliche Stille, die sich nach den beiden Ausrufen im Raum ausgebreitet hatte, war beklemmend, nur das Klacken der Schalter an den Fernsehkameras, die auf ihren Stativen neu positioniert wurden, jetzt das neue Motiv erfassten und eingeschaltet wurden, und die maschinengewehrähnlichen Salven der Klick- und Surrgeräusche von Kameras und Blitzen waren zu hören.

Jens Bosch war aufgesprungen, Martin Jaschke starrte gebannt nach vorne, doch keiner der im Saal Anwesenden achtete in diesen Sekunden auf das Podium. Auch Linda hatte sich umgedreht und ihr Handy für ein Foto gezückt.

Alle Blicke waren auf die beiden Männer gerichtet, die jetzt nebeneinander hinter der letzten Stuhlreihe standen, vor sich auf den Armen hielt jeder einen merkwürdig geformten, offensichtlich schweren Gegenstand oder ein lebloses Tier, das war bei dem im Saal gedimmten Licht nicht auszumachen.

Linda glaubte, grob die Formen zweier Tierleiber mit dichtem, wolligem Fell zu erkennen. Bei einem, das von dem größeren, kräftigeren Mann gehalten wurde, hingen seltsame verbogene Gliedmaßen herunter und zähe dunkle Fäden spannen sich in Richtung Boden.

Der andere, Kleinere, der mit seinen Ausrufen dem Wolfsberater in die Parade gefahren war, trug ein wesentlich größeres Paket, bei dem Linda jetzt, nachdem sie sich an das diffuse Licht gewöhnt hatte, Augen und Maul zu erkennen glaubte und das sie klar und deutlich als Schaf identifizierte.

»Wer will hier den Wolf zur Bestie machen!«, rief der größere der beiden Männer jetzt und hob seine Arme mit dem unförmigen Fellklumpen etwas an. »Da, seht her, was er von den beiden Schafen noch übrig gelassen hat!«

Blitzgewitter und Kameraschüsse nahmen an Stärke zu, Journalisten sprangen auf, um sich bessere Positionen für Fotos und Aufnahmen zu sichern, Jens Boschs Versuch, von hinten für Ruhe zu sorgen, ging ungehört unter in der Kakofonie der Geräusche und dem Anschwellen der Stimmen, die unkontrolliert Fragen in den Raum schrien.

Das akustische Chaos dauerte gefühlt ein paar Minuten an, in denen sich die beiden Männer auf der einen Seite des kleinen Saals bis zum Podium durchkämpften, hier und da eine Frage mit Nicken oder Kopfschütteln beantworteten und die Schafskadaver fotogen in die Kameras hielten.

Der größere der beiden Männer ließ den Kadaver demonstrativ vor Martin Jaschke auf den Tisch krachen, nachdem er mit den Ellbogen einige der dort platzierten aufnahmebereiten Mikrofone und Smartphones beiseitegeschoben hatte. Dreck, Schneeklumpen, Wasser und blutige Fellfetzen breiteten sich aus, dann drehte sich der Mann um und wartete das Abebben des Geräuschpegels ab. Laut rief er:

»Das sind nur zwei von 20 Opfern des ach so harmlosen Wolfs! Heute Nacht hat er gewütet, trotz des Elektrozauns und der Hunde, die uns von den sogenannten ›Fachleuten‹ immer als Schutz vor Übergriffen eingeredet werden!«

Er hatte absichtlich die Zahl der toten Schafe nach oben korrigiert und verschwiegen, dass nur ein alter Berner Sennenhund bei der Herde geblieben war und das veraltete Stromaggregat in der Kälte wohl abgeschaltet worden war. Man musste der Pressemeute ja nicht alles auf die Nase binden, Hauptsache, sie bekamen einen Aufmacher für die Titelseite und eine entsprechende Schlagzeile.

Jens Bosch war nach vorne geeilt und sorgte mit scharfer Stimme für Ruhe.

»Ich bitte Sie, meine Damen und Herren«, sagte er, als er sich endlich Gehör verschafft hatte. »Ich betone noch einmal, das hier ist eine Pressekonferenz und wir dulden diese Störung nur, weil sie unmittelbar mit dem Fall zu tun zu haben scheint. Sie haben jetzt«, fuhr er mit Blick auf die beiden Männer fort, »fünf Minuten Zeit, um den Anwesenden kurz zu schildern, was vorgefallen ist.«

Jens Bosch, der zur Pressekonferenz Dienstkleidung trug, strahlte in seiner blauen Uniform mit den Sternen auf den Schulterklappen Autorität aus und die Polizisten, die sich neben ihm positioniert hatten, trugen ihr Übriges dazu bei, dass selbst der größere der beiden Männer jetzt zu Boden sah und schwieg. Der andere hatte sich ohnehin nach seinem ersten eifrigen Ausruf nicht mehr hören lassen und schien unentwegt auf das tote Schaf in seinem Arm zu starren. Jens Bosch fuhr fort, sprach aber leiser und direkt die beiden Störenfriede an:

»Danach würden wir gerne Ihre Personalien feststellen und Ihre Aussagen zu Protokoll nehmen. Dies sollte auch in Ihrem Sinne sein, da es ja scheint, als sei einem von Ihnen Schaden entstanden, der sicher der Versicherung gemeldet werden muss. Sollte es tatsächlich ein Wolf gewesen sein, steht Ihnen Schadensersatz zu.«

Lauter sagte er:

»Also beenden Sie jetzt bitte diesen theatralischen Auftritt und sagen Sie, was Sie zu sagen haben! Am besten fangen Sie damit an, wer Sie sind!«

Die Journalisten hatten wieder Platz genommen und alle Einheimischen standen inzwischen dicht gedrängt entlang der Wände in dem kleinen Saal.

»Also gut«, meinte der Größere. »Ich glaube, die meisten von hier kennen Schäfer Johann Kerner. Ich bin Hartmut Schwaiker, ein Freund von Johann. Ich wollte Johann heute helfen, seine Herde in Sicherheit zu bringen, stimmt's, Johann?«

Der Angesprochene nickte.

»Willst du erzählen, was passiert ist?«, fragte Hartmut Schwaiker, der bewusst verschwiegen hatte, dass er Jäger war. Jetzt war es nur wichtig, den Wolf als Schlächter darzustellen. Dass er der Richtige war, um der Bestie Einhalt zu gebieten, würde er später durchscheinen lassen, wenn sie mit den Einheimischen unter sich waren. Johann Kerner schüttelte den Kopf und Schwaiker fuhr fort:

»Johann machte sich schon gestern Sorgen um seine Herde, weil er Spuren entdeckte, die er für Wolfsspuren hielt. Darum wollte er die Tiere heute in den Offenstall treiben. Der Weidezaun war heute Morgen niedergerissen, obwohl er elektronisch gesichert war.«

Er machte eine Pause und blickte auffordernd zu Martin Jaschke, der kopfschüttelnd zuhörte.

»Das bringt also schon mal gar nichts!«

»Das werde ich mir noch ansehen«, sagte Jaschke leise und nickte dem Kommissar zu. Ein kurzer Blick signalisierte Zustimmung.

»Auf alle Fälle war ein Teil der Herde ausgebrochen und samt der Hunde verschwunden.«

»Hunde?«, fragte Jaschke, mit deutlicher Betonung des Plurals. »Ich meine, Schäfer Johann hat nur einen?«

Hartmut Schwaiker wurde verlegen und wand sich, um sich aus der Situation zu retten, in der er sich durch seine anfängliche Übertreibung gebracht hatte.

»Heute waren es zwei«, sagte er schließlich ausweichend. »Jedenfalls fanden wir auf der Weide nur die übel zugerichteten Kadaver.«

»Wie viele?«, fragte Jaschke.

Schwaiker zuckte die Schultern.

»Du hast sie gezählt, Johann«, sagte er auffordernd.

»Sieben«, sagte der Schäfer mit zittriger Stimme.

»Ach? Nicht 20?«, legte Jaschke nach.

»Das spielt ja wohl keine Rolle! Es sah aus wie auf einem Schlachtfeld!«

»Natürlich«, gab Jaschke zu, »sieben Schafe sind sieben zu viel. Und ich werde dafür sorgen, dass Sie eine angemessene Entschädigung erhalten, Herr Kerner.«

»Und wie entschädigen Sie die Eltern des toten Mädchens?«, rief eine Stimme aus dem Hintergrund aggressiv.

»Ja, wie entschädigen Sie die Leute?«, schrie eine zweite.

»Und all die anderen Eltern, die der Menschenfresser noch anfällt!«, kreischte eine dritte.

»Wir wollen, dass jetzt endlich gehandelt wird! Geschwätzt wurde schon genug!«, forderte eine weitere. Immer mehr Stimmen ertönten, im Durcheinander war fast nichts mehr zu verstehen.

»Jetzt sind die Politiker gefordert!«, hörte Jens Bosch noch und versuchte erneut, Ruhe zu gebieten, doch er spürte, dass es ihm nicht mehr lange gelingen würde, einen Tumult zu unterbinden.

Die Männer, die sich an den Wänden wie eine zivile Bürgerwehr aufgebaut hatten, kochten und forderten ein Todesurteil für den Wolf, ob er nun schuldig war oder nicht.

Selbst wenn er das Kind nicht getötet hatte, für die gerissenen Schafe war er verantwortlich und dafür musste er sterben! Der Biologe war die Ersatzzielscheibe für ihren Hass.

Der Kriminalhauptkommissar fühlte sich wie der Sheriff, der in einem John-Wayne-Western seinen Gefangenen vor dem aufgebrachten Mob beschützen musste. Nur galten die »Hängt ihn!«-Rufe in Abwesenheit des Wolfs im Augenblick bedrohlich dem Biologen.

Die Situation war unangenehm aufgeheizt und die größte Sorge des Ermittlers war es, den Wildbiologen unbeschädigt zu seinem Wagen zu bringen.

Noch einmal legte er all seine Autorität in seine Stimme und rief:

»Leute! So kommen wir nicht weiter! Hallo?« Kopfschüttelnd gab er den Polizisten Zeichen, rechts und links an den Wänden entlangzugehen, um zu deeskalieren.

»Toll haben Sie das gemacht!«, raunte er Schwaiker zu, der die Unruhe mit innerer Zufriedenheit beobachtete. Er wusste, dass er die Bevölkerung hinter sich hatte, wenn er loszog, um den Wolf zu erschießen, und hatte so sein Ziel erreicht. Sie würden ihn feiern wie einen Helden, wenn er zurückkam und ihnen das abgezogene Fell der Bestie vor die Füße warf.

Er starrte den Leiter der SOKO »Isegrim« an und wusste, dass er einen Schritt zu weit gegangen war. Der ließ ihn links liegen und wandte sich dem Biologen zu.

»Besteht ein Grund, die Leute nicht mehr in den Wald zu lassen?«, fragte er leise.

»Überhaupt nicht. Wölfe meiden Menschen, daran hat sich nichts geändert!«

»Geben Sie mir das auch schriftlich?«

»Nein. Aber mit meinem Ehrenwort. Es besteht keine Gefahr!«

»Können Sie noch irgendetwas sagen, um die Sache mit den Schafen zu entschärfen? Ich meine, es ist ja nicht das erste Mal, dass ein Wolf hier im Schwarzwald so ein Blutbad anrichtet.«

»Wölfe richten kein Blutbad an! Und sie töten auch nicht in einem Blutrausch«, zischte der Biologe. »Aber vielleicht sollte ich dazu wirklich noch etwas sagen …«

Der Kriminalkommissar nickte, während das Stimmengewirr allmählich abebbte.

»Eine Einschätzung unseres Fachmanns noch zu der Attacke auf die Schafe«, sagte er laut und übergab dem Biologen das Wort.

»Ich weiß«, begann Martin Jaschke, »dass die meisten von Ihnen den Wolf jetzt wieder als den blutrünstigen Massenmörder ansehen, wie schon beim letzten Mal, als er ja über 40 Schafe gerissen hat. Aus Sicht von uns Menschen gesehen, mag das ja sogar stimmen«, gab er zu und ließ eine kleine Pause, in der das Stimmengrollen endgültig verstummte.

»Wir Fachleute sprechen bei diesem Phänomen der Mehrfachtötung von ›Surplus Killing‹. Das kann man übersetzen mit ›Töten im Überfluss‹. Doch der Wolf handelt hier nicht in wildem Blutrausch, sondern motiviert durch die Bewegung der Beute um ihn herum. Panisch davonrennende Tiere lösen in ihm immer wieder und immer neu den Reflex aus, die Beute zu fangen und zu töten. Das Durcheinander um ihn herum lässt ihm keine andere Chance. Er würde im Normalfall seine Beute so weit wie möglich ungestört fressen, doch wenn er dabei ständig unterbrochen wird, tötet er so lange, bis sich nichts mehr bewegt!«

»Und was macht das für einen Unterschied?«, rief eine laute Stimme und erntete Zustimmung und Beifall.

»Der arme Wolf nagt am Hungertuch!«, geiferte eine zweite.

»Sollen wir ihn heiligsprechen, weil er ja gar nicht töten will?«, brüllte höhnisch eine dritte. Die Unruhe im Saal nahm wieder zu und Jaschke sah den Kommissar an.

»Was können wir noch tun?«, fragte Jens Bosch und der Biologe zuckte die Schultern:

»Abwarten, bis die Untersuchungsergebnisse da sind. Und hoffen, dass der Wolf einfach weiterzieht.«

»Und jetzt? Ich meine: hier?«

»Beenden Sie die Pressekonferenz. Ich glaube kaum, dass es noch Fragen gibt. Die Leute haben ihre Meinung und beharren darauf. Die Journalisten wollen in ihre Redaktionen und loslegen, Futter haben sie ja genug bekommen. Ich hoffe, dass sie sich noch an das erinnern, was Sie und ich gesagt haben, bevor wir gestört wurden. War ein bisschen kontraproduktiv durch diese Inszenierung des Herrn Schwaiker.«

»Kennen Sie den Mann?«, fragte Bosch leise.

»Den? Und ob! Ein übler Kerl. Ein Jäger der schlimmsten Sorte! Nicht so ein ehrlicher Heger und Pfleger wie Heinz Werkmann. Dem geht's nur um seine Trophäen. Hat ihm auch schon genügend Ärger eingebracht. Wenn Sie irgendwo die seltensten Tierarten der Welt suchen, finden Sie alle an den Wänden in seinem Wohnzimmer!«

»Dachte mir so was in der Art. Und ich werde später noch mit dem Schäfer unter vier Augen sprechen.«

»Der Johann steht unter Schock. Für ihn bricht eine Welt zusammen und er tut mir richtig leid. Aber ich glaube, Sie können jetzt Ihr Schlussplädoyer sprechen!«, sagte der Biologe mit Blick auf die Leute im Saal, die sich merklich beruhigt hatten und nur noch leise miteinander tuschelten.

Die beiden Polizeibeamten waren besonnen und freundlich Mann für Mann durchgegangen und hatten um Zurückhaltung gebeten. Meist hatte der Anblick der bewaffneten Uniformierten gereicht, um die erhitzten Gemüter abzukühlen, Kopfnicken und Lächeln hatten für Besonnenheit gesorgt. Deeskalation wie aus dem Bilderbuch.

Zufrieden versuchte Hauptkommissar Jens Bosch ein Lächeln, als er die Pressekonferenz schließlich offiziell beendete:

»Sie sind heute Zeugen geworden, wie schnell sich Aktualität überholen kann. Ich glaube, für die meisten von Ihnen ist das in der täglichen Arbeit auch so.«

Seine Augen scannten die Reihen der Journalisten, von denen die meisten schon damit beschäftigt waren, Handys und Mikrofone einzupacken, Kabel aufzuwickeln und Notizblöcke zu verstauen. Er gab seiner Stimme daher noch mehr Gewicht, als er fortfuhr:

»Ich habe nur die eine Bitte: dass Sie bei aller Tragik,

die hier in den letzten Minuten rüberkam, nicht vergessen, dass wir es in erster Linie mit dem Tod eines Kindes zu tun haben, über den wir Sie informieren wollten und den wir aufklären müssen!«

Er ließ seinen Blick nach hinten schweifen, wo die Männer, die meisten mit grimmigen Mienen, an der Wand standen und vor sich hin starrten. »Wir werden auch die Attacke auf die Schafe eingehend untersuchen und der Schäfer wird so, wie es die Gesetzeslage vorgibt, entschädigt werden.«

Noch einmal wurde seine Stimme lauter, um die Aufbruchsstimmung in dem kleinen Wirtshaussaal zu übertönen:

»Und für den Wolf gilt, wie für jeden anderen Täter auch, bis zum Beweis seiner Schuld: im Zweifel für den Angeklagten! Geben Sie, liebe Kollegen, bevor Sie urteilen, uns noch Zeit, bis alle Untersuchungsergebnisse vorliegen und unsere Experten Martin Jaschke und Doktor Lutz ihre Analysen ausgewertet haben.

Bitte schreiben und senden Sie auch, dass von einem oder mehreren Wölfen im Schwarzwald keine Gefahr für die Bevölkerung ausgeht. Darauf haben Sie mein Wort!«

Jens Bosch hatte einen Kloß im Hals, als er den letzten Satz heraus hatte. Doch er wollte nicht, dass man den Biologen allein für alles verantwortlich machte, was der Wolf vielleicht noch anrichtete. Er hatte sich weit aus dem Fenster gelehnt und konnte nur hoffen, dass Martin Jaschke recht hatte. *Es besteht keine Gefahr!*

Die Worte klangen auf einmal wie Hohn in ihm nach.

35

Der Saal lichtete sich rasch. Linda Roloff war auf ihrem Stuhl sitzen geblieben und wartete, bis Jens Bosch sein Gespräch mit Martin Jaschke beendet hatte. Sie stand auf, hängte ihre Handtasche über die Schulter und die Winterjacke über ihren Arm und ging nach vorn.

Sie war sich sicher, dass der Kriminalhauptkommissar sie unter den Journalisten entdeckt und auch erkannt hatte, und als er jetzt aufblickte und sie auf sich zukommen sah, huschte ein Lächeln über sein sonst ernstes Gesicht.

»Das hast du sehr souverän gemacht, hallo, Jens!«, sagte sie und erwiderte sein Lächeln.

»Hallo, Linda!«, antwortete er und streckte ihr zur Begrüßung förmlich die rechte Hand entgegen. Sein Händedruck war angenehm fest und er hielt ihre Hand einen winzigen Augenblick zu lange in der seinen.

»Zeit für einen Kaffee?«, fragte sie und erinnerte sich an eine ihrer letzten Begegnungen, als er sie auf einen Kaffee eingeladen hatte. Sie hatten damals in einem Singener Café gesessen, sie hatte registriert, dass sein Ehering verschwunden war, und bei seinem sympathischen Lächeln hatte ihr Herz geklopft.

Sie hatten über die Vergangenheit gesprochen, über Fehler, die sie beide begangen hatten. Sein Traum vom LKA war gerade geplatzt und Lindas Verhalten als Verdächtige in einem Mordfall hatte dazu wesentlich beigetragen. Doch sie hatten das Thema begraben und mit den Worten »Never again« Freundschaft geschlossen.*

»Ich fürchte, einen Kaffee bekommen wir nur hier. Es

* Verschleppt

gibt in Wintersbach nichts anderes. Selbst beim Bäcker sind sie nicht auf Kaffee und Bistrotische eingerichtet«, griff er ihre Frage auf. »Aber der Kaffee hier im ›Kreuz‹ ist nicht schlecht. Ich habe gefühlt schon zehn Kannen getrunken, seit wir hier sind.«

Er schmunzelte und sie gingen in den Schankraum hinaus.

Da war dieses sympathische Lächeln wieder, dachte Linda.

»Was macht Afrika?«, begann er, nachdem sie zwei schwarze Kaffee bestellt hatten, um nach der anstrengenden Pressekonferenz gleich mal das Thema zu wechseln.

»Immer noch in Deutschland? Beim letzten Mal wolltest du die Zelte abbrechen und zu Alan auf die Farm.«

Jetzt schmunzelte sie. Jens kannte ihre Geschichte, wusste, dass sie seit Jahren mit Alan Scott in einer Fernbeziehung liiert war. Er in Afrika, sie in Deutschland. Seit Alan eine Farm in Namibia geerbt hatte, hatten sie Pläne für eine gemeinsame Zukunft geschmiedet.

»Ja, schon …«, sagte sie gedehnt als Antwort auf Jens' Frage. »Eine Farm in Afrika. Hatte Hardy Krüger auch. Und irgendwie ist es immer noch mein Traum. Aber Sarah geht noch zur Schule. Sie macht im nächsten Jahr ihr Abi und dann will sie sicher mal was von der Welt sehen. Vielleicht dann, wer weiß …?«

Sie nippte an ihrem Kaffee und blickte unter den Hängegardinen an den Fenstern in der Gaststube hinaus auf die verschneite Wiese hinter dem Haus.

»Und du?«, fragte sie. »Wie kommt's, dass ich den Kommissar aus Stuttgart hier im Schwarzwald antreffe?«

»Ganz einfach, weil der Kommissar aus Stuttgart seit Januar stellvertretender Leiter des Kriminalkommissariats Calw ist und der Nördliche Schwarzwald – zumindest grob – zwischen Nagold und Enz in seine Zuständigkeit fällt.«

»Aha«, machte Linda und sah ihn schmunzelnd an. »Dann macht der einsame Wolf jetzt Jagd auf seinesgleichen …«

»Ich werde mein Image wohl nie los«, kommentierte er ihre Bemerkung. »Aber in der Tat, ich bin immer noch geschiedener Single und ziehe auch im Dienst mein Ding am liebsten allein durch. Hab keinen ›Harry‹ und auch keine ›Moneypenny‹.«

»Schade, James«, ging sie auf seine Anspielung ein. »Vielleicht hätte ich mich auf den Job mal beworben.«

Jetzt lachten sie beide.

»Aber im Ernst: Dieser Fall: Was hältst du davon?«, fragte sie und spürte, dass ihm der Themenwechsel nicht unangenehm war. »Ich meine, wir haben in ganz Deutschland seit Jahren Wölfe, und es gab meines Wissens noch nie einen Zwischenfall mit Menschen. Und jetzt ausgerechnet hier?«

Jens Bosch holte tief Luft.

»Ja, das ist schon merkwürdig. Ich hatte ja die traurige Pflicht, den Eltern die Todesnachricht zu überbringen. Kannst dir vorstellen, wie es da in mir aussah.« Er zögerte, dann berichtete er weiter: »Ich habe nur die Mutter angetroffen und ich sag dir ehrlich – aber das bleibt unter uns – in der Familie war die Welt alles andere als in Ordnung. Mutter geschieden, der Vater lebt allein im Nachbarort, sieht das Kind an den Wochenenden. Der neue Mann der Mutter hasst den Vater des Kindes, weil die Luisa ihren Papa wohl mehr mochte als ihn, ihren Stiefvater. Ich war froh, als ich dort wieder raus war.« Jens machte eine Pause und trank einen Schluck Kaffee.

»Und du? Warum bist du nicht wie deine Kollegen sofort verschwunden, um die neuen Nachrichten vom ›bösen Wolf‹ rauszuhauen?«

»Das wird einer meiner Kollegen auch ohne mein Zutun erledigen. Ich würde lieber noch ein bisschen Hintergrundrecherche betreiben. Mich interessieren vor allen Dingen die Ergebnisse der Analysen von Lutz und Jaschke. Und eure KTU? Die sind doch sonst so schnell? Wirklich noch keine Erkenntnisse?«

»Doch«, gab Jens Bosch zu und senkte seine Stimme. »Aber behalt das bitte wirklich für dich. Ich versprech dir auch, dass ich mich sofort bei dir melde, wenn wir damit an die Öffentlichkeit gehen.«

»Du machst mich neugierig!«

»Dein Job! Du bist Journalistin. Und wenn ich dir nicht vertrauen würde, würde ich jetzt schweigen wie ein Grab.«

»Du musst dich nicht verpflichtet fühlen, mir etwas zu erzählen, nur weil ich es bin.«

Jens Bosch holte tief Luft.

»Ich möchte es dir erzählen, weil ich weiß, dass du sauber recherchierst, bevor du etwas veröffentlichst. Und dass auch du mich informierst, wenn du etwas herausfindest. Deal?«

»Deal!«, sagte Linda.

»Die Fraßspuren am Körper des Mädchens sind eindeutig und auch Martin Jaschke hat aufgrund der Fotos zugegeben, dass es nach einem Wolf aussieht. Die Spuren im Schnee lassen keine Zweifel. Das ist Fakt, daran führt kein Weg vorbei. Aber es gibt da noch etwas, was gewisse Zweifel in mir aufkommen lässt: Die Kollegen in der Pathologie haben Spuren am Körper des Mädchens gefunden, die nicht vom Wolf stammen können: Hämatome an den Gliedmaßen und blaue Flecken am Körper.«

»Du meinst, sie wurde geschlagen?«

Jens Bosch nickte.

»Wie gesagt, das ist nur vorläufig, sie haben es mir heute Morgen am Telefon anvertraut und ich muss den Bericht noch abwarten. Dann muss ich allerdings wohl der Mutter noch mal einen Besuch abstatten. Wird sicher nicht angenehm, das Gespräch.«

»Würde es dir helfen, wenn dich ›Miss Moneypenny‹ begleitet?«

»Als seelische Unterstützung?«

»Ja, warum nicht? Und weil vier Ohren mehr hören als zwei.«

Jens schwieg und dachte nach.

»Und weil manchmal«, sagte Linda weiter, »Frauen mit Frauen anders reden …«

»Einverstanden«, sagte er schließlich.

»Was ist mit dem leiblichen Vater?«, fragte Linda.

»Ich wollte noch gestern zu ihm, aber er war nicht zu Hause. Telefonisch ist er auch nicht zu erreichen. Die Kollegen haben es heute Morgen noch einmal versucht. Ist vermutlich arbeiten. Wir haben eine Streife losgeschickt, um das herauszufinden. Der Vater heißt Harald Haag. Schreibt sich mit zwei ›a‹.«

»Noch nie gehört.«

»Ich hoffe, dass ich auch Luisas Stiefvater antreffe, den zweiten Mann ihrer Mutter. Roland Gassner. Laut Aussage des Försters muss er nicht sehr umgänglich sein, um es mal vorsichtig auszudrücken. Der Eindruck, den mir seine Frau gegeben hat, hat das bestätigt.«

Er schwieg und sagte dann: »Hast du noch dieselbe Handynummer wie damals?«

»Ja. Und du?«

»Ich ruf dich an, dann hast du meine auch.«

»Wann wirst du die Familie besuchen?«

»Morgen Vormittag. Ich muss mich jetzt mit meinem Team besprechen. Die sind schon rausgefahren und kümmern sich um die Spuren bei den Schafen.«

»Okay«, sagte sie, und dann, zögernd: »Jens?«

»Ja?«

»War das ehrlich, als du sagtest: keine Gefahr?«

Sie sah ihn eindringlich an.

»Warum fragst du? Willst du allein in den Wald?«

»Nein«, sagte sie. »Ich will wissen, was du über den Wolf denkst.«

»Über den Wolf? Hm.« Er überlegte. »Ich vertraue Jaschke. Und mein Bauchgefühl sagt mir: Selbst wenn er das Mädchen angefallen hätte, wäre das eine Ausnahme. Er wird nicht noch einen Menschen töten. Durch Leute wie diesen Schwaiker wird er wohl eher das nächste Opfer sein.«

Linda nickte.

»Seh ich auch so«, sagte sie.

»Also geh lieber nicht in den Wald! Dieser Großwildjäger bringt es fertig und schießt auf alles, was sich bewegt.«

Jens Bosch lachte, um das Gesagte herunterzuspielen.

»Ich muss jetzt arbeiten. Ich meld mich bei dir!«

Er erhob sich und sie sah ihm nach, wie er im Nebenzimmer verschwand. Kriminalkommissar Jens Bosch, leitender Ermittler der SOKO »Isegrim«.

Der einsame Wolf auf der Jagd …

36

Heiko Büsgens blickte zu seinem Gegenüber auf, der vor ihm fast wie eine Statue aufragte. Phil Svelink war fast zwei Meter groß, dazu schlank und schlaksig, seine fein geschnittenen Gesichtszüge und der dunkle Teint unter den grauen, fast weißen Haaren gaben ihm das Aussehen eines alternden Hollywoodstars à la Stewart Granger oder Cary Grant.

Wie er so vor dem klein gewachsenen Reporter stand, wurde sich Heiko Büsgens der Macht bewusst, die dieser Mann ausübte. Er war nicht nur körperlich ein Riese, sondern auch einer der mächtigsten und bedeutendsten Männer im internationalen Medienzirkus des 21. Jahrhunderts.

Phil Svelink stammte aus Südafrika und leitete dort als Chief Executive Officer das von ihm gegründete Medienkonglomerat »SANBC« – »South African News & Broadcasting Conclomeration«, ein Medienimperium, das seine Macht und Marktpräsenz in den letzten Jahren bis nach Australien und Asien ausgeweitet hatte.

Svelink war im Besitz von Verlagen, Filmstudios, Radiostationen und Nachrichtensendern, hatte Anteile an internationalen sozialen Netzwerken und strebte die Ausbreitung seines Unternehmens auf den europäischen Markt an.

Es gab schon Zeitschriften und Sendungen des SANBC in Skandinavien und den Niederlanden, in Deutschland war er dabei, mit einem Netzwerk von Medienexperten, Strategen und Eventagenturen erste Produktionsstandorte in Berlin und Brandenburg zu analysieren, Studios zu errichten und die Positionen leitender Redakteure zu besetzen.

In Brandenburg hatte er auf einer internationalen Medientagung Heiko Büsgens kennengelernt, der ihn auf den Standort Baden-Württemberg mit dem Dreiländereck Österreich und Schweiz aufmerksam gemacht hatte. Sie waren in Kontakt geblieben und Büsgens klebte seither wie eine Klette am Rockzipfel Svelinks.

»Zeigen Sie, was Sie draufhaben«, hatte der ihn aufgefordert, »ich brauche News, die sonst keiner hat, Meldungen, die wir als Erste verbreiten. SANBC ist bekannt für Kompetenz und Aktualität. Meine Leute sind die Besten, was Recherche und Schnelligkeit angeht, sie sitzen direkt an der Quelle und arbeiten mit einem Netzwerk von exklusiven Informanten.

Wir brauchen keine Agenturen, keine Korrespondenten, sondern Mittelsmänner vor Ort, die für Geld Informationen aus erster Hand liefern, bis in die letzten Winkel der Welt. Ich will, dass in meinen Organen die Leute als Erste erfahren, was Sache ist! Wenn sich irgendwo auf der Welt ein Skandal entwickelt, haben wir ihn schon eine Woche davor exklusiv und emotional!«

Heiko Büsgens hatte geschwitzt, als ihm Phil Svelink einen Vertrag für einen Posten in der Chefetage von *SANBC Europe* in Aussicht gestellt hatte.

»Bringen Sie mir eine Story«, hatte der Medienmogul befohlen. »Nicht mehr und nicht weniger als eine exklusive Story, die für Quote und hohe Auflagen sorgt, und wir kommen ins Geschäft!«

Jetzt hatte Heiko Büsgens die Story gefunden, auf die er so lange gewartet hatte: *Der Wolf und das Mädchen.*

Klang wie ein Thriller.

»Der Wolf und das Mädchen«, sagte Büsgens. Svelink nickte zurückhaltend.

»Machen Sie was draus!«, antwortete er. »Es liegt an Ihnen, ob die Story etwas taugt. Zapfen Sie Leute an, die dabei waren, die Ihnen Emotionen und Geschichten dazu liefern. In Afrika gibt es immer wieder tödliche Begegnungen mit wilden Tieren. Krokodilattacke im Okavango, Leopardenangriff im Krüger. Das sind so noch keine Schlagzeilen. Erst durch Geschichten und Emotionen werden sie interessant. Also machen Sie eine Geschichte aus dem Wolf und liefern Sie Emotionen!«

»Ich bin dran an der Recherche«, sagte Heiko Büsgens.

»Das sind andere auch! Sie haben ja heute die vielen Leute bei der Pressekonferenz gesehen, sagten Sie. Und morgen steht trotzdem in allen Zeitungen dasselbe.« Die Stimme Svelinks klang scharf und Büsgens zuckte zusammen. »Dieselben Statements, dieselben Formulierungen, dieselben Fotos. Weil alle nur das schreiben, was sie gesehen und gehört haben. Und was die Agenturen ihnen vorkauen. Genau das will ich nicht!«

Büsgens nickte langsam und sagte, jedes Wort betonend:

»Ich könnte bei meiner Recherche ja ein bisschen nachhelfen …«

»Machen Sie das!«, ermunterte ihn Svelink. »Aber machen Sie es professionell! Ich muss Ihnen ja wohl nicht sagen, was man darunter versteht …«

Büsgens nickte und grinste, da er Svelinks letzten Satz als Kompliment auffasste.

»Machen Sie eine Geschichte aus dem Wolf«, wiederholte er, »aber machen Sie Ihre Geschichte! Eine Geschichte, deren Hintergründe und Zusammenhänge nur Sie kennen. Und deren Wahrheit.«

Svelink machte eine bedeutungsvolle Pause und fügte dann hinzu:

»Ob es legal ist oder nicht, interessiert mich nicht. Gehen Sie an die Grenzen!«

»Der Wolf und das *tote* Mädchen?«

»Schon besser. Aber da geht noch mehr ...!«

»Der *böse* Wolf und das tote Mädchen?«

Svelink grinste und bückte sich zu Büsgens herunter.

»Das gefällt mir schon viel besser«, flüsterte er.

»Wie weit kann ich gehen?«, fragte Büsgens. »Ich meine, zwischen Wahrheit und Lüge ist manchmal nur ein schmaler Grat ...«

»Lüge ist ein unschönes Wort«, antwortete Svelink. »Man kann Geschichten ja auch ausschmücken, ein bisschen übertreiben, seine Gedanken einfließen lassen. Wenn man lügt und sich dabei nicht erwischen lässt, sieht es nach Wahrheit aus ...«

Büsgens nickte erneut.

»Und was ist mit Leuten ...«, er zögerte, »... die einem dabei im Weg stehen könnten?«

»Wen meinen Sie?«

»Nun ja ... Experten, die anderer Meinung sind. Leute, die Übertreibungen und Schmuckwerk von der Wirklichkeit unterscheiden können.«

»Kaufen!« Svelink sagte nur dieses eine Wort.

»Bitte?«

»Geld! Kohle! Cash! Bezahlen Sie ihr Schweigen!«

»Und wenn sie nicht käuflich sind?«

»Jeder Mensch ist käuflich! Das ist nur eine Frage der Summe«, behauptete der Medienzar.

»Und wenn nicht?«, fragte Büsgens.

»Einschüchtern! Wo Geld nicht hilft, hilft Angst!«

Heiko Büsgens schluckte trocken. Er wusste, was er zu tun hatte, und würde Phil Svelink nicht enttäuschen ...

37

Martin Jaschke klappte seinen Laptop zu und sah auf die Uhr. Zeit aufzubrechen. Er hatte den Rest des Tages damit verbracht, mit der Forstlichen Versuchs- und Forschungsanstalt Baden-Württemberg in Freiburg und dem Stuttgarter Umweltministerium zu telefonieren, drei Telefoninterviews mit Radiostationen aufzuzeichnen und gut zwei Dutzend Anfragen von Zeitungen und Zeitschriften zu beantworten. Gebetsmühlenartig hatte er seine Statements von der Pressekonferenz wiederholt.

Nein, es sei nicht erwiesen, dass der Wolf das Kind getötet habe; ja, dem Schäfer werde schnell und unbürokratisch geholfen; nein, es bestehe keine Gefahr für die Bevölkerung; ja, die Zuständigen im Umweltministerium würden endlich damit beginnen, Maßnahmen zum Schutz von Herdentieren einzuleiten; nein, der Wolf sei genetisch noch nicht eindeutig identifiziert; ja, man habe tatsächlich Wolfsspuren an der Leiche des Kindes gefunden; nein, es sei nicht ungewöhnlich, dass ein Wolf so viele Schafe auf einmal reiße; nein, er sei nicht dafür, den Wolf unter die Kontrolle des Jagdrechts zu stellen. Nein, ja! Nein, ja! Nein, ja!!!

Es reichte! Er hatte die Schnauze voll! War er als Wolfsberater denn ein Auskunftsbüro?

Missmutig hatte er sein Handy ausgeschaltet und noch zwei letzte Emails versandt. Auf das Ergebnis der Genanalyse brauchte er nicht zu warten. Er wusste von anderen Fällen, dass es gut und gerne eine Woche dauerte, bis man mit Sicherheit sagen konnte, woher das Tier stammte und ob es nur ein Einzelgänger oder ein ganzes Rudel war.

Er erinnerte sich an Bad Wildbad Ende April 2018. Ein Wolf hatte damals auch eine Herde Schafe attackiert, über 40 Tiere waren dabei umgekommen. Der Wolf, so hatte die Genanalyse der Riss-Abstriche ergeben, war schon seit Monaten im Nordschwarzwald unterwegs gewesen und man hatte seine Spuren bis nach Niedersachsen zurückverfolgt. Ende Juli war derselbe Wolf bei Baiersbronn für den Riss zweier weiterer Schafe verantwortlich gewesen, wovon man in der Freiburger Forstlichen Versuchs- und Forschungsanstalt ausgegangen war.

Offen blieb die Frage, ob dieses männliche Einzeltier nun erneut zugeschlagen hatte oder ob sich im Wolfsgebiet Nordschwarzwald ein weiterer Wolf herumtrieb. Wenn beide noch lebten – der andere womöglich eine Fähe – und sich trafen, würde es dann bald ein erstes Rudel in Baden-Württemberg geben? Martin Jaschke verwarf den Gedanken, so sehr er ihm auch gefiel. Zu viele Wenn und Aber …

Es war nicht ungewöhnlich, dass Einzelgänger, zumal wenn sie hungrig waren, in Herden einfielen, die gar nicht oder nur unzulänglich geschützt waren. Die Schafe von Johann Kerner waren von einem Elektrozaun umgeben gewesen und ein Hund hatte sich auch bei der Herde befunden.

Doch Martin Jaschke bezweifelte, dass der Zaun tatsächlich zum Zeitpunkt des Angriffs unter Strom gestanden und der alte Berner Sennenhund auf einen hungrigen Wolf Eindruck gemacht hatte.

Der Wolfsberater verließ sein Büro, zog seine Winterstiefel und den gefütterten Anorak an und nahm das Nachtsichtgerät und das Fernglas vom Haken im Flur. Er schnappte sich den Alukoffer mit den Betäubungspfeilen und dem Teleskopblasrohr.

Von einem befreundeten Tierarzt hatte er gelernt, damit umzugehen und auf die sanfte Weise auch scheue Tiere mittels Distanzinjektion zu betäuben. Er konnte zwar nicht von sich behaupten, die Blasrohrtechnik perfekt zu beherrschen, doch hatte er beschlossen, es zumindest zu versuchen. Bepackt mit seiner Ausrüstung, ging er aus dem Haus.

Ideales Wolfsgebiet, dachte er, als er an den verschneiten Waldhängen des Nagoldtals Richtung Altensteig fuhr. Oben, auf der Hochebene bei Simmersfeld, gab es weite, menschenleere Jagdgründe, von alten Wäldern begrenzt, und an den Abhängen Richtung Enztal genügend Felsgrotten und Höhlen für die Aufzucht der Jungen.

Er hatte schon damit gerechnet, dass der Wolf hier oben im Nordschwarzwald auftauchte, bevor im Juni 2015 der erste Wolf in Baden-Württemberg nachgewiesen wurde. Seit 1866 war er im Land ausgerottet gewesen, bis man den Einzelgänger aus einem Schweizer Rudel auf der A5 bei Lahr überfahren hatte.

Für Jaschke waren der Nordschwarzwald und das im Osten angrenzende Heckengäu geeigneter Lebensraum für den Rudeljäger, der die endlosen Wälder der nördlichen Tundra liebte und schon seit Jahren die Jagdgebiete in den neuen Bundesländern erobert hatte. Seit der Attacke im Vorjahr war die Region um Bad Wildbad mit einem Durchmesser von 60 Kilometern als Wolfsgebiet ausgewiesen worden. Die rauen Grinden und waldigen Hügel des Nordschwarzwalds und die weiten Flächen im Gäu waren in der Tat für den Wolf ein besseres Jagdgebiet als das enge, zerklüftete Donautal, wo der Luchs eindeutig der Favorit war und es wenig Platz für eine Rudelhetzjagd gab.

Oben, auf den abgeflachten Buntsandsteinhöhenrücken zwischen Schliffkopf und Hornisgrinde, und unten in den

Tälern von Großer und Kleiner Enz fand der Wolf alles, was er zum Leben brauchte. Dort würde er der König der Wildnis sein.

Martin Jaschke hatte das Hochplateau erreicht und sein Blick streifte die Windparkanlage, deren Windräder sich am Horizont über dem Waldmeer erhoben. Er ließ das zu Altensteig gehörende Dorf Überberg hinter sich, fuhr über Ettmannsweiler durch den langgezogenen Wald Richtung Simmersfeld. Noch eine knappe Viertelstunde und er erreichte nach kurvenreicher Strecke ins Enztal hinunter kurz hinter Enzklösterle den Ortsrand von Wintersbach.

Er fuhr am »Kreuz« vorbei und stellte fest, dass im Raum der SOKO noch Licht brannte. Sollte er die Jungs kurz informieren, dass er vorhatte, in den Wald zu gehen? Doch wozu? Jetzt, in der einsetzenden Dämmerung, der rasch die Nacht folgen würde, war außer ihm dort draußen sicher niemand mehr unterwegs. Außerdem war er niemandem Rechenschaft schuldig.

Da draußen trieb sich ein Wolf herum und es gab einige Personen, denen das nicht passte. Je schneller er ihn fand, ihn identifizierte und vielleicht sogar markieren konnte, desto besser.

38

Martin Jaschke verließ Wintersbach, bog in den landwirtschaftlichen Hauptweg ein und folgte den Reifenspuren im Schnee Richtung Wald. Die Fahrzeugkolonne der Polizei, der Schäfer und er selbst hatten ein graubraunes Bett aus zwei breiten Fahrrillen auf dem schneebedeckten Weg hinterlassen, das selbst jetzt, als sich die Nacht rasch hereinsenkte, nicht zu übersehen war.

Er parkte seinen Wagen dort, wo er auch beim letzten Mal gestanden hatte, und dachte einen Augenblick an Linda Roloff. Hätte er sie mitnehmen sollen? Eine Story über den Wolfsberater, der sich nachts aufmacht, um den Wolf zu finden? Um ihn zu betäuben und mit einem Sender zu versehen, damit jeder seiner Wege verfolgt werden könnte?

Nein, lächerlich, dachte er. Die Chance, auf den Wolf zu stoßen, war ohnehin verschwindend gering. Vielleicht war er ja schon weitergezogen, hinüber ins Murgtal, oder in die andere Richtung, zum Neckar? Hinauf auf die Alb? Oder aber er war hiergeblieben, wo er ja immerhin genügend Beute gemacht hatte. Vielleicht würde er zurückkehren auf die Weide, um noch einmal an seinem Riss zu fressen. Verschwindend gering, dachte Martin Jaschke, aber latent real, diese Chance.

Er nahm den Koffer und hängte sich den Trageriemen über die Schulter, Fernglas und Nachtsichtgerät trug er um den Hals und stapfte so, schwer bepackt, los. Martin Jaschke war lange Fußmärsche in der Wildnis gewohnt. Oft hatte er auch noch seinen Fotorucksack und andere Ausrüstung dabei.

Er dachte an die mehrwöchige Tour, die er in der Hohen Tatra unternommen hatte, um Braunbären zu beobachten, und an die Exkursion am Skutarisee in Albanien, tagelang zu Fuß, allein auf sich gestellt. Doch er fühlte sich eins mit der Natur, kannte keine Angst, allein ohne Zelt im Wald zu übernachten oder sich in der Wildnis zu verirren.

Sein Orientierungssinn hatte ihn noch nie im Stich gelassen, und so gerne er sich an die von einheimischen Rangern begleitete Trekkingtour zu den Berggorillas in Uganda oder den Schimpansentrail in Tanzania erinnerte, viel lieber waren ihm die Exkursionen, die er allein durchgeführt hatte. Tagelang zu Fuß durch Alaska, im Land der Elche und Grizzlys, auf Schneeschuhen zu den Eisbären in Spitzbergen oder im einsamen Mokoro in den Lagunen des Okavangodeltas zwischen Elefanten und Krokodilen.

Sein Atem ging gleichmäßig und tief, er sog die kalte Abendluft ein, während sich um ihn herum die Dämmerung niedersenkte. Dichte Wolken verdeckten den Mond, von den Sternen ganz zu schweigen, und doch versprach die Nacht eiskalt zu werden. Minus 7 Grad hatte das Thermometer schon in Nagold gezeigt, hier oben war es sicher noch mal fünf Grad kälter, er zog das Tuch um seinen Hals enger, schob es über Mund und Nase und schlug den Kragen seines Anoraks hoch.

Noch reichte das schwindende Licht des zu Ende gehenden Tages, um ihm den Weg zu zeigen.

Er wusste, wo die Winterweide des Schäfers Johann lag, und folgte dem Waldessaum nach Westen. Gleichmäßig knirschten seine Schritte im Schnee und sein Atem blies in kurzen Abständen warm in den Stoff des Halstuchs. Zwischendurch blieb er stehen und lauschte in die anbrechende Nacht.

Kein Geräusch war hier draußen zu hören, es war windstill geworden, kein Lufthauch in den Tannenzweigen zu erkennen. Spätestens hier, wo er jetzt stand, war am Tag das Blöken der Schafe zu vernehmen und das leise Surren des Stromaggregats. Schäfer Johann hatte auf den Rat der Experten gehört und seine Herde durch einen hohen elektrischen Weidezaun geschützt.

Seltsam, dass der Wolf trotzdem angegriffen hatte. Vielleicht hatte der Schäfer vergessen, den Strom einzuschalten? Jetzt war es zu spät, um das herauszufinden.

Martin Jaschke genoss die Einsamkeit und er fuhr herum, als er plötzlich das Motorengeräusch vernahm. Kein Auto, kein Traktor, kein Motorrad, dachte er sofort, als er das gleichmäßige Dröhnen auf niedrigem Pegel vernahm. Es klang wie der Motor eines Rasenmähers – oder nein: Es schienen mehrere zu sein! Dazwischen mischte sich ein Jaulen, als ob der Motor ein Hindernis zu überwinden hatte, dann sah er die Lichter zwischen den Bäumen.

Vier grelle gelbe Punkte, erst klein und unscheinbar, dann größer und heller kamen genau in seine Richtung und wurden rasch größer. Das Licht blendete ihn und er hielt sich schützend den Handrücken und die gespreizten Finger vor die Augen. Der Lärm wurde lauter und vier Fahrzeuge kamen mit großer Geschwindigkeit auf ihn zu, nicht hinter- sondern nebeneinander und sie fuhren ganz sicher nicht auf dem Weg.

Martin Jaschke hatte schon vor einigen Minuten den Waldessaum verlassen und war quer über die baumlose Schneefläche gegangen, unter der eine Wiese zu liegen schien. Seine Stiefel sanken ein, aber nicht tief genug, um auf Boden oder Vegetation zu stoßen. Jetzt blieb er stehen und beobachtete misstrauisch die rasch näher kommenden Fahrzeuge.

Was machten die Leute um diese Zeit hier draußen? Längst war es ihm klar geworden, dass es sich um Schneemobile handeln musste. Eine wilde Bande übermütiger Jugendlicher auf einer abendlichen Spritztour? Eine Gruppe Wintersportler, die sich nach einem Tag auf Skiern an den Liften und Hängen in Kaltenbronn noch austoben wollten? Oder selbsternannte Jäger, die die verrückte Idee hatten, auf diese Weise dem Wolf nachzuspüren? Alte Dickschädel, die sich in den Kopf gesetzt hatten, das Gesetz selbst in die Hand zu nehmen und einen vierbeinigen Mörder zu jagen?

Die vier Lichter drifteten jetzt auseinander, schienen sich aufzufächern und Martin Jaschke registrierte entsetzt, dass sie ihn einkreisten. Er blieb stehen und drehte sich im Kreis. Von vier Seiten kamen die Scheinwerfer näher, nahmen die Motorengeräusche weiter zu, wurde das Dröhnen bedrohlicher. Jetzt erfassten ihn die Lichtkegel noch schärfer, blendeten ihn, er kniff noch mehr die Augen zusammen und kreuzte jetzt schützend die Arme vor seinem Gesicht.

Schon wollte er ein paar Schritte rückwärts machen, doch auch hinter seinem Rücken jaulte das Dröhnen auf und mischte sich mit den drei anderen Motoren zu einem ohrenbetäubenden Lärm. Er sah Schnee sprühen, spürte die aufgewirbelte, beißend kalte Luft auf seiner Haut und fühlte die Schneekristalle in den nicht verdeckten Partien seines Gesichts. Er kam sich vor wie vor einem auf Eiseskälte eingestellten Ventilator, eisige Luft kreiste ihn von allen Seiten ein, als die Geräusche plötzlich erstarben, die Motoren verstummten und die Lichter ausgingen.

Gespenstische Ruhe stellte sich ein, die Schneewirbel ließen nach, die Luft klarte auf und er erkannte die Silhouetten von vier Gestalten, die reglos wie Statuen auf ihren Schneemobilen saßen. Es war zu dunkel, um mehr als Schattenrisse zu erkennen, doch an den Konturen der Köpfe erahnte er Helme und an der Form der Gesichter die heruntergeklappten Visiere.

Aus ihrer Körperhaltung und den Umrissen von Schultern, Oberkörper und Beinen schloss er, dass es ausschließlich Männer waren. Wie moderne Ritter thronten sie auf ihren Kufenpferden, unerkannt und anonym, und die Halstücher, die sie, wie er seinen Schal, über Mund und Nase gezogen hatten, ließen die Stimmen, die er jetzt hören sollte, verfremdet und dumpf erscheinen.

»Na, Wolfsfreund, haben wir dich gestört?«, fragte die Stimme des Mannes vor ihm und er versuchte krampfhaft, aus Melodie, Sprache und Färbung, auf ihren Besitzer zu schließen. Doch er kannte die Leute hier im Tal noch zu wenig, hatte nur den Schäfer Johann in Verdacht, doch passte das Hämische in der Frage so überhaupt nicht zu ihm. Außerdem sprach der Mann Hochdeutsch mit nur wenig Dialektfärbung, was er von dem Schäfer noch nie gehört hatte.

Die zweite Stimme, die von dem Schneemobil rechts von ihm kam, klang nach astreinem Schriftdeutsch, fast schon mit nördlichem Einschlag. Eine Freundin aus Münster sprach so, doch schwang in ihrer Stimme Freundlichkeit und Sympathie, während der Schneemobilfahrer fies und unnachgiebig klang.

»Hast wohl nicht kapiert, dass wir hier oben keine Wölfe brauchen?«, fragte der zweite jetzt.

Martin Jaschke blickte sich ängstlich um. So wenig er sich allein in der Wildnis fürchtete, so sehr kroch ihm jetzt, bei dieser unheimlichen Begegnung, die Angst den Rücken hoch und seine Nackenhaare stellten sich auf.

»Ganz schön mutig, sich nachts so alloi in da Wald zum traua«, höhnte jetzt die dritte Stimme in deutlich schwäbischem Dialekt.

»Hoffentlich findet er auch wieder heim?«, sagte die erste Stimme und alle vier lachten hämisch.

»Wenn du den bösen Wolf jagst«, sagte der Fahrer rechts von ihm und stieg langsam ab, »hast du denn auch die richtige Falle dabei?«

Die anderen drei folgten seinem Beispiel und jetzt kamen die vier Männer langsam auf den Biologen zu. Unheimlich knirschten die Schritte im Schnee und wie ein Schock wirkte die Stille, als sie ihn eingekreist hatten und im Abstand von nur wenigen Zentimetern um ihn herum stehen blieben.

Der in seinem Rücken schob ihm den Kofferriemen von der Schulter und der Alubehälter landete scheppernd auf dem Boden, ein anderer trat mit seinem Stiefel ein paarmal dagegen, das Schloss sprang auf und die Röhren des Betäubungsblasrohrs, das Mundstück und eine Handvoll Spritzen mit Kanülen kullerten in den Schnee.

Der Mann zu seiner Rechten, der hochdeutsch sprach, hob das zusammensteckbare Blasrohr auf, zog es auseinander und hielt es dem Biologen unter die Nase.

»Mit diesem Spielzeug willst du auf einen Wolf schießen?«, höhnte er.

Er legte eine der etwa 40 Zentimeter langen Carbonröhren über sein Knie und stemmte sich mit voller Kraft darüber.

Martin Jaschke zuckte zusammen, als die Röhre mit einem lauten Krachen zerbarst. Auch die beiden anderen Blasrohrteile endeten auf diese Weise und lagen zerbrochen im Schnee.

»Das ist doch nichts für einen Wolf«, raunte der Mann und hielt plötzlich einen Gegenstand in seiner Hand, der nach schwerem Metall aussah und dessen dunkle, gezackte

Ränder sich trotz der Dunkelheit ringsum scharf gegen den Schnee abhoben.

»Hier!«, sagte er. »Weißt du, was das ist? Damit!«

Er wog das Eisen schwer in seiner Hand: »Damit fängt man einen Wolf!«

39

Der einsame Hof der alten Frau lag auf einer Lichtung am Rand eines abgelegenen Seitentals der Großen Enz, das von einem schmalen Bach mit Namen Kaltswässerle durchflossen wurde und sich hinauf bis in die Gegend des Wildseemoors zog.

Dichte Wälder umgaben den Hof und die kleine geteerte Straße führte nur bis zu dem Haus mit seinen hellen Schindeln und der kleinen, durch einen einfachen Holzzaun geschützten Weide. Dahinter begann die Wildnis, die sich bis zum Bannwald erstreckte, und die Straße führte nur als geschotterter Weg auf die Höhe Richtung Wildsee.

»Du wohnst dort, wo sich Fuchs und Hase gute Nacht sagen«, meinten die Neffen und Nichten, wenn sie Helga Kappler an ein, zwei Tagen im Jahr besuchten, meist um ihren Geburtstag herum, oder wenn es sich unter ihren einzigen Verwandten herumgesprochen hatte, dass sie krank war.

Doch die alleinlebende Frau wollte es nicht anders. Sie hatte nie ein Familienleben gekannt und wohnte, seit ihre Mutter vor fünf Jahren hochbetagt gestorben war, allein in dem kleinen Haus mit dem angebauten Stall und der Scheune. Wirklich allein war sie jedoch nicht, denn sie hatte ihre Tiere. Menschen brauchte sie nicht, außer vielleicht den Arzt, wenn sie wieder einmal gestürzt war oder sich auf andere Weise eine Verletzung zugezogen hatte.

Seit sie in Rente war, verließ sie den Hof nur noch selten, einmal pro Woche, um einzukaufen, einmal im Monat, um Besorgungen in Bad Wildbad zu machen. Dort hatte sie einst gearbeitet, damals, als ihre Mutter noch rüstig war und sich um den Hof gekümmert hatte. Sie hatte im Büro der Kurbetriebe Geld genug für sich und ihre Mutter verdient, dazu hatten die Pferde, die sie zur Pension im Stall untergebracht hatte, auch noch etwas abgeworfen.

Seit fünf Jahren war sie zur Einzelgängerin geworden, die sich für die Welt da draußen so wenig interessierte wie die Welt da draußen sich für sie. Die Zeitung hatte sie schon längst abbestellt, die Fernsehantenne lieferte schon seit Jahren keine brauchbaren Bilder mehr, Kabelanschluss gab es nicht, über eine Schüssel hatte sie nie nachgedacht und »moderne Dinger« wie Internet interessierten sie nicht.

Nachrichten hörte sie einmal am Tag bewusst auf SWR4 Baden-Württemberg, wenn sie sich nach dem kargen Mittagessen eine kurze Pause gönnte und sich im Stall auf einen Strohballen setzte, sonst lief die angenehme Musik ihres Lieblingssenders nur für die Tiere, und sie summte höchstens beim Misten und Füttern mit, wenn ihr Lieblingssänger Karel Gott zu hören war.

Das kleine UKW-Küchenradio verstaubte auf einem Fenstersims neben dem Kaninchenstall, die Antenne war abgebrochen, doch der Monoempfang hatte trotzdem ein für sie ausreichendes Volumen und wenn die Pferde nicht gegen die Stallwände schlugen und die Ziegen nicht dauernd meckerten, verstand sie jedes Wort in den Beiträgen der aktuellen Mittagssendung von SWR4 Radio Tübingen.

In diesen Tagen hatte sie jedoch keine Zeit, die Sendungen zu verfolgen, da eine ihrer Ziegen hochträchtig war und ihre volle Fürsorge beanspruchte. Für Helga Kappler gab es nichts Wichtigeres als das Wohl ihrer Tiere und so hörte sie auch nicht die Nachrichten aus der Region, die ausführlich über den Wolf berichteten.

»Du und deine Viecher«, pflegten ihre Nichten und Neffen kopfschüttelnd zu sagen, doch Helga Kappler ignorierte es. Die Tiere waren ihre Welt, noch nie war sie von ihnen enttäuscht worden und sie konnte einfach nicht Nein sagen, wenn ihr mal wieder ein kranker Hase oder ein ausgesetztes Kätzchen auf den Hof gebracht wurde.

So hatte sich die Menagerie seit Jahren vergrößert, und obwohl die alte Frau mittlerweile Probleme beim Laufen hatte und sich auch nicht mehr ohne Schmerzen bücken konnte, wollte sie sich von keinem der Tiere trennen.

Drei Pferde, zwei Ponys, den Esel Pablo, elf Ziegen, drei Ställe voll Hasen und Meerschweinchen, eine Handvoll Zwerghühner, drei Katzen und zwei Mischlingshunde hatte sie Tag für Tag zu versorgen. Da blieb keine Zeit für andere Dinge.

Helga Kappler war selbst mit jetzt knapp 80 Jahren noch rüstig zu nennen, wenn ihre Schritte auch langsamer geworden waren und ihr krummer Rücken nur noch eine gebeugte Haltung zuließ. Mancher Wanderer, der sie auf dem Weg durch das Tal mit Gummistiefeln, Jeans, Anorak und Schlapphut burschikos auf dem Traktor sitzen sah, mag sie für einen Landwirt mit seltsam weiblichen Gesichtszügen oder für eine Bäuerin um die 60 gehalten haben.

An jenem Abend war Helga Kappler wie immer erst spät aus dem Stall die Treppe nach oben in ihre kleine Wohnung gestiegen. Der Winterabend hatte eine rasche Dunkelheit gebracht, sie hatte noch einmal nach Lotte, der trächtigen Geiß, gesehen, die Hunde gefüttert und den eisernen Riegel vor die Stalltür geschoben. Die alten Ziegen und der Esel waren draußen geblieben, da sie im überdachten, mit frischem Stroh ausgestreuten Unterstand genügend Schutz vor der Kälte fanden und die Boxen im Stall durch die anderen Tiere belegt waren.

Helga Kappler machte es sich auf dem alten Sofa in dem kleinen Wohnzimmer bequem, von dem aus die Stiege direkt nach unten in den Stall führte. Im selben Stock lagen die Küche und das ehemalige Zimmer ihrer Mutter, das sie seit deren Tod unverändert gelassen und nicht mehr betreten hatte. Die Toilette befand sich unten neben dem Stall, ein Bad gab es nicht.

Ihr Schlafzimmer lag einen Stock höher unter dem Dach und war ihr ehemaliges Kinderzimmer. Doch meist rollte sie sich unter einem Wollteppich auf dem Sofa ein, nachdem sie ihr Strickzeug weggelegt und das Nachthemd angezogen hatte, und schlief dort bis in die frühen Morgenstunden. So war sie näher bei ihren Tieren und konnte reagieren, wenn irgendetwas war.

Die alte Standuhr, in deren Uhrkasten noch der Schnaps ihres Vaters in seinem Versteck lagerte, tickte behäbig und schlug die Viertelstunden an. Helga Kappler war daran gewöhnt, dass die Uhr Tag und Nacht tickte und viertelstündlich schlug. Sie war so etwas wie die verlässliche Konstante in ihrem Leben, nach den Stunden, die sie schlug, richtete sich der Tagesablauf der alten Frau.

Wenn am Morgen der Schlag fünfmal ertönte, stand Helga Kappler auf, legte den Wollteppich zusammen, ging in die Küche, wo sie sich am Spülstein wusch, kehrte ins Wohnzimmer zurück, zog sich an und ging hinunter in den Stall. Erst nachdem die Tiere ihr Futter hatten, gönnte sie sich eine Tasse Kaffee und aß – falls es nichts Dringenderes zu tun gab – einen Apfel oder eine Banane.

An jenem Abend hatte sie noch länger als sonst üblich an einem Paar Socken gestrickt, als die alte Uhr viermal schlug und schließlich die elfte Stunde ankündigte. Helga Kappler beschloss gerade, noch einmal in den Stall zu gehen und nach Lotte zu sehen, als die Hunde anschlugen. Dies war ungewöhnlich, denn die beiden Mischlinge gaben nur Laut, wenn sie etwas Fremdes, Bedrohliches wahrgenommen hatten. Und wer sollte sich in einer Winternacht um diese Zeit noch zum Kapplerhof verirren?

Die alte Frau kletterte die Stiege ins Erdgeschoss hinunter, zog auf der untersten Stufe die Gummistiefel an und trat in den Stall. Alles war ruhig, auch die Hunde hatten aufgehört zu bellen. Die Pferde schnaubten und scharrten mit den Hufen, Lotte meckerte und Helga Kappler hörte ein seltsames Geräusch, das von draußen aus dem Ziegenpferch zu kommen schien. Es war ein Klappern wie von Holz, das auf Holz schlug, immer wiederkehrend, aber unrhythmisch. Sie drehte den Lichtschalter an, wartete ab, bis die flackernde Leuchtstoffröhre eine gleichmäßige Helligkeit im Stall verbreitete, und schob dann den eisernen Riegel an der Stalltür zurück.

Die Hunde drängten aufgeregt an ihr vorbei und stürmten hinaus auf die Ziegenkoppel. Die alte Frau nahm den roten Anorak vom Haken und schlüpfte hinein. Sie setzte ihre Schildmütze auf und trat ins Freie, in die kalte Winternacht hinaus.

»Kinder, wo seid ihr?«, rief sie in die Nacht, um die Ziegen anzulocken. Doch nur Pablo kam mit behäbigen Schritten auf sie zu und rieb die kalten Nüstern an ihrem Ärmel. Der Esel war in die Jahre gekommen, sein Fell war zerzaust, an mehreren Stellen fehlten die Haare fast ganz. Früher war er ein besserer Wachhund gewesen als ihre beiden Mischlinge, die jetzt wieder angetrabt kamen und sie mit Japsen und Jaulen bestürmten.

»Na, Pablo, alles klar bei euch? Wo sind denn deine Freunde?«, fragte sie und wartete auf das Meckern der Ziegen. Sie hatte nur die Zicklein und die trächtige Lotte im Stall gelassen, der Rest der kleinen Herde leistete Pablo draußen Gesellschaft. Die Unruhe der Hunde kam ihr merkwürdig vor.

»Ist ja schon gut, ihr Zwei«, sagte sie, »ganz ruhig. Was ist denn los?«

Jerry, der kleinere der beiden Mischlinge, strich ihr um die Beine und wedelte aufgeregt mit dem Schwanz. Jambo, der größere, in dem ein Collie und ein Schäferhund zu stecken schienen, jaulte unentwegt und sprang unruhig zwischen seinem Frauchen und dem Holzzaun, der die Koppel umgab, hin und her.

Helga Kappler bemühte sich, in der Dunkelheit etwas zu erkennen, doch der Schein der Leuchtstoffröhre aus dem Stall sorgte mehr für Schatten als für Licht hier draußen. Eine Hoflaterne gab es nicht und so folgte die alte Frau Jambo zum Zaun und tastete mit einer Hand an den Latten entlang.

Als sie ins Leere griff, erschrak sie. Das schmale Tor, durch das man auf die angrenzende Weide gelangte, war offen! Es war im geschlossenen Zustand durch eine Drahtschlaufe mit einem starken Zaunpfosten verbunden, jetzt hing die Schlaufe lose nach unten und das Tor war einen Spalt weit geöffnet. Immer wieder glitt es zu, da es schief in seinen Angeln hing, und schlug, getrieben durch den Schwung seines eigenen Gewichts, wieder ein Stückchen zurück, auf und zu, immer wieder. Das war das Geräusch gewesen, das sie vom Stall aus gehört hatte.

Die kleine Ziegenherde kannte den Weg nach draußen und wusste, dass dort saftiges Weidegras auf sie wartete, zumindest wenn kein Schnee lag. Wer auch immer das Tor geöffnet hatte – vielleicht hatte ja sogar eines der Tiere mit einem Horn die Schlaufe zu fassen gekriegt und sie über den Pfahl gezogen –, die Ziegen hatten die Koppel verlassen und scharrten jetzt wahrscheinlich irgendwo da draußen im Schnee.

Helga Kappler trat vor das Tor und schloss es von außen.

»Nein, ihr bleibt hier bei Pablo«, sagte sie zu ihren beiden Hunden, »ich will euch nicht auch noch suchen müssen. Ich bin ja gleich wieder da!«

Sie hatte all ihren Tieren Namen gegeben und rief nun laut nach den Ziegen, doch das Meckern als Antwort blieb aus. Sie entfernte sich von dem Zaun und versuchte, sich in der Dunkelheit zu orientieren. Vielleicht waren sie am Kaltswässerlebach entlang bis zur Pferdekoppel des Nachbarn gelaufen, dachte Helga Kappler und schlug diese Richtung ein. Dort gab es immer frisches Heu zu knabbern und im Sommer, wenn sie die Ziegen frei grasen ließ, fand sie ihre Tiere oft in der Nähe der Pferdeweide wieder.

Helga Kappler kannte die Richtung auch bei Nacht, doch sie fischte die kleine Taschenlampe aus der Anoraktasche und leuchtete auf den Weg, der vom Kapplerhof hinunter zum Bach und an dessen Böschung entlang zur Pferdekoppel des Reiterhofs führte. Es war nur ein schmaler Trampelpfad, den im Winter die Schneeschuhwanderer benützten. Der Schnee war dort niedergetreten und hart und sie kam gut voran. Immer wieder rief sie nach ihren Ziegen, blieb stehen und lauschte.

Bald war das Stalllicht vom Kapplerhof nicht mehr zu sehen, doch die kleine Taschenlampe, eine moderne LED-Leuchte, die sie vom Sohn eines Neffen zum Geburtstag geschenkt bekommen hatte, leuchtete bis hinüber zu den Tannenstämmen im Talwald. Der fast weiße Strahl hüpfte über die rauen Stämme und ließ ihre Schatten tanzen. Fast etwas unheimlich, dachte Helga Kappler, doch was konnte ihr hier draußen schon begegnen?

Fuchs und Has', dachte sie, doch selbst die sah man selten genug, Wildschweine vielleicht oder auch mal ein Reh oder, mit ganz viel Glück, einen Rothirsch. Ihren letzten hatte sie auf der anderen Seite des Schwarzmiss gesehen, als sie hinunter nach Reichental gefahren war, um bei einem Bekannten etwas reparieren zu lassen. Damals war ihr am frühen Morgen auf dem Weg über die abschüssige Passstraße Richtung Murgtal eine Hirschkuh fast ins Auto gelaufen. Sie wusste zwar, dass das weite Waldgebiet, von dem ein Teil jetzt zum Nationalpark gehörte, Rotwildrevier war, doch hinunter ins Tal ans Kaltswässerle hatte sich noch nie ein Hirsch verirrt.

Der Strahl der Taschenlampe erfasste die Büsche am Waldrand und die Birken und Weiden, die den Bachlauf säumten. Schon hörte sie das leise Glucksen vom Kaltswässerle, der schmale Bach war selbst in kalten Wintern selten zugefroren, zu schnell schoss er talwärts, hinunter zur Enz. Sie folgte seinem Lauf aufwärts und schreckte plötzlich zurück, als im Schein der Taschenlampe zwei goldgelbe Punkte aus der Dunkelheit leuchteten.

Helga Kappler kannte das von ihren nächtlichen Begegnungen mit Reh, Fuchs, Katze und Marder, deren Augen das Licht der Taschenlampe reflektierten. Doch diese großen, gelben Punkte, die sie aus dem dunklen Wald heraus anstarrten, hatte sie so noch nie gesehen! Die Punkte verschwanden für kurze Zeit, doch dann tauchten sie ein paar Meter weiter für Sekunden wieder auf. Der Taschenlampenstrahl erfasste nur kurz den kantigen Kopf mit spitzer Schnauze und hoch aufgerichteten Ohren, dann war die seltsame Erscheinung wieder verschwunden.

Helga Kappler verharrte regungslos und schluckte trocken. Sie verspürte keine Angst, doch unheimlich war es ihr durchaus, denn sie war sich sicher, gerade einem Wolf gegenüber gestanden zu sein. Sie erinnerte sich, im Radio gehört zu haben, dass das Tal zum Wolfsgebiet geworden war, seit es vor einem Jahr diesen Überfall auf eine Schafherde gegeben hatte. Mit einem Mal machte sich die alte Frau Sorgen um ihre Ziegen. Wenn das gerade wirklich ein Wolf gewesen war?

Sie schüttelte den Kopf und betrachtete ihre Taschenlampe, als ob sie ein Zauberstab wäre, mit dem sie unerklärliche Dinge in den Wald projizieren konnte. Sie nahm allen Mut zusammen und leuchtete noch einmal in den Wald, doch das Tier, was immer es war, war verschwunden.

Wirklich ein Wolf?

Nein. Sie musste sich getäuscht haben!

Vielleicht hatte sich der Husky vom Reiterhof ja bis hierher verirrt? Oder ein Fuchs? Sie konnte sich in der Größe getäuscht haben. Ein Wolf? Unmöglich!

Sie hörte das Bellen ihrer Hunde vom Kapplerhof her. Und das andere Geräusch. War es das Meckern der Ziegen?

Tatsächlich!

Die Ziegen waren wieder zum Hof zurückgekehrt, ihre meckernden Stimmen kamen aus derselben Richtung wie die der Hunde. Helga Kappler machte kehrt und ging, so rasch es die Dunkelheit und der Schnee zuließen, in ihrer eigenen Spur den Weg zum Hof zurück.

40

Der Anführer der vier hielt dem Biologen das Eisen auffordernd entgegen und Martins Handschuh befühlte die stählernen Zähne des metallischen Gegenstands.

»Ein Tellereisen!«, verriet der Mann jetzt. »Eine Bärenfalle! Aber für Wölfe taugt sie auch. Schon mal getestet?«

Martin Jaschke schüttelte den Kopf. Er kannte solche Fallen natürlich aus Museen oder Indianergeschichten, war ihnen aber noch nie begegnet, da sie verboten waren. Nicht einmal bei den Patrouillen auf dem Balkan, als sie Wilderern in den Wäldern Albaniens nachgespürt hatten, waren sie auf solche Fangeisen gestoßen.

Der Mann, der die Bärenfalle noch immer in den Händen hielt, trat jetzt noch einen Schritt auf Jaschke zu und das Visier seines Helms berührte fast dessen Nase.

»Ich finde, dann solltest du das mal testen, was meint

ihr, Jungs?« Die letzten vier Worte hatte er laut geschrien, was bejahende Zurufe der drei anderen zur Folge hatte.

»Ich weiß auch schon, wie …«, fuhr er jetzt hämisch fort und forderte den Typen neben sich, der in Jaschkes Rücken stand, auf: »Los, wir spielen Blindekuh!«

Martin Jaschke, der sich inzwischen etwas gefangen hatte, ahnte, was nun kommen würde, und versuchte, bevor ihn gleich die vollständige Dunkelheit umfing, sich Details in Sprache und Bewegung der vier einzuprägen, um sie später auseinanderhalten und vielleicht wiedererkennen zu können.

Durch die Helme, Brillen und die in der Dunkelheit schwarz wirkenden Wintersportklamotten waren sie äußerlich nicht voneinander zu unterscheiden und Jaschke prägte sich ein, dass der Mann links von ihm die anderen an Größe und Körpermasse übertraf. Der vor ihm war schlank und drahtig, der rechts, den er als Anführer identifiziert hatte und der – zumindest nach seiner Sprache – kein Einheimischer zu sein schien, war der kleinste der drei vor ihm, den in seinem Rücken hatte er noch nicht betrachten können und auch noch kein Wort von ihm gehört.

Er beschloss, die vier als Hunderassen in seinem Gedächtnis abzuspeichern, und nannte in seinem Geist den Großen, Bulligen *Dogge*, den Drahtigen *Pinscher*, den kleinen Anführer *Terrier* und den Schweigsamen in seinem Rücken *Dackel*.

Die Stimme des Terriers holte ihn aus seinen Gedanken:

»Nimm ihm noch das Fernglas und das Nachtsichtgerät ab, nicht dass sich unser Junge noch verletzt!«, befahl er jetzt.

Jaschke spürte einen heftigen Ruck und einen zweiten, man hatte mit zwei raschen Messerschnitten die Riemen durchtrennt, und das Fernglas und das Nachtsichtgerät glitten an seinem Körper hinunter zu Boden in den Schnee. Einer der Männer bückte sich danach und warf die Geräte achtlos zu dem Alukoffer und den Überresten des Blasrohrs.

»Dann pass mal auf, mein Junge«, forderte ihn der Terrier jetzt auf. Er reichte das Tellereisen der Dogge und der spannte die beiden mit dreieckigen Zacken bewehrten Kiefer der Bärenfalle mit kräftigem Druck, bis sie eine fast waagrechte Linie bildeten. Ein leises, metallisches Klacken signalisierte den Ohren des Biologen, dass die Falle geöffnet und eingerastet war.

Vorsichtig nahm der Terrier die Falle und platzierte sie zwei Meter vor Jaschke im Schnee. Er hob ein Stück des zerbrochenen Blasrohrs auf und hielt ein Ende in das gespannte Tellereisen. Mit einem Knall, der in der Stille wie ein Schuss klang, krachte die Falle zu und die Eisenzacken zerschlugen das Carbonrohr in zwei Teile. Ein Fuß, der dort hineintrat, würde zerfetzt und zermalmt werden, die Haut und das Fleisch bis auf die Knochen abgeschabt. Martin Jaschke wurde schwindelig.

»Verbindet ihm die Augen, macht schon!«, rief der Terrier.

Jaschke fühlte, wie eine Hand die Schlaufe seines Halstuchs löste und es ihm aus dem Kragen gezogen wurde. Er fuhr herum, doch eine andere Hand legte sich ihm schwer auf die Schulter, man riss ihm die Mütze vom Kopf und band ihm dafür das Halstuch um die Stirn.

Unterdessen spannte der Terrier die Falle erneut und legte sie zwei Meter vor Martin Jaschke geöffnet in den Schnee.

»Zieht ihm die Schuhe aus!«, forderte der Terrier die

drei anderen jetzt auf und die machten sich sofort an die Ausführung des Befehls. Während die Dogge Jaschke von hinten umklammerte und seine Oberarme wie in einem Schraubstock an seinen Körper presste, nestelten der Dackel und der Pinscher an seinen Schnürsenkeln, öffneten die halbhohen Winterstiefel, rissen seine Unterschenkel nach hinten und zogen dem Wehrlosen die Schuhe aus.

Martin Jaschke spürte die beißende Kälte, als sich der Schnee wie eine Eiswolke durch die Wollsocken fraß und sie sich mit der kalten Nässe vollsogen. Das Gefühl erinnerte ihn an die Überwindung, die nackten Füße in einen eisigen Gletscherbach zu tauchen, wo sie es keine drei Sekunden aushielten.

Er biss die Zähne zusammen, um den Schmerz zu unterdrücken, noch hielt die Wolle einen Teil der Kälte ab und seine Körperwärme stellte sich in der Dämmzone der Wollschicht dem frostigen Angriff entgegen. Doch es gab kein Neopren, das zwischen Haut und Stoff eine dünne Wärmeschicht bildete, und er fühlte, wie die Kälte immer tiefer in ihn drang. Martin Jaschke blieb keine Zeit, sich über erfrorene Zehen Gedanken zu machen und seine Füße durch wildes Trampeln in Bewegung zu halten.

»So, und jetzt: Blindekuh!«, sagte der Terrier und gab dem Pinscher und dem Dackel ein Zeichen. Das Halstuch wurde von Jaschkes Stirn nach unten über die Augen geschoben und der Knoten noch einmal festgezurrt. Völlige Dunkelheit umfing ihn.

»Und jetzt: Ringelreih'n!«, befahl der Terrier. Hände griffen nach Jaschke und drehten ihn im Kreis, wobei er krampfhaft versuchte, sich die Richtung zu merken, in der das Tellereisen lag, und sich gleichzeitig bemühte, nicht zu taumeln und zu stürzen. Die Hände ließen ihn los und er trippelte eine Sekunde lang schwankend im Schnee, als ihn die Stimme des Terriers auch schon anherrschte:

»Na los! Du wirst doch wohl wissen, wie Blindekuh geht! Streck die Arme aus, und versuch, uns zu fangen! Komm schon, hier bin ich!«

Die Hand des Terriers berührte ihn von vorn an der Schulter und er machte einen unbeholfenen Schritt auf ihn zu. Dann blieb er bibbernd stehen und umtastete mit ausgestreckten Armen den Halbkreis vor sich.

»Los, Bewegung!«, brüllte der Terrier und sein Lachen spornte die drei anderen an. Sie genossen ihre Überlegenheit, ständig wurde Jaschke jetzt geschoben und geschubst.

Die Füße waren in Kälte erstarrt, die Zehen krampften und der Schmerz war nur mit Mühe auszuhalten. Die Hände des blinden Biologen griffen ins Leere, die klammen, nackten Finger zitterten, seine Ohren registrierten die Stimmen, die durcheinanderriefen, und die Schritte der Männer im Schnee. Er selbst blieb mit trippelnden Schritten auf dem Fleck, machte nur mal eine halbe Drehung in die eine und dann wieder zurück in die andere Richtung, wagte es aber nicht, ganze Schritte zu machen, und stemmte sich mit aller Kraft gegen das Schubsen und Drücken der wilden Bande.

Irgendwo lag die offene Falle und alle Gedanke an den Schmerz, wenn sie mit einem lauten Krachen zuschnappte und sich die harten Metallzacken in seine Knöchel bohrten, machte ihm höllische Angst.

41

Die Fähe hat sich an das Alleinsein gewöhnt. Auch im Rudel hätte sie sich bis zur Geburt in ihrer Höhle verkrochen und wäre allein geblieben, um sich später ausschließlich um ihre Welpen zu kümmern. Jetzt, Tage später, fehlt ihr das Rudel.

Es ist niemand da, der sie bei der Aufzucht ihrer Jungen unterstützt, der ihr das Futter herbeischafft, der für sie jagt. Kein Rudel, kein Rüde, niemand.

Es gibt keinen ersten Wurf, keine älteren Geschwister, die auf die Kleinen aufpassen, während sie nach Futter sucht. Um den Hunger zu stillen, der in ihr nagt, Tag für Tag. Zu wenig ist es, was sie auf ihren Streifzügen erlegt und in kurzer Zeit in sich hineinschlingt. Zu wenig Ruhe hat sie gefunden, nachdem sie die Schafe getötet hat.

Zu schnell muss sie wieder zurück in die Höhle, um ihre Jungen zu wärmen und zu säugen. Zu viel Energie verbraucht sie auf ihren Streifzügen, zu oft wird sie gestört, wenn sie Beute gemacht hat.

Die Fähe blickt der Alten nach, bis sie in der Umzäunung der Koppel verschwunden ist und das Stalllicht verlischt. Erst jetzt beginnt sie, von der geschlagenen Ziege zu fressen.

42

Martin Jaschke glaubte, am Ende seiner Kräfte zu sein, und sank langsam in die Knie. Die Männer schienen des Blindekuhspiels überdrüssig zu sein und nahmen ihm die Augenbinde wieder ab.

Er öffnete die Lider und versuchte, in der Dunkelheit um sich herum, irgendetwas erkennen zu können. Als düsterer Schatten ragte der Wald am Rande des Schneefelds in den Himmel, die Männer standen bei ihren Schneemobilen und berieten sich.

Was hatten sie noch mit ihm vor? Ihm war klar, dass sie es darauf abgesehen hatten, ihn einzuschüchtern, ihn davon zu überzeugen, dass es besser war, sich nicht weiter um den Wolf zu kümmern. Hatte er eine Chance, ihnen zu entkommen?

Keinen Meter rechts von ihm lag die Bärenfalle im Schnee. Sie war noch immer geöffnet und sie hätten tatsächlich keine Skrupel gehabt, ihn blind in das Eisen treten zu lassen. Einen Augenblick lang spielte er mit dem Gedanken, die Falle aufzuheben und sie den vier Männern entgegenzuschleudern. Doch was würde das bringen? Würde er es schaffen, das Überraschungsmoment zu nützen und auf eines der Schneemobile zu springen? Würde er es starten können? Doch er verwarf die Idee, als er vergeblich versuchte, seine starren Füße zu bewegen.

Die vier hatten ihre Besprechung beendet und kamen auf ihn zu.

»Wir haben jetzt genug gespielt, Wolfsmann«, sagte der Terrier unter seiner Maske. »Bisher war das ja nur Spaß. Aber wenn wir dich noch einmal hier draußen erwischen, ziehen wir dir die Bärenfalle über den Schädel und lassen sie dann zuschnappen, ist das klar?«

Er stand bedrohlich nahe vor ihm und Martin Jaschke versuchte trotz der Dunkelheit, irgendeinen Hinweis auf die Identität des Terriers zu bekommen. Doch der Helm verbarg fast den ganzen Kopf, die Augen wurden von der verspiegelten Schneebrille verdeckt und über Mund und Nase hatte er sich einen Arafatschal gezogen.

Ähnlich vermummt waren auch die anderen drei, kein Millimeter Haut und keine Haare waren zu erkennen.

»Wenn sie dich dann hier draußen finden, werden sie glauben, dass du bekloppt genug warst, mit dem Kopf in die Falle zu geraten, denn du bist ja auch bekloppt genug, allein in der Nacht nach dem Wolf zu suchen!«

Der Terrier hatte sich vor ihm aufgebaut und gab erneut seinen Freunden ein Zeichen.

»Seht mal den Angstschweiß auf seinem Gesicht«, höhnte er.

»Wir sollten ihm die Klamotten abnehmen, so wie der schwitzt!«, rief die Dogge.

»Ja, genau! Lasst ihn nackt zu seinem Wagen laufen, damit er uns nicht so schnell vergisst«, höhnte der Dackel.

»Keine schlechte Idee«, stimmte der Terrier zu. »Nur die Schuhe geben wir ihm zurück. Nicht dass ihm seine Zehen noch abfrieren und er als Tiefkühlkost für seinen Freund, den Wolf, hier endet!«

Martin Jaschke hatte nicht die Kraft, sich zu wehren, als sie ihn aus dem Anorak zerrten, ihn in den Schnee warfen, die Hose öffneten und sie ihm an den Hosenbeinen vom Leib zogen.

Die nackte Haut seiner Beine schien zu explodieren, als er die Kälte des Schnees spürte, er sprang auf und seine Füße fuhren klamm und nass in die Winterstiefel, die sie vor ihn hingeworfen hatten. Er zitterte jetzt am ganzen Körper und hoffte, dass sie ihm wenigstens den Wollpullover ließen, der seinen Oberkörper noch einigermaßen vor dem Angriff der Kälte schützte.

Die vier kannten keine Gnade und kosteten es aus, ihn bis auf die Unterwäsche und das T-Shirt auszuziehen. Wild zerrten die Hände an dem Pullover und als er nicht nachgab und er nicht dabei half, ihn über Kopf und Schulter zu ziehen, zerschnitten sie ihn mit dem Messer. Die Wolle riss auf, die Kälte erreichte seinen Rücken, den Nacken, den Hals, schließlich den ganzen Oberkörper und die nackten Arme.

»Los, weg jetzt!«, zischte der Terrier, packte das Tellereisen und schwang sich auf seinen Motorschlitten. Die anderen ließen nun auch von Jaschke ab und schwangen sich, seine Klamotten in den Armen, auf ihre Schneemobile. Die Motoren heulten auf, dann verschwanden die vier in der Nacht.

Minutenlang war das Heulen und Rattern noch zu hören, dann war Martin Jaschke von Stille umgeben. Stille und Kälte. Tödlicher Kälte.

Er löste sich aus seiner Starre und schlug die Arme in rascher Folge gegen seinen Oberkörper. Blasrohr, Fernglas, Koffer, er ließ alles liegen, wo es war, versuchte noch, mit klammen Fingern die Schuhe zu schnüren, so gut es ging, und machte sich zitternd und bibbernd auf den Weg zu seinem Wagen.

Der Schnee unter seinen Schritten war hart und er fand guten Halt. Anfangs versuchte er zu laufen, schnelle Schritte, leichter Trab, doch die Kälte bremste ihn aus, lähmte seine Kräfte und vernichtete seinen Überlebenswillen. Die Pausen, die er einlegte, wurden häufiger und jedes Mal um einige Sekunden länger. Sein Atem ging schwer und stockend.

Martin Jaschke war am Ende.

43

Als Harald Haag den Wagen vor seiner Wohnung parken sah, bekam er Panik. Er machte das Licht aus und zog sich in die Küche zurück, von deren Fenster aus er den Besucher im Auge behalten konnte. Der Straßenzug war finster, doch der Schnee schien zu leuchten.

Noch stieg niemand aus und Haag nahm das Telefon aus der Station. Er drückte die Kurzwahltaste und stieß auf den Anrufbeantworter.

Eine Sekunde lang überlegte er aufzulegen, doch dann hinterließ er eine Nachricht.

Als er den Hörer in die Ladestation zurückstellte, läutete es an der Haustür.

44

Martin Jaschke spürte, wie seine nassen Zehen krampften, seine klammen Finger erstarrten, sein Atmen schmerzte. Er blieb stehen und versuchte, Luft zu bekommen, doch er fühlte nur kalte Stiche in seiner Kehle, meinte zu ersticken, als er die kalte Luft in seine Lungen sog. Er würde es nie schaffen bis zu seinem Wagen! Und selbst wenn, sie hatten ihm alles abgenommen, die Klamotten und den Schlüssel.

Martin Jaschke quälte sich weiter, rastete und machte wieder ein paar Schritte, taumelte, raffte sich auf, schleppte sich vorwärts. Das Zittern seines Körpers schüttelte ihn, seine Zähne klapperten, er fiel auf die Knie und starrte in den Schnee. Den Schmerz, den die Kälte auf seiner nackten Haut verursachte, ignorierte er.

Als er das Hecheln hörte, glaubte er zunächst, es sei sein eigenes, keuchendes Atmen, und blickte verstört auf. Mit letzter Kraft erhob er sich, taumelte um seine eigene Achse und ging zu Boden, fiel mit dem Gesicht in den Schnee und fühlte die frostigen Kristalle in Mund, Nase und Augen.

Plötzlich spürte er in seinem Nacken den seltsamen Hauch einer Wärme, eines sanften, warmen Atemzugs und er merkte, dass er nicht allein war. Langsam drehte er den Kopf, bis sein Gesicht nicht mehr im Schnee lag und er den schemenhaften Umriss des Tiers neben sich erkannte.

Vier Beine, Fell, die sanft geschwungenen Konturen eines Hundes. Das Hecheln an seinen Ohren, der warme Atem in seinem Genick. Und der Geruch. Es war nicht der Geruch eines Hundes, das wurde ihm mit einem Mal klar.

Martin Jaschke war plötzlich hellwach. Kälte, Angst und Schmerz waren verschwunden, wie gebannt von der Erscheinung neben ihm, die ihn beschnupperte, Witterung aufnahm und jetzt, als er sich etwas zu schnell bewegte, zurück ins Dunkel huschte. Er sah nur noch den Schatten, ahnte die Silhouette und stemmte sich keuchend hoch.

Konnte das sein, fragte er sich.

Es war immer wieder vorgekommen, dass sich Wölfe Menschen ohne Scheu näherten. Er dachte an den Soldaten, der auf einem einsamen Nachtmarsch auf einem Truppenübungsplatz in der Lüneburger Heide drei Jungwölfen begegnet war, die ihn zu verfolgen schienen. Sie blieben auf Abstand, verharrten, sobald er stehen blieb, und folgten ihm weiter, sobald er sich wieder in Bewegung setzte. Als ihm einer zu nahe kam, trat er nach ihm und er zog sich zurück.

Andere Wölfe ließen sich mühelos am helllichten Tag per Handy filmen, tauchten in niedersächsischen Dörfern auf und sogar am Dortmund-Ems-Kanal, wo sie sich bis auf wenige Meter an Menschen herantrauten.

Ohne Scheu.

Und ohne Feindseligkeit.

Es war bekannt, dass sich Wölfe auf der Wanderschaft so verhielten. Doch was war das eben? War das wirklich ein Wolf gewesen? Oder doch ein Hund? Eine Halluzination? Eine Folge der Kälte, des Frierens?

Martin Jaschke nahm den Kampf wieder auf, den Kampf ums Überleben. Er hielt die Richtung, in der er seinen Wagen abgestellt hatte. Schwankend und bibbernd setzte er einen Fuß vor den anderen, Schritt für Schritt, den Blick starr nach vorne gerichtet, zählte er leise die Sekunden. Gab nicht nach, als ihn die schwindenden Kräfte in die Knie zwingen wollten, ihn seine innere Stimme aufforderte, sich hinzulegen und auszuruhen.

Wie lange konnte man überleben in der Kälte?

Wie lange dauerte es, bis man erfror?

45

Katja Gassner starrte auf das gelbe Blinken auf der Ladestation ihres Telefons. Unbeantworteter Anruf. Wie in Zeitlupe drückte ihr Zeigefinger auf den kleinen Knopf.

Sie erkannte Haralds Stimme, noch bevor er seinen Namen sagte.

»Hallo, Katja. Hier ist Harald …«

Das Krächzen in der Leitung übertönte einige der Worte des kurzen Anrufs, doch Katja verstand jedes Wort.

Katja Gassner schlug die Hände vor den Mund, dann hielt sie sich die Ohren zu und begann zu schluchzen.

Als die Aufnahme zu Ende war, blinkte das Wort »LÖSCHEN« im Display. Katjas Finger berührte den Knopf. Ganz leicht nur.

Du musst drücken, dachte sie. Drücken, um diesen Albtraum zu löschen …

»Katja?«

Rolands Stimme ließ sie herumfahren.

»Was ist mit dir? Du bist ja kreidebleich!«, knurrte er und kam auf sie zu. »Ist was? Wer hat da angerufen?«

Ihr Finger zuckte, doch Roland riss ihre Hand weg und blickte auf das Display.

Er drückte auf die Taste mit dem grünen Pfeil.

»Hallo, Katja. Hier ist Harald …«

46

Der Schneeschuhwanderer war allein, kein Mensch hatte dort, wo er ging, Spuren hinterlassen. Er genoss die Einsamkeit. Genau darum war er so gerne mit seinen Schneeschuhen unterwegs, um allein zu sein, die Ruhe zu genießen, nichts zu hören als das gleichmäßige Knirschen seiner Schritte, wenn die leichten Alurahmen der Schuhe nur wenig in die unberührte weiße Schneedecke einsanken und sich an vereisten oder steilen Stellen die spitzen Harscheisen in den Schnee gruben.

Michael Günthner arbeitete an fünf Tagen der Woche in einem Großraumbüro in Baden-Baden, war als Pendler mehr als eine Stunde pro Tag unterwegs, um von zu Hause am Rand des nördlichen Schwarzwalds in die Stadt an der Oos zu kommen. Er fuhr täglich mit dem Auto über den Kaltenbronn hinunter ins Murgtal nach Gernsbach, von dort über die kurvige Straße an Schloss Eberstein vorbei und schließlich hinunter nach Baden-Baden, wo jetzt schon spürbar Frühling war.

Der junge Ingenieur war ein sportlicher Typ, der im Sommer gerne Rad fuhr und das ganze Jahr über joggte, doch bis er in den Wintermonaten nach Hause kam, war es dunkel. Fitnesscenter lagen ihm nicht und so blieb er daheim und wartete auf das Wochenende oder einen Tag mit Früh- oder Spätschicht, um sich wieder einmal sportlich betätigen zu können.

Am liebsten war er draußen unterwegs, liebte dabei die Langsamkeit, um die Natur genießen zu können und die Landschaft zu erleben. Der Schwarzwald bot hierfür alles, was er brauchte, und oft brach er schon in den frühen Morgenstunden allein auf, um danach den Tag mit seiner kleinen Familie verbringen zu können.

Regelmäßig fuhr er hinauf auf den Sommerberg, wanderte im Frühling zum Wildsee und genoss den Sonnenaufgang in der kahlen Landschaft des einsamen Hochmoors und war schon wieder auf dem Rückweg, bevor die Wandergruppen mit Teleskopstöcken, die Spaziergänger mit Hunden und die Familienausflügler mit Kinderwagen und Rucksackvesper über den bequemen Holzbohlenweg kamen.

Im Sommer fuhr er an die Nagoldtalsperre, um eine Runde zu schwimmen, oder zu einem der einsamen Karseen des Nordschwarzwalds, den »dunklen Augen des Waldes«, wie dem Huzenbacher See mit seinen gelb blühenden Teichrosen.

Und im Winter hatte er seit einigen Jahren die Langlaufski gegen Schneeschuhe eingetauscht und suchte sich auf eigenen Pfaden seinen Weg durch die verschneiten Täler, abseits der gespurten Loipen. Gerade die Seitentäler von Großer Enz, Murg und Nagold zogen ihn an, je nach Schneelage lief er auch oben auf den Höhenzügen die einsamen Waldwege entlang.

An diesem Morgen hatte er unten im Tal angehalten, da Hochnebel angesagt war und er auch in den Höhenlagen keine Chance auf Sonne hatte. Seine Schneeschuhe und die Teleskopstöcke hatte er ständig im Kofferraum und heute, bei Spätdienst, nutzte er den freien Morgen für eine Runde im Schnee.

Vielleicht die letzte Schneeschuhtour in dieser Saison, hatte er gedacht, die Temperaturen würden steigen und der Schnee schmolz rasch um diese Jahreszeit. Unten an Murg und Oos und im Kurpark von Baden-Baden blühten schon Krokusse und Veilchen, in den Gärten hatten die Forsythien ihr herrliches Gelb ausgebreitet und zeigten an, dass der Frühling in Sicht war.

In der vergangenen Nacht hatte es oben, auf der Höhe des Kaltenbronn, noch einmal geschneit, unter Umständen der letzte Schnee dieses Winters, und auch hier unten im Tal war die Welt ganz leicht überzuckert, hatte der Schnee noch einmal sein weißes Laken des Schweigens über alles Leben gebreitet.

Das »Laken des Schweigens«, dieser Ausdruck gefiel ihm, er wusste nicht mehr, wo er ihn gehört oder gelesen hatte, aber in der Tat machte der Schnee nicht nur die Welt leiser, sondern er verwischte auch Spuren. Was immer sich in der vergangenen Nacht an kleinen und großen Dramen in der Waldeinsamkeit ereignet hatte, der Schnee verbarg es vor den Augen des neugierigen Betrachters.

Wo der Kauz heute Nacht eine unvorsichtige Maus geschlagen, wo der Marder eine schlafende Amsel überrascht und der Fuchs sich erfolgreich an einen Hasen herangepirscht hatte, waren alle Spuren des Kampfes, jeder Tropfen Blut, die Überreste der Beute unter einer hauchdünnen Schneeschicht verborgen.

Michael Günthner zog seine Spuren im Schnee, Schritt für Schritt, bemerkte rechts am Waldrand das rot-weiße Absperrband und ahnte, dass er sich unweit der Stelle befand, wo man das Mädchen gefunden hatte. Schlimm genug, dass ein Wolf vor einem Jahr ein Blutbad in einer Schafherde angerichtet hatte, doch nun hatte er – so war es zumindest in der Zeitung dargestellt worden – wohl sogar ein Mädchen getötet. Hier im Tal, im friedlichen Schwarzwald, dort, an der Stelle, an der er gerade vorbeigekommen war.

Wo er sich wohl gerade herumtreibt?, dachte Michael Günthner. Es schien ja schon länger Wölfe in der Gegend zu geben, die Räuber waren resident und das Tal und seine Umgebung waren zum Wolfsgebiet erklärt worden.

Ohne es wirklich zu wollen, beschleunigte Michael Günthner seine Schritte, richtete seinen Blick konzentriert auf den Weg und versuchte, auf andere Gedanken zu kommen. Nur so konnte er es sich später erklären, dass er zwar die bunten Stofffetzen im Schnee registriert hatte, aber nach nur kurzem Zögern zügig vorbeigeschritten war, ohne sich weiter darum zu kümmern. Er hielt es für Müll, weggeworfene Klamotten. Sah das nicht aus wie ein gelber Sack, was daneben im Schnee schimmerte? Welche Schweine entsorgten ihren Müll einfach so, mitten in der Natur?

Michael Günthner hatte es auf einmal eilig wegzukommen. Erst später, als er mit der Polizei wieder an den Ort zurückkehrte und die Spuren neben der Leiche sah, ahnte er, dass er mit seinen Schneeschuhen nur wenige Meter an dem Wolf vorbeigekommen sein musste. Dass er ihn beobachtet hatte, sein Instinkt ihm aber signalisiert hatte, in der Deckung zu bleiben, im Versteck, sich nicht stören zu lassen an seinem jüngsten Riss.

Was aber, so dachte Michael Günthner später, was, wenn sein Instinkt dem Wolf signalisiert hätte anzugreifen? Noch einmal Beute zu machen, leichte Beute, wie es Menschen nun einmal waren. Hätte er, der langsame Wanderer mit seinen Schneeschuhen, gegen den Wolf eine Chance gehabt?

Es war gut, dass Michael Günthner jetzt nichts davon ahnte und seinen Weg unbekümmert fortsetzte. Und doch war er froh, als er an diesem Morgen nach zwei Stunden Schneeschuhwanderung den Parkplatz erreichte und kurz darauf in seinem Wagen saß. Er fuhr auf die Straße Richtung Bad Wildbad, von der aus er nach wenigen Kilometern links abbog, seine fast tägliche Strecke nach Baden-Baden.

Er sah das rot-weiße Absperrband vor seinem geistigen Auge flattern und wie in einer dunklen Ahnung tauchten auch die bunten Stofffetzen im Schnee noch einmal in seiner Erinnerung auf. Doch die Polizei verständigte er erst am Abend, als er im Radio von dem Vermissten hörte.

47

Linda betrachtete das Haus zunächst von außen, als sie mit Jens Bosch aus dem Dienstfahrzeug der Kriminalpolizei stieg. Sie hatten sich in einer Bäckerei in Enzklösterle getroffen und noch einen schnellen Kaffee getrunken, bevor sie zu den Gassners gefahren waren.

Das ehemalige Bauernhaus war offensichtlich schon vor Jahren zu einem Mehrfamilienhaus umgebaut worden, nur das große Scheunentor an der Frontseite erinnerte noch an die ehemalige Nutzung des Hauses. Über dem massiven Sockel aus mächtigen Rotsandsteinquadern, der das gesamte Gebäude umgab, war die Fassade des ersten Stockwerks mit weißen Schindeln verkleidet, nur die Giebelseiten zeigten oben, unter dem Dach, noch das ursprüngliche Fachwerk.

So hatten die Waldarbeiter im Nordschwarzwald ihre Häuser gestaltet, mit dem Material, das die Natur ihnen schenkte, und ihrem handwerklichen Geschick, mit dem sie in den langen Winternächten aus gutem Holz ohne Harzflecken und Astlöcher die kleinen Holzschindeln schnitten und ihre Fassaden damit günstig verkleideten.

Das Haus machte auf Linda einen eher verwahrlosten Eindruck, sicher hatte der Vermieter keine Lust, mehr als das Nötigste zu investieren, und die Mieter kümmerten sich ohnehin nicht um die Instandhaltung und das Äußere. Von den hellen Holzschindeln blätterte die Farbe ab und auch die Fensterläden, die zum Teil schief in den Angeln hingen, und die Fenster selbst hatten sicher seit Jahren keinen Anstrich mehr bekommen.

Schade, dachte Linda, mit etwas frischer Farbe und ein paar Blumenkästen vor den Fenstern wäre das alte Schwarzwälder Haus mit seinem versteckten Fachwerk sicher ein Schmuckstück am Ortsrand von Wintersbach.

Sie gingen die Treppe nach oben, die zur Erdgeschosswohnung der Gassners führte. Wie Linda von Jens Bosch erfahren hatte, gab es noch eine Wohnung in der rechten Haushälfte, die von einem Rentnerpaar aus Pforzheim als Feriendomizil genutzt wurde, und zwei kleine Zweizimmerwohnungen im Obergeschoss, die jedoch seit Jahren leer standen. Somit waren Katja, Roland und Luisa Gassner die einzigen Bewohner des Hauses.

Auf das Klingeln von Jens Bosch öffnete Katja die Tür und sah Jens und Linda mit erstauntem Gesichtsausdruck an. Sie hatte wohl nicht mit einem erneuten Besuch des

Kriminalbeamten gerechnet, der ihr die Nachricht vom Tod ihrer Tochter überbracht hatte.

»Guten Tag, Frau Gassner, tut mir leid, dass wir Sie noch einmal stören müssen«, begann Jens Bosch freundlich, »aber es sind da noch ein paar Fragen aufgetaucht.«

»Ja«, sagte Katja Gassner tonlos und machte keine Anstalten, die beiden hereinzubitten. Vielmehr starrte sie Linda auffällig an, als ob sie von ihr erwarte, sich auszuweisen.

»Das ist eine Kollegin, Frau Roloff. Es wäre nett, wenn wir kurz reinkommen dürften«, fügte Jens Bosch an und ließ Linda den Vortritt, als Katja Gassner sie mit einer saloppen Handbewegung ins Haus winkte.

Im Flur blieben sie stehen, Katja schwieg und Linda sah sich verstohlen um. Ungeputzte Schuhe, schlampig auf den Boden geworfen, alte Zeitungen, lose übereinandergestapelt, Klamotten lose über die Türschnallen der abgehenden Zimmer gehängt, das Telefon unter einer Staubschicht verborgen, ein von Kippen überquellender Aschenbecher, halbvolle Getränkekisten, rissige Tapete, abblätternder Putz, schief hängende Bilder und ein seltsamer Geruch nach abgestandener Luft.

Ein Blick genügte, um zu bemerken, dass die Familie in einfachen Verhältnissen lebte und Katja Gassner sicher andere Vorzüge als die einer gewissenhaften Hausfrau hatte. Ob sie als Mutter auch so nachlässig war?, fuhr es Linda durch den Kopf.

»Ja«, wiederholte Katja Gassner auffordernd und Jens Bosch holte tief Luft.

»Ist Ihr Mann heute zu Hause?«, fragte er schließlich.

»Role ist heute Nacht nicht nach Hause gekommen. Ich weiß nicht, wo er war.«

»Er lässt Sie allein«, fragte Linda, »jetzt, in dieser Situation?«

»Er ließ uns vorher schon allein, oft sogar«, antwortete sie.

»Was für ein Verhältnis hatte er zu Luisa?«, fragte Jens.

»Er spielte ihren Vater.«

»War er streng?«

»Wenn sie es verdiente.«

»Wie äußerte sich das?«

Katja Gassner zuckte die Schultern. »Ich war nicht dabei.«

»Aber Sie sind doch die Mutter?«, hakte Linda nach.

»Wenn Role mit Luisa getobt hat, bin ich raus.«

»Er hat mir ihr … getobt?« Linda sah sie verwundert an.

»Ja. Geschrien halt.«

Jens gab Linda ein Zeichen und fragte:

»Wie hat Ihr Mann auf die Todesnachricht reagiert?«

Katja Gassner schwieg.

Sie standen im Flur, nur wenig Licht drang in den schmalen Raum, jeder hatte sich mit dem Rücken gegen die Wand gelehnt, da es keine Sitzmöglichkeit gab, aber Katja Gassner schien gar nicht an die Möglichkeit zu denken, den Besuchern einen Sitzplatz im Wohnzimmer oder in der Küche anzubieten. Sie kaute nervös auf der Lippe und sagte dann:

»Er ist raus und hat Holz gemacht. Er hat gespalten, bis es dunkel war. Dann ist er fortgegangen .«

»Mit seinem Wagen?«, fragte Jens.

»Er hat gerade keinen Führerschein. Ich weiß es nicht. Manchmal nimmt er den Motorschlitten, um sich auszutoben. Keine Ahnung.«

»Und gestern?«

»Hat er sich mit Leuten im Dorf getroffen. Sie wollten etwas unternehmen, hat er gesagt.«

»Wissen Sie, mit wem?«

Sie zuckte die Schultern. »Der Schäfer. Role sollte ihm was helfen mit der Herde.«

Jens Bosch nickte. Sicher war Roland Gassner bei den Leuten gewesen, die sich die Pressekonferenz angesehen hatten. Jetzt wechselte er das Thema:

»Haben Sie etwas von Luisas Vater gehört?«

Sie schüttelte den Kopf. »Ich dachte, Sie wollten es ihm sagen?«, meinte sie.

»Ich hatte das auch vor«, antwortete der Kommissar, »ich bin gleich von hier aus bei ihm in Otterholz vorbeigefahren, aber er war nicht zu Hause. Telefonisch war er auch nicht zu erreichen. Kollegen haben es heute und gestern versucht, aber ohne Ergebnis. Wir haben auch in dem Baumarkt nachgefragt, wo er ja gekündigt wurde. Haben Sie eine Ahnung, wo er stecken könnte?«

»Nein«, zischte sie scharf. »Wir haben keinen Kontakt, außer wenn ich ihm Luisa bringe oder er sie holt.«

»Sie sagten, sie war bei ihm, als sie an dem Abend durch den Wald nach Hause gelaufen ist. Und seither haben Sie nichts mehr von ihm gehört?«

»Nein. Nichts. Mein Mann war bei ihm und hat ihn zur Rede gestellt. Weil er Luisa im Dunkeln hat heimgehen lassen …« Linda bemerkte, dass die Augen der Mutter feucht schimmerten, und hörte sie schluchzen, als sie den Satz zu Ende brachte: »Da wussten wir aber noch nicht, was ihr passiert ist.«

Jens Bosch blickte Linda an und es war, als könne sie seine Gedanken lesen, denn sie dachte in diesem Moment sicher dasselbe: *Es gab Spuren am Körper des Mädchens, die nicht vom Wolf stammen können. Hämatome an den Gliedmaßen und blaue Flecken am Körper …*

Es sprach vieles dafür, dass Luisa von ihrem Stiefvater geschlagen wurde. Vielleicht hatte er auch ihren leiblichen Vater geschlagen? Linda war sich sicher, dass Jens die Wohnung von Harald Haag durchsuchen lassen würde. Irgendwo musste es einen Hinweis geben, wo der leibliche Vater des toten Mädchens steckte und ob ihm etwas zugestoßen war.

Jens wechselte noch einmal das Thema und sagte:

»Frau Gassner, es tut mir leid, aber wir haben inzwischen den Bericht der Kollegen aus dem pathologischen Institut bekommen. Die Hinweise verhärten sich, dass ihr Tod durch einen Wolf verursacht wurde. Allerdings haben wir auch andere Spuren gefunden.«

Er machte eine Pause, um die Reaktion der Mutter abzuwarten. Katja Gassner stand regungslos an die Wand gelehnt und starrte zu Boden.

»Es war … nicht der Wolf …«, stammelte sie, leise, fast unhörbar.

»Was?«, fragten Linda und Jens beinahe gleichzeitig.

Katja Gassner schreckte hoch und blickte Linda seltsam an.

»Es war nicht der Wolf«, wiederholte sie tonlos und ihre Augen hatten etwas Ausdrucksloses, ihr Blick schien Linda gar nicht wahrzunehmen. Sie stand da wie in Trance und wiederholte immer wieder dieselben Worte:

»Es war nicht der Wolf. Es war nicht der Wolf. Es war nicht der Wolf …«

»Frau Gassner«, versuchte Jens Bosch noch einmal, die Frau zu erreichen. »Wer hat Ihre Tochter geschlagen?«

»Es war nicht der Wolf …«

»Frau Gassner, hören Sie mich?« Jens' Frage klang hilflos.

»Es war nicht der Wolf …«

Linda schüttelte den Kopf.

»Es hat keinen Zweck, Jens. Sie hört dich nicht.«

Sie sahen sich an.

»Ich glaube, wir brauchen einen Arzt«, sagte Linda und Jens Bosch nickte. Er griff zum Handy, während Linda Katja Gassner vorsichtig an Arm und Schulter nahm und sie in ein Zimmer führte.

»Kommen Sie, es ist besser, Sie setzen sich«, flüsterte Linda. Katja Gassner schlurfte mit ihr mit und Linda setzte sie auf einen Stuhl im Wohnzimmer.

»Es war nicht der Wolf …«

Sie kehrte zu Jens zurück, als der gerade sein Smartphone einsteckte.

»Arzt ist unterwegs«, sagte er leise und fuhr dann fort: »Was meinst du, warum sagt sie das dauernd? Was weiß sie?«

»Ich glaube, es ist ein Schock. Ich als Mutter hätte auch ein Problem, wenn ich wüsste, dass mein Kind von einem Wolf getötet wurde«, meinte Linda. »Allein die Vorstellung ist so grausam …«

Sie machte eine Pause und dachte an Sarah, ihre Tochter.

»Du meinst«, fragte Jens, »sie will es einfach nicht wahrhaben und redet es sich ein, indem sie es dauernd wiederholt? *Es war nicht der Wolf …*?«

Linda nickte.

»Das ist die eine Möglichkeit«, sagte sie. »Vielleicht weiß sie aber auch wirklich, dass es nicht der Wolf war …«

Jens Bosch sah sie erstaunt an. »Das würde ja heißen …«

»Ihr Mann oder ihr Ex …«, ergänzte Linda. »Einer von beiden …«

48

Hartmut Schwaiker rieb sich die klammen Hände und blies Atemwolken in den kalten Morgen. Selbst der immer noch heiße Kaffee aus der Thermoskanne schaffte es nicht, ihn nach der Nachtwache aufzuwärmen. Die Sonne hatte das Schattenloch am Tag nur für wenige Stunden erreicht, der Boden war immer noch gefroren und das kalte Wasser der nahen Enz und die Kühle des Waldes sorgten dafür, dass er sich wie in einem Eistempel fühlte. Die Temperaturen waren zwar nicht mehr unter den Gefrierpunkt gesunken, aber er war trotzdem durchgefroren.

Er hatte bis kurz nach Mitternacht im Windschatten einer Heuhütte auf einem Baumstumpf in Sichtweite zum Schafsgatter Wache gehalten, war zweimal kurz eingenickt und wieder hochgeschreckt von irgendwelchen Geräuschen, die sich jedoch als harmlos herausstellten und nur von den Schafen kamen. Schäfer Johann hatte nur ungern zugestimmt, die Schafe noch eine weitere Nacht im Freien zu lassen, und auf Wunsch des Jägers einige Mutterschafe im Viehanhänger in den Offenstall gebracht. Ihre Jungtiere dienten jetzt als Extraköder, da sie auch in der Nacht immer wieder nach ihrer Mutter blökten. Der Rest der Herde verhielt sich, zusammengedrängt in einer Ecke des Pferchs, sonst recht ruhig.

Den Hund hatte Johann Kerner mit nach Hause genommen und das Stromaggregat abgeschaltet, so hatten sie es abgesprochen. Der Wolf sollte noch einmal leichtes Spiel haben, wenn ihn das hilflose Blöken anlockte und er dem Profijäger vor die Büchse lief.

Eine Stunde nach Mitternacht hatte sich Hartmut

Schwaiker fröstelnd in seinen Crosser zurückgezogen, wagte es jedoch nicht, die Heizung laufen zu lassen, aus Sorge, durch das Motorgeräusch den Wolf zu vergrämen oder am Morgen mit leerer Batterie dazustehen. Er fluchte innerlich, weil er sich keinen Wagen mit Standheizung geleistet hatte. So nahm er auf der Rückbank Platz, umhüllte sich mit einer Wolldecke und spähte durch die Seitenscheibe hinaus Richtung Weideplatz.

Mithilfe des Nachtsichtgeräts nahm er jede Bewegung der Schafe wahr, doch er war unzufrieden mit seinem Plan. Bei geschlossenem Fenster hörte er keine Geräusche von draußen, bei geöffneter Scheibe wurde es innen empfindlich kalt.

Er würde sich für die kommenden Nächte etwas einfallen lassen müssen. Eine Wärmflasche vielleicht oder Skischuhwärmer, die er an die Autobatterie anschließen und zwischendurch in seine eiskalten Stiefel stecken konnte.

Langsam nur war die Nacht auf den Morgen zugekrochen, er hatte mit Mühe die Augen offen gehalten, war mehrmals ausgestiegen, um sich mit ein paar Schritten wieder wach zu bekommen und zu pinkeln. Vom Wolf keine Spur. Bei der Herde alles ruhig. Eine entspannte Nacht, wenn die Kälte nicht gewesen wäre.

Als der Morgen schließlich graute und in einen trüben, wolkenverhangenen Tag mit Graupelschauer überging, tauchte Schäfer Johann mit Basko auf und klopfte an das von Nässe getrübte Fenster des Crossers. Schwaiker stieg dick vermummt aus und versuchte, die Kälte aus seinen Klamotten zu klopfen.

»War was?«, fragte der Schäfer.

»Absolut nichts!«, murmelte der Jäger und schüttelte sich vor Kälte. »Hätte genauso gut zu Hause bleiben können, in meinem schönen warmen Bett! Hast du mir wenigstens ein Frühstück mitgebracht?«

Der Schäfer nickte und reichte ihm ein rundes, in Alufolie gewickeltes Paket und eine Thermoskanne.

»Einen warma LKW vom Steidinger. Der Sohn von unserm Ortsvorsteher hat die Metzgerei von seim Vater übernomma und macht den beschta Leberkäs' im ganza Schwarzwald«, sagte der Schäfer in bemühtem Hochdeutsch. Hartmut Schwaiker packte das Fleischkäsebrötchen begierig aus und biss hinein.

»Und wie lang willsch des no macha?«, fragte ihn der Schäfer. »I moin, nächtelang auf den Wolf warta?«

»Bis er kommt«, sagte der Jäger zwischen zwei Bissen und kaute.

»Aber meine Schaf' kommet heut in den Stall!«, betonte Johann Kerner.

»Wie besprochen«, stimmte Schwaiker schmatzend zu. »Bis auf zwei oder drei. Die brauch ich als Lockvögel. Am besten die Lämmer, die auch heute die ganze Nacht immer wieder nach ihrer Mutter geschrien haben.«

Er biss noch einmal herzhaft ab und fragte: »Wen hast du denn da noch im Auto?«

Er deutete auf den Vitara des Schäfers, wo sich auf dem Beifahrersitz die Silhouette eines Mannes abzeichnete.

»Den Role. Der hilft uns beim Treiben.«

»Der Gassner? Na, der Typ ist ja auch cool. Sein Kind ist tot, und der hat nichts Besseres zu tun, als Schafe in den Stall zu treiben und gestern Abend den Biologen zu erschrecken!«

Er lachte.

»Das ist halt seine Art, damit fertig zu werden. Der kann nicht bloß daheimsitzen und heulen.«

»Und warum steigt er jetzt nicht aus?«, wollte Schwaiker wissen.

»Er hat g'meint, er wartet, bis wir anfangen, bei dem Dreckwetter«, erklärte der Schäfer und winkte jetzt dem im Auto Wartenden zu. »Du hasch ja jetzt g'frühstückt, dann könnet mir ja!«, sagte er dabei zu dem Jäger.

Die Beifahrertür ging auf und Roland Gassner stieg langsam, fast schwerfällig aus. Er begrüßte Schwaiker mit einem stummen Nicken und murmelte nur:

»Geht's los?«

»Vielleicht schaffen wir's ja, bevor der angekündigte Regen kommt«, meinte Schwaiker. »Und dann würd ich mich gerne zwei Stunden hinhauen, vor der nächsten Nachtschicht.«

»Du willst das wirklich durchziehen, jede Nacht auf den Wolf warten?«, fragte Gassner jetzt und nahm einen Schluck von dem Kaffee, den ihm der Schäfer aus seiner Thermoskanne in einen Becher eingeschenkt hatte.

Schwaiker nickte. Es war nicht ungewöhnlich für ihn, nächtelang auf der Lauer zu liegen, wenn ihn erst einmal das Jagdfieber gepackt hatte.

»Und wenn der Biologe doch wieder auftaucht? Du weißt, dass die Jagd auf den Wolf illegal ist!«

Role grinste frech.

»Was ist heute schon legal! Vor diesem sogenannten Wolfsberater hab ich keine Angst. Aber ich glaub auch nicht, dass der sich nach der Abreibung gestern Abend hier noch mal blicken lässt! Und wenn, dann lassen wir ihn eben noch einmal barfuß durch den Schnee laufen!«

Auch Schwaiker grinste jetzt, dann lachten beide.

»Ich mach da nemme mit, des geht mir zu weit!«, sagte Schäfer Johann Kerner und schüttelte den Kopf.

»Jetzt komm, mach dir nicht in die Hose!«, spottete Hartmut Schwaiker. »Dem haben wir's doch ordentlich gegeben!«

»Der hätt glatt erfriera könna«, meinte der Schäfer lamentierend. »I mag so was net. Der macht doch ao bloß sein Job!«

»Aber nicht hier bei uns!«, widersprach der Jäger. »Der soll sich um die Wölfe in Sachsen kümmern, wo er herkommt! Woher will der denn wissen, wie's bei euch hier zugeht? Im Schwarzwald hat der Wolf nichts verloren, basta!«

Der Schäfer schüttelte trotzig den Kopf.

»Des isch mir gleich. Ich bin gegen G'walt. Und meine Schäfle werdet ao nemme lebendig! Des Land zahlt mir a Entschädigung. Und jetzt bringet mir meine Tierle in den Stall!«

»Genau«, stimmte Role Gassner zu. »Packen wir's an, ich möchte Katja nicht schon wieder den ganzen Tag allein lassen. Die ist ohnehin nur noch am Heulen.«

49

Kriminalkommissar Jens Bosch klopfte sich die Regentropfen von seiner Jacke, als er die Treppe zur Eingangstür im »Kreuz« emporstieg und durch die Schankstube den kleinen Saal betrat. Es herrschte schon geschäftiges Treiben und er sah mit Freude, dass die SOKO »Isegrim« offensichtlich gut aufgestellt war. Ein Dutzend Polizistinnen und Kriminalbeamte arbeiteten an diversen Laptops, telefonierten und standen gestikulierend in einer Dreiergruppe im Raum.

»Ganz schön was los hier«, kommentierte er, als er die Tür hinter sich schloss und einem der Beamten des Polizeipostens Bad Wildbad gegenüberstand.

»In der Tat. Wir bekommen jede Menge Hinweise aus der Bevölkerung. Mindestens zwei Dutzend Leute wollen den Wolf gesehen haben, und wir gehen jeder gemeldeten Sichtung nach«, sagte der junge Beamte mit den Schulterklappen eines Polizeiobermeisters.

»Irgendetwas Habhaftes dabei?«, fragte Jens Bosch.

Der Polizist schüttelte den Kopf.

»Bisher leider nicht. Hunde, ein Fuchs und ein gefälschtes Bild, das eindeutig aus einem Wildpark stammt. Ein Reh, das angeblich gerissen wurde, war in Wirklichkeit ein Wildunfall, wir konnten den Fahrer sogar schon ermitteln. Ein überfahrener ›Wolf‹ bei Enzklösterle hat sich als Dachs entpuppt.«

Jens Bosch grinste für den Bruchteil einer Sekunde, doch dann wurde sein Gesichtsausdruck auch schon wieder ernst.

»Wer kümmert sich um die Presse?«, fragte er.

»Die Kollegin dort drüben«, der Polizeiobermeister deutete auf eine junge Polizistin mit dunkelblondem Pferdeschwanz, deren Finger lautstark auf die Tastatur ihres Laptops einhämmerten.

»Wir müssen eine Personensuchmeldung rausgeben. Ein gewisser Harald Haag, zwei ›a‹. Leiblicher Vater von Luisa Gassner. Wohnt in Otterholz, ist seit ungefähr zwei bis drei Tagen spurlos verschwunden. Er war vermutlich die letzte Person, die Luisa vor ihrem Tod noch lebend gesehen hat.

Arbeitete bis zu seiner Kündigung in Pforzheim in einem Baumarkt, wir haben da schon nachgefragt. Die Kollegen sind an einer Personenbeschreibung, sobald die vorliegt, Meldung an alle: Zeitung, Fernsehen, Radio.«

»Und der Grund?«, fragte der Polizeiobermeister.

»Zeuge.«

»Nur Zeuge?«

»Ich erklär das gleich in der großen Runde. Können wir eine Teambesprechung machen, in – sagen wir mal – zehn Minuten?«

»Kein Problem. Ich geb's gleich weiter. Ach ...«, er zögerte, »... da ist noch was.«

»Ja?«

»Wir hatten ein vermisstes Kind, hier in Wintersbach. Einen Marc Auer. Seine Mutter hat gestern am späten Abend angerufen. Der Junge war offensichtlich allein in den Wald gegangen, sie hatte seine Spuren im Schnee gefunden.«

»Jetzt aber bitte nicht noch ein totes Kind!«, flehte Jens Bosch.

»Nein«, beruhigte ihn der Polizeiobermeister sofort. »Entwarnung. Die Kollegen haben ihn noch in der Nacht gefunden. Er war in einer selbst gebauten ›Hütte‹, einem Unterschlupf im Wald, eingeschlafen. Wäre nur unter Umständen erfroren, wenn heute Nacht nicht das Tauwetter eingesetzt hätte. Aber er ist wohlauf. Wollte nur, dass Sie auf dem Laufenden sind.«

Jens Bosch atmete auf.

»Hat sich der Biologe mal hier gemeldet, dieser Sachse?«, fragte er.

»Jaschke? Nein. Wir wollten ihn auch schon anrufen, aber per Handy ist er nicht erreichbar.«

»Hm, komisch«, sinnierte Bosch. »Versuchen Sie's bitte

weiter, ich muss ihn auch dringend sprechen. Haben wir sonst noch was?«

»Die Kollegen, die gestern draußen bei der Schafherde waren, haben festgestellt, dass der Zaun aufgeschnitten wurde. Der Wolf hatte offensichtlich ein Messer dabei«, flachste der Polizist.

»Aufgeschnitten?«, hakte Jens Bosch in ernstem Tonfall nach und dem Kollegen verging sein Grinsen. »Wer macht denn so was? Der Schäfer, um nach der Attacke schneller zu den Tieren zu kommen?«

»Nein. Die KTU hat die Spuren am Zaun untersucht. Die Kollegen sagen, dass der Zaun schon aufgeschnitten war, bevor die Tiere ausgebrochen sind. Die sind eindeutig drübergelaufen.«

Jens Bosch holte tief Luft.

»Der Wolf hatte offensichtlich ein Messer dabei …«, wiederholte er sinnierend. »Klingt in der Tat mysteriös. Ich ruf die KTU gleich mal an! Wie treffen uns in zehn Minuten!«

Sie nickten sich zu und Jens Bosch griff nach seinem Handy. Nach dem kurzen Gespräch ging er zu der Kollegin am Laptop, um mit ihr die Suche nach Harald Haag zu formulieren, während der Polizeiobermeister die übrigen SOKO-Mitarbeiter über die Teambesprechung informierte.

Zehn Minuten später saßen sie alle im Raum verteilt, auf Stühlen oder an Tische gelehnt, und richteten ihre Blicke gespannt auf den Leiter der SOKO »Isegrim«. Kriminalhauptkommissar Jens Bosch begann mit lobenden Worten für die bisherige Ermittlungsarbeit, berichtete kurz über seinen Besuch bei Katja Gassner, ließ aber die Begleitung durch die Journalistin Linda Roloff unerwähnt.

»Wir müssen uns um Folgendes kümmern«, erklärte er schließlich, »ein Zweierteam macht sich auf die Suche nach

Roland Gassner, dem Vater – oder besser gesagt: Stiefvater – des getöteten Mädchens. Wir müssen dringend mit ihm sprechen. Seine Frau meinte, er sei heute mit dem Schäfer unterwegs. Die wollen die Schafherde in einen Offenstall treiben. Wer kümmert sich?«

Ein Polizist hob den Arm und deutete noch auf eine weitere Kollegin. Jens Bosch nickte.

»Bitte befragen Sie auch gleich den Schäfer zu dem Zaun. Finden Sie heraus, ob er was mitbekommen hat. Ich trau ihm nicht zu, den Zaun selbst durchgeschnitten zu haben. Das heißt, ich fahr da nachher gleich mit raus zu seiner Weide, will mir das mal selbst ansehen.«

Jens Bosch sah auf seine Notizen.

»Punkt zwei. Bitte versuchen Sie, Martin Jaschke zu kontaktieren. Wir brauchen ihn dringend als Experten hier im Team. Er war in der vergangenen Nacht nicht zu Hause in Nagold und ist laut Meldung seines Handys derzeit nicht erreichbar. Vielleicht weiß jemand in seinem Institut oder bei der Forstlichen Versuchs- und Forschungsanstalt in Freiburg, wo er steckt. Wer hat Kapazität?«

Eine junge Polizistin mit kurzen schwarzen Haaren meldete sich.

»Danke«, sagte Jens Bosch, nickte ihr zu und fuhr fort: »Punkt drei. Wir fahnden nach einem gewissen Harald Haag. Er ist der leibliche Vater des getöteten Mädchens. Offiziell suchen wir ihn als Zeugen. Aber ich möchte, dass Sie alle wissen …«, der Kommissar machte eine Pause und fügte schließlich in unmissverständlichem Ton hinzu, »dass wir nach ihm als Tatverdächtigen fahnden!«

Er spürte, wie sich die Blicke der SOKO-Leute in ihn bohrten.

»Wie Sie wissen, haben die in der Pathologie Hämatome

an den Gliedmaßen und blaue Flecken am Körper des getöteten Mädchens gefunden. Diese stammen mit Sicherheit nicht vom Wolf! Aber es kommt noch besser!«

Jens Bosch holte tief Luft, bevor er, jedes einzelne Wort betonend, sagte:

»Das Mädchen mit seinen 14 Jahren war … schwanger!«

Einzelne Laute zeigten, dass diese Neuigkeit selbst bei den Profis der SOKO für Überraschung und Entsetzen sorgte. Damit hatte keiner gerechnet! Jens Bosch führte weiter aus:

»Egal, welche Rolle letzten Endes der Wolf beim Tod von Luisa Gassner spielt, wir können nicht ausschließen, dass das Kind, noch bevor es – wie auch immer – mit dem Wolf in Kontakt kam, einem Verbrechen zum Opfer fiel! Mehr können wir im Augenblick nicht sagen. Ich gehe aber davon aus, dass wir es herausfinden werden.

Ich möchte, dass diese Theorie noch hier unter uns bleibt. Falls es da draußen einen Menschen gibt, der dieses Kind auf dem Gewissen hat, soll er möglichst lange glauben, dass wir den Wolf für den Täter halten. Mindestens so lange, bis wir ihn in der Falle haben! Daher suchen wir Harald Haag nur als Zeugen und fahnden weiterhin nach diesem Wolf!«

Jens Bosch blickte in die Runde und erntete einstimmiges Nicken. Leises Murmeln erhob sich, die Nachricht hatte alle, die hier in der SOKO ermittelten, getroffen.

»Vielen Dank«, sagte er. »Wir werden diesen Fall aufklären! An die Arbeit!«

50

»Basko, was isch mit dir?«, fragte der Schäfer, als er den Berner Sennenhund aus dem Wagen gelassen hatte. Der Hund hatte zunächst seine Herde in Augenschein genommen und war dann aufgeregt zu seinem Herrchen gerannt, hatte leise gewinselt, war Richtung Wald gelaufen, und japsend und schwanzwedelnd kam er jetzt wieder auf den Schäfer zu.

»Bisch aufg'regt, weil dein Freund heut nicht dabei isch, gell?« Schäfer Johann Kerner streichelte dem Hund über das glänzende schwarze Fell, doch Basko blieb unruhig, rannte noch einmal zum Wald und blieb dort aufgeregt trippelnd stehen. Der Schäfer folgte ihm jetzt, da er ahnte, dass sein treuer Gefährte ihm etwas zeigen wollte.

»Geht glei los«, rief er den beiden Männern zu, die am Pferch auf ihn warteten, »der Basko hat irgendwas entdeckt!«

Der Schäfer schlug seinen Kragen hoch, um den nackten Hals gegen die Graupel zu schützen, die in den vergangenen Minuten zugenommen hatten. Als er bei den ersten Fichten angekommen war, blickte er in die Richtung, die sein Hund fixierte, und bemerkte sofort einen Farbton, der dort nicht hingehörte.

Das harte Schwarz passte nicht zu den Grün-, Braun- und Grautönen des winterlichen Waldes mit seinen Moosen, Baumstämmen und Flechten. Schon wollte er Gassner und Schwaiker herbeirufen, als er ein leises Rascheln hörte, dann bewegten sich Zweige und ein schwarzer Anorak glitt aus dem Tannendickicht.

»Joggele!«, stieß der Schäfer erleichtert hervor. »Was machsch'n du do?«

Eine schlanke und drahtige Gestalt bewegte sich zwischen den spitzen abgestorbenen unteren Zweigen der Fichten, die wie Pfeile aus den Stämmen ragten. Die Konkurrenten der einst im Schwarzwald heimischen Weißtanne standen hier in dichten Reihen, Baum an Baum, die unteren Reihen ihrer Zweige kahl oder abgebrochen und erst in den oberen Etagen reckten sich die grünen Nadeläste zu einem dichten Dach ineinander.

Der schwarze Anorak hing wie ein nasser Sack an dem schlaksigen Körper, wirr standen die Haare in alle Richtungen ab, gebändigt von einer in die Stirn geschobenen Skimaske. Die Jeans war schmutzig und hatte dunkle Flecken vom Knien und Sitzen auf dem vom Schnee durchnässten Waldboden, wo der Mann offensichtlich gekauert hatte.

Große Augen starrten den Schäfer an und bekamen etwas Leuchtendes, als Basko mit freundlichem Bellen auf den jungen Mann zuhechtete und ihn übermütig begrüßte.

Sofort ging Jakob Sommerhalder in die Knie, auf Augenhöhe mit dem Hund, tätschelte sein Fell, kraulte ihn hinter den Ohren und ließ sich ohne Ekel von ihm Hände und Gesicht abschlecken.

Schwaiker und Gassner kamen nun ebenfalls herbei und starrten auf die Gestalt, die sich wild und ungestüm mit dem Hund abgab.

»Das ist doch der Hiwi aus deinem Laden!«, stieß der Jäger, an Gassner gewandt, hervor und der nickte.

»Ja, der Sommerhalder! Komisch, dass der heute nicht arbeitet …«

»Was macht denn der um diese Zeit im Wald?«, fragte der Jäger, ohne wirklich eine Antwort zu erwarten. »Ob der uns beobachtet hat?«

»Hallo, Jakob«, rief Gassner jetzt. »Nicht bei der Arbeit? Hast du frei heute?«

Der Angesprochene stand auf und kam, begleitet vom Hund des Schäfers, auf die Männer zu. Er wirkte verunsichert, wie ein Kind, das man bei einem verbotenen Spiel erwischt hatte. Tatsächlich hatte er sich weder krankgemeldet noch hatte er Urlaub genommen und war jetzt einem Kollegen über den Weg gelaufen.

Roland Gassner arbeitete zwar in einer anderen Abteilung des großen Baumarkts, doch Jakob Sommerhalder fand es schon ziemlich doof, ihm hier zu begegnen. Außerdem drückte ihn sein schlechtes Gewissen wegen des aufgeschnittenen Zauns.

War es jetzt seine Schuld, dass der Wolf hier eingedrungen war und so viele Schafe gerissen hatte, wie er im Radio gehört hatte? Die Neugier hatte ihn hergetrieben, dann hatte er den schwarzen Crosser des Jägers gesehen. Joggele hasste den Mann, denn er wusste, dass er schon unzählige Tiere getötet hatte. Sicher hatte er es jetzt auf den Wolf abgesehen und sich deshalb hier auf die Lauer gelegt. Joggele war ja nicht dumm, ihm machte man so leicht nichts vor.

Und die anderen beiden? Der Schäfer wollte seine Herde beschützen, auch Joggele taten die toten Schafe leid. Aber was machte der Gassner hier? Der musste doch auch ins Geschäft? Arbeitete im Zuschnitt, in der Holzabteilung. Ein grober Kerl, ungehobelt, laut und unfreundlich. Joggele mochte ihn nicht und ging ihm im Baumarkt aus dem Weg. Jetzt stand er keine zwei Meter vor ihm und schnauzte ihn an:

»Ob du frei hast, hab ich dich gefragt!«, blaffte er.

Joggele nickte unsicher und blickte nervös zwischen dem Jäger und dem Schäfer hin und her.

»Was machst du hier bei den Schafen?«, fragte Schäfer Johann, und noch bevor er antworten konnte, hakte der Jäger nach:

»Hast du uns belauscht?«

»Was hast du denn da in der Hand?«, fragte Gassner, trat auf ihn zu und entriss ihm das Schweizer Messer, das er krampfhaft in seiner Faust zu verstecken versuchte.

Gassner, Schwaiker und der Schäfer sahen sich an.

Der Jäger nahm das Multifunktionswerkzeug und klappte die lange Klinge heraus.

»Warst du auch in den letzten Tagen schon mal hier?«, fragte er lauernd.

Der Junge schüttelte hastig den Kopf.

»Du warst hier, stimmt's?«, bohrte der Jäger nach. »Jemand hat nämlich den Zaun durchgeschnitten. Wir haben uns die ganze Zeit schon gefragt, wer das wohl war …« Er machte eine Pause und betrachtete das Messer.

»Und schau mal, hier …«, er zog eine drahtige grüne Faser aus dem Schaft des Taschenmessers, die sich dort, wo die Klinge im Griff verankert war, verfangen hatte.

»Ich möchte wetten, die stammt aus dem grünen Zaungewebe! Die Polizei kann das ganz sicher herausfinden.«

Er ließ die Klinge zurückschnappen und hielt die grüne Faser so zwischen zwei Fingern, dass das Messer daran baumelte.

»Keine Polizei, keine Polizei!«, stammelte Joggele jetzt aufgeregt und starrte den Jäger mit vor Angst weit aufgerissenen Augen an. »Keine Polizei, bitte, keine!«

»Also warst du's?«

Joggele zögerte und nickte schließlich stumm.

»Dann wissen wir jetzt wenigstens das«, kommentierte der Jäger und steckte Joggeles Schweizer Messer ein.

»Komm, lass ihn«, sagte der Schäfer. »Der weiß doch nicht, was er tut! Der hat schon öfters solchen Blödsinn gemacht und irgendwo Tiere befreit. Wir wissen doch alle, dass der nicht ganz richtig ist im Kopf.«

»Aber wenn er was aufgeschnappt hat?«, warf Role Gassner ein.

»Und wenn schon?«, gab der Jäger zurück. »Wer soll dem schon was glauben. Hast du irgendwas gehört von dem, was wir gesprochen haben?«, fuhr er Joggele jetzt an.

Der schüttelte den Kopf, etwas zu hastig, wie Gassner es empfand, und stammelte ein undeutliches Nein.

»Dann verschwinde jetzt!«, befahl Schwaiker. »Wir können dich hier nicht brauchen!«

Joggele nickte und blieb noch einen Augenblick stehen, als warte er auf etwas.

»Was ist noch?«, fragte Gassner genervt. »Hau ab. Ich sag deinem Chef schon nichts.«

Joggeles Mundwinkel zuckten.

»Und mein Messer?«, fragte er stammelnd.

»Das bleibt hier«, erklärte der Jäger. »Damit du nicht noch einmal einen Blödsinn damit machst!«

Plötzlich schlug der Hund an und die Männer fuhren herum. Dann hörten auch sie das Motorengeräusch und sahen das Polizeifahrzeug, das den geschotterten Weg entlangfuhr.

»Kein Wort zu den Bullen, du hältst einfach die Klappe, verstanden?«, zischte der Jäger noch in Joggeles Richtung, als der Passat auch schon vor ihnen hielt und sich die Beifahrertür öffnete.

51

»Bisschen mager, dein ›Pro-Wolf-Beitrag‹ heute im Morgenmagazin, Frau Roloff«, bemerkte Heiko Büsgens, als Linda an seinem Schreibtisch im Großraumbüro vorbeikam, und seine Stimme hatte wieder genau jenen charmant-fiesen Tonfall, den sie an Schauspieler Christoph Walz in seinen Schurkenrollen so liebte.

Bei Heiko Büsgens erzeugte er in ihr allerdings eine gewisse Aggression und sie musste sich auf die Zunge beißen, um nicht einfach zurückzugiften. Schon wollte sie, ohne zu reagieren, an seinem Platz vorbeihuschen, als sie es sich anders überlegte. Sie konnte Heikos Art zwar nicht ausstehen, aber er war ein findiger Journalist und in seinen Recherchen den anderen immer eine Nasenlänge voraus. Daher blieb sie stehen und sagte trocken:

»Was soll ich machen, wenn mein Hauptinformant abspringt und nicht zum Interview erscheint?«

Heiko erhob sich und stand interessiert auf. Er mochte, wie auch sie, die Atmosphäre des großen Raums ohne Trennwände und Intimität nicht besonders und arbeitete lieber in seinem kleinen Büro unten in der Redaktion.

»Dein Hauptinformant? Dieser sächsische Wolfsfreund? Na, der hätt's sicher rausgerissen!«

Seine Häme war, obwohl er leise sprach, deutlich zu hören, und Linda war sich sicher, dass die Kollegen an den umliegenden Tischen die Ohren spitzten, wenn auch keiner von ihnen aufsah.

»Kann schon sein«, antwortete sie. »Er hat jedenfalls ordentlich Erfahrung mit Wölfen und gestern einige wertvolle Spuren entdeckt.«

»Dann ist er sicher schon wieder im Wald und streichelt den lieben Wolf, anstatt dir ein Interview zu geben.«

»Trotzdem komisch. Wir waren um sieben verabredet, seither erreiche ich ihn nicht, weder am Telefon noch per Whatsapp.«

Sie blickte zu den roten Ziffern der digitalen Uhr über dem Sendekomplex, in dem gerade die Regionalnachrichten liefen. Halb zehn.

»Na, da mach dir mal keine Sorgen«, kommentierte Heiko Büsgens und grinste sie überlegen an. »In meinem Beitrag gegen den Wolf kommt er dafür vor! Kannst es dir ja im Mittagsmagazin anhören.«

»Du hast einen O-Ton von ihm?«, fragte sie ungläubig. Das hätte Martin Jaschke ihr doch gesagt!

»Nein, keinen O-Ton«, korrigierte sie Heiko Büsgens, und seine Stimme wurde leiser, »aber eine topaktuelle Info.«

Er ging jetzt wirklich zu einem geheimnisvollen Flüstern über und zog Linda in die Nische hinter seinem Schreibtisch. Mit einer Stimme, die jedem Fiesling in einem Hitchcock-Thriller Ehre gemacht hätte, raunte er:

»Er wurde in der letzten Nacht überfallen. Man wollte ihn wohl einschüchtern. Wahrscheinlich traut er sich jetzt nicht mehr in den Wald, und noch weniger, was zu sagen …«

Linda starrte ihn sprachlos an.

»Und woher weißt du das?«, fragte sie schließlich und hatte Mühe, nicht ihre Beherrschung zu verlieren.

»Profirecherche«, sagte er nur und grinste.

»Ein Überfall? Was ist ihm passiert?«

»Nichts weiter. Hat wohl ein bisschen gefroren und es mit der Angst zu tun gekriegt.«

»Aber das muss in die News! Gibt es eine Anzeige, eine Pressemeldung?«

Büsgens schüttelte den Kopf. »Die Polizei weiß nichts davon. Das ist ja das Exklusive an meinen Recherchen.«

»Aber das musst du melden! Wenn er wirklich überfallen wurde, ist das eine Straftat!«

»Kann ich ja machen«, beruhigte er sie, »aber erst, nachdem mein Beitrag lief!«

»Und woher hast du deine Info?«, fragte sie.

»Informantenschutz«, sagte er trocken. »Aber die Info ist wasserdicht und die Quelle sauber. Hat mir einer gesteckt, der dabei war. Gegen ein kleines Honorar natürlich. Du musst investieren, wenn du gut sein willst.«

Genau das war es, was sie an Heiko Büsgens hasste. Seine Überheblichkeit und den Egoismus, mit dem er über Leichen ging. Sie ließ ihn stehen und zog sich in ihren Redaktionsraum zurück.

Ihre Kollegin Babs hatte heute Nachrichtendienst und Linda hatte das Büro für sich. Sie schloss die Tür und nahm an ihrem Schreibtisch Platz, um in Ruhe zu telefonieren. Zuerst versuchte sie es noch einmal bei Martin Jaschke. Doch sein Handy blieb tot und zu Hause lief der AB.

Sie hinterließ eine Sprachnachricht mit der dringenden Bitte um Rückruf und rief bei Babs in der Nachrichtenredaktion an. Die beiden Kolleginnen kannten sich seit Jahren und waren auch privat befreundet.

»Wenn es Neuigkeiten zum Wolf im Schwarzwald gibt oder irgendetwas, was damit zu tun hat, lässt du es mich bitte wissen?«, bat sie ihre Freundin.

»Kein Problem«, antwortete Babs in ihrer gewohnt lässigen, zuvorkommenden Art. »Irgendwann kommt dieser Alwin Lautenbach-Mewes zum Interview.«

»Der Landtagsabgeordnete?«

»Ja. Der kommt wohl aus dem Enzkreis und kennt die Gegebenheiten vor Ort ...«

»... und ist sicher ganz genau der Richtige, um Stellung zum Wolf zu nehmen«, unterbrach Linda ihre Freundin und verdrehte die Augen. »Hauptsache, die Politik kommt zu Wort! Wem ist das denn eingefallen?«, fragte sie Babs.

»Büsgens«, antwortete ihre Kollegin.

»Na prima. Das hätt ich mir ja denken können. Anstatt mit den direkt Betroffenen zu reden, darf der Herr Landtagsabgeordnete hohle Phrasen dreschen und einen auf Wahlkampf machen. Dass nenn ich professionellen Journalismus!«

»Jetzt beruhige dich«, sagte Babs, »du weißt doch, wie's läuft! Büsgens will die Karriereleiter nach oben, da ist ihm jedes Mittel recht. Aber ich hab deinen Beitrag heute Morgen gehört. Der war wirklich gut recherchiert. Du musst einen Informanten bei der Polizei haben«, scherzte sie.

»Könnte man in der Tat so sagen«, erwiderte Linda schmunzelnd. »Wobei mir Martin Jaschke leider abgesprungen ist. Falls dir der Name unterkommt, der Wolfsberater, ich versuche seit heute früh vergeblich, ihn zu erreichen.«

»Okay«, sagte Babs und die Fröhlichkeit in ihrer Stimme war verschwunden, als sie fortfuhr: »Hoffentlich ist er nicht der Mann, den die Polizei vermisst.«

»Habt ihr 'ne Suchmeldung?«

»Ja, ist angekündigt. Soll ab zwölf Uhr halbstündlich in den Regionalnachrichten laufen. Ein Mann, der im Zusammenhang mit dem toten Mädchen gesucht wird. Hab die Meldung noch nicht vorliegen, aber ich geb dir Bescheid.«

»Bist ein Schatz. Merci!«

Linda legte auf und wählte verzweifelt die Nummer von Jens Bosch.

»Bitte geh ran«, flüsterte sie, »bitte, bitte, geh schon ran!«

»Hallo, hier Jens Bosch …«

Ihre Erleichterung, als sie seine Stimme hörte, verschwand, als ihr klar wurde, dass es die von ihm aufgezeichnete Ansage der Mailbox war.

52

Kriminalhauptkommissar Jens Bosch blickte in die Runde. Er drückte den Anruf auf seinem Smartphone weg, ohne auf das Display zu sehen.

Zwei der Männer, die am Schafspferch standen, kannte er. Hartmut Schwaiker und Johann Kerner hatten gestern durch ihren provokanten Auftritt die Pressekonferenz massiv gestört. Er hatte danach ihre Personalien aufnehmen und ihre Aussagen protokollieren lassen.

Noch stand nicht fest, ob es einen Zusammenhang zwischen den gerissenen Schafen und dem getöteten Mädchen gab, doch als Bosch den Mann ansah, der direkt neben Kerner und Schwaiker stand, sagte ihm sein Bauchgefühl, dass dies der Stiefvater von Luisa sein musste, von dem seine Frau gesagt hatte, er sei wohl mit dem Schäfer unterwegs.

Er trat auf den kräftigen, unrasierten Mittdreißiger zu und blickte ihm direkt in die Augen.

»Roland Gassner, nehme ich an?«, fragte er.

Der Angesprochene nickte stumm.

»Jens Bosch, Kriminalkommissariat Calw. Ich leite die Sonderkommission. Es tut mir leid, was mit Ihrer Tochter geschehen ist.«

Jens Bosch streckte Role Gassner die Hand entgegen, doch dieser reagierte nicht.

»Es wundert mich ein wenig, dass Sie hier auf der Weide sind und nicht zu Hause, bei Ihrer Frau. Ich war heute Morgen schon bei ihr. Es geht ihr nicht gerade gut.«

»Und wie's mir geht, interessiert keine Sau!«, fuhr ihn Gassner an. »Ich hab die ganze Nacht nicht geschlafen, mich gequält, weil ich zugelassen habe, dass Luisa wieder bei ihrem Vater war. Und das Schwein lässt sie in der Nacht allein durch den Wald laufen! Was glauben Sie denn, wie ich mich fühle!«

»Ich kann Sie verstehen«, sagte Jens Bosch leise.

»Nein, können Sie nicht!«, schrie Gassner. »Sie können überhaupt nichts verstehen! Sonderkommission! Dass ich nicht lache! Wozu brauchen wir eine Sonderkommission? Da ist ein Wolf und bringt Menschen um. Durchkämmen Sie den Wald, machen Sie eine Treibjagd, schießen Sie das Miststück ab! Das sollten Sie tun, anstatt hier hohle Sprüche abzusondern. Sicher geht's meiner Frau scheiße! Immerhin war sie es, die Luisa immer wieder zu diesem Drecksack geschickt hat! Und jetzt ist Luisa tot!«

Roland Gassners Stimme erstarb in einem hemmungslosen Schluchzen. Er hatte sich ausgekotzt, seinen Hals geleert, all das herausgelassen, was seit Tagen in ihm genagt hatte, und Jens Bosch hatte Verständnis dafür.

Seiner Frau hatte er das nicht sagen können, also war er geflüchtet. Hinaus, hierher, in den Wald, den Ort, wo Luisa den Tod gefunden hatte, hinaus, um dem Schäfer zu helfen, um etwas zu tun, etwas Sinnvolles, etwas, was ihn ablenkte. Wenn er schon den Wolf nicht töten konnte.

Obwohl er Mitleid mit ihm hatte, ließ der Kommissar Roland Gassner keine Zeit, seinen Schmerz auszuheulen. Er musste die Schwäche des Mannes, dessen Vorstrafenregister er inzwischen kannte, ausnützen und fragte unvermittelt und scharf:

»Was wissen Sie über den Verbleib von Harald Haag?«

Gassners Schluchzen erstarb und er sah den Kommissar hasserfüllt an.

»Haag? Was soll ich schon wissen? Gar nichts weiß ich, überhaupt nichts!«, fuhr er auf.

»Ihre Frau sagte aber, Sie hätten ihn aufgesucht, um ihn nach Luisa zu fragen.«

Eine Sekunde Stille.

»Ja, ich war da«, sagte der Mann schließlich kleinlaut. »Aber er war nicht zu Hause.«

»Das werden wir überprüfen«, entgegnete der Kommissar. »Wir werden ihn finden, und dann hoffe ich für Sie, dass Sie die Wahrheit gesagt haben!«

Role Gassner starrte ihn an. Dann holte er tief Luft und gab schließlich zu:

»Also gut, ich war bei ihm. Aber er konnte mir nicht helfen. Sagte nur, dass Luisa von ihm aus nach Hause gegangen war.«

»Und wie haben Sie darauf reagiert?«, hakte Bosch nach.

Gassner zuckte die Schultern.

»Sind Sie massiv geworden?«, bohrte er.

Gassner nickte.

»Wir hatten … eine kleine Auseinandersetzung.«

»Sie haben ihn geschlagen?«

»Ja.«

»Wie sehr?«

»Na ja, vielleicht hab ich ihn ein bisschen grob angefasst. Aber das Schwein hat's nicht anders verdient!«, rief er aufbrausend.

»Ich möchte, dass Sie nachher mitkommen. Sie müssen eine Aussage machen. Laufen Sie nicht weg.«

Der Kommissar nickte den beiden Uniformierten zu, die inzwischen ausgestiegen waren. Die Beamtin und ihr Kollege traten einen Schritt auf Gassner zu, hielten aber immer noch Abstand. Beim geringsten Fluchtversuch würden sie ihn schnappen, das wusste Bosch, und Gassner schien es zu ahnen.

»Aber – ich muss dem Schäfer helfen …«, wandte Gassner ein.

»Das können Sie danach. Ich nehme Sie ja nicht fest. Aber wenn Sie verschwinden, bevor Harald Haag aufgetaucht ist, werden wir nach Ihnen fahnden, haben wir uns verstanden?«

Role Gassner nickte.

»Und wer sind Sie?«, fragte der Kommissar jetzt Joggele Sommerhalder, der noch immer verstört und stumm abseits der anderen stand.

»Der tauchte heute Morgen plötzlich hier auf, Herr Kommissar«, antwortete Schwaiker, noch bevor der Angesprochene etwas sagen konnte.

Jens Bosch warf dem Jäger einen Blick zu, der ihn zum Schweigen verdonnerte, und wandte sich an den verschüchtert wirkenden jungen Mann, der sich nervös an den Armen kratzte und auf seinen Lippen kaute. Scheue Augen blickten ihn an und der Kommissar spürte, dass er hier behutsam vorgehen musste.

»Sie müssen keine Angst vor der Polizei haben, Sie haben ja nichts Verbotenes getan«, sagte er vorsichtig. »Trotzdem möchte ich wissen, wer Sie sind.«

»Joggele. Richtig heiße ich Jakob. Jakob Sommerhalder.«

»Schön, Herr Sommerhalder. Und Sie helfen auch dem Schäfer, die Tiere in den Stall zu treiben?«

Joggele schüttelte den Kopf.

»So einen könnt ich grad no braucha«, warf der Schäfer ein. »Der tät mir die Schaf' höchstens in den Wald scheucha!«

»Dorfdepp …«, kommentierte der Jäger und erntete einen zweiten bösen Blick von Bosch.

»Herr Schwaiker«, sagte der Kommissar und fasste die beiden Männer scharf ins Auge, »noch einen solchen Kommentar und ich lasse Sie wegen Behinderungen der Ermittlungen festnehmen, haben wir uns verstanden?«

»Er hat den Zaun durchgeschnitten!«, entfuhr es dem Schäfer. »Fragen Sie ihn selbst!«

Jens Bosch runzelte die Stirn und wandte sich wieder Joggele zu.

»Stimmt das?«

Joggele nickte.

»Und warum haben Sie das getan?« Bosch versuchte, möglichst unbefangen und freundlich zu klingen.

»Ich wollt sie doch bloß freilassen«, flüsterte Joggele. »Ich wusste ja nicht, dass der Wolf kommt …«

»Schon gut«, sagte der Kommissar. »Das klären wir noch. Waren Sie denn allein?«

Joggele nickte. »Ich bin immer allein im Wald«, sagte er.

»Wann haben Sie denn den Zaun durchgeschnitten?«

»Vorgestern Abend. Ich wollt's ja schon am Sonntag, aber da kam jemand.«

Jens Bosch horchte auf.

»Am Sonntag? Am Abend?«

Joggele nickte.

»Sie waren am Sonntagabend im Wald?«

Der Zeitpunkt, zu dem Luisa vermisst wurde!

»Und wer kam?«, fragte der Kommissar mit Dringlichkeit in der Stimme.

Joggele zuckte die Schultern.

»Kann mich nicht erinnern«, sagte er, leise, fast unhörbar.

Jens Bosch holte Luft und blickte in die Runde. Auch die anderen Männer hatten angespannt zugehört.

»Macht nichts«, sagte der Kommissar. »Ist nicht weiter wichtig. Meine Kollegin schreibt nur noch Ihre Adresse auf und dann können Sie gehen.«

Er wandte sich den anderen Männern zu.

»Sie beide können sich jetzt um die Schafe kümmern«, erklärte er. »Herr Gassner kommt noch kurz mit ins ›Kreuz‹, dann bringen wir ihn wieder her.«

Schwaiker und der Schäfer Johann gingen auf den Pferch zu, um ihn für die Herde zu öffnen. Gassner folgte der Geste der Polizistin und nahm im Streifenwagen Platz. Kriminalhauptkommissar Jens Bosch ließ sich auf den Beifahrersitz fallen und blickte noch einmal hinüber zu Jakob Sommerhalder.

Der Junge wusste etwas, das hatte er im Gefühl. Doch mit der Polizei würde der Joggele nicht darüber sprechen, das war ihm klar. Der Kommissar musste einen Weg finden, Joggeles Vertrauen zu erlangen. Vielleicht, dachte er, muss ich mal wieder zu ungewöhnlichen Mitteln greifen …

53

Nachdem sie Jens Bosch nicht erreicht hatte, setzte sich Linda ins Auto und fuhr in den Schwarzwald. Der Kommissar beendete gerade ein Telefongespräch, als sie in der Zentrale der SOKO »Isegrim« eintraf. Linda kam sofort zum Grund ihres Besuchs:

»Hast du was von Martin Jaschke gehört?«

»Nein«, sagte er, »wir warten auch auf seinen Rückruf. Keine Ahnung, wo er steckt.«

»Dann ist er nicht der Mann, nach dem ihr sucht?«

»Die Personenfahndung? Läuft die schon bei euch?«

»Im Mittagsmagazin, und dann halbstündlich. Es ist nicht Jaschke, oder?«

In Lindas Stimme klang ehrliche Besorgnis, doch Jens Bosch beruhigte sie:

»Nein, wie kommst du denn darauf?«

»Na ja, er sollte heute früh zu einem Interview in den Sender kommen und ich kann ihn nirgends erreichen. Ein Kollege hat herausgefunden, dass er gestern Nacht wohl eingeschüchtert und bedroht wurde. Er spricht in seinem Beitrag von einem ›nächtlichen Überfall im Wald‹.«

»Ach«, sagte der Kommissar verwundert, »und woher stammt diese Information?«

»Das will Büsgens nicht sagen. Er beruft sich auf den Informantenschutz.«

»Büsgens? Ist das nicht dieser Besserwisser-Typ, der gestern bei der Pressekonferenz diese klugen Fragen gestellt hat?«, hakte Bosch nach.

»Genau der. Einer meiner Lieblinge in der Redaktion. Ein totales Arschloch, wenn du mich fragst.«

Linda machte eine kurze Pause und fragte dann:

»Wen sucht ihr denn? Jemanden wegen des Wolfsfalls?«

»Ja. Den leiblichen Vater des toten Mädchens. Harald Haag. Er ist spurlos verschwunden.«

»Und er ist mehr als ein Zeuge …?«, vermutete Linda.

Jens Bosch bejahte, erklärte ihr aber, dass er sie nicht über die Zusammenhänge informieren dürfe.

»Noch nicht«, sagte er. »Aber du bist wie immer die Erste, die es erfährt, wenn es Neuigkeiten gibt.«

Er wechselte behutsam das Thema:

»Sagt dir der Name Jakob Sommerhalder etwas?«

Linda verneinte.

»Man nennt ihn wohl Joggele. Ein seltsamer Vogel, Eigenbrötler, Anfang 20 vielleicht. Hab ihn heute Morgen im Wald getroffen, hat den Schäfer und diesen Großwildjäger – Schwaiker – am Schafspferch beobachtet, statt zur Arbeit zu gehen. Scheint ein ziemlich großer Tierfreund zu sein. Wollte zumindest die Schafe befreien und hat dadurch den Wolfsriss erst ermöglicht.«

»Ein Aktivist?«, hakte Linda nach.

»Nein, ich glaube, nicht. Eher die harmlose Sorte. Mitläufer vielleicht, aber er organisiert ganz sicher nicht die Demo vor einem Zirkus oder kettet sich an einen Viehtransport zum Schlachthof. Schwaiker nannte ihn ›Dorfdepp‹.«

»Und warum erzählst du mir das so ausführlich?«, fragte Linda, die Lunte roch und Boschs Absicht ahnte. »Hatte der Junge vielleicht Angst vor dir?«

»Richtig geraten«, gab Jens Bosch zu. »Er ist sofort in Deckung gegangen, als ich ihn wegen der Schafe befragen wollte. Das Seltsame ist nämlich, dass er schon am Sonntagabend zu den Schafen wollte, dabei aber wohl gestört wurde.«

»Heißt das, er war an dem Abend im Wald, als das Mädchen ums Leben kam?«, kombinierte Linda.

»Ganz richtig. Aber er will sich an nichts erinnern.«

Jens Bosch zögerte und Linda ahnte, worum er sie nun bitten würde. Um es ihm leichter zu machen, fragte sie:

»Und wie kann ich dir dabei helfen?«

»Dieser Joggele ist so ein Typ, dem es sicher guttäte, mal jemand Besonderes zu sein, wenn du weißt, was ich meine. Ich glaube, der würde für Tiere alles tun, bekommt aber nie eine Anerkennung dafür, weil das, was er tut, meistens nicht ganz legal ist. Und Tiere können nun mal nicht Danke sagen …«

»Würde er sich denn freuen, mal im Radio zu kommen?«, fragte Linda vorsichtig. Jens Bosch grinste.

»Ja, vielleicht. Zumindest würde er dann vielleicht etwas erzählen. Er müsste mal raus aus seiner Anonymität.«

»Und du meinst, ich soll ihn ›knacken‹?«

»›Knacken‹ ist vielleicht nicht das richtige Wort. Aber wenn er von sich erzählen darf, ohne dass er mit Konsequenzen rechnen muss, taut er vielleicht auf.«

»Ich soll ihm also ein Radiointerview vorgaukeln und dabei versuchen herauszufinden, was er am Sonntagabend beobachtet hat?«

»Vielleicht musst du ihm ja gar nichts vorgaukeln. Falls er wirklich was gesehen hat, hättest du O-Töne aus erster Hand und noch dazu legal!«

Linda grinste.

»Wusste gar nicht, dass du ein solches Schlitzohr bist, Kriminalhauptkommissar Jens Bosch!«

»Wenn wir ihn hier vernehmen, blockt er ab, da bin ich mir sicher.«

»Und wenn er im Radio erzählen darf, taut er auf …«, ergänzte Linda.

»So in der Art. Einen Versuch wäre es zumindest wert, meinst du nicht?«

»Ich seh mal, was ich machen kann. Wo finde ich diesen *Joggele*?«

»Er arbeitet in einem Baumarkt oder so, in Pforzheim. Das krieg ich noch raus. Linda …?« Er zögerte.

»Ja?«

Er holte hörbar tief Luft.

»Ich hab da noch eine andere Bitte …«

»Ja?«

»Dieser Regen …«, begann er. »Und der Temperaturanstieg …der Schnee schmilzt mit erstaunlicher Geschwindigkeit. Es wird immer schwieriger, noch Spuren zu entdecken, und wir müssen diesen Wolf finden. Ich hoffe, dass Jaschke noch eine Idee hat, aber wer weiß, wann der wieder aufkreuzt …«

Linda ahnte auch diesmal, worauf Jens Bosch hinauswollte, doch diesmal schwieg sie.

»Wir haben bei uns Spezialisten für alles, die finden dir raus, wie alt Fliegeneier in einem Kadaver sind und welche von tausend Käferarten als Larve in einer Leiche lebt, aber wir brauchen jemanden, der eine Wolfsfährte im Wald finden kann! Einen, der sich mit Spurenlesen auskennt.«

Linda sagte noch immer kein Wort, doch vor ihrem geistigen Auge war längst ein Gesicht aufgetaucht, ein Gesicht, dessen Augen im Schatten einer Legionärsmütze lagen und zwischen dessen Bartstoppeln die Sonne kleine Schatten zauberte.

»Ach, jetzt mach es mir doch nicht so schwer«, flehte

Bosch ungeduldig, »du weißt doch genau, worauf ich hinauswill!«

»Nö«, sagte sie gespielt ahnungslos und unterdrückte ein Grinsen. Es bereitete ihr heimlich Spaß, den sympathischen Kommissar zappeln zu lassen, denn es schien ihm sichtbar peinlich, sie um die Hilfe ihres Freundes zu bitten.

Jens Bosch verdrehte die Augen und holte Luft.

»Natürlich weißt du das! Ich denke an deinen Typen in Afrika.«

»Alan?«, fragte sie und gab sich überrascht. Doch dann wurde ihr unterdrücktes Grinsen zu einem breiten Lächeln und sie strahlte ihn an. »Warum sagst du das nicht gleich?«

Jetzt lachten sie beide.

»Na ja«, meinte Jens, »meinst du, es fällt mir leicht, eine Frau wie dich ausgerechnet um die Hilfe ihres Freundes zu bitten?«

Sie sahen sich in die Augen, einen Moment zu lange vielleicht, dann lachten beide.

54

Alan Scott hatte im Freien geschlafen und war schon vor Sonnenaufgang aufgestanden. Am Morgen nach der kalten Nacht zeigte sich der Himmel über der Farm wolkenfrei, es würde ein heißer Tag werden. Er holte sich in der Küche eine Tasse Kaffee und trat wieder ins Freie.

Soweit sein Blick reichte, war es sein Land, fast 12.000 Hektar Busch, Weiden und Savanne in der Wildnis Namibias. Alan Scott war stolzer Besitzer der alten Südwester Farm »Ojumamuya«, nachdem er sich bereit erklärt hatte, den heruntergekommenen Betrieb seiner Tante und seines damals gerade verstorbenen Onkels weiterzuführen. Mary Rust hatte ihm die Farm mit allen Ländereien überschrieben, die einzige Bedingung der alten Farmersfrau war lebenslanges Wohnrecht in einem der Nebengebäude gewesen. Vor zwei Jahren war nun auch Tante Mary gestorben und seither lebte Alan Scott allein hier, bis auf die einheimischen Arbeiter mit ihren Familien, die zum Teil schon sein Onkel auf der Farm angesiedelt hatte.

Alan Scott hatte sich schon bei seinem ersten Besuch in die Farm verliebt. Im Garten mit seiner gemütlichen Sitzecke, dem ungeheizten Swimmingpool und den alten Bäumen hatte ihn seine Tante mit Kaffee und Kuchen empfangen, während um sie herum Hühner gescharrt hatten und Mary Rusts Liebling, ein prächtiger Pfau, lauthals miauend umherstolziert war.

Er stellte die leere Kaffeetasse auf dem Verandatisch ab und folgte dem schmalen Fußpfad, den er als Trail über das Farmgelände für seine Gäste angelegt hatte.

Der Anblick seines Landes raubte ihm den Atem, wilde Schluchten, trockene Flusstäler, graue Steinplatten und Geröllfelder, enge Wege zwischen Klippen und Felstürmen rechts und links des Pads. Eine Gegend für Puffottern. Eine einsame Oryx, die sich im Tal bei einigen Naraststräuchern zur Rast niedergelegt hatte, ließ sich von dem einsamen Wanderer nicht aus der Ruhe bringen. Falken kreisten am Himmel, kleine blaue Käfer huschten über den Boden, schwarzgelbe Webervögel nisteten in den Kameldornbäumen.

Er folgte dem Pfad bergab durch Mopanebusch, über holprige Steinpisten an grünen Rieseneuphorbien vorbei ins Niemandsland hinein. Eine Landschaft wie aus einem Zeichentrickfilm der Walt-Disney-Studios: Tafelberge, von denen sich einer vor den anderen schob, sich in den Farben von blassen Blautönen bis zu reifem Rot steigernd, Felsmonumente wie im amerikanischen Westen, schroffe Monolithen, oben wie von Riesenhand abgesägt, mit großen Quadern und Felskugeln an den Abhängen, dazwischen mannshohe silberglänzende Graspolster, wie weiße Tupfen da und dort die schneefarbenen Ziegen seiner Farmarbeiter, daneben – elegant verharrend am Rand des Pads – die großäugigen Springböcke. Für sie und ihre Artgenossen wie Wasserbock, Impala, Oryx und großer Kudu würde er »Ojumamuya« neu gestalten.

Auf dem Weg zurück zum Farmgebäude machte er noch einen Abstecher zum Stausee. Helmperlhühner und graue Tokos hatten sich zur Tränke eingefunden, eine Schar Ägyptischer Gänse hatte ihre Köpfe ins Gefieder gesteckt, blau glitzernde Glanzstare und rotschwarze Oryxweber turnten im Schilf umher, gestreifte Skinke jagten sich zwischen den Steinen, und im grünbraunen Wasser, dessen Oberfläche von kleinen Böen gekräuselt wurde, sonnten sich grüngepanzerte Wasserschildkröten auf Steininseln, denn die Wolkenfront hatte sich längst wieder verzogen.

Weit draußen am Horizont zogen Strauße im Gänsemarsch über die Ebene. Hier am Stausee, der von farmeigenen Quellen gespeist wurde und die einzige ständige Wasserstelle in der Umgebung war, hatte er erst vor wenigen

Tagen die Spuren von Afrikanischen Wildhunden entdeckt. Alan hatte beschlossen, ein besonderes Augenmerk auf die Tiere zu haben und mit niemandem über ihre Anwesenheit auf »Ojumamuya« zu sprechen. Er suchte mit dem Fernglas die Umgebung ab, um die seltenen Räuber irgendwo in der Savanne zu erspähen, doch außer ein paar Warzenschweinen und Springböcken sah er nichts.

Als er am Nachmittag das Farmhaus erreichte, spürte er die Vibration seines Handys. Er zog es aus der Hosentasche und ein Lächeln huschte über sein Gesicht, als er den Namen auf dem Display las.

TEIL 3
HETZJAGD

55

Die Lichter seiner A6 Limousine fraßen sich auf dem nassen Asphalt durch den düsteren Wald bergauf, es war wieder spät geworden und er hatte bei der Arbeit den Wetterumschwung verpasst. Erst jetzt, als er in die Höhenlagen kam, registrierte er den Rückgang des Schnees und die zahlreichen Schmelzwasserbäche, die links und rechts der Straße schmutzig braun ins Tal schossen.

Unten in Baden-Baden war das bisschen Schnee schon vor Wochen weggeschmolzen und in den letzten Tagen, als oben im Schwarzwald und auch in den höher gelegenen Tälern noch Schnee fiel, hatte es an der Oos und im Murgtal geregnet. Schon am Morgen hatte er bei seinem Schneeschuh Trail die Graupel bemerkt, die eher Regentropfen als Schneeflocken waren.

Während er den ganzen Tag mit der Weiterentwicklung eines neuen Messkonzepts beschäftigt war, hatte er keine Zeit gehabt, Radio zu hören und hatte nicht mitbekommen, dass ein Hoch im Anzug war, das mit wärmeren Temperaturen in den nächsten Tagen den Schnee schmelzen lassen und einige Sonnenstunden bringen würde. Vielleicht würde er am nächsten Morgen eine erste Wanderung zum Wildseemoor machen, dachte er und schaltete das Autoradio ein, um den aktuellen Wetterbericht zu hören.

Er erwischte noch den Schluss der Regionalnachrichten, als er plötzlich erstarrte. Die Meldung, die der Moderator verlas, brachte ihn zurück zu seiner Schneeschuhtour und zu seinem Gedanken vom Morgen, die Polizei zu verständigen.

Auf der Fahrt nach Baden-Baden waren ihm die bunten Stofffetzen im Schnee nicht mehr aus dem Kopf gegangen, obwohl er es für Müll gehalten hatte, weggeworfene Klamotten. Im Werk hatte ihn sofort die aktuelle Grundlagenuntersuchung für ein von ihm entwickeltes neues Messkonzept beansprucht und die Klamottenfetzen waren in Vergessenheit geraten.

Erst jetzt, als er die Stimme des SWR1-Moderators hörte, fielen sie ihm wieder ein.

»Und hier noch eine Suchmeldung der Polizeidirektion Karlsruhe. Vermisst wird der 35-jährige Harald Haag aus dem Kreis Calw. Haag ist 1,70 Meter groß, schlank und hat dunkelbraune Haare. Er trägt vermutlich Jeans und einen roten Anorak. Wer Angaben zum Verbleib des Vermissten machen kann, sollte sich beim Kriminalkommissariat Calw oder jeder anderen Polizeidienststelle melden.«

Ein Jingle, der das Wetter ankündigte, löste den Moderator ab, doch Michael Günthner hörte den Wetterbericht nur noch mit halber Aufmerksamkeit.

Roter Anorak, dachte er, und Jeans? Waren die Stofffetzen nicht blau und rot gewesen? Oder ging die Fantasie jetzt mit ihm durch? Seine Finger zuckten Richtung Freisprechanlage. Doch was sollte er denen sagen? Dass er glaubte, etwas gesehen zu haben? Klamotten, vielleicht aber auch nur Müll? War da nicht ein gelber Sack daneben gelegen?

Das rot-weiße Absperrband fiel ihm ein. Der Fundort des Mädchens und die Stofffetzen im Wald, wie weit war beides voneinander entfernt? Da war wieder dieses seltsame Gefühl, das ihn auch am Morgen schon beschlichen hatte. Dieses Gefühl, dass irgendetwas nicht stimmte.

Ein ungutes Gefühl.

Ein Vermisster im Kreis Calw?

Jeans und roter Anorak?

Michael Günthner drückte die Eins, dann noch mal die Eins und schließlich die Null.

110.

Die Stimme am anderen Ende war sachlich und freundlich. Als er seine Angaben gemacht und seine Handynummer hinterlassen hatte, atmete er durch.

Nun war ihm wohler. Sollten sie damit machen, was sie wollten. Noch während er über das kurze Gespräch nachdachte, signalisierte ihm sein Smartphone den eingehenden Anruf einer unbekannten Nummer. Er drückte auf die grüne Taste, sagte: »Ja, bitte?« – wie immer bei anonymen Anrufern – und hörte eine männliche Stimme im Lautsprecher:

»Kriminalhauptkommissar Jens Bosch, spreche ich mit Michael Günthner?«

»Ja, am Apparat«, sagte Günthner und schmunzelte über seine altmodische Formulierung. In derselben Sekunde wurde ihm bewusst, dass er mit der Kripo sprach und er spürte einen Kloß in seiner Kehle.

»Sie haben uns dankenswerterweise einen Hinweis gegeben, der sich auf den vermissten Harald Haag bezog«, sagte die sympathische Stimme des Kriminalkommissars, dessen Namen er nicht behalten hatte.

»Ja. Ich weiß, das ist sicher unwichtig, aber ich dachte …«

»Das war vollkommen richtig«, unterbrach ihn der Kommissar. »Ich bin der leitende Ermittler einer Sonderkommission, die sich mit dem Tod eines Mädchens unweit der Stelle befasst, die Sie uns geschildert haben. Vielleicht haben Sie davon gehört?«

»Die Sache mit dem Wolf?«

»Ja, die Sache mit dem Wolf«, wiederholte der Kommissar, doch die Formulierung schien ihm nicht zu behagen. Dann fragte er weiter:

»Wo sind Sie gerade?«

»Auf dem Heimweg von Baden-Baden. In gut einer halben Stunde wäre ich unten im Enztal.«

»Können wir uns noch treffen? Ich möchte, dass Sie mich zu der Stelle führen, an der Sie Ihre Beobachtung gemacht haben!«

»Jetzt noch? Es ist doch stockfinster!«, warf Günthner ein.

»Die Sache eilt. Sie sind bisher der Einzige, der einen Hinweis auf den Verbleib des Vermissten geben konnte. Sie sagten, es sah aus wie blaue und rote Klamotten. Ich möchte der Sache noch heute Abend nachgehen. Wenn er wirklich da im Wald liegt, zählt jede Minute!«

»Und wenn es nur Müll ist? Ich meine, da lag Schnee, es waren Äste und Reisig im Weg und ich habe wirklich nicht genau hingesehen …«

»Sie müssen sich keine Gedanken machen. Ich nehme das alles auf meine Kappe. Sie finden die Stelle doch?«

»Die könnten Sie auch ohne mich finden. Sie müssten nur von dem kleinen Parkplatz vor Otterholz meinen Schneeschuhspuren nachgehen.«

»Die werden wir nicht mehr finden«, warf der Kommissar ein. »Der Schnee ist heute hier unten schneller geschmolzen, als er gefallen ist. Es gibt Stellen, die sind schon wieder richtig grün. Spuren sind da nur noch schwer zu finden, wenn überhaupt.«

»Ich finde die Stelle auch so. Und wenn die Stofffetzen noch daliegen, müssen die mit einer guten Taschenlampe auch zu erkennen sein.«

»Wichtig wäre nur, dass Sie so schnell wie möglich kommen können.«

Michael Günthner sah auf die Uhr.

»Wo treffen wir uns?«

»Kennen Sie sich in Wintersbach aus?«

»Vom Durchfahren.«

»Gasthof ›Kreuz‹. Wenn Sie von Bad Wildbad herkommen, auf der linken Seite, Ortseingang. Wo die Straße Richtung Otterholz abbiegt. Ich warte auf Sie. Wir fahren dann mit einem Dienstwagen und zwei Kollegen in den Wald. Sobald wir an der Stelle sind, fahren wir Sie zurück und Sie können nach Hause.«

»Darum geht es nicht. Ich nehme mir gerne die Zeit. Ich fürchte nur, dass wir vielleicht einen Metzgergang machen.«

»Einen Metzgergang?«, fragte der Kommissar, der diesen Ausdruck nicht zu kennen schien.

»Ja. So sagt man doch, wenn man einen Weg umsonst macht und unverrichteter Dinge zurückkommt.«

»Aha. Muss ich mir merken. Also bis gleich!«

»Ich bin in einer halben Stunde da!«

Michael Günthner drückte die rote Taste und beendete das Gespräch. Leichensuche bei Nacht im Wald! Er rief zu Hause an und gab seiner Frau Bescheid.

»Pass bloß auf«, sagte sie besorgt und er bemerkte, dass seine Hände am Lenkrad leicht zitterten.

56

Linda Roloff fand Baumärkte faszinierend. Sie war zwar nicht gerade Stammkundin, doch hin und wieder suchte sie die Gartenabteilung auf oder kaufte neue Leuchtmittel und Vogelfutter. Es erstaunte sie dabei immer wieder, wie unsichtbar sich die unzähligen Kunden, die draußen alle Parkplätze belegt hatten, drinnen in den Gassen für Elektro / Leuchten, Sanitär, Eisenwaren und Werkzeuge verteilten. Und sie wunderte sich, wie sich Männer minutenlang nicht zwischen gelb verzinkten Universal- und galvanisch verzinkten Justierschrauben entscheiden konnten und dabei ganze Regalreihen blockierten, während sie doch nur auf die Schnelle eine Packung Stahlnägel benötigte.

Wie sollte sie in diesen langen Gassen, zwischen turmhohen Regalen und aufgerichteten Bauhölzern, unter den vielen grau-grün gekleideten Mitarbeitern Jakob Sommerhalder finden, den alle nur Joggele nannten?

Sie lenkte ihre Schritte gezielt zu einem der Info-Desks, der zwar nicht besetzt war, von wo aus man aber per Telefon jemanden herbeirufen konnte. Schon wollte sie zum Hörer greifen, als plötzlich eine rundliche, dunkelhaarige Mitarbeiterin vor ihr stand, deren Namensschild ihr verriet, dass sie es mit Athanasia Papaioannou zu tun hatte.

»Ich suche Jakob Sommerhalder«, sagte Linda. »Leider weiß ich nicht, in welcher Abteilung er arbeitet.«

»Oh, den Joggele«, sagte Athanasia Papaioannou und Linda wunderte sich, keinen griechischen Akzent zu hören. »Den muss ich ausrufen!«

Sie griff zum Telefon, drückte eine Zahlenkombination und schon klang die nasale Kaufhausdurchsage von der Decke des Baumarkts:

»Jakob Sommerhalder, bitte 3-3-0. Jakob Sommerhalder, bitte 3-3-0.«

Die könnte bei uns sofort als Station-Voice anfangen, dachte Linda angesichts der klaren und deutlichen Artikulation der Frau. Eine Sekunde später klingelte das Telefon und Athanasia Papaioannou hob ab.

»Hallo, Herr Sommerhalder, ich habe eine Kundin für Sie. – Okay. Ich schick sie zu Ihnen.«

Sie legte auf.

»Bei den Rasenmähern und Schneefräsen. Gartenabteilung. Da vorne die vorletzte rechts runter. Er wartet an der Info an der Ecke.«

Linda bedankte sich und marschierte an den Seitengängen vorbei bis zur Gartenabteilung.

Wer kauft sich um diese Jahreszeit einen Rasenmäher?,

dachte sie und schritt auf den Info-Desk zu, wo ein junger Mann in grau-grünem Baumarkt-Outfit wartete.

Er war drahtig und schlank, fast schlaksig, die dunklen Haare hingen und standen zerzaust in alle Richtungen und er suchte mit nervösem Blick nach der Kundin, die zu ihm wollte. Linda war klar, dass Jakob Sommerhalder nur selten Besuch von Kunden bekam und mit Spannung auf sie wartete.

Jens Bosch hatte ihr, nachdem er recherchiert und ihr die Adresse des Baumarkts durchgegeben hatte, gesagt, dass Sommerhalder mehr oder weniger als Handlanger dort arbeitete. Zerbrochene Blumentöpfe, aufgerissene Erdsäcke im Freiland und Holzreste im Zuschnitt und andere Dinge, die zu entsorgen waren, fielen in seine Zuständigkeit.

Linda musste es vorsichtig angehen, um Joggeles Vertrauen zu gewinnen, und sie durfte unter keinen Umständen mit der Tür ins Haus fallen.

Sie spickte auf den Zettel, auf dem sie sich Boschs Informationen notiert hatte, und prägte sich noch einmal den Namen ein, der ihr Zugang zu Jakob Sommerhalder verschaffen sollte. *Marie Reibenspies.* Laut Jens Bosch war Joggele an einigen Aktionen der Tierschutzaktivistin beteiligt gewesen. Linda setzte ihr freundlichstes Lächeln auf, als sie jetzt auf Sommerhalder zuging:

»Herr Sommerhalder?«

»Ja bitte?«, gab er unsicher zurück.

»Mein Name ist Linda Roloff. Ich bin auf der Suche nach einer Drahtschere, mit der man Elektrozäune durchschneiden kann.«

Sie machte eine Kunstpause, um dem nächsten Satz eine größere Wirkung zu geben: »Marie Reibenspies sagte, ich könne mich an Sie wenden?«

Joggeles Gesicht hellte sich auf.

»Sie kennen die Marie? Woher?«, fragte er.

»Na ja«, begann Linda und senkte ihre Stimme zu einem geheimnisvollen Flüstern, »ich bin Radioreporterin und habe kürzlich eine Reportage über Hunderetter gemacht. Sie wissen, Leute, die Hunde aus Tötungsstationen in Spanien oder aus Rumänien nach Deutschland bringen und hier weitervermitteln. Dabei habe ich Frau Reibenspies kennengelernt.«

»Wo war das?«

»Auf einem Autobahnparkplatz an der A5 bei Bruchsal. Ich war beim Umladen der Hunde dabei und habe mit Frau Reibenspies gesprochen.«

»Und wie kamen Sie dabei auf mich?«

Lindas Stimme wurde noch leiser: »Ich habe ihr erzählt, dass ich vorhabe, eingepferchte Rinder zu befreien. Mein Nachbar hat diese schottischen Kühe …«

»Hochlandrinder!«

»Genau. Das ist eine Art, die bei uns auch im Freien leben könnte. Er aber hat sie auf einer Koppel eingepfercht. Was ich nun brauche, ist das richtige Werkzeug. Er hat nämlich einen Elektrozaun.«

»Dann müssen Sie zuerst das Stromaggregat abschalten!«

»Sehen Sie, ich wusste, dass Frau Reibenspies recht hatte: Sie haben wohl Erfahrung in solchen Dingen? Sie meinte, der Joggele – so nannte sie Sie –, der hat auch schon Schafe befreit, der weiß, wie das geht.«

Jakob Sommerhalder lächelte und nickte. Gleichzeitig sah er sich verstohlen um, ob jemand ihr vertrauliches Gespräch belauschte.

»Ich war erst am Wochenende unterwegs«, flüsterte er. »Bei mir im Schwarzwald. Eine Schafherde …«

»Und? Hat's geklappt?«

Joggele zuckte die Schultern. Linda spürte, dass sie jetzt an dem Punkt angelangt war, wo sie alles auf eine Karte setzen musste.

»Wenn Sie Lust haben, könnte ich auch eine Reportage über Sie machen. Anonym, ohne Ihren Namen zu nennen. Solche Aktionen interessieren die Leute, und Sie könnten uns mal ein bisschen erzählen, warum Sie das tun.«

Jakob Sommerhalder zögerte.

»Okay«, sagte er schließlich, »aber nicht mehr heute. Ich hab noch was vor.«

»Schafe befreien?«, fragte Linda, gespielt schelmisch.

»Nein«, entgegnete Joggele und fügte so leise hinzu, dass Linda es fast nicht verstand: »Einen Jäger ärgern …!«

Sie dachte gerade über die Worte nach, als ihr Smartphone vibrierte. Sie zog es aus der Hosentasche und warf einen raschen Blick auf das Display. Eingehender Anruf von Jens Bosch.

»Da muss ich schnell ran«, sagte sie entschuldigend und wandte sich ab.

»Jens? – Ja? – Der hat was gefunden? – Wo? – Ja, natürlich komme ich! – In einer halben Stunde? – Wird knapp, aber – ja, das schaff ich! Nett von dir! – Bis gleich!«

Sie steckte ihr Smartphone ein und sagte zu Joggele:

»Seh'n Sie, bei mir würde es heute Abend auch nicht passen, hab grade noch einen Termin reingekriegt. Aber morgen? Hätten Sie morgen Zeit?«

»Ja. Nach Feierabend. Zwischen sechs und halb sieben?«, fragte er.

»Gern. Und wo?«

»Da drüben ist ein Schnellimbiss. Treffen wir uns da.«

»Und die Drahtschere?«, fragte Linda.

Joggele grinste und zwinkerte ihr zu: »Bring ich Ihnen mit.«

57

Nachdem er seine kleine Reisetasche gepackt hatte, wanderte Alan Scott noch einmal hinunter zum Damm und genoss die Stille und Einsamkeit der namibischen Wildnis. Der Flug nach Frankfurt ging am späten Abend und er brauchte gut eine Stunde bis Windhoek.

Vor ihm lag die spiegelglatte Wasserfläche des aufgestauten Sees, in dem munter die Fische sprangen, während sich am Ufer die weißen Silberreiher in den kahlen Bäumen zur Nachtruhe niederließen. Er dachte an Linda.

Das über 110 Jahre alte Farmhaus, in dem sie wohnen würden, war aus rotem Quarzitstein erbaut, mit Wellblech, Glas und Dachbalken aus Deutschland, hatte ihm seine Tante erzählt. Im verspielt angelegten Garten mit alten Zedern und Eiben, Papyrus und Palmen lagen ein paar Backsteinbungalows für Gäste, der Swimmingpool, den er inzwischen mit einem Solarmodul beheizte, und eine von ihm frisch renovierte Laube mit Grillplatz.

Alans Onkel hatte die Farm in 30 Kamps eingeteilt gehabt, wie die Farmer in Südwest die Parzellen für ihre

Rinder nannten, über 500 Stück Vieh hatten das Land zu seinen besten Zeiten beweidet. Die Kühe hatten sich das Gelände mit Kudu, Warzenschwein, Strauß und anderem Wild geteilt, das von Johann Rust gehegt und auch bejagt worden war. Geschossen wurde auf »Ojumamuya« allerdings nur für den Eigenbedarf und die einheimischen Arbeiter, die mit ihren Familien in einer Art eigenem Dorf auf dem Farmgelände mit Hütten, Friedhof und Kapelle lebten und eigenes Vieh und Esel besaßen.

Das waren die goldenen Zeiten von »Ojumamuya« gewesen, hatte ihm Mary Rust erzählt. Zu trocken und zu mager war der Boden für eine ergiebige Beweidung, zu groß die Verluste durch Seuchen, Leoparden und entlaufene Tiere. Johann Rust hatte auf Jagdbetrieb umgesattelt, die Rinder verkauft und die Leoparden zum Abschuss freigegeben. Doch die wenigen Katzen waren von gut zahlenden Großwildjägern aus Europa schnell dezimiert worden, Johann Rust hatte mit dem Geld in Nashörner investiert und Lizenzen auf Oryxantilope, Kudu, Blessbock, Elands und Springbock erworben. Die beiden Rhinos waren schon nach drei Wochen von Wilderern abgeschlachtet worden. An jenem Abend, als der Farmer die Tiere mit blutendem Schädel in der Nähe des Damms fand, begann er zu trinken, der Anfang vom Ende.

Alan Scott hatte die bedrückende Einsamkeit gespürt, als er erstmals im ehemaligen Rinderstall die verstaubten Köpfe präparierter Kudus von der Wand starren und Gerätschaften in den Schuppen vor sich hin rosten sah. An der »*Wasserstelle*«, wie der verstorbene Besitzer seine geräumige Hausbar nannte, erinnerten die Trophäen am Kamin und die Felle von Löwe und Zebra auf dem Boden noch an die guten Zeiten.

Nächtelang saß er mit der alten Frau auf der Terrasse, und sie erzählte ihm die Geschichte der Farm, von der sie innerlich schon Abschied genommen hatte. Von den vier jungen Geparden, die sie mit der Flasche aufgezogen hatte und von denen zwei noch auf einer Gepardenfarm lebten. Von der giftigen Zebraschlange, die die Katzen neben dem Pool entdeckten und die Johann auf der Terrasse erschossen hatte. Oder von der Speikobra in der Bar, die man erst für eine zischende Sektflasche gehalten hatte und die sich, in einer Gitarre versteckt, durch das Klingen der Saiten verraten hatte. Oder die Schwarze Mamba, die das zahme Oryxkalb Paul getötet hatte.

Ihr Neffe Alan war ihr wie ein Rettungsengel erschienen. Ihm traute sie zu, die Farm zu retten, und nahm ihn wie einen Sohn bei sich auf.

Zweimal war Alan in der nahe gelegenen Stadt Otjiwarongo unterwegs gewesen, um die alten Arbeiter wieder anzuwerben. Sie fanden erneut Unterkunft in den Hütten, die sein Onkel wie ein kleines Dorf gebaut hatte und in denen sie vor dem Niedergang der Farm schon einmal gelebt hatten. Alan hatte genügend Geld auf der hohen Kante, um ein Jahr ohne Einnahmen zu überbrücken.

Alan Scott genoss jeden Tag auf der Farm. Meistens ging er zu Fuß, um das Gelände kennenzulernen. Er war einem ausgetrockneten Flussbett gefolgt und dann an einigen Wasserstellen vorbei zu einer Ansammlung der urtümlichen Köcherbäume gekommen. Wie Relikte aus der Urzeit muteten diese fächerartigen Riesen an, deren raue Stämme ihn an die Kiefern aus der Heimat Lindas, ihre Wipfel dagegen an die Palmen von Diani Beach in Kenya erinnerten.

Diese »Bäume« waren eigentlich riesige Sukkulenten, die in großzelligen Geweben große Mengen Wasser speichern konnten. Buschmänner machten aus den ausgehöhlten

Ästen Köcher für ihre Giftpfeile, und Alan dachte unwillkürlich an N'gaoi, den Buschmann aus der Kalahari Botswanas, der ihnen vor Jahren geholfen hatte, den entführten Ex-Mann Lindas im Okavangodelta zu suchen.*

Linda. Eine Frau, von der er geglaubt hatte, sie sei die Liebe seines Lebens. Ihre Augen, ihr Mund, ihre Haare, ihr Gesicht. Wenn er ihr sagte, dass er sich so seine Traumfrau vorstellte, lachte sie und nannte ihn bekloppt.

Anfangs mochte er dieses Lachen, weil es das Schönste für ihn war, wenn Linda lachte. Doch mit der Zeit keimte in ihm der Verdacht, dass sie ihn auslachte. Er zweifelte immer wieder, ob ihre Liebe zu ihm echt und ehrlich war. Wenn sie sich küssten und er ihre Zunge fordernd in seinem Mund spürte, waren seine Zweifel verflogen und er fühlte sein Herz schlagen, ja hüpfen vor Glück.

Doch schon eine halbe Stunde später, wenn er sie anrief, um ihr seine Liebe mitzuteilen, hatte er wieder das Gefühl, mit einer ganz anderen Frau zu telefonieren. Das kalte »Ja, bitte?« holte ihn wieder auf den Boden zurück, versetzte ihm einen Stich, und er redete wieder mit der coolen und toughen Journalistin, ihre Rolle, die sie so gut und perfekt gab, als ob Kuss und heiße Berührung nie existiert hätten.

Mit der Zeit hatte er sich an diese raue Schale gewöhnt und jetzt, wo sie schon wieder seit Monaten getrennt waren, vermisste er sie mehr denn je.

Auf Schritt und Tritt begegnete ihm Linda hier in Afrika, in den einsamen Nächten am Lagerfeuer, wie er sie mit ihr am Okavango erlebt hatte, auf einsamen Pads im offenen Jeep über die Waschbrettpisten – so waren sie tagelang durch Kenya gefahren** – und auch hier auf »Ojuma-

---

* Nashornfieber
** Löwenriss

muya«, wo es vielleicht die Chance auf eine gemeinsame Zukunft gab.

Wilde Olivenbäume gediehen an den Hängen des Hochtals, durch das er jetzt ging, immer enger traten die Felsen rechts und links des Weges zusammen, schließlich führte der Pad – wie die Farmer die Wege nannten – hinunter zu einem schmalen, von Algen grün gefärbten Bachbett, in dem sich gut zehn Zentimeter lange Kaulquappen tummelten.

Oben an den Berghängen konnte er die murmeltierähnlichen Dassies – eigentlich aufgrund ihres Skelett- und Nervensystems die nächsten Verwandten der Elefanten – beim Sonnenbad beobachten. Im Revier dieser Klippschliefer zog eine Pavianhorde fressend und kreischend über die Bergkuppe.

Alan suchte den roten Felsen auf, der um diese Zeit von den Strahlen der Sonne aufgeheizt worden war und jetzt im Schatten einer großen Kameldornakazie lag. Sein Blick ging über die Wasseroberfläche hinüber zu den Dassiefelsen. So in der Tat könnte das Paradies ausgesehen haben, bevor Adam in den Apfel biss, dachte er. Eine stille, eine friedliche Welt, deren einzige Geräusche das gleichmäßige Plätschern von Wasser aus dem nahen Bach und das Rauschen des Windes in den Blättern der Köcherbäume waren. Vor der Kulisse der nahen Bergkette zogen gemächlich fünf Elefanten zum Stausee.

Die flachen Spuren des Windes im Sand warfen in der tief stehenden Sonne breite Schatten und zauberten ein gleichförmiges Wellenmuster auf die ebene Weidefläche, die vor ihm lag. Golden leuchteten die feingliedrigen Halme des Wüstengrases, als sich die Sonne hinter den Kuppen verabschiedete und einem pastellblauen Abendhimmel Platz machte. Bald konnte Alan Scott die Bäume nur noch als Silhouetten am Horizont erkennen. Es war Zeit, aufzubrechen.

»Du wirst hart arbeiten müssen, um ›Ojumamuya‹ wieder in Schwung zu bringen, mein Junge«, hatte ihn Mary gewarnt und dabei den Namen der Farm sehr weich »Ootschmamuuia« ausgesprochen. Später hatte er herausgefunden, dass es ein Wort aus einem Himbadialekt war und »Ort des guten Wassers« bedeutete. Sein Onkel hatte ein Paradies besessen, ein eigenes Stückchen Afrika, einen Privatbesitz, auf dem sich bald fast die komplette namibische Tierwelt ein Stelldichein geben würde, vor allem so seltene Arten wie Weißschwanzgnu, Blessbock, Bergzebra und Kamagazelle.

Alan hatte sich die Farm angesehen und erfreut festgestellt, dass Kudus, Springböcke und Elands mühelos die zwei Meter hohe Umzäunung übersprangen und so auf das Farmgelände eingewandert waren.

Mehrere Rudel Warzenschweine – eines hatte seinen Bau ganz in der Nähe der Farmgebäude –, Löffelhunde, Honigdachs und eine Straußenfamilie gehörten ebenfalls zu den Bewohnern. Die Hügel im Norden der Farm waren ideales Leopardenland, und die Wälder, die sich südlich davon bis zum Stausee erstreckten, boten genügend Nahrung für Elefanten und Giraffen. Alans Idee stand fest. Er wollte aus der ehemaligen Vieh- und Jagdfarm eine Gamelodge machen, mit Campgrounds im Busch, Fußsafaris und Übernachtungsmöglichkeiten am See. Wenn alles gut lief, würde er sogar Hippos und Krokodile aus Südafrika einführen lassen.

Das war Alans Traum, den er seit Jahren geträumt hatte, sein eigenes Afrika, und hier hatte er es gefunden. Ein Land wie eine Mischung aus Aberdares und Etosha, Ngorongoro, und Serengeti, Okavango und Kalahari. Berge und Pfannen, Busch und Savanne, Wasser und Wüste. Sein Paradies. Und ein Land, in dem sich auch Linda wohlfühlen würde, dessen war er sich sicher.

Gerade wollte er sich von seinem Sitzplatz auf dem Felsbrocken erheben, als er das Winseln hörte. Er setzte das Fernglas an und beobachtete das Buschland an der anderen Uferseite. Dann sah er sie: erst nur zwei, dann drei, vier und schließlich das ganze Rudel. Einer nach dem anderen kamen die Wildhunde ans Wasser, um zu trinken. Alan hielt den Atem an und traute seinen Augen nicht. Zwar hatte er ihre Spuren im Veld, wie man das weite Land hier nannte, schon entdeckt, doch immer nur die Fährte eines einzelnen Tieres. Doch nun schien es so, als habe sich ein ganzes Rudel der seltensten Raubtiere Afrikas auf »Ojumamuya« angesiedelt. Alan zählte 21 Tiere, eine ganze Großfamilie mit Jungen aus mindestens zwei Würfen. Früher waren sie die Feinde der Farmer gewesen, man hatte sie erbarmungslos gejagt und bis an den Rand der Ausrottung getrieben. Jahrzehntelang waren sie in ganz Afrika verschwunden gewesen, durch Jagd und Stäupe bis auf einen geringen Restbestand dezimiert. Alan selbst hatte sein letztes Rudel vor 14 Jahren in Botswana gesehen und sich davon überzeugen können, dass sie keineswegs die mordgierigen Jäger waren, als die man sie gebrandmarkt hatte.

Fasziniert beobachtete er das Rudel, das sich offensichtlich sein Farmland als neues Revier auserkoren hatte. Afrikanische Wildhunde auf »Ojumamuya«, Alan konnte es fast nicht glauben. Doch jetzt, als er die herrlich bunten Tiere mit ihrer schwarzen, braunen, weißen und von blutigen Rottönen durchsetzten Fellfärbung herumtollen sah und beobachtete, wie geduldig die Erwachsenen die Betteleien und Balgereien ihrer Welpen ertrugen, war er sicher, dass sich das Rudel auf »Ojumamuya« etablieren würde. Er entdeckte im Fernglas einen Eingang zu der Erdhöhle, in die sich die Tiere zurückzogen und ihre Jungen zur Welt brachten.

Sie hatten offensichtlich erfolgreich gejagt, denn das Skelett eines Gnus lag unweit des unscheinbaren Erdlochs in der Sonne. Noch trauten sich kein Geier und kein Schabrackenschakal in die Nähe, denn die jungen Wildhunde machten sich noch immer an den Knochen und der Haut zu schaffen. Beute gab es genug auf »Ojumamuya«, nicht nur Gnus und Zebras, auch Springböcke und Warzenschweine.

Alan hatte in Botswana Wildhunde bei der Jagd beobachtet und wusste, dass die erfolgreichen Rudeljäger ihrem Opfer keine Chance ließen und ihren Hunger mit großer Gier stillten. Was Alan am meisten beeindruckt hatte, war das ungewöhnliche Sozialverhalten der Tiere. Die Jungen, die mit dem Rudel auf die Jagd gezogen waren, durften zuerst an den Riss, während die Alttiere die Augen nach Hyänen offen hielten und die Konkurrenz erfolgreich vertrieben. Unzerkaut schlangen die hungrigen Halbstarken die Fleischbrocken hinunter, die sie der Beute aus dem Leib rissen. Erst danach bedienten sich die Alten und fraßen sich so voll, dass sie später den heranwachsenden Welpen, die bei der Erdhöhle zurückgeblieben waren, genügend Nahrung auswürgen konnten. Doch selbst ein Gnu, wie sie es hier auf »Ojumamuya« gerissen hatten, würde das große Rudel nicht lange satt machen.

Als die Wildhunde schließlich verschwunden waren, brach Alan auf. Er empfand die Begegnung mit den seltenen Räubern als gutes Omen. Würde es ihm in Deutschland gelingen, ihren europäischen Vetter aufzuspüren? Alan hatte noch nie einen Wolf in freier Wildbahn gesehen und war gespannt, was ihn erwartete. Als er den Stausee verließ, ging die Sonne unter. Er würde den namibischen Sommer gegen den deutschen Winter tauschen.

Kaum eine Stunde später wölbte sich über ihm hell und klar der Sternenhimmel des wilden Afrika mit dem Kreuz des Südens und einer Milchstraße, aus der tausend Sterne herauszufallen schienen.* Alan fuhr in seinem Land Cruiser über den staubigen Pad nach Süden, wo er nach einer Viertelstunde die Straße Richtung Windhoek erreichte.

58

Sie erreichten den Waldparkplatz in vollkommener Dunkelheit. Als Kriminalhauptkommissar Jens Bosch die Zündung des blau-silbernen Polizeifahrzeugs ausschaltete und die Scheinwerfer erloschen, verschwanden die Konturen der Bäume in tiefstem Schwarz.

Vier Personen stiegen aus: der Kommissar, ein Polizist des Wildbader Polizeipostens, Linda Roloff und der Zeuge Michael Günthner.

---

* Zitat aus Laurens van der Post »Wenn Stern auf Stern aus der Milchstraße fällt …«

»Eine Hand wäscht die andere«, hatte Jens Bosch gesagt, als er Linda vor der Dorfwirtschaft begrüßt hatte. »Dein Freund Alan wird uns bei der Spurensuche helfen, da ist es vollkommen okay, wenn du einen gewissen Einblick in die Ermittlungen bekommst, um ihm davon zu berichten.«

Er hatte so laut gesprochen, dass es die umstehenden Kollegen mitbekamen, und hatte danach den Zeugen begrüßt, der gerade aus seinem Wagen gestiegen war und dessentwegen die späte Aktion stattfand.

»Fahren wir los!«, hatte er schließlich gesagt und hinter dem Lenkrad Platz genommen. Jens Bosch fuhr am liebsten selbst, auch auf langen Strecken oder wenn er müde war. Er verließ sich ungern auf andere und hatte als Beifahrer immer das Gefühl, sich mehr auf die Straße konzentrieren zu müssen, als wenn er selbst am Steuer saß.

Er hatte sich von Michael Günthner, der auf dem Beifahrersitz saß, von dessen Schneeschuhtour erzählen lassen.

»Ich bin jetzt selbst gespannt, was ich da im Wald gesehen habe und ob mir die Fantasie einen Streich gespielt hat«, sagte er schließlich, als sie den Parkplatz erreicht hatten, von dem aus er am Morgen gestartet war.

Der Schein der Taschenlampen warf runde Lichtscheiben auf den restlichen Schnee, der aufgrund des Temperaturanstiegs schon stark zurückgegangen und verharscht war. Günthner zeigte auf eine Stelle in einer Schneekuhle, wo sich tellergroße Vertiefungen abzeichneten und die Löcher seiner Teleskopstöcke zu erkennen waren.

»Hier, meine Spur«, sagte er, »es sind die einzigen Schneeschuhspuren weit und breit. Etwa eine halbe Stunde von hier müsste es sein.«

Jens Bosch ging voran, unmittelbar gefolgt von Günthner, Linda und dem Beamten als Schlusslicht. Der verbliebene Schnee knirschte laut unter den Schritten der vier nächtlichen Wanderer und sie sanken an manchen Stellen knöcheltief ein. Linda hatte Mühe, ihre Schritte in den Spuren der beiden Männer zu platzieren, zu groß waren die Abstände dazwischen.

Ständig ließ sie den Strahl ihrer Taschenlampe in den Wald gleiten und erwartete jederzeit das Aufblitzen reflektierender Augen oder ein lautes Knacken im Unterholz. Doch es blieb alles still. Zu hören waren nur die eigenen Schritte, das Rascheln der Kleidung und das keuchende Atmen.

Plötzlich blieb Jens Bosch stehen. Günthner hatte ihn am Arm gepackt und nach vorne gedeutet, wo der Lampenschein eine Anzahl von Abdrücken in einem Schneefeld am Waldrand erfasste.

»Da ist es!«, flüsterte er fast ehrfürchtig, »ich bin nur kurz stehen geblieben und dann zügig weitergelaufen!«

Hier im Waldschatten war der Schnee liegen geblieben. Die Trittsiegel der Schneeschuhe zeichneten sich deutlich ab, die Abstände kürzer als zuvor, teilweise fast übereinander gelagert und leicht nach rechts gedreht. Langsam ließ Jens Bosch den Strahl seiner Lampe zwischen die Bäume und in das Unterholz gleiten.

»Ist das von einem Hund?«, fragte Linda und deutete auf die Fährte, deren verharschte Spuren sich wie Stempel in den Schnee drückten.

»Das müssen die Experten entscheiden«, meinte Jens Bosch. »Hund oder Wolf, etwas anderes kommt da wohl kaum infrage.«

Der Lampenstrahl folgte der Fährte, die sich hangaufwärts von ihnen entfernte.

Und plötzlich sahen sie es alle: hell, fast grell leuchteten die Kleidungsstücke, die Günthner als bunte Stofffetzen und Müll beschrieben hatte, wie achtlos verstreut am Waldboden. Bei Tag waren die Farben im dämmrigen Schatten des Waldes sicher kaum aufgefallen und die Form des am Boden liegenden Körpers mit der Umgebung verschmolzen. Der flüchtige Blick eines Spaziergängers oder Schneeschuhwanderers musste es am Tag wirklich für Müll und Altkleider gehalten haben.

Als jedoch Jens Bosch die anderen bat, ihre Lampen auszuschalten, und den Durchmesser seines Lichtstrahls so weit auffächerte, dass er die ganze unheimliche Szenerie beleuchtete, unterdrückte Linda einen Schrei.

Es war trotz des unnatürlichen Lichts, der tanzenden schwarzen Schatten und der Schneereste jetzt nicht mehr zu übersehen, dass die Klamotten einen unförmigen menschlichen Körper bedeckten. Ein Arm und zwei Beine waren deutlich zu erkennen, dazu die Wölbung des Oberkörpers. Der Kopf schien fast ganz in einem Gestrüpp zu stecken.

»Wollen Sie nicht lieber zurück?«, fragte der Kommissar jetzt Michael Günthner und der nickte. Bosch richtete sich an den Polizisten:

»Bringen Sie ihn zum Wagen und fahren Sie ihn zurück zum Gasthof«, und zu Günthner gewandt, fuhr er fort: »Sie bekommen einen Kaffee und wir müssten bitte noch Ihre Aussage aufnehmen. Wie Sie sehen, haben wir keinen – wie nannten Sie es? – Metzgergang gemacht.«

Er versuchte, mit seinem lockeren Ton die drangvolle Enge der unheimlichen Situation etwas zu lösen, die Spannung, die in der Luft lag, zu lockern, doch es misslang und der Versuch eines Lächelns wurde zu einer schalen Grimasse.

Vier Augenpaare starrten in die vom Taschenlampenlicht gnadenlos hell erleuchtete Szenerie, aus der sich immer mehr Details herausschälten und allen Beteiligten klar machten, welch grausame Entdeckung sie hier gemacht hatten. Jens Bosch gab dem Beamten des Polizeipostens Bad Wildbad weitere Instruktionen:

»Alarmieren Sie die KTU, die sollen das große Besteck auffahren: Beleuchtung, Stirnlampen, Nachtsichtgeräte, die lichtempfindlichen Kameras und treiben Sie irgendwo einen Biologen auf, der sich mit Wölfen auskennt! Rufen Sie den Bärenpark in Bad Rippoldsau an, oder die Wilhelma, falls es nicht anders geht!« Und während er das sagte, versuchte er den Gedanken zu verdrängen, dass es Martin Jaschke sein könnte, der hier vor ihnen lag.

»Was ist mit dir?«, fragte er Linda. »Gehst du mit zurück?«

»Und du bleibst allein hier?«

»Ja, warum nicht. Die Verstärkung wird ja auch bald eintreffen.«

»Nein, auf keinen Fall!«, widersprach sie.

Diesmal gelang sein Lächeln, wenn auch nur schwach.

Der Polizist und Michael Günthner traten den Rückweg an. Linda und Jens Bosch blieben allein bei der Leiche zurück. Die Lampe beleuchtete jetzt eine neutrale Waldschneise neben dem Leichenfundort. Das Unheimliche, das der Wald dort oben, keine zehn Meter von ihnen entfernt, verbarg, ließ sich dadurch aber nicht verdrängen.

Als die Geräusche der beiden anderen im Schnee verebbten, legte sich eine beklemmende Stille um den Kommissar und die Journalistin. Linda fühlte den Arm, den Jens Bosch schützend um ihre Schulter legte, und sie ließ es geschehen, dass er sie sanft an sich zog.

»Unheimlich?«, fragte er.

»Ein bisschen«, sagte sie.

»Wegen des Wolfs?«

»Hm-m«, verneinte sie, »der Wolf ist nicht das Problem. Aber nicht zu wissen, was dort oben wirklich ist, wer dort liegt und was mit ihm geschehen ist, das macht mir Angst. Es klingt vielleicht komisch, aber es wäre mir fast lieber, wenn du mit deiner Lampe wieder dorthin leuchten würdest.«

Schatten tanzten und huschten hin und her, als der unruhige Taschenlampenstrahl über Baumstämme und Äste hüpfte und sich wieder seinen Weg zu dem Ort bahnte, wo der leblose Körper auf dem kalten Waldboden lag.

Wie in Trance folgte Lindas Blick dem Lichtschein und sie kam sich vor wie in einem schlechten Horrorfilm. Sie erkannte das, was der Schneeschuhläufer am Morgen als gelben Sack identifiziert hatte. Es war die zwischen Jeans und Anorak blinkende blasse, nackte Haut eines leicht gewölbten Bauchs, aus dem die Eingeweide hervorquollen.

Sie schlug die Hände vors Gesicht, um den grausamen Anblick vor ihren Augen zu verbergen.

59

500 Meter flussaufwärts schälte sich eine schmächtige Gestalt aus dem Waldschatten und näherte sich dem Wagen, der unter den Tannen abgestellt worden war. Wie ein Schat-

ten, der mit dem nächtlichen Wald zu verschmelzen schien, huschte die Gestalt näher, trat unter den Bäumen ins Freie und blieb stehen, um zu lauschen, und duckte sich, als das meckernde Blöken eines Lamms vom Schafspferch an seine Ohren drang.

Dieses Schwein!, durchfuhr es Jakob Sommerhalder, als er das jämmerliche Schreien erneut hörte und er spielte für einen Augenblick mit dem Gedanken, seine nächtliche Aktion abzubrechen und dafür die Lämmer zu befreien, die dieser Großwildjäger als Luder für den Wolf auf der Schafweide zurückbehalten hatte.

Doch es war zu riskant, denn der fiese Geselle lag dort irgendwo mit seinem Gewehr im Anschlag auf der Lauer und würde sicher auch auf ihn schießen, wenn er sich an dem Zaun zu schaffen machte. Die Lämmer, die nach ihren Müttern schrien, sollten den Wolf anlocken, doch Joggele grinste, als er sich die zerzausten Haare aus dem Gesicht schob und die Skimaske aufsetzte.

Ein Wolf war viel zu klug, um dem Jäger in die Falle zu gehen, er würde ihn wittern, seinen alten Erzfeind, den Menschen, und kein noch so jämmerliches Blöken würde ihn in die Falle locken! Doch der Jäger würde sein blaues Wunder erleben, wenn er, müde und geschunden von der durchwachten Nacht, am Morgen zu seinem Wagen zurückkehrte. Joggele sah ihn stehen, nur die Silhouette, die an der Wand der Heuhütte lehnte, das Gesicht dem Schafspferch zugewandt.

Joggele schob die Kapuze über seine dunklen Haare und streifte die schwarzen Handschuhe über. Er duckte sich und schlich sich wie ein Wildschwein auf allen vieren näher.

Er bemerkte nicht den muskulösen, sehnigen Körper, der sich, im Unterholz niedergekauert, auf die Lauer gelegt hatte. Die Lämmer waren keine Beute für die Wölfin in dieser Nacht, das hatte ihr der Instinkt der vorsichtigen Jägerin verraten. Doch ein Wildschwein, das unbeholfen durchs Gebüsch brach und sich dazu noch ungelenk wie ein verletztes Tier bewegte, war leichte Beute.

Jakob Sommerhalder bemerkte nicht die zwei gelben Augen, die jede seiner mühevollen Bewegungen, die er schwer atmend, halb kriechend, halb aufgerichtet vollführte, fixierten. Nur noch wenige Meter war er von dem Fahrzeug des Großwildjägers entfernt und seine rechte Hand tastete nach dem schweren Messer, das er extra für diese Aktion heute hatte im Baumarkt mitgehen lassen.

Die Klinge war gut zehn Zentimeter lang und würde sich spielend selbst in die dicken Winterreifen stechen lassen. Joggele lächelte, als er an die Überraschung des Jägers dachte. Ohne Hilfe würde er nicht von hier wegkommen und zur Polizei würde er nicht gehen, denn die würden ihm unangenehme Fragen stellen.

Was hatte er denn allein hier draußen zu suchen, mitten in der Nacht? Und warum mit Gewehr und Nachtsichtgerät? Nein, auf diese Unannehmlichkeiten würde er verzichten. Aber trotzdem würde er mindestens drei neue Reifen brauchen, falls er überhaupt ein Ersatzrad dabeihatte. Und die würde er erst einmal besorgen und hierherschaffen müssen.

In dieser Zeit konnte er schon nicht Jagd auf den Wolf machen und es würde Joggele sicherlich gelingen, bis dahin die Lämmer zu befreien. Sie würden von allein den Weg zum Stall finden und zu ihren Müttern zurücklaufen.

Mit keinem Gedanken zweifelte er daran, dass es der Wagen des Jägers war, der hier abgestellt worden war. Er verschwendete keinen Blick auf Automarke oder Kennzeichen. Joggele zückte das Messer und trieb es schmatzend in den ersten Reifen. Das leise Geräusch faszinierte ihn und er schloss die Augen, während er die Klinge in dem harten Gummi bewegte und die Luft zischend entwich.

Er zerschnitt den zweiten und dritten Reifen und stellte sich vor, das Schmatzen komme nicht aus den toten Reifen, sondern aus dem noch lebenden Körper des Großwildjägers. In seiner Fantasie oder wenn er abends Gedanken zum Einschlafen brauchte, hörte er dieses Geräusch auch. Dann war er der Retter der Tiere da draußen, der die Jäger bestrafte und ihnen mit derselben Klinge das Lebenslicht auslöschte, mit der sie ihren Opfern die Haut abgezogen oder den Gnadenstoß versetzt hatten. Auge um Auge, Zahn um Zahn, Haut um Haut.

Seine Hand verkrampfte sich und er hatte Mühe, das Messer aus dem engen Stichkanal des letzten Autoreifens zu ziehen, als ihn das Geräusch herumfahren ließ.

60

Der Waldabschnitt war in einem Umkreis von mehreren Metern taghell von den Scheinwerfern der KTU erleuchtet, rot-weiße Absperrbänder zogen einen Kreis um die Fundstelle der Leiche und am Rand des schmalen Feldwegs parkten ein Dutzend Dienstfahrzeuge der unterschiedlichen Gewerke von Polizei, Kriminaltechnik, Notarzt, Rettung und Staatsanwaltschaft. Jens Bosch hatte das »große Besteck« – wie er es nannte – angefordert, da es sich um einen mehr als ungewöhnlichen Leichenfund handelte.

Trotzdem folgte er auch jetzt seinen Grundsätzen und hielt sich aus den Untersuchungen am Fundort heraus. Er hatte sich und Linda Roloff mit einem heißen Kaffee versorgt und sie saßen auf der Ladefläche im geöffneten Heck eines blau-silbernen Passats und beobachteten das geschäftige Treiben der Spezialisten.

»Bekommst du keine Probleme mit deinem Chef oder dem Staatsanwalt, wenn du mich als Zivilistin hier einfach dabei sein lässt?«, fragte sie zwischen zwei Schluck Kaffee.

Tatsächlich hatte er als Leiter der Sonderkommission der Journalistin eine Art Sonderstatus eingeräumt, die der eine oder andere Kollege vielleicht in den falschen Hals bekommen konnte.

»Na ja«, sagte er, »das ist sicher ungewöhnlich, aber zum einen hast du uns ja Hilfe aus Afrika besorgt, und sobald sich Alan auf die Spurensuche nach dem Wolf macht, wird deine Rolle vielen klar werden. Und zum anderen möchte ich nicht auf deine Spürnase verzichten. Es ist ja nicht das erste Mal, dass du mir den Täter servierst. Oder das, was du von ihm übriglässt«, fügte er noch schmunzelnd hinzu.

Linda griff seine Heiterkeit nicht auf. Zu sehr hatte sich der grausame Anblick des Toten in ihr Gedächtnis gegraben. Außerdem wussten sie noch immer nichts über dessen Identität und sie wurde den Gedanken nicht los, es könnte Martin Jaschke sein.

»Bis wann, glaubst du, wissen deine Leute, wer es ist?«, fragte sie daher leise.

»Ich geh mal nachfragen. Wir haben ja das Foto des Vermissten und der Doc ist fertig mit der Leiche.«

Er hievte sich vom Heck, ging auf die Absperrung zu und winkte einen der Beamten zu sich. Linda sah, wie er kurz nickte und dem anderen dankend auf die Schulter klopfte.

»Das Gesicht ist ziemlich entstellt«, sagte er, als er zurückkam. »Es scheinen einige Tiere Hunger gehabt zu haben. Raben wahrscheinlich. ›Totenvögel‹ hat sie mal ein Freund von mir genannt, der ist Förster und schreibt nebenbei Krimis. Der hat das mal haarklein beschrieben, wie sie an den Öffnungen der Leichen hacken und …«

»Hör auf!«, unterbrach ihn Linda, »ich will so was nicht hören. Mir reicht es, was der Wolf hier angerichtet hat.«

»Wenn es ein Wolf war«, wandte der Kommissar ein. »Ich hoffe, dass der Biologe bald da ist.«

»Und dass es nicht Martin Jaschke ist, der da drüben liegt«, ergänzte Linda.

»Nu, hör ich da mein' Namen?«, sächselte es plötzlich neben ihnen und aus dem dunklen, nicht beleuchteten Platz zwischen zwei Fahrzeugen trat eine Gestalt auf sie zu.

»Martin!«, rief Linda, schnellte von ihrem Sitz aus dem Wagenheck, sprang auf den Biologen zu und warf sich ihm an den Hals.

»Nanu, womit habe ich mir denn diese Begrüßung verdient?«, fragte er, sichtlich überrascht und reichte nun auch Jens Bosch die Hand.

»Wir haben Sie vermisst«, sagte der Kommissar, »und hatten schon die Befürchtung, Sie wären derjenige, den sich da drüben der Wolf geholt hat!«

»Wo waren Sie denn die ganze Zeit? Ich habe bestimmt hundertmal versucht, Sie zu erreichen«, übertrieb Linda erleichtert.

»Ich war mal kurz in der Lausitz«, erklärte der Biologe. »Das Genmaterial musste schließlich zur Untersuchung.«

»Sie waren wo?«, fragte Linda.

»Welches Genmaterial?«, fragte der Kommissar.

»Na ja, so ein Wolf muss ja auch mal kacken«, erklärte Martin Jaschke lapidar. »Also hab ich fleißig seine großen Häufchen gesucht, meine Latexhandschuhe angezogen und die Rappelchen sichergestellt. Nur wenn das Zeug unter zwei Tage alt ist, können die im Senckenberg den Urheber per DNA-Analyse identifizieren. Und weil ich selbst ein neugieriger Mensch bin, wollte ich abwarten, was die Untersuchung ergibt.«

»Und?«, fragten Linda und Jens Bosch wie aus einem Mund.

Martin Jaschke zögerte, als ob seine Antwort unangenehm ausfiele.

»Es war tatsächlich der Wolf«, sagte er schließlich. »Und er hat auch von der Leiche des Mädchens gefressen. Leider. Aber ich behaupte trotzdem, dass er das Kind nicht getötet hat!«, schob er rasch noch nach.

»Woraus schließen Sie das?«, fragte der Kommissar.

»Aus den Umständen«, antwortete der Biologe. »Es spricht einfach alles dagegen. Ich bin mir sicher, dass der Wolf die Leiche gefunden und davon gefressen hat, als das Mädchen schon tot war. In der Wolfslosung wurden Bestandteile anderer Tierarten gefunden, aber nur kleine Nager und Singvögel, also muss der Wolf mächtig Hunger gehabt haben. Und Wölfe fressen Aas, wenn sie hungrig sind, das ist nichts Neues. Ich glaube im Übrigen, dass auch die Obduktion keine anderen Schlüsse zulassen wird. Wölfe haben eine bestimmte Technik beim Reißen ihrer Beute und es wird sich zeigen, ob sich diese Rissspuren finden oder nicht. Ach ja, unser Wolf ist übrigens eine Wölfin und stammt aus Westpolen!«

»Wie um alles in der Welt wollen Sie denn das herausgefunden haben?«, hakte Linda nach.

»Das ist für die Experten in Hessen kein Problem!«

»Hessen? Ich dachte, Sie waren in der Lausitz? Wo wurden denn diese Untersuchungen jetzt gemacht?«, fragte Jens Bosch.

»Sowohl als auch«, kommentierte Martin Jaschke. »In der Filiale des Senckenberg-Museums für Naturkunde Görlitz untersuchen die Kollegen die Losung und finden heraus, was der Wolf gefressen hat. Und in Gelnhausen bei Frankfurt gibt es einen detaillierten Wolfskataster aller bislang gesammelten Daten. Die wissen genau, woher ein Wolf kommt und mit wem er verwandt ist. Ich hab denen von Görlitz aus alles vorbeigebracht, was ich gefunden habe. Unsere Wölfin heißt mit Kurznahmen W7F, das ›W‹ steht für Westpolen, woher ihre Eltern stammen, das ›F‹ für Female und die ›7‹ ist die Schlüsselnummer ihrer Population.«

»Aha«, sagte der Kommissar. »Und was bringt uns das jetzt?«

»Klarheit«, antwortete der Biologe. »Klarheit darüber, dass diese Wölfin eine Einzelgängerin ist und mit großer Wahrscheinlichkeit bald Junge bekommt. Sie war mit einem Rüden zusammen, der vor etwa zwei Monaten überfahren wurde. Die beiden können sich noch gepaart haben und waren wohl auf der Suche nach einem neuen Revier. Aber jetzt …«, unterbrach er sich, »… würde ich gerne wissen, was hier passiert ist! Mein Akku war kaputt und ich habe alle Nachrichten der letzten Tage erst vor ein paar Minuten gelesen. Mein Institut hat mir Ihre Anfrage nach einem

Wildbiologen weitergeleitet und da ich grade eh auf dem Weg hierher war …«

Kriminalhauptkommissar Jens Bosch schilderte ihm in wenigen Worten die Fakten und schickte den Biologen in Begleitung eines Beamten zum Fundort der Leiche, wo schon der Blechsarg für den Abtransport abgestellt worden war.

»Ziemlich verwirrend, das alles«, sagte Bosch zu Linda, als sie wieder allein waren. »Ich glaube, dass bei diesem Fall noch manche Überraschung auf uns wartet.«

»Alan landet morgen früh übrigens in Frankfurt. Er hat die Nachtmaschine genommen«, sagte Linda. »Er kann am späten Vormittag hier sein, um sich alles anzusehen.«

Jens Bosch glaubte ihrer Stimme anzuhören, dass sie sich freute, und das war auch in der Tat so. Auch wenn Alan Scott dieses Mal nicht ihretwegen gekommen war, sondern um der Polizei bei der Aufklärung eines Todesfalles – oder besser gesagt zweier Todesfälle – zu helfen.

»Wir sperren das Gelände großräumig ab, damit er überhaupt noch eine Chance hat, Spuren zu finden«, antwortete der Kommissar.

Linda nickte. Es würde ohnehin schwer sein, nach den vielen Menschen, die jetzt schon das Gelände zertrampelten.

»Das war kein Wolf!«, sagte Martin Jaschke, als er wenige Minuten später zu Linda und Jens Bosch zurückkehrte. »So tötet kein Wolf seine Beute!«

»Sind Sie da sicher?«, fragte Jens Bosch.

»Mehr als sicher! Der Wolf attackiert gezielt die Kehle seiner Beute. Wir Biologen nennen das ›Drosselbiss‹. Und wenn er was Größeres reißt, sagen wir, einen Elch oder ein Pferd, und er es im Rudel von der Seite angreift und zu

Fall bringt, macht er ihm am Ende auch mit dem Drosselbiss den Garaus. Die Kehle dieses Opfers ist unversehrt, bis auf ein paar Kratzspuren. Derjenige, der hier dem Wolf die Schuld zuschieben wollte, hat sich jedenfalls nicht mal die Mühe gemacht, ihn in Wolfsmanier zu töten! Und ich wette, bei dem Mädchen verhält es sich ebenso!«

»Vielleicht wusste er nichts von diesem ›Drosselbiss‹«, meinte Linda, »ich dachte auch, ein Wolf packt einfach zu, so wie er die Beute erwischt …«

»Trotzdem stelle ich mir die Frage, wer überhaupt in der Lage ist, so etwas zu tun«, sagte der Kommissar, »ich meine, die Bauchdecke wurde immerhin ziemlich fachmännisch aufgeschlitzt und so, wie das aussieht, war das kein Anfänger.«

»Nein«, gab Martin Jaschke zu, »das sieht wirklich nach einem Profi aus.«

»Ein Jäger? Oder ein Metzger?«, vermutete Jens Bosch.

»Ein Tierarzt oder ein Biologe«, ergänzte Jaschke.

»Oder ein normaler Arzt«, fügte Linda hinzu.

»Na, dann an die Arbeit!«, rief der Kommissar und klatschte aufmunternd in die Hände. »Da gibt es ja jede Menge Verdächtige! Kommen Sie mit zurück ins ›Kreuz‹?«, fragte er Jaschke, doch der schüttelte den Kopf.

»Ich habe noch hier zu tun«, sagte er. »Einen kleinen Kontrollgang machen.«

»Kontrollgang? Ganz allein, um diese Zeit?«, fragte Linda.

»Warum nicht? Zumindest ich habe keine Angst vor dem *bösen Wolf*. Da gibt es zweibeinige Artgenossen, vor denen ich mich mehr in Acht nehmen muss!«

»Sie sprechen von dem nächtlichen Überfall?«, fragte Linda und Jaschke fuhr zusammen.

»Woher wissen Sie davon?«, fragte er.

Linda zuckte mit den Schultern. »Einer meiner Kollegen hat davon erfahren. Wenn ich ihn richtig verstanden habe, hatte er einen Informanten aus dem Kreis der Täter.«

»Na bravo«, meinte der Biologe, »das hört sich an wie ein Kinderstreich. Dabei hätte ich erfrieren können. Gott sei Dank hatte ich meinen Wagen nicht abgeschlossen und den Ersatzschlüssel im Handschuhfach.«

»Wollen Sie keine Anzeige erstatten?«, fragte der Kommissar, doch Jaschke schüttelte den Kopf.

»Nee«, sagte er, »die wollten mich einschüchtern und ich will ihnen das Gefühl geben, dass ihnen das gelungen ist. Ich bin mir sicher, dass ich noch rausbekomme, wer sie waren, dann kann ich sie immer noch anzeigen.«

»Wie viele waren es?«

»Vier. Mit Schneemobilen. Davon dürfte es ja wohl nicht zu viele geben im Schwarzwald. Spuren werde ich wohl keine mehr finden, aber diese Motorschlitten müssen ja irgendwo rumstehen. Kommt Zeit, kommt Rat.«

»Und was wollen Sie jetzt auf Ihrem ›Kontrollgang‹ noch unternehmen?«

»Meine Kamerafallen auswerten.«

»Sie haben Kameras installiert?«

»Ja. Noch in der Nacht, als ich die Losung gesucht habe. Und jetzt muss ich los«, sagte er noch rasch und machte sich ohne Abschiedsgruß auf den Weg zu seinem Wagen.

»Der verschweigt uns was«, murmelte der Kommissar, als der Biologe außer Hörweite war.

»Aber was?« fragte Linda.

»Ich bin mir sicher, es hat mit dem Wolf zu tun …«

61

Jakob Sommerhalder duckte sich hinter das Wurzelwerk des umgestürzten Baums und hielt den Atem an. Er hatte noch nie einen Wolf gesehen, außer in Büchern oder im Fernsehen, und doch war er sich sicher, dass es kein Hund war, der keine zehn Meter vor ihm über den geschotterten Weg trabte.

Es war zu dunkel, um Details zu erkennen, doch Joggeles Augen hatten sich während seiner zerstörerischen Arbeit an die Finsternis gewöhnt und der fast wolkenlose Nachthimmel war durch den Mond, der vor einer halben Stunde aufgegangen war, ungewöhnlich hell.

Es war eine Begegnung von Sekunden gewesen.

Jakob hatte, nachdem er das Geräusch gehört hatte, das Messer aus dem letzten Reifen gezogen und war in den Wald gelaufen. Er wusste nicht, was er da gehört hatte, ein Knacken, ein Knistern, ein Brechen von Zweigen? Es war still geblieben und dann hatte er ihn gesehen.

Er hatte zuerst an einen Hund gedacht, doch dann durchfuhr es ihn eiskalt: Die Silhouette, die sich auf dem Weg näherte, gehörte zu einem Wolf! Zu hochbeinig, zu schlank war die Gestalt, die buschige Rute hing still nach unten, kein Schwanzwedeln, wie er es beim Schäferhund seines Nachbarn kannte. Das Fell grau, fast schien es mit der Umgebung zu verschmelzen, die kurzen Ohren, und dann die Augen.

Joggele sah das gelbe Leuchten, oder bildete er es sich nur ein? Nein! In den zwei Sekunden, in denen das Tier stehen blieb und zu ihm herüberblickte, blitzten die Augen auf wie gelbe Diamanten. Hatte ihn der Wolf entdeckt? Mit Schaudern dachte er an die Gruselfilme, die er über den

Werwolf gesehen hatte. Würde er sich jetzt auf ihn stürzen und ihn töten so wie das Mädchen, das er an jenem Abend mit dem Mann im Wald gesehen hatte?

Joggele schloss die Augen und sprach mit zittriger Stimme ein Vaterunser.

»… dein Wille geschehe …«

Er schlotterte vor Angst, denn was er über den Wolf gehört hatte, war nichts Gutes. Und Joggele erinnerte sich an die Märchen, die ihm seine Großmutter aus dem großen roten, dicken Märchenbuch vorgelesen hatte: »… der Wolf dachte bei sich, ›das junge zarte Ding, das ist ein fetter Bissen‹ …«

Es fiel ihm ein, was die Zeitung über das tote Mädchen geschrieben hatte. Mit Mühe konzentrierte er sich auf das Gebet.

»… erlöse uns von dem Bösen …«, und dachte dabei doch an das Blutbad, das der Wolf vor einem Jahr drüben in Nonnenmiß bei den Schafen angerichtet hatte.

»… aber der Wolf fand sie alle und machte nicht langes Federlesen: eins nach dem anderen schluckte er in seinen Rachen …«

Er nahm sich zusammen, kehrte zum Vaterunser zurück, beendete das Gebet und öffnete die Augen.

Der Wolf war verschwunden.

Gerade wollte Joggele sich vorsichtig aufrichten und sich zurückziehen, als er die Schritte kommen hörte. Erneut duckte er sich hinter der Wurzel und erkannte den Mann.

»Scheiße!«, er unterdrückte den überraschten Ausruf und es kam nur ein Zischen. Das war nicht der Jäger, der jetzt an dem Auto stand und fluchte!

Jakob Sommerhalder hatte die Reifen eines anderen zerstochen …

62

Der Biologe parkte seinen Wagen am Waldrand unweit des Fundorts der Mädchenleiche. Von dort aus war es nicht weit zu der Stelle am Fuß eines felsigen Hügels, wo die Wolfsfährte in der Nacht zuvor plötzlich nicht mehr weiter zu verfolgen gewesen war. Der einsetzende Schneefall hatte die Fährte verwischt und bei den Felsen enden lassen.

Martin Jaschke hatte wegen des Neuschnees und des unzugänglichen Geländes die wahren Zusammenhänge nicht gleich erkannt, doch seine Erfahrung und die Kenntnis der Biologie des Wolfs hatten ihn richtig kombinieren lassen. Jetzt wollte er seine Theorie überprüfen.

»Kamerafallen auswerten«. Martin Jaschke schmunzelte bei dem Gedanken. Das hatte er auf seiner Reise in die Lausitz und nach Hessen vom Laptop aus längst getan. Die drei Kameras waren mit SIM-Karten ausgestattet, die das aufgenommen Bildmaterial ganz einfach per Selbsteinwahl über Mobilfunk an sein Gerät sendeten. Somit hatte er die Bilder oft schon Sekunden, nachdem eine Kamera ausgelöst hatte, auf seinem Monitor. Leider hatte keine der Kameras Bilder des Wolfs geschossen, doch eine Bilderserie zeigte Motive, die ihm fast genauso wertvoll erschienen.

Kamerafallen würde er also nicht auswerten auf seinem nächtlichen Pirschgang zu den Rotsandsteinfelsen, doch Wolfsspuren würde er heute Nacht finden, da war er sich sicher. Der Schnee war zurückgegangen, doch es lag noch immer genug, um Abdrücke zu hinterlassen, und wenn seine Theorie stimmte, hatte die Fähe W7F dort in den Rotsandsteinfelsen ihre Höhle und war auf dem Weg, dort ihre Jungen zu werfen, wenn sie es nicht schon getan hatte.

Eine Stimme riss den Biologen aus seinen Gedanken. Er war nun ja schon einige Jahre im nördlichen Schwarzwald zu Hause und verstand den Dialekt zwischen Nagold, Enz und Neckar recht leidlich, doch diese Fluchtirade, die aus Richtung der Schafsweide an seine Ohren drang, klang wie eine fernöstliche Fremdsprache.

»So en Scheißdregg! Welcher Schofseggl macht denn so ebbas! Dem schlag e's Hirn ai, wennen verwisch! Des glaub i jo ned!«

Martin Jaschke folgte der schimpfenden Stimme in Richtung der Lichtung, und gerade als er überlegte, das Nachtsichtgerät aufzusetzen, sah er die Scheinwerfer eines Autos zwischen den Baumstämmen aufleuchten. Neben dem Fahrzeug war im diffusen Licht eine Gestalt zu erkennen, die dort zu knien und einen Reifen zu untersuchen schien.

Jaschke knipste seine LED-Taschenlampe an, beleuchtete den Weg vor sich und tastete sich zwischen Tannenzweigen und kahlen Büschen durch das Unterholz zum Waldrand. Er musste sich ganz in der Nähe des Schafspferchs befinden, dachte er, und richtig, der Lichtstrahl erfasste den Zaun drüben, auf der anderen Seite des Wegs, an dessen Seitenrand der Wagen parkte.

Jaschke erkannte jetzt Schäfer Johann, der sich aus seiner knienden Position erhob, als er die Person wahrnahm, die sich mit einer Taschenlampe näherte.

»Was ist los? Haben Sie eine Panne?«, fragte Jaschke arglos und leuchtete kurz in sein Gesicht, damit der Schäfer ihn erkannte.

»Sie sind das?«, kam es stotternd und die Stimme des Schäfers hatte einen Unterton, als sei es der Leibhaftige selbst, der ihm begegnete.

»Ja, ich bin das!«, bestätigte Martin Jaschke. »Sie haben

wohl gedacht, ich sei erfroren, nach unserer letzten Begegnung!«

Dem Schäfer stockte der Atem. Dieser Wolfsmensch musste mit dem Teufel im Bunde sein, woher sonst konnte er wissen …?

»Nach … unserer … letzten …«, brachte Schäfer Johann gerade stotternd noch über die Lippen, dann brach es aus ihm heraus: »Aber woher wisset Sie …?« Und nach einem kurzen Laut, der wie eine Mischung aus Seufzen und Röcheln klang, ratterte er los:

»I han des ned wolla! Wenn ich g'wusst hätt, was die vorhatten, hätt ich da nie mit g'macht! Des müsset Sie mir glauben! Ich wollt Sie ja anrufen, wollt mich entschuldigen, des stimmt, gugget Sie auf Ihr Handy, beschtimmt zehnmal hab ich's probiert …!«

Eine rüde Stimme, die vom Schafspferch herüberklang, unterbrach ihn:

»Was ist denn das für ein Geschrei! Mensch, Johann, da können wir den Wolf heut Nacht vergessen!«

Martin Jaschke erkannte in der Dunkelheit eine Bewegung auf Höhe der Heuhütte, die abseits des Zauns auf der Wiese stand, und richtete seinen Lampenstrahl darauf. Eine Gestalt in dunkler Outdoorjacke und Trekkinghose und mit einem grünen Tirolerhut auf dem Kopf näherte sich. Er erkannte Schwaiker, sah das Gewehr in seiner Hand und wusste sofort, woran er war.

»Jetzt erzählen Sie mir nicht, dass Sie hier auf Kaninchen ballern wollen, oder den Kerl da engagiert haben, um auf Ihre Schafe aufzupassen«, zischte er in Richtung des Schäfers und ließ dem Jäger Zeit näher zu kommen. Dieses Mal verzichtete Jaschke darauf, sich zu erkennen zu geben. Er würde die Überraschung voll auskosten.

»Wer ist da bei dir?«, rief Schwaiker und der Schäfer antwortete nur: »Der Biologe!«

Ein Blitzschlag, ein Schuss oder ein aus dem Unterholz brechendes Wildschwein hätten den Jäger nicht abrupter stoppen können als diese beiden Worte. Wie zum Schneemann erstarrt, blieb er stehen und rief nur:

»Verarschst du mich?«

Im selben Moment leuchtete eine Taschenlampe auf und der Strahl erfasste Jaschke.

»Verdammt!«, entfuhr es dem Jäger. »Wie kommen Sie hierher?«

»Und dazu noch lebend und nicht erfroren, was?«, ergänzte Jaschke. »Das ist ja ein Vergnügen, dass ich heute Nacht gleich zwei aus dem Motorschlittenballett hier antreffe!«

»Motorschlittenballett?«, stellte Schwaiker sich ahnungslos, »ich weiß nicht, was Sie meinen!«

»Lass es, er woiß es«, sagte der Schäfer leise.

»Von wem? Von dir?«, fuhr ihn der Jäger an und Jaschke stellte sich vor, dass seine Augen zornig funkelten.

»Nein, nicht von mir! Aber er hat's mir auf den Kopf zug'sagt.«

»So ein Quatsch!«, schrie Schwaiker. »Jetzt halt endlich die Fresse! Ich weiß überhaupt nicht, wovon ihr redet! Motorschlitten, was soll das überhaupt heißen?«

»Vergiss es«, schaltete sich Schäfer Johann noch einmal ein und seine Stimme klang weinerlich. »Ich han's zugeba und mich bei ihm entschuldigt. Und ich find, des solltest du au macha! Mir könnet froh sei, dass die Sach so glimpflich ausganga isch.«

»Hör auf, so einen Scheiß zu faseln, du Arschloch!«, fuhr ihn Schwaiker an. »Gar nichts geb ich zu! Ich weiß ja nicht mal, wovon der da faselt!«

Martin Jaschke hatte dem Streit der beiden seelenruhig zugehört und sich inzwischen einen Reim auf die nächtliche Begegnung gemacht. Später würde er noch mehr dazu in Erfahrung bringen. Jetzt machte es ihm heimlich Spaß, den verunsichert tobenden Jäger weiter zu provozieren, und er sagte trocken:

»Was ich fasele? Nun, von einer kleinen nächtlichen Begegnung mit vier Hunden.«

»Vier Hunden?«, zischte Schwaiker und verstand nicht.

»Ja. Einem Dackel, einem Pinscher, einem Terrier und einer Dogge.«

»Und weiter?«

»Na, Sie müssten sich doch erinnern?«, monierte der Biologe mit freundlicher Stimme. »Die vier Hunde haben Jagd auf mich gemacht.«

»Keine Ahnung, was Sie da fantasieren!«

»Nun, das wundert mich dann aber doch«, sagte Jaschke und veränderte schlagartig den Klang seiner Stimme. Hart fuhr er den Jäger an: »Sie waren der Pinscher! Und Ihr Freund hier der Dackel!«

»Reden Sie keinen Unsinn. Was treiben Sie überhaupt hier im Wald? Hat man Ihnen nicht gesagt, dass Sie hier nicht erwünscht sind?«

»Ja, genau das hat man mir gesagt! Und jetzt gerade haben Sie sich genau damit verraten. Aber es ist Ihnen nicht gelungen, mich einzuschüchtern, wie Sie sehen. Ich bin immer noch da!«

»Siehsch du, Hartmut, es hat doch koin Sinn!«, flehte der Schäfer.

Martin Jaschke nickte dem Schäfer dankend zu, und an den Jäger gewandt, erklärte er:

»Ich würde sagen, Ihr Freund hat recht. Jetzt hören Sie

mir einfach mal ganz gut zu: Ich habe mir die Bewegungen und das Verhalten der vier Männer, die mich überfallen haben, sehr genau eingeprägt und jeden von ihnen einer Hunderasse zugeordnet. Wie gesagt: Dogge, Terrier, Pinscher, Dackel. Und ich bin mir sicher, dass ich Sie alle auch ohne Kommissar Zufall erkannt hätte, der allerdings dafür gesorgt hat, das es sogar Beweisfotos von Ihnen gibt!«

»Beweisfotos?«, echote Schwaiker verächtlich. »Was für Beweisfotos denn? Von irgendwelchen Leuten, die Sie angeblich auf Motorschlitten überfallen haben? Das können Sie Ihrer Großmutter erzählen, die glaubt Ihnen das Märchen vielleicht.«

»Sie wird es mir glauben, ebenso wie die Polizei, denn ich habe Beweise!«

»Sie bluffen!«

»So? Erinnern Sie sich vielleicht an eine Stelle im Wald, an der Sie wegen der vielen Wurzeln, die teilweise aus dem Schnee ragten, extrem langsam fuhren? Dort hängt an einem Fichtenstamm eine meiner Wildkameras, die bei jeder Bewegung eine kleine Fotoserie schießt.«

»Und wie wollen Sie darauf mitten in der Nacht irgendwelche Gesichter erkennen?«, höhnte der Jäger.

»Ganz einfach«, sagte Martin Jaschke trocken. »Durch Blitzlicht!«

»Quatsch! Das würde man ja wohl bemerken!«

»Das glaube ich nicht«, widersprach Jaschke. »Die Infrarotblitze meiner Kameras sind komplett unsichtbar, aber sehr leistungsstark. Die Bilder sind zwar schwarz-weiß, aber so scharf, dass jedes Detail zu erkennen ist.«

Die beiden anderen schwiegen betroffen und Jaschke fuhr süffisant fort:

»Und da Sie so freundlich waren, vor Ihrem Überfall die

Visiere ihrer Helme noch offen gelassen und die Halstücher noch nicht über Mund und Nase gezogen zu haben, sind wunderbare Porträts von jedem einzelnen von Ihnen entstanden. Die liegen ausgedruckt in einem Umschlag im Postausgangsfach auf meinem Schreibtisch und dieser wird morgen früh von meiner Mitarbeiterin aufgegeben, falls ich nicht vor ihr im Büro bin. Adressiert übrigens an einen gewissen Jens Bosch, seines Zeichens Ermittlungsleiter der Sonderkommission ›Isegrim‹.«

Martin Jaschke machte eine Pause und spielte dann seine Trümpfe aus:

»Ich habe Sie alle vier identifiziert: Roland Gassner, die Dogge. Der bullige, schwerfällige Anführer. Sie, Herr Schwaiker, sind mein Pinscher, der kläffende, vorlaute Angeber. Schäfer Johann als vorsichtiger, zurückhaltender Mitläufer gibt meinen Dackel. Bleibt nur noch der Terrier, der bissige, angriffslustige Draufgänger. Bei ihm habe ich am längsten gebraucht, um seine Identität herauszufinden. Aber ihn kannte ich schon aus Sachsen, da sind wir uns mal bei einer Diskussion zum Thema Wolf in die Haare geraten. Ein gewisser Heiko Büsgens, stimmt's?«

»Die Fotos beweisen doch gar nichts, außer, dass wir mit einem Motorschlitten durch den Wald gefahren sind. Und das ist ja wohl nicht verboten!«

»Aber Ihr Angriff auf mich, um mich einzuschüchtern! Ich könnte Sie sogar wegen versuchten Mordes anzeigen!«

»Dann tun Sie's doch! Das glaubt Ihnen doch kein Mensch.«

Jaschke nickte leise.

»Ich habe einen Zeugen!«

»Einen Zeugen?«, höhnte Schwaiker. »Den möchte ich sehen!«

»Den Zeugen werden Sie kennenlernen. Er hat mir das Leben gerettet, denn er hat mich gefunden, als Sie mich in der Nacht ausgesetzt haben. Ohne ihn und den Ersatzschlüssel für meinen Wagen wäre ich wahrscheinlich erfroren.«

»Und wer soll dieser ›Zeuge‹ gewesen sein?«

»Ich!«, sagte eine Stimme leise in der Dunkelheit. Eine Gestalt schälte sich aus dem Nachtschatten des Waldes und kam über den schmalen Schotterweg auf sie zu.

»Jakob? Sie – hier?«, rief Martin Jaschke erstaunt.

»Dann hätten wir ja das Schwein, das mir die Reifen zerstochen hat!«, zischte der Schäfer.

»Reifen, welche Reifen?«, fragte der Jäger und starrte auf Joggele Sommerhalder, der jetzt neben dem Biologen stehen geblieben war.

»Na hier, schau dir die Sauerei doch an! Alle vier Reifen platt!«, knurrte der Schäfer und unterdrückte nur mühevoll seine Wut.

Plötzlich redeten zwei der Männer wild durcheinander. Wortfetzen, Beschimpfungen, Fragen und Rufe drangen in den Wald.

Nur mit Mühe gelang es Martin Jaschke, für Ruhe zu sorgen.

»Ein bisschen viel, was heute hier passiert ist«, sagte er schließlich. »Aber vielleicht können wir das alles jetzt vernünftig auf die Reihe bringen?«

Brummend schwieg der Jäger und auch Schäfer Johann hörte auf, Joggele aufs Übelste zu beschimpfen. Der hatte ohnehin kleinlaut den Mund gehalten und sich hinter Martin Jaschke versteckt. Der Biologe hielt sein Smartphone in der Hand und sagte:

»Wir können das jetzt unter uns regeln oder ich informiere auf der Stelle Kommissar Bosch!«

Das Nicken der anderen signalisierte ihm Zustimmung. Keiner brauchte jetzt und hier die Polizei.

»Jakob«, begann Jaschke, »haben Sie die Reifen zerschnitten?«

Der Gefragte nickte stumm.

»Aber Sie haben mir auch geholfen, als Sie mich in der Nacht im Wald gefunden haben?«

Erneutes Nicken.

»Mein Zeuge!«

Schwaiker und der Schäfer sahen sich betreten an.

»Sie haben jetzt ein richtiges Problem«, sinnierte Martin Jaschke mit Blick auf die beiden. »Ohne die Hilfe von Herrn Sommerhalder hätte ich sterben können. Man könnte so etwas als versuchten Mord bezeichnen. Abgesehen davon, wollten Sie den Wolf abschießen. Da käme schon ein bisschen was zusammen …«

»Was schlagen Sie vor?«, fragte der Großwildjäger, jetzt plötzlich kleinlaut.

»Einen Kompromiss«, sagte der Biologe nur. »Keiner erstattet Anzeige. Sie nicht gegen Herrn Sommerhalder, und ich nicht gegen Sie. Und Sie lassen ab sofort den Wolf in Ruhe. Das ist alles.«

Johann Kerner und Hartmut Schwaiker starrten vor sich hin. Es war den beiden Männern klar, dass sie keine Wahl hatten.

»Also gut«, sagte der Jäger schließlich kleinlaut. »Diesmal haben Sie gewonnen …«

Es klang wie eine Drohung.

Martin Jaschke war zufrieden.

»Kommen Sie«, sagte er zu Jakob Sommerhalder, »ich fahre Sie nach Hause. Die beiden Herren gehen sicher lieber zu Fuß.«

Martin Jaschke hatte seinen Plan geändert. Es machte keinen Sinn mehr, in der Nacht noch nach Wolfsspuren zu suchen. Selbst wenn er in der Nähe gewesen wäre, nach dem lauten Geschrei von eben hatte er sich sicher zurückgezogen.

Hätte Joggele ihm von seiner Beobachtung erzählt, hätte er sich anders entschieden und sich noch in der Nacht auf die Suche nach der frischen Wolfsfährte gemacht.

63

Der düstere Wintermorgen ließ die Wurmlinger Kapelle in einem besonderen Licht erscheinen, leuchtend weiß schoben sich die Mauern des kleinen Kirchleins auf der Kuppe des Berges in den grauen Himmel, während sich über den östlichen Waldhängen des Rammert, jenem ausgedehnten Waldgebiet zwischen Neckartal und Hohenzollern, langsam die Morgendämmerung ihren Weg durch den Wolkenteppich bahnte.

Linda Roloff hatte sich mit ihrem roten Renault in den Berufsverkehr Richtung Tübingen eingereiht. Der zähfließende Verkehr zwischen dem Tübinger Ortsteil Hirschau und dem Abzweig in Richtung der Universitätsstadt störte sie heute nicht, sie hatte genügend Zeit eingeplant und summte fröhlich mit, als im Radio einer ihrer Lieblingssongs erklang.

»I bless the rains down in Africa«, sang Toto und Linda ließ sich von der guten Laune der Melodie anstecken. Sie hatte an diesem Vormittag frei genommen, um Alan Scott am Flughafen Stuttgart abzuholen. Sie nutzte das langsame Tempo, um den Anblick der Landschaft zu ihrer Linken zu genießen.

In mattem Braun ragten die kahlen Weinberge am Fuße der Wurmlinger Kapelle ins Tal, noch vor einer Woche hatte da oben Schnee gelegen und die Kinder waren mit ihren Schlitten und Poporutschern am Nordhang des Kapellenbergs durch die Winterlandschaft gerodelt. Über Nacht war die weiße Pracht verschwunden gewesen. Gott sei Dank, dachte Linda, Alan mag den Winter nicht.

Sie rechnete es ihm hoch an, dass er in dieser ungeliebten Jahreszeit alles stehen und liegen ließ, um vom sommerlichen Namibia zu ihr in den deutschen Winter zu kommen. Klar, der Anlass war ein besonderer, und es war für den Mann aus Afrika sicher eine Herausforderung, im Schwarzwald nach Wolfsspuren zu suchen, doch insgeheim wusste sie – wusste sie es wirklich, oder hoffte sie es nur …? –, dass er in erster Linie ihretwegen kommen würde …

Linda sah auf die Uhr im Display ihres Autoradios. Sie würde rechtzeitig am Flughafen sein und sie würden noch Zeit haben, um eine Kleinigkeit zu frühstücken, bevor sie sich mit Jens Bosch im Schwarzwald trafen.

Sicher würde sie mit Alan in den nächsten Tagen wieder hinauf zur Kapelle spazieren, ein schönes Ritual bei jedem seiner Besuche. Sie würden den Blick in die Ferne schweifen lassen, hinunter zum Neckar und hinaus auf die Landschaft jenseits des Flusstals, die in der Abendstimmung wie aus einem Zeichentrickfilm der Walt-Disney-Studios wirken konnte: die bewaldeten Hänge der Schwäbischen Alb, von denen sich einer vor den anderen zu schieben schien, im Vordergrund fast schwarz und dann bis zu den hauchdünnen Blautönen am Horizont in der Farbe verblassend, davor die gelbbraunen Winterwiesen und die kahlen Bäume der Streuobsthänge am Rande des Rammert.

Wie eine träge Python glitt der Neckar durch sein Tal, verborgen und getarnt zwischen den Weiden und Pappeln an seinen Ufern. Und aus den waldigen Hängen der Schwäbischen Alb wurden die Hügel der Maasai Mara, aus dem Neckar der Uaso Nyiro, aus den Wiesen die Savanne des Tarangire und aus den kahlen Obstbäumen die gigantischen Baobabs. Rote Elefanten überquerten die sandige Piste in Tsavo und die ewig schönen Impalas mit ihren sanften schwarzen Knopfaugen grasten friedlich im Mopanebusch. Ganz weit entfernt hörte sie das Lachen einer Hyäne.

»Fernbeziehung mit Hindernissen«, hatte ihre Kollegin Babs ihre Freundschaft mit Alan Scott mal genannt. Und in der Tat, bis auf die wenigen Tage pro Jahr, die er sie in Deutschland besuchte, und die Wochen, die sie gemeinsam in Afrika verbrachten, sahen sie sich nie. Der afrikanische Naturbursche hatte sich – trotz mehrerer Versuche – nie für ein Leben in Deutschland begeistern können und sie sich immer vor der Entscheidung gedrückt, zu ihm nach Afrika zu ziehen, obwohl er dort seit ein paar Jahren sogar – wie er es nannte – »sesshaft« geworden war.

Für Alan war »Ojumamuya« das schönste Land, das er je in Afrika gesehen hatte. Inzwischen hatte sie es selbst kennengelernt, einen ganzen Monat lang war sie bei ihm gewesen nach den dramatischen Ereignissen während Olympia in Brasilien.* Sie hätten beide tot sein können, dachte Linda mit Schaudern, und die Zeit mit ihm auf »Ojumamuya« war ihr wie ein neu geschenktes Leben vorgekommen. Doch zu Hause wartete Sarah, ihre Tochter, inzwischen zwar flügge, aber eben immer noch ihr Kind. Sarah sah zu Alan wie zu einem Vater auf und er kümmerte sich um sie, als wäre sie seine Tochter. Wenn es nach Sarah gegangen wäre, wären Linda und sie schon vor Jahren zu ihm nach Afrika gezogen. In Windhoek gab es deutsche Schulen und einen deutschsprachigen Radiosender.

Sarah würde im Sommer Abi machen und dann würde eine neue Zeit für sie beide anbrechen. Dann würde sie keine Ausrede mehr haben und Farbe bekennen müssen. Und Linda war sich immer noch nicht sicher, ob sie sich für ein Leben mit Alan Scott in Afrika entscheiden konnte.

Er liebte die gelben Savannen und die rote Erde des Velds, die grünen Hügel und die Akazienwälder, auf seiner Farm lebten Elefanten, Elanantilopen, Oryx und die seltenen Weißschwanzgnus, und sein besonderer Stolz waren die Breitmaulnashörner, deren Vorfahren schon seit Urzeiten auf »Ojumamuya« grasten.

Linda sah auf die Uhr. Die Maschine aus Windhoek musste inzwischen längst in Frankfurt gelandet sein, doch er hatte sich noch nicht gemeldet. Das war typisch Alan. Solange sie nichts von ihm hörte, war alles okay.

»Wenn der Vogel abstürzt, hast du das doch als Nachricht auf deinem Smartphone, bevor ich dir eine SMS schicken kann«, pflegte er zu scherzen.

* Bombenlauf

Auf Lindas Gesicht hatte sich ein breites Grinsen bei dem Gedanken festgesetzt, ihn bald wieder in ihre Arme schließen zu können. Vielleicht blieb ja etwas Zeit für Zweisamkeit …

64

Kriminalhauptkommissar Jens Bosch stand im Flur der Wohnung und betrachtete das Chaos. Er hatte schon am frühen Morgen den Anruf bekommen, nachdem die Identität des Toten festgestellt worden war, und sich sofort mit einem Team der KTU zur Wohnung des Ermordeten aufgemacht.

Noch in der Nacht hatte ihm einer der Kriminaltechniker im Wald gesagt, dass der Fundort der Leiche kaum identisch mit dem Tatort sein würde, und so galt die erste eingehende Untersuchung der Wohnung des Toten. Harald Haag hatte allein gelebt und offensichtlich keinen großen Wert auf Ordnung gelegt.

Schnell hatten die Kriminaltechniker herausgefunden, dass im Eingangsbereich ein Kampf stattgefunden hatte. Es gab jede Menge Spuren, Fingerabdrücke, Haare, Kratzer in der Wand und Blut.

»Wie lange braucht ihr, um alles auszuwerten?«, fragte

der Kommissar einen der Beamten, der seinen Laptop auf dem Küchentisch platziert hatte.

»Geben Sie uns einen Tag«, antwortete der Mann. »Wenn wir bei der DNA in der Datenbank fündig werden, haben wir vielleicht schon heute Nachmittag etwas für Sie. Spuren gibt es jedenfalls mehr als genug. Außerdem haben wir etwas gefunden, was Sie sich vielleicht mal ansehen sollten«, sagte er noch und führte den Kommissar hinaus in den Flur, wo ein Beamter in weißem Overall auf dem Boden kniete und einen kleinen Schrank fotografierte.

»Hier, unter diesem Sideboard. Sie sehen es nur, wenn Sie sich auf den Boden legen. Sieht aus wie zwei Buchstaben und ein Strich zwischen den Schrankbeinen, hier, auf der Tapete. Ich tippe auf Blut. Und es sieht frisch aus.«

Jens Bosch ging in die Knie, beugte sich nach unten und betrachtete die Wand unter dem Schränkchen, die der Fotograf gerade mit Blitz abgelichtet hatte.

»Fast in Bodenhöhe«, erläuterte der Kriminaltechniker und reichte ihm eine Taschenlampe. »Wie es aussieht, hat einer der Kämpfenden hier am Boden gelegen und geblutet. Ich behaupte mal, er hat die Zeichen mit einem blutigen Finger gemacht.«

»Diese dunklen Striche auf der Tapete?«, fragte der Kommissar, der jetzt bäuchlings auf dem Boden lag und unter den Schrank starrte.

»Genau die. Könnten zwei Buchstaben sein, beziehungsweise ein Buchstabe und eine Zahl, was meinen Sie?«

»Ein W und eine 7. Und danach … das sieht aus wie angefangen und nicht vollendet. Dieser Strich nach oben …«, murmelte der Kommissar und stockte. »Moment mal«, sagte er und erhob sich. »W7?«

»Sagt Ihnen das was?«, fragte der Kriminaltechniker.

»Allerdings«, antwortete Jens Bosch. »W7F, so nannte der Biologe den Wolf. Westpolen, Population 7, Female. Hm, seltsam …«

»Sie meinen, die beiden Ziffern stimmen mit dem … Namen des Wolfs überein?«, fragte der Kriminaltechniker ungläubig.

»Es scheint so, zumindest mit den ersten beiden Zeichen«, antwortete der Kommissar.

»Aber woher konnte der das wissen?«

»Das«, sagte der Kommissar, »werde ich wohl herausfinden müssen …«

65

Sie saßen in Lindas kleiner Küche am Esstisch und Alan Scott genoss sein »schwäbisches Lieblingsbreakfast«, wie er es nannte: eine frische Laugenbrezel mit Butter und einer dicken Schicht von Lindas selbst gemachter Erdbeermarmelade.

Alan liebte Marmeladen, am liebsten alle, die rot waren, so hatte er es einmal definiert, und es machte ihm nichts aus, eine salzige Brezel, die man üblicherweise nur mit Butter, oder wie Linda auch mit Leberwurst, aß, mit süßer Konfitüre zu bestreichen. Genussvoll biss er hinein, leckte sich die Marmelade aus den Lippenwinkeln und trank seinen heißen schwarzen Kaffee.

Linda war aufgestanden und zum Automaten gegangen, um sich noch eine zweite Tasse einzuschenken. Das Röcheln und Blubbern der Maschine war das einzige Geräusch an diesem späten Vormittag. Sie stellte ihre gefüllte Tasse ab und trat von hinten zu Alan, legte ihm sanft ihre Hände auf die Schultern und begann, sie vorsichtig zu massieren.

Er lehnte sich leicht zurück und genoss ihre sanfte Berührung. Ihre Finger glitten unter sein T-Shirt und ihr Gesicht näherte sich langsam seinem Kopf. Alan blieb bewegungslos sitzen, die halbe Brezel lag am Teller, der Kaffee dampfte in der Tasse. Er spürte das leichte Kratzen von Lindas Fingernägeln auf seiner nackten Brust und stöhnte genüsslich auf. Ihr Atem glitt in einem warmen Hauch über sein linkes Ohr, dann fühlte er ihre Zähne, die behutsam zu knabbern begannen.

»Wir haben noch etwas Zeit …«, flüsterte sie.

»Wie lange?«, knurrte er.

»Drei Minuten«, kam es zurück, doch sie konnte ein Kichern nicht unterdrücken.

»Fünf!«, antwortete er.

»Drei!«, widersprach sie.

»Okay, zehn«, legte er nach und wandte sein Gesicht langsam ihrem zu. Ihre Lippen krochen über seine linke Wange zu seinem Mundwinkel und ihre Zunge erwischte den letzten Rest Erdbeermarmelade.

»Drei«, wiederholte sie. »Ich habe die Zeit im Griff …«

»Nein«, sagte er und genoss ihren behutsam tastenden Kussversuch, »du hast die Uhr im Griff.«

Linda lachte. Diesen Spruch kannte sie: »Ihr Europäer habt die Uhr, wir Afrikaner haben die Zeit.«

Pole, pole.

Der Rhythmus Afrikas.

Wie oft hatte sie schon versucht, ihn in ihr deutsches Leben zu integrieren, vor allem dann, wenn sie aus Afrika zurückkam. Manchmal gelang es für eine Woche, selten noch für ein paar Tage mehr. Alan hingegen lebte diesen Rhythmus. Er besaß nicht einmal eine Armbanduhr. Geschweige denn einen Computer, ein Navi oder ein Smartphone. Sein Handy war ein Fossil und er benutzte es höchstens, um zu telefonieren oder eine SMS zu schreiben. Allenfalls noch für ein Foto, wenn er einmal seine – analoge – Spiegelreflexkamera nicht dabeihatte.

»Wozu brauche ich ein Navi?«, hatte er Linda einmal gefragt, als sie ihm ihres leihen wollte, um eine bestimmte Adresse in Tübingen zu finden.

»Mir reicht eine Landkarte oder ein Stadtplan. Da kann ich mir ein Kreuz an dem Ort machen, den ich suche. Und das Auto hat eine Scheibe, die man runterkurbeln kann. Immerhin sind wir Menschen ja des Sprechens mächtig, und ich könnte auf Englisch, auf Suaheli oder auf Maa nach dem Weg fragen.«

»Und wie wär's auf Deutsch?«, hatte Linda lachend gefragt, wohl wissend, dass Alan aus Liebe zu ihr fleißig Deutsch gelernt hatte und ihre Sprache inzwischen auch recht gut sprach, wenn auch mit dem typischen Akzent der Afrikaner, wie sie ihn von den Beachboys in Kenya kannte.

»Whow geeht eehs daah hiin?«, hatte er geantwortet und sie hatten beide gelacht.

»Also gut, fünf sprachfreie Minuten«, sagte er jetzt in seinem sanften kenyanischen Deutsch, das für sie immer klang wie Urlaubstage am Diani Beach. Dort hatten sie und Alan sich vor vielen Jahren kennengelernt und er hatte ihr geholfen, ihren verschollenen Ex-Mann Rob zu finden und brutalen Nashornwilderern das Handwerk zu legen. Die Tage in den Aberdares und am Okavango – und auch die Nächte – waren die schönste Zeit ihres Lebens gewesen. Und sie hatte sich verliebt. In Alan Scott … und in Afrika.

Daran dachte sie jetzt, als sie sich auf seinen Schoß setzte und sich ihr Gesicht langsam dem seinen näherte. Fünf sprachfreie Minuten, hatte er gesagt, ein Wortspiel, das sie einmal gebraucht hatte, nachdem sie ihn eines Morgens nach einer kurzen Nacht wecken musste und sie keine Zeit für sich gehabt hatten.

Ihr Gesicht hatte sich langsam über seine geschlossenen Augen gebeugt und sie hatte ihm einen sanften Kuss gegeben und ihm die Zeit gelassen, langsam wach zu werden.

»Pole, pole«, hatte sie geflüstert, »wir haben noch fünf sprachfreie Minuten.«

Auch jetzt gab sie ihm einen sanften Kuss und legte ihren Mund vorsichtig in seine Halsbeuge. Sie spürte an ihrer Schläfe das raue Kitzeln seines Dreitagebarts und genoss die Sekunden, in denen sich keiner von ihnen bewegte. Sie lauschte nur seinem Atem und glaubte, den Puls seiner Halsschlagader mit ihren Lippen ertasten zu können. Ein Kribbeln durchfuhr sie, als sich seine Hände wie in Zeitlupe zu ihren Brüsten emportasteten.

Linda genoss noch immer dieses intensive, berauschende Gefühl, das in ihr schwang, als sie – wesentlich mehr als »fünf sprachfreie Minuten« später – in den Schwarzwald fuhren.

»Du findest das ohne Navi?«, fragte Alan scherzend und sie fühlte seine Hand, die leicht und anschmiegsam auf ihrem rechten Oberschenkel lag.

»Ja, stell dir mal vor. Und ›Ojumamuya‹« würde ich inzwischen auch ohne finden«, antwortete sie lächelnd.

»Du hast dir tatsächlich den Namen gemerkt?«, fragte er, gespielt überrascht.

»Ja. Und ich wär gerne mal wieder dort!« Mein Gott, dachte Linda, du begibst dich auf brüchiges Eis, hoffentlich hält es …

Alan ging prompt auf das Angebot ein.

»Dann komm doch einfach mit«, sagte er. »Oder hast du schon wieder ein Projekt am Hals?«

»Mein Projekt heißt Sarah. Ein Mädchen in ihrem Alter braucht ihre Mutter.« Und einen Vater, dachte sie.

»Ihr habt doch bald diese Osterferien. Die Gästezimmer auf ›Ojumamuya‹ sind frei.«

»Gästezimmer?«, fragte sie. »Seit wann muss ich ins Gästezimmer?«

Alan lachte.

»Für Sarah. Oder ihren Freund, falls sie schon einen hat.« Er machte eine kleine Pause. »Seltsam, dass ich das nicht mal weiß. Wir wissen immer noch viel zu wenig voneinander«, gab er nachdenklich zu.

»Ja«, Linda gab ihm recht. »Afrika ist weit.«

»Zu weit?«, fragte er.

»Nicht, wenn du endlich ein Smartphone hättest. Dann könnte ich dir endlich Whatsapps schicken und Bilder.«

»Auf ›Ojumamuya‹ gibt es nach wie vor kein W-LAN, und das Netz fürs Handy funktioniert nur am Wasserloch oben am Staudamm und vor dem Haus, das weißt du doch.«

»Klar. Du hast ja dein Walkie-Talkie, damit bist du auf der ganzen Farm erreichbar. Und wer telefonieren muss, fährt zu Papa Joe an die Tankstelle.«

»Und trinkt dabei gleich ein Bier, stimmt!«

Sie lachten und seine Hand streichelte ihre Hand, die auf dem Schaltknüppel ruhte.

»Linda«, sagte Alan Scott und seine Stimme hatte etwas Ernstes. »Ich möchte, dass du mit mir nach Afrika kommst. Für immer …«

Sie schluckte trocken und drückte sanft seine Finger.

»Lass uns in Ruhe darüber reden, sobald wir das hier hinter uns haben«, sagte sie leise.

»Du meinst, sobald ich diesen Wolf gefunden habe?«

»Ja.«

»Wie sieht so ein Vieh denn aus?«, er wechselte bewusst das Thema.

»Du hast noch nie einen Wolf gesehen?«, fragte sie ungläubig.

»Doch, schon, in einem Film. Das war aber Alaska. In Afrika haben wir nur die Wildhunde.«

Alan Scott dachte an das Rudel auf seiner Farm.

»Dann stell ihn dir so vor: so groß wie ein Wildhund, aber nicht so bunt. Grau, längeres Fell, ein Gesicht wie ein Schäferhund. Ein edles Tier.«

»Ein guter Jäger?«

»Der beste.«

»Hat man ihn deshalb hier ausgerottet?«

»Vielleicht. Man hat sie alle ausgerottet. Den Luchs. Den Bären. Den Biber. Den Wolf.«

»Und jetzt will man sie wieder zurückhaben?«, fragte Alan. »Warum?«

»Ich weiß es nicht. Manche glauben, sie haben ein Recht, bei uns zu leben. Und dass es funktioniert. Andere behaupten das Gegenteil.«

»Glaubst du, dass ein Wolf das Mädchen getötet hat?«

»Ich hoffe, die Spuren, die du findest, beweisen, dass er es nicht war«, antwortete Linda.

»Dann stehst du also auf der Seite des Wolfs?«

Linda nickte.

»Ja«, sagte sie leise.

66

»Viel habt ihr mir ja nicht übrig gelassen«, meinte Alan Scott, als sie gegen Mittag am Fundort der Leiche von Harald Haag angekommen waren und sein Blick den waldigen Hang gescannt hatte.

Die meisten Fußspuren im restlichen Schnee stammten von den Teams der KTU und der Polizei, die Trittsiegel des Wolfs, von denen ihm Linda erzählt hatte, waren unauffindbar.

Trotzdem betrachtete Alan den Boden mit großer Aufmerksamkeit, ließ seinen Blick über die kahlen Äste und Zweige des Unterholzes wandern und studierte die immergrünen Efeuranken und verwelkten Farnwedel mit der Gründlichkeit eines Botanikers. Er übersah dabei nicht die Schattierungen des Schnees und die Vertiefungen im Waldboden.

»Was ist dort oben?«, fragte er Jens Bosch, der ihn und

Linda an diesem Vormittag in den Wald begleitet hatte. Er deutete den Hang hinauf, wo sich einige Meter oberhalb der Fundstelle eine gerade Linie zwischen den Büschen und Bäumen abzeichnete.

»Das ist ein Fahrweg«, antwortete der Kommissar und ergänzte: »Für Forstfahrzeuge und Waldarbeiter. Manchmal sind auch Spaziergänger dort oben unterwegs, aber die meisten scheinen wohl hier unten auf dem Feldweg an der Enz zu bleiben.«

»Hm, komisch …«, murmelte Alan.

»Was?«, fragte Linda.

Der Fährtenleser deutete auf den Boden.

»Hier, diese Spur!«

Linda und Jens Bosch folgten seinem Blick und versuchten, irgendwelche Auffälligkeiten zu erkennen, doch das Einzige, was sie sahen, war der Waldboden, morsche Äste, lose Wurzeln, ein paar Pflanzen und Schneereste.

»Wo – verdammt noch mal – ist da eine Spur?«, fluchte der Kommissar, der sich einbildete, durchaus ein Auge für Spuren und Veränderungen in einer Umgebung zu haben.

Alan Scott machte ihn auf eine Reihe umgeknickter Farne aufmerksam, daneben zerbrochene Rindenstücke und eine Efeuranke, deren Blätter mit der Unterseite nach oben über den Hang wucherte. Er hob eines der Rindenstücke auf, roch daran und reichte es Bosch.

»Die Bruchkante ist neu«, bemerkte er, »man riecht es und man sieht es an der Farbe. Irgendetwas Schweres oder irgendjemand hat diesen Bruch verursacht.«

Er bückte sich und bog die Efeuranke zurecht.

»Die wurde umgebogen, als jemand von dort oben den Hang herunterkam. Vermutlich, weil er in der Ranke hängengeblieben ist«, erklärte Alan, »oder weil etwas darin hängenblieb, was er hinter sich hergeschleift hat. Seht ihr die umgeknickten Farne? Die Knickstellen sind frisch, das Innere hat eine andere Farbe als die Halme außen. Da wurde etwas Schweres drübergezogen, da bin ich mir sicher. Ich glaube, dass das alles – die Rinde, der Efeu, die Farne – eine Schleifspur ist. Danach gab's noch einmal Schnee, deshalb ist die Spur nur undeutlich.«

Er stieg seitlich den Hügel bergan und gab seinen beiden Begleitern ein Zeichen zu warten. Nach wenigen Metern hatte er den schmalen Fahrweg erreicht, der von letztem harschem Schnee bedeckt war, auf dem sich aber zwei deutliche, tief in den Schnee eingegrabene Fahrrinnen abzeichneten.

Reifenabdrücke waren auf den ersten Blick nicht zu erkennen, dafür war zu viel Schnee und später auch Regen gefallen, doch an der Stelle, wo Alan die Schleifspur erkannt hatte, waren der Schnee und der Matsch am Rand der Fahrpiste eingedrückt, auf einer Breite von fast einem halben Meter.

Alan Scott reichte ein kurzer Blick, um seine Schlüsse zu ziehen, dann kehrte er wieder zu Linda und dem Kommissar zurück. Die Spuren an einem afrikanischen Wasserloch und am Rand eines Schwarzwälder Fahrwegs unterschieden sich für den afrikanischen Fährtenleser nur durch die Färbung des Untergrunds und die Arten der Pflanzen. Die Geschichten, die sie ihm erzählten, lagen auch hier, in dieser für ihn ungewohnten Umgebung, so deutlich vor ihm, als hätte er sie in einem Buch gelesen.

»Und, was entdeckt?«, fragte Jens Bosch neugierig. Immerhin hatte auch die Kriminaltechnik in der Nacht hier alles ausgeleuchtet und nach verwertbaren Objekten und Spuren gesucht.

»Ich glaube schon«, antwortete Alan Scott und deutete nach oben. »Ich würde behaupten, dass jemand da oben angehalten und einen schweren Gegenstand oder Körper ausgeladen hat. Ich gehe mal von der Leiche aus. Vermutlich hatte er sie in eine Plastikfolie gepackt, um keine Blut- oder Faserspuren zu hinterlassen. Man sieht deutlich, wo er die Last über den matschigen Schneerand des Weges gezogen hat. Er hat dabei seine eigenen Fußspuren verwischt, indem er die Leiche hinter sich hierherzog.«

»Aber warum machte er das?«, fragte Linda. »Er hätte sie doch auch einfach dort oben liegen lassen können.«

»Ja«, gab Jens Bosch zu, »aber das hätte dann nicht nach einem Wolfsangriff ausgesehen.«

»Habt ihr Wolfsspuren hier gefunden?«, fragte Scott.

Der Kommissar schüttelte den Kopf.

»Es hat noch mal geschneit und dann den ganzen Tag geregnet. Aber es gab Fraßspuren. Und so, wie die Leiche zugerichtet war …«

Linda dachte mit Grausen an den Anblick der geöffneten Bauchdecke und der herausquellenden Gedärme.

»Na, das werden Ihre Spezialisten ja herausfinden«, meinte Alan Scott. »Fraßspuren können auch von anderen Tieren stammen. Ihr habt hier zwar keine Schakale und Geier, aber Füchse und Wildschweine, stimmts? Und um eine Bauchdecke zu öffnen, muss man kein Wolf sein …«

»Du meinst …?«, murmelte Linda und ließ die Frage offen.

»Frag einen Jäger«, antwortete Alan.

»… oder einen Metzger …«, sagte Linda leise und dachte an die Gespräche der Kundinnen in der Dorfmetzgerei. Und plötzlich hatte die Journalistin eine Idee …

67

Linda stellte ihren roten Renault auf dem Kundenparkplatz der Metzgerei Steidinger ab und war schon auf dem Weg zur Vorderfront, wo eine breite Treppe zum Eingang des Verkaufsraums führte, als ihr die silbern glänzende Edelstahltür am T-förmigen Anbau des Hauptgebäudes ins Auge fiel.

Bei ihren Recherchen hatte sie herausgefunden, dass die Metzgerei in Wintersbach zu den wenigen Kleinbetrieben gehörte, die noch selbst für den Eigenverbrauch schlachteten. Somit würde ihr der Metzgermeister sicher darstellen können, wie man einen Körper fachgerecht aufbrach und ausnahm.

Sie ignorierte ihr flaues Gefühl und schritt, wie von den unsichtbaren Fäden eines Marionettenspielers gelenkt, auf die Edelstahltüre zu. Sie drückte die Metallklinke nach unten, die schwere Tür öffnete nach außen und sofort strömte ihr die kalte Luft eines kahlen, weiß gekachelten Raums entgegen. Es war ihr bewusst, dass bestimmte Temperaturwerte und Hygienevorschriften in den Schlachträumen eingehalten werden mussten, und ihre Nase registrierte den Geruch von frischem Fleisch.

»Hallo?«, rief sie zaghaft und zog die Tür hinter sich zu. Sie blieb stehen und wartete ab. Sie wusste nicht, ob Christian Steidinger selbst im Schlachtraum arbeitete oder welchen Tätigkeiten im Betrieb er überhaupt, neben seinem Job als Ortsvorsteher, noch nachging.

»Hallo?«, versuchte sie es etwas mutiger.

Sie lauschte in den kalten Raum und horchte auf die Geräusche, die nach Stahl und Klopfen und Hämmern klangen und aus einem weiter entfernten Raum zu kommen schienen. Sie stellte sich vor, wie dort Schweinehälften von der Decke hingen und mit gezielten Schnitten zerteilt wurden, und wie sich das Fleisch in Würste, Rippchen und Schnitzel verwandelte.

Nach einem dritten, lauten »Hallo« erschien aus einem der Nebenräume ein junger Mann mit langem, hellbraunem Schlächterschurz, weißen Gummistiefeln, Metzgerkittel mit hochgekrempelten Ärmeln und weißer Kopfbedeckung, wischte sich die offensichtlich feuchten Hände an einem Handtuch ab, das am Gürtel der Schürze hing, und fragte sie freundlich nach ihren Wünschen.

Vom Partyservice der Metzgerei in einem ihrer Nachbarorte wusste sie, dass Kunden durchaus in den Arbeitsräumen auf ihre Bestellungen warteten, trotzdem entschuldigte sie sich für ihr unangemeldetes Erscheinen, setzte ihr charmantestes Lächeln auf und sagte dann:

»Ich bin Journalistin und habe ein paar Fragen an einen Fachmann.«

»Aha. Und worum geht's?«, fragte der Metzger.

»Sind Sie Metzgermeister?«

»Ja. Meinem Vater gehört der Betrieb, aber ich bin der Geschäftsführer. Joachim Steidinger.«

Er reichte ihr die Hand.

»Linda Roloff.«

»Was genau wollen Sie denn wissen?«

»Ich würde mir gerne ein Bild davon machen, wie man einen Körper fachgerecht öffnet.«

Joachim Steidinger lachte.

»Ich weiß, ich verwende sicher nicht die Fachausdrücke, aber darum bin ich ja hier. Natürlich nur, wenn Sie einen Augenblick Zeit für mich haben.«

»Also ein Turbokurs in Schlachten und Ausweiden …«, sagte er und sah auf seine Armbanduhr. »Na, dann kommen Sie mal mit!«

Er führte sie in den angrenzenden Raum, aus dem er gerade gekommen war. Der Fleischgeruch wurde dominant, die Geräte und Tische glänzten in mattsilbernem Edelstahl. Der junge Metzger deutete auf eine zu ihrer Mitte hin abfallende, längliche Vorrichtung in Tischhöhe.

»Das ist ein Schlachtschragen«, erklärte er. »Hier wird Kleinvieh zum Enthäuten und zum teilweisen Ausweiden eingelegt. Für Rinder ist der Schragen dort drüben auf dem Boden. Wir gehören noch zu den wenigen Kleinbetrieben im Land, die eine Zulassung fürs Schlachten in den eigenen Räumen haben. Unsere Schlachttiere kommen schon seit Jahren aus der Umgebung und wir kennen jeden unserer Lieferanten persönlich.«

Linda nickte und betrachtete interessiert die seltsam geformte Fläche des Schragens, der sie an einen offenen Sarg denken ließ. Hier lagen die toten Tiere, noch mit Haut und Innereien, unversehrt, wie sie gestorben waren.

»Der Schlachtraum ist am anderen Ende des Anbaus, wo die Viehtransporter parken und entladen können. Kommen Sie, hier entlang.«

Linda folgte ihm durch zwei weitere Räume, in denen Männer und Frauen in Einheitskleidung Fleisch bearbeiteten. Der Raum, in den sie der Metzger führte, glich einer großen Garage. Sie sah ein eisernes Gatter, das wie ein Käfig auf sie wirkte, von der Decke baumelte eine große elektrische Säge, Fleischerhaken und Ketten hingen daneben. Für Linda hatte der Raum etwas Bedrohliches, doch der Metzger sagte:

»Es ist wichtig, dass die Tiere keinen Stress haben. Nicht

nur, weil Adrenalin schlecht fürs Fleisch ist, sondern weil wir Respekt vor den Tieren haben. Sie kommen immerhin zu uns, um zu sterben.«

Linda schluckte trocken.

»Wie viele?«, fragte sie.

»Höchstens zehn Rinder und 20 Schweine und Schafe pro Woche.«

»Und was ist das?«, fragte Linda und zeigte auf zwei unterschiedlich große Metallgegenstände, die neben dem Gatter auf einem Tisch lagen und aussahen wie eiserne Farbkartuschen mit Abzugshebel.

»Das sind Bolzenschussgeräte. Damit werden die Tiere aber nur betäubt, der Tod erfolgt dann bei der Schlachtung durch Blutentzug.« Linda schüttelte sich und war nicht mehr überzeugt, dass es eine gute Idee war, einen Metzger nach fachgerechter Schlachtung zu befragen.

»Aber Sie wollen ja wissen, wie es danach weitergeht, stimmt's?«

Linda nickte.

Sie hatte das Bild der Leiche im Wald vor Augen und fragte sich, ob es dazu einen gelernten Metzger brauchte.

»Nehmen wir ein Schwein«, begann der Metzgermeister »Die Tiere werden zunächst entblutet.«

»Wie?«, hakte Linda nach.

»Durch einen gezielten Stich.«

Er sah sie eindringlich an, beobachtete ihre Reaktion und fuhr dann fort:

»Mit einem Messer werden entweder im Bereich des Kehlkopfs oder des Brustbeins die Blutgefäße so geöffnet, dass das Tier nach außen ausblutet.«

»Wie genau sieht so ein Stich aus?«, fragte sie nach, obwohl sie von den Ausführungen schon genug hatte.

»Welchen Stich meinen Sie? Den in den Hals oder den in die Brust?«

Wieder sah sie den Toten im Wald vor sich liegen. Den geöffneten Brustkorb.

»In die Brust.«

»Ich setze das Stechmesser vor dem Brustbein an und steche die Klinge bis zum Anschlag schräg nach unten Richtung Herz.«

»Und dann öffnen Sie das Tier?«

»Bei Schweinen wird erst abgebrüht und enthaart, dann der Kopf abgesetzt. Dann wird es an den Hinterbeinen oberhalb des Knies aufgehängt.«

Er zeigte auf die Ketten und Haken, die von der Decke hingen.

»Jetzt wird's vielleicht etwas eklig«, warnte er Linda und begann seine detaillierte Beschreibung des Schnitts vom Brustbein zur Leiste. Linda fühlte saure Galle in sich aufsteigen und stützte sich an einem der Metalltische ab. Sie hörte nur noch mit halbem Ohr zu und unterdrückte das Würgen in ihrer Kehle, als er von herausquellenden Gedärmen und Organen sprach.

»Können wir kurz hier raus?«, fragte sie, den Brechreiz in der Kehle.

Der Metzgermeister ging zur Außentür und öffnete sie.

»War wohl ein bisschen zu heftig?«, fragte er besorgt.

»Geht schon«, krächzte Linda und rannte nach draußen. »Aber es wäre kein Beruf für mich.«

Sie lehnte sich an die Hauswand und ließ die kalte Luft in ihre Lunge strömen.

»Nur noch eine Frage«, hechelte sie und richtete sich wieder auf, »und bitte verstehen Sie mich nicht falsch …«

Er sah sie aufmerksam an.

»Könnten ein Metzger oder ein Jäger auf diese Weise auch den Brustkorb … eines Menschen öffnen?«

Er grinste und schien die Frage nicht ernst zu nehmen.

»Schon möglich. Aber sicher sind Chirurgen hierfür die besseren Spezialisten.«

Linda schüttelte sich bei dem Gedanken, sich nun auch noch von einem Chirurgen eine Thoraxeröffnung erklären zu lassen. Sie dankte dem jungen Metzgermeister für die Zeit, die er sich genommen hatte.

»Wollen Sie schon gehen?«, fragte er. »Ich wollte Ihnen noch den Kühlraum zeigen.«

Linda sah ihn an und glaubte mit einem Mal, ein seltsames Zucken in seinem Gesicht zu erkennen.

»Nein, danke«, sagte sie. »Ich glaube, für heute habe ich genug gelernt. Ein anderes Mal vielleicht.«

»Sie haben wohl Angst? Zu viele schlechte Krimis geguckt? Aber in einem Kühlraum zu erfrieren, ist praktisch unmöglich. Wir haben eine Alarmvorrichtung, die optisch und akustisch darauf hinweist, dass sich Personen im Kühlraum aufhalten. Und selbst wenn außen abgeschlossen wird, können Sie jederzeit von innen öffnen.«

Stell dich nicht so an, dachte sie, *sonst glaubt er am Ende wirklich noch, du hast Angst …*

»Also gut«, sagte sie, »aber nur noch kurz! Ich muss wieder zurück in die Redaktion. Sonst kommen die noch her und suchen mich.«

Sicher ist sicher. Soll er ruhig denken, dass man weiß, wo ich bin …

Sie gingen ins Gebäude zurück und Joachim Steidinger führte sie durch mehrere Räume, bis sie vor einer Metalltür standen, die schwerer und dicker aussah als die anderen, die er auf dem Weg geöffnet und wieder geschlossen hatte.

»Machen Sie Ihren Anorak besser zu«, forderte er sie auf. Sie zog den Reißverschluss hoch und folgte ihm durch den dicken Türrahmen ins Innere des Kühlraums.

68

»Interessantes Bild«, murmelte Alan Scott und sah auf den Monitor von Martin Jaschkes Smartphone. Linda hatte ihn und den Biologen miteinander bekannt gemacht, als sie sich in der SOKO-Zentrale getroffen hatten. Sofort hatten sich die beiden Naturfreunde zurückgezogen und waren in ein Gespräch vertieft.

»Wann wurde es aufgenommen?«, fragte Alan.

»Ganz genau gestern Abend um 21.23 Uhr«, antwortete der Biologe.

»Und das zweite?«

»Genau eine Viertelstunde später, von der anderen Kamera. Ich habe drei Wildkameras installiert. Zwei davon hat der Wolf zuletzt gestern Abend passiert, im Abstand von 15 Minuten. Wenn wir eine Linie ziehen von den Fundorten der beiden Leichen und den Standorten der beiden Kameras, haben wir seinen Weg. Ich möchte nun herausfinden, wohin er gegangen ist. Er muss irgendwo im Wald seine Höhle haben.«

»Aha«, sagte Alan Scott, »und ich soll Ihnen helfen, seine Spur zu finden …«

»Linda behauptet, Sie finden sogar die Spuren von Vögeln in der Luft«, bemerkte Martin Jaschke.

»Jedes Tier hinterlässt Spuren«, erwiderte Scott trocken. »Man muss nur wissen, wonach man zu suchen hat.«

»Und es macht für Sie keinen Unterschied, ob Sie in einem deutschen Wald unterwegs sind oder im Busch?«

Alan Scott zuckte die Schultern.

»Fährten finden sich überall. In Afrika weiß ich, ob die Scheiße vor mir von einem Büffel stammt oder von einem Flusspferd, und wenn ich den Finger reinstecke, weiß ich sogar, wie alt sie ist. In Ihrem Wald stecken Sie den Finger rein, so einfach ist das!«

Martin Jaschke schluckte trocken.

»Kann ich die Bilder noch mal sehen?«, fragte Alan Scott.

Der Biologe gab ihm das Smartphone und Scott scrollte durch die zwei Bilderserien, die die beiden Wildkameras am Abend von der Wölfin geschossen hatten. Die Bilder waren zwar nur schwarz-weiß, aber erstaunlich scharf und zeigten die Wölfin einmal frontal und einmal im Profil, wie sie mit langen Schritten durch den Wald schnürte.

Alan nahm eine der Profilaufnahmen und zoomte einen Bildausschnitt durch gegenläufiges Bewegen von Daumen und Zeigefinger, wie es Linda ihm mal gezeigt hatte. Der Bildausschnitt zeigte jetzt den Leib der Wölfin in einem Ausschnitt zwischen Vorder- und Hinterläufen.

Alan betrachtete das Bild eingehend und hielt es schließlich dem Biologen hin.

»Seltsam«, sagte er, »wenn das eine Hyäne wäre, würde ich behaupten, die hat Junge. Sehen Sie die geschwollenen Zitzen …ich kenne mich bei Wölfen ja nicht aus …«

»Verdammt, Sie haben recht!«, zischte der Biologe. »O Mann, dass mir das bisher nicht aufgefallen ist!«

»Man sieht es nur auf diesem einen Foto, sonst ist zu viel Gebüsch im Weg.«

»Das würde doch aber heißen …«, überlegte Martin Jaschke laut.

»Dass ein Rüde in der Nähe ist?«, ergänzte Alan Scott.

»Nicht bei dieser Wölfin«, meinte der Biologe. »Ihr Partner wurde vor etwa zwei Monaten überfahren. Aber wir hatten schon öfter Wanderwölfe, die allein unterwegs waren, weil der Partner umgekommen ist oder so … Aber ich meine, wenn die Jungen schon auf der Welt wären, dann müssten wir erst recht ihre Höhle finden!«

Er sah vom Monitor auf und blickte Alan eindringlich an.

»Würden Sie mir dabei helfen?«

Alan Scott nickte.

69

Schinkenwurst, Lyoner, Bierwurst. Linda ließ ihren Blick über die Vielzahl von Würsten gleiten, die in dem Kühlraum von Haken an den Wänden und in den fahrbaren Regalwägen hingen, als plötzlich ein Handy klingelte. Joachim Steidinger zuckte zusammen und fischte das Smartphone aus seiner Hosentasche.

»Mein Vater«, sagte er mit Blick aufs Display. »Moment, ich muss raus, der Empfang hier drinnen … Sie können gern warten, ich bin gleich wieder da!«

Linda nickte tapfer.

Er trat aus dem Raum und gab der schweren Tür einen sanften Stoß, dass sie, leicht angelehnt, geöffnet blieb. Linda überzeugte sich durch einen kurzen Blick, dass sie nicht von allein ins Schloss fallen konnte, und betrachtete dann die ausladenden Metallregale, wo in großen, flachen Schalen Fleischstücke lagerten. Sie fühlte die Kälte, die ihr über die Haut kroch, und spürte, wie sie – trotz des Anoraks und ihrer dicken Winterschuhe – langsam zu frösteln begann.

Sie hörte von draußen die Stimme des Metzgermeisters, der am Handy telefonierte. Plötzlich wurde sie lauter, sie hörte, wie er: »Warte mal!« sagte und sich wieder dem Kühlraum näherte. Die Tür wurde aufgestoßen, er blickte herein und sagte:

»Das geht noch einen Augenblick! Ich muss zumachen, die Temperatur steigt zu sehr!«

Es blieb ihr keine Zeit zu reagieren, er zog die Tür zu und sie hörte ein deutliches metallisches Knacken im Schloss. Sie rannte zur Tür und drückte die Metallklinke nach unten.

»Scheiße!«, fluchte sie.

Selbst wenn außen abgeschlossen wird, können Sie jederzeit von innen öffnen, hatte er gesagt.

Sie rüttelte an der Tür, pochte dagegen, schrie, doch nichts rührte sich.

Sie haben wohl Angst? Zu viele schlechte Krimis gekuckt?

Linda Roloff schrie aus Leibeskräften.

Von ihrem eigenen Schrei wachte sie auf.

Sie sah an die Decke, erkannte die Lampe, die Möbel, ihren Schreibtisch, das Sofa, auf dem sie lag. Und langsam kam die Erinnerung …

Sie hatte sich nach dem Besuch in der Metzgerei nur kurz hingelegt und war dann doch eingenickt. Ruhig hineingeglitten in einen tiefen Schlaf, aus dem sie jetzt dieser Albtraum geweckt hatte.

Sie blickte zur Uhr. Mist! Sie wollte sich mit Jakob Sommerhalder treffen und würde sich beeilen müssen, es noch rechtzeitig nach Pforzheim zu schaffen.

Und sie wollte zu Katja Gassner. Noch einmal mit ihr reden.

Von Frau zu Frau.

Von Mutter zu Mutter.

Doch das würde jetzt bis morgen warten müssen …

70

Alan Scott wich den Ästen aus, die der Biologe zurückschnellen ließ.

»Wo genau gehen wir hin?«, fragte er.

»Zum Standort der zweiten Kamera. Wir sind gleich da. Ich hoffe, es wird nicht zu schnell zu dunkel, um noch Spuren zu finden.«

»Ich komme auch bei Dunkelheit zurecht«, meinte Scott. »Meine Taschenlampe ist hell genug. Sie müssen mir nur sagen, ob es Wolfsspuren sind, die ich finde. Von Eichhörnchen kann ich sie sicher unterscheiden und von Wildschweinen auch. Aber Fuchs und Hund, das ist dann Ihre Sache!«

Stumm bahnten sich die beiden Männer weiter ihren Weg durch den Wald. Ihre Schritte knirschten auf den verharschten Schneeresten, Zweige knackten unter den unbeholfenen Schritten Jaschkes, während sich Scott leichtfüßiger und leiser fortbewegte und seine Tritte behutsam zwischen den dürren Zweigen platzierte. Das Laub war zu nass, um zu rascheln.

Alan Scott war in seinem Element. Natur, Wald, Wildnis. Das liebte er in Afrika. Und auch wenn jetzt die Farm in Namibia seine Heimat geworden war, so richtig zu Hause fühlte er sich im Busch. Dort, wo die tiefschwarzen Augen der Impalas zwischen dem gelben Büffelgras leuchteten, wo die Zebramangusten um die Termitenhügel herumtollten und der Leopard getarnt in seinem Baumversteck auf ein unvorsichtiges Gazellenkitz lauerte.

Er liebte das Singen der Zikaden und den Chor der Glockenfrösche in den Abendstunden und die einsamen Nächte unter dem Kreuz des Südens, wenn sich der Fischuhu zu seinem Beutezug aufmachte und die Flughunde in der Sycamorenfeige ihren Tagschlaf beendeten. Jetzt war die Zeit der nächtlichen Jäger und am Morgen bei Dämmerung würde so manche Spur im Gras und am Wasserloch eine neue Geschichte von den nächtlichen Dramen erzählen können.

Daran dachte Alan Scott, während er Martin Jaschke durch den dämmrigen Wald folgte, und das einzige permanente Geräusch, das an seine Ohren drang, war das nahe Rauschen der Enz. Die Tiere im Schwarzwald schienen dem Schweigen verfallen.

»Hier ist es«, sagte Martin Jaschke plötzlich und blieb stehen. Er deutete auf einen Fichtenstamm und Alan Scott erkannte die tarngrüne Kamera.

»Sie muss laut Foto in diese Richtung gezogen sein«, Martin Jaschke deutete mit ausgestrecktem Arm leicht nach rechts, wo sich der Wald sanft den Hang hinaufschob. »Das wäre die gerade Linie von den anderen Positionen, die wir von ihr kennen. Und Wölfe schnüren immer in geraden Linien, den kürzesten Weg. Reicht das Licht noch?«

Alan Scott nickte und ging in die Hocke. Sanft tastend schob er seine Finger über den Waldboden, wie er es auch im Busch tat, um den Beginn einer Fährte zu finden oder andere Hinterlassenschaften wie Kot oder Nahrungsreste zu ertasten.

Langsam arbeitete er sich im Halbkreis nach vorn, ließ seine Handflächen über den Boden gleiten, befühlte Meter um Meter des Untergrunds und verließ sich dabei ganz auf das Tastgefühl in seinen Fingerspitzen. Er war, als scanne er den Boden mit einer inneren Kamera, um danach diese Bilder noch dreidimensional zu erfassen. Nicht eine Kleinigkeit entging ihm dabei und es waren zahlreiche Geschichten, die ihm der Waldboden auf diese Weise erzählte.

Das Loch, aus dem sich eine Maus hervorgewagt hatte, um ein paar Bucheckern anzunagen, unweit davon das getrocknete Gewölle eines Kauzes oder eines anderen kleinen Greifvogels, das von einem erfolgreichen Jagdzug stammte. Eine paar Meter weiter den Hang hinauf ertastete er steife, fast 7 Zentimeter lange Haare, die er dem Biologen vor die Taschenlampe hielt.

»Weiß, mit einer schwarzen Zone am Ende, fast drahtig. Hm. Ein Dachs, würde ich mal sagen«, meinte Jaschke.

»Dann hat er hier in der Nähe seinen Bau«, bemerkte Alan.

»Der Boden da drüben fängt an, lockerer zu werden, die Erde ist frisch ausgeworfen. Und diese Spuren hier«, Alan tastete mit Zeige- und Mittelfinger den Waldboden ab, »zwei längliche Schalen, nahezu gleich groß, aber nicht sehr eng beisammen? Fast vier Finger breit? Bei uns wäre das ein Kudu …«

»Wir haben Rothirsche oben im Wald. Jetzt im Winter kommen sie auch in die Täler. Wie machen Sie das? Hocken hier im fast dunklen Wald und finden Spuren, die ich nicht einmal am Tag entdecken würde.«

Alan Scott grinste.

»Alles Übung. Wenn Sie im Busch überleben wollen, müssen Sie das können!«

»Aber kein Mensch macht das heute mehr! Spurensuche! Sie können mir nicht erzählen, dass Sie tatsächlich auch heute noch zu Fuß durch den Busch schleichen, um für Touristen irgendwelche Tiere aufzuspüren! Die Safariunternehmen schleusen ihre Kunden in Kleinbussen durch den Krüger und die Guides rufen sich per Smartphone an, wenn irgendwo ein Mähnenlöwe pennt. Ich hab mir das einmal gegeben, brauch ich nie wieder!«

»Es gibt Safaris … und Safaris«, meinte Alan Scott, stand kurz auf und streckte sich durch. »Wenn Sie wollen, nehme ich Sie mal drei Tage mit in den Hluwhluwe. Nashornland. Zu Fuß. Nur wir beide allein. Kein Handy, keine Uhr. Nur ein Gewehr. Falls ich den pennenden Mähnenlöwen zu spät entdecke. Und wenn es dunkel ist, stellen wir ein Igluzelt auf. Und davor suche ich nach Kobraspuren auf dem Boden und prüfe, ob der alte Elefantenbulle, der den Baum niedergemacht hat, noch in der Musth ist.* Und bevor wir am Morgen eine Lichtung ohne Deckung überqueren, stecke ich meine Nase in Nashornmist, um

---

* Elefantengold

festzustellen, ob sie noch in der Nähe sind. Und wenn Sie Hunger haben, hole ich uns ein Steak vom Löwenriss, aber nur wenn die Jäger schon satt sind. Interesse?«

Martin Jaschke schluckte trocken und schüttelte den Kopf. Scott ging wieder in die Hocke und setzte seine Suche fort.

»Wo haben Sie das gelernt?«, fragte Jaschke. »Ich meine, als Weißer wächst man doch nicht einfach so im Busch auf?«

»Ich hab drei Jahre bei den Maasai gelebt, am Rand des Ngoro-Ngoro«, erzählte Alan. »Sie haben mich aufgenommen wie einen Bruder. Es war eine geniale Zeit. Einfaches Leben, reduziert auf das, was du hast und was du bist. Keine Technik, kein Luxus, keine Sicherheit. Nachts baust du einen Dornenwall um deinen Schlafplatz, damit die Hyänen deine Ziegen nicht holen. Löwen gibt's schon lange keine mehr in der Einöde, in die man die Maasai gepfercht hat. Nur trockenes Land, steinige Erde. Und dann treibst du die Rinder raus, an die grünen Hänge des Ngoro-Ngoro, wo die Flammenbäume rot blühen und die Giraffen weiden. Und wenn eine Kuh verschwunden ist, musst du sie finden, bei Tag oder bei Nacht, sonst kommt dir der Leopard zuvor. Glauben Sie mir, auch wenn die Maasai heute in den Touristenhotels für Kohle tanzen oder sich mit ihrem Schmuck gegen Geld zur Schau stellen, da draußen, mit den jungen Morani, da lernst du Spurenlesen, weil du es zum Überleben brauchst. Wenn du weißt, wohin der Leopard am Abend gegangen ist, um zu jagen, kann er dich in der Nacht nicht fressen.«

Alan Scott schwieg und tastete sich weiter nach vorn. Für seine Verhältnisse hatte der Mann aus Afrika viel gesprochen. Viele Worte zu machen lag ihm sonst eher nicht. Doch hier, in der kalten Winternacht im Schwarzwald, kamen ihm die Erinnerungen an sein geliebtes Afrika wie von selbst über die Lippen.

Er dachte an die einsame Nacht am Okavango, als er sich am Rand der Sümpfe verirrt hatte, und sich die Baumstämme, gegen die er lief, als Elefantenbeine entpuppt hatten und die Augen der Springhasen im Licht der Sterne funkelten. Irgendwann war er auf das einsame Grab des alten Büffeljägers gestoßen, hatte mit seinen Fingern die Schrift entziffert und wusste von da an wieder, in welche Richtung er zu gehen hatte. Linda hatte mal zu ihm gesagt, sein Gehirn sei wie eine Landkarte von Google-Maps, auf der jeder Ort zu finden war.

Drei Tage vorher hatte er das Grab am Tag entdeckt und sich nun in der Nacht auf seinen eigenen Spuren zu seinem Lager zurückgetastet. Würde er jetzt die Spur des Wolfs entdecken, würde er sich auch in dessen Spur zu seinem Lager vorantasten.

71

Linda Roloff war spät dran, als sie auf den Kundenparkplatz des Baumarkts einbog. Zehn vor sieben. Hoffentlich ist dieser Joggele noch da, dachte sie. Sie hatte das seltsame Gefühl, heute etwas zu erfahren, was sie weiterbrachte.

Jakob Sommerhalder war an dem Sonntagabend im Wald gewesen, als Luisa Gassner ums Leben gekommen war, und hatte dort jemanden gesehen, so hatte ihr Jens Bosch erzählt. Sie hoffte, dass er sich daran erinnerte und mit ihr darüber sprach, doch sie musste behutsam vorgehen. Er hatte sich nur auf das Treffen eingelassen, weil sie sich für seine Aktivitäten im Tierschutz interessiert hatte. Sie hatte ihr kleines Aufnahmegerät dabei und würde ihn auch nicht enttäuschen. Geschichten von Leuten, die etwas bewegten, konnte sie im Sender immer gut verkaufen.

Linda stieg aus und sah erleichtert, dass Jakob noch am Imbiss stand. Sie ging hinüber und wünschte ihm »noch einen guten Appetit«, als sie den Rest seiner Currywurst sah.

»Danke«, sagte er mampfend, »wollen Sie auch noch was?«

Linda bestellte sich eine Rote Wurst und eine Cola und stellte sich neben Joggele an den Bistrotisch. Sie plauderten belanglos über Fastfood und ihren Job beim Radio, und als sie den letzten Senf vom Pappteller gewischt hatte, nahm sie ihr digitales Aufnahmegerät und ließ Joggele erzählen. Von seinen Aktionen, den Tieren, die er befreit hatte, und den Hunden, die sie bei nächtlichen Treffen auf den Autobahnparkplätzen umluden.

Manches, was legal war, würde sie verwenden können, die illegalen Geschichten würde sie für sich behalten. Sie spürte, dass ihr der seltsame Mann vertraute, und lenkte langsam das Gespräch in die Richtung, in der sie es haben wollte.

»Hat Sie noch nie jemand ertappt?«, fragte sie.

Joggele verneinte.

»Ich bin immer vorsichtig und sehe die Leute meistens, bevor sie mich sehen.«

»Auch am Sonntag, als Sie die Schafe zum ersten Mal befreien wollten?«

»Ja. Der hatte ja 'ne Taschenlampe und ich hab den schon von Weitem gesehen.«

»Was macht einer nachts mit einer Taschenlampe allein im Wald?«

»Spazierengehen vielleicht«, antwortete Joggele, als sei es für ihn das Normalste der Welt.

»Sie haben sich keine Gedanken gemacht?«

»Nö.«

»Und der hat sich auch nicht … ungewöhnlich oder seltsam verhalten?«

»Nö. Ich weiß, dass der manchmal auch jagt. Aber ein Gewehr hatte er nicht dabei. Nur seinen Wagen habe ich später stehen sehen.«

»Und er war wirklich allein?«

»Ich hab niemanden bei ihm gesehen.«

»Hat er vielleicht irgendwas getragen oder geschleppt?«

»Nö. Wie kommen Sie denn darauf?«

»Ach, einfach so. Können Sie sich noch an die genaue Stelle erinnern?«

»Schon. Aber warum wollen Sie das alles wissen?«

»Na ja«, Linda schaltete das Aufnahmegerät ab und flüsterte verschwörerisch: »Wenn ich einen Beitrag über Ihre Aktionen mache, ohne Sie namentlich zu erwähnen, sollte ich schon wissen, ob es irgendwo mal einen Zeugen gab, der uns vielleicht auf die Schliche kommt.«

»Aber an dem Abend hab ich gar nichts gemacht. Und wie gesagt, der Stei…«, er unterbrach und verbesserte sich rasch, »… der hat mich ja gar nicht gesehen!«

Stei…!, durchfuhr es Linda. Hatte er Steidinger sagen wollen? Machte es Sinn nachzuhaken? Sie beschloss, alles auf eine Karte zu setzen und fragte:

»Der Ortsvorsteher war in der Nacht im Wald?«

Jakob Sommerhalder fühlte sich ertappt wie ein kleiner Junge, der seine Mutter angelogen hat, und schwieg betroffen.

»Sie dürfen mir das ruhig sagen, Jakob. Ich würde niemandem verraten, dass ich es von Ihnen weiß.«

»Ja, er war's«, sagte Joggele schließlich nach längerem Zögern.

»Und was tat er im Wald?«, fragte sie noch einmal.

»Das weiß ich nicht, frische Luft schnappen?«

»In der Nacht …?«

»Woher soll ich das wissen!«

Linda kam sich vor wie bei einem Verhör, doch genau genommen war es das ja auch. Sie spürte ihre Aufregung. Vielleicht war sie der Lösung des mysteriösen Falls in diesem Augenblick näher als je zuvor. Alles hing davon ab, wie viel Joggele ihr noch verriet. Vorsichtig formulierte sie daher ihre nächste Frage:

»Wenn er Sie gesehen hätte, wäre er dann draufgekommen, dass Sie zu den Schafen wollten?«

Joggele schüttelte den Kopf. »Ich glaub, nicht. Da waren wir zu weit weg.«

»Und er hat auch nicht in der Nähe geparkt?«

»Nein. Sein Wagen stand im Wald, oben auf dem Weg.«

Linda erschauderte. Damit konnte nur der Weg gemeint sein, auf dem Alan die Wagenspuren entdeckt hatte. Noch eine letzte Frage, dachte sie, dann muss ich es gut sein lassen …

»Jakob, das war jetzt wirklich sehr interessant. Ich mache daraus einen kleinen Bericht fürs Radio; der wird nicht lang, nur ungefähr zweieinhalb Minuten. Wenn ich den fertig habe, möchte ich, dass Sie ihn anhören, bevor wir es senden. Können wir uns dann noch mal treffen?«

»Klar.«

»Also dann, bis bald«, sagte sie und wandte sich zum Schein von ihm ab, um sich dann mit einem nebensächlichen »Übrigens …« noch mal zu ihm umzudrehen: »Einem Mädchen sind Sie in der Nacht nicht begegnet, oder?«

»Nein, ein Mädchen habe ich nicht gesehen«, antwortete er, fast ein wenig zu hastig.

»Ist schon gut, war nur so eine Idee«, sagte sie rasch, fast entschuldigend. »Tschüss …!«

»Warten Sie«, rief er, »ich hab doch noch was vergessen!«

Sie blieb abrupt stehen und sah ihn an. Joggele grinste und langte in seine Jackentasche.

»Die Drahtschere!«, sagte er und zwinkerte ihr zu.

72

Die Dunkelheit legte sich wie ein alles verschluckender Teppich über das Tal, als die Männer sich trafen.

»Wir sind nur zu dritt«, bemerkte Hartmut Schwaiker, der sich zum Leiter der illegalen Jagdgesellschaft berufen fühlte. »Der Schäfer hat sich ausgeklinkt, der feige Hund.«

»Nur drei?«, fragte Christian Steidinger. »Und wie willst du da den Wolf erwischen?«

»Das lass mal meine Sorge sein! Ich werd euch das erklären.«

Er ging zum Laderaum seines Crossers und holte zwei Gewehre heraus.

»Ich hoffe, ihr könnt damit umgehen. Du hast schon gejagt«, sagte er zu Steidinger, »und du?«, fragte er den Dritten in der Runde.

»Nicht auf Wölfe«, antwortete Roland Gassner ausweichend, »aber ich habe eine alte Luger zu Hause liegen und weiß, welches die gefährliche Seite ist.«

Schwaiker nickte.

»Das ist zwar ein Dinosaurier unter den Pistolen, aber wenn du damit umgehen kannst, knallt sie vorne und macht tot. Mehr braucht's nicht. Nur einen Wolf würde ich damit nicht angehen.«

Er reichte den beiden je eine der Waffen.

»Ich habe euch zwei Repetierbüchsen mitgebracht. Es sind narrensichere Handspanner, das heißt, vor dem Schuss müsst ihr hier diesen Hebel umlegen, sonst geht das Ding nicht los. Hat den Vorteil, dass ihr euch nicht selbst aus Versehen in die Eier schießen könnt!«

Er lachte höhnisch und fuhr fort: »Ich habe meine Kilombero, auf die kann ich mich verlassen.«

Er griff in ein Futteral auf der Ladefläche und hängte sich die Waffe um.

»Ich war zweimal in Kirov auf Wölfe, das liegt oben in Russland. Wir gehen heute nach derselben Methode vor«, begann Schwaiker seine Erklärung. »Habt ihr schon mal was von einer ›Lappjagd‹ gehört?«

Die beiden Männer schüttelten die Köpfe.

»Okay, ich fass mich kurz. Lappjagd ist in Russland eine traditionelle Methode, Wölfe im Winter zu erlegen. Der

Wolf ist ein Tier, das allem Fremden aus dem Weg geht, erst recht, wenn's nach Mensch riecht. Es sei denn, er hat sich dran gewöhnt. In Russland benutzen sie dazu Jagdlappen aus Stoffstreifen und Federn, die sie an Schnüren befestigen und im Wald aufhängen. Mit diesem Blendzeug wird das Rudel eingekreist, und am offenen Ende warten die Schützen. Ich habe schon alles vorbereitet.«

»Aber dann müsstest du ja wissen, wo sich der Wolf aufhält«, bemerkte Gassner.

»Für wie blöd hältst du mich?«, gab Schwaiker zurück. »Ich bin seiner Fährte schon vor zwei Tagen gefolgt, als es noch Schnee hatte. Er hat sich ein Lager gesucht, und das habe ich gefunden. Da oben, bei den Rabenfelsen, hat er seine Höhle, ein enger Spalt im Felsen, gerade groß genug, dass er durchpasst. Ich hätte Mühe, mich da reinzuzwängen.«

»Eine Höhle?«, fragte Steidinger, »ach du Scheiße! Dann isch er also nicht nur auf'm Durchzug! Und wo einer isch, taucht sicher bald a Rudel auf!«

»Das werden wir heute Nacht verhindern«, widersprach Schwaiker. »Wir haben Vollmond, das ist ideal. Ein bisschen Licht brauchen wir, damit er die Lappen nicht nur riecht, sondern auch sieht. Ich habe das Gelände eingelappt, an zwei Seiten. Drüben auf die Straße wird er sich nicht trauen, also konzentrieren wir uns auf den Korridor zwischen Wald und Fluss. Hab die Lappen noch mit etwas Benzin getränkt, damit sie ihm auch ordentlich unangenehm in die Nase gehen. Von den Felsen bis hinunter zum Schafspferch. Der braucht Fleisch, das heißt, er wird jagen. Heute Nacht oder spätestens morgen. Und er weiß, wo er Beute findet ...«

Gassner und Steidinger sahen ihn fragend an.

»Na, hier, beim Schafspferch! Die Lämmer sind unsere Luder. In Kirov haben die Jungs immer tagelang nach der Fährte gesucht, bevor sie die Lappstatt abstellen konnten. Dagegen haben wir leichtes Spiel. Wir kennen seinen Tageseinstand und wissen, wo er schon zugeschlagen hat. Dort, wo man das Mädchen gefunden hat, die Stelle von gestern und der Schafspferch. Der Wolf schnürt an den Lappen entlang, wird sie aber meiden. Den Pferch öffnen wir an einer Seite, damit er uns am Ende nicht entwischt. Wenn er erst mal drin ist, sitzt er in der Falle.«

»Das hört sich ja alles ganz prima an, aber kennt der Wolf die Spielregeln auch?«, fragte Roland Gassner skeptisch.

»Wichtig ist, dass wir uns an die Spielregeln halten. In Russland hätten wir noch Leute, die ihn still in die Falle treiben. Wir sind nur zu dritt, da hätten wir keine Chance. Wir werden uns also auf die Lauer legen. Der Wind steht gut, er kann keine Witterung von uns aufnehmen. Und wir müssen, sobald wir vor Ort sind, jedes Geräusch vermeiden.«

Die beiden anderen nickten und schwiegen, als ob ihre Stimmen sie schon jetzt dem Wolf verraten könnten.

»Stellt euch darauf ein, dass wir die ganze Nacht ansitzen. Dabei darf es keine Bewegung, keinen Laut geben, auch kein Flüstern! Der Wolf hört eine Maus niesen. Wenn er da ist, nicht zögern und Schuss! Er wird plötzlich kommen, lautlos. Dann zählt jede Sekunde!«

Roland Gassner rieb sich nachdenklich das Kinn.

»Ich weiß nicht. Er wird ja nicht als Zielscheibe stehen bleiben. Ist es nicht besser zu warten, bis du ihn vor der Büchse hast?«

»Ich werde mich weiter vorne postieren, noch vor der

Öffnung im Zaun. Da muss er als Erstes vorbei. Ich gehe davon aus, dass ich einen schnellen Schuss auf kurze Distanz hinwerfen kann. Aber im Wald kann ein Baum im Weg sein oder er schnürt zu schnell an mir vorbei. Dann ist es euer Wolf. Einen Fehlschuss können wir uns nicht leisten, sonst geht er uns – im wahrsten Sinne des Wortes – durch die Lappen!«

Roland Gassner nickte. Christian Steidinger schwieg und verbarg so seine Nervosität. Schwaiker sah zur Uhr und blickte danach zum Himmel.

»Der Mond wird uns noch eine Weile begleiten. Machen wir uns auf den Weg. Christian, du gehst an die Ostseite des Zauns. Da gibt es eine kleine Fichtenschonung, versteck dich da! Roland, du gehst auf die Westseite. Such dir einen dicken Baum am Flussufer. Und bleibt wach, Männer!«

Mit diesem aufmunternden Ruf signalisierte der Jäger den Aufbruch. Er schloss den Laderaum des schwarzen Allrad und hoffte im Stillen, dort heute Nacht den toten Wolf zu transportieren. Laurens van Poosen würde ein neues Meisterstück daraus machen.

73

Der Geruch, den sie schon vor einigen Tagen wahrgenommen hat, stört die Fähe. Es ist der unangenehme Geruch ihres Todfeindes und ihr Instinkt sagt ihr, dass sie ihre Jungen vor ihm in Sicherheit bringen muss.

Der Feind hat die Höhle entdeckt, das zeigen seine Duftmarken an den Felsen, und sie weiß, dass er die Jungen töten würde, wenn er sie fände. Unter der mächtigen Wurzel eines umgestürzten Baumriesen hat sie das neue Versteck angelegt, die Erdhöhle unter der Baumwurzel ist warm, der Boden weicher als hier zwischen den Felsen.

Es ist nicht ungewöhnlich für die Wölfin, nach einem neuen Versteck für die Jungen zu suchen und sie auf diese Weise zu beschützen. Jetzt hat sie den Schutz der hereinbrechenden Nacht abgewartet, um die Welpen, einen nach dem anderen, in die neue Höhle zu tragen.

Sie ist kräftig genug für den Transport der Jungen im Fang nach der erfolgreichen Jagd, und die Jungen sind satt von der nahrhaften Milch. Sie packt den ersten Welpen vorsichtig im Genick, der junge Rüde fällt in die Tragestarre und die Wölfin geht mit ihm zum Ausgang der Höhle. Sie sichert und wartet ab. Der Feind ist in der Nähe, doch weit genug entfernt, und sie zögert nicht.

Diese Nacht wird die Entscheidung bringen, das spürt die Wölfin, als sie mit dem Jungen im Fang zu der Baumwurzel eilt. Nach wenigen Minuten kehrt sie zurück, um auch die anderen Welpen in Sicherheit zu bringen.

74

Martin Jaschke war fasziniert. Dieser Spurensucher aus Afrika war legendär. Da trieb sich mitten im Schwarzwald ein einsamer Wolf herum, und Alan Scott fand seine Spur wie die sprichwörtliche Nadel im Heuhaufen.

Es hatte keine Viertelstunde gedauert, als er, etwa fünf Meter von der Wildkamera entfernt, auf den herzförmigen Ballenabdruck gestoßen war. Danach waren sie zügig vorangekommen, da die Wölfin in fast kerzengerader Linie direkt zu ihrem Bau schnürte.

Der Biologe hatte recht gehabt, als er die Höhle irgendwo in der Blockhalde der Rabenfelsen vermutete. Gigantische kantige Granitblöcke lagen dort am Hang, wie von Riesenhand hingeworfen, einzeln verstreut oder zu kleinen Blöcken aufgetürmt, zwischen denen schmale Spalten die Eingänge zu Höhlen und Verstecken markierten. Die Blockhalde war dicht bewachsen und im Frühjahr blühten hier Lupine, Ginster und Weidenröslein, im Sommer spannten große Wurmfarne ihre Schirme zwischen den Rabenfelsen auf.

Die beiden Männer standen vor der Granithalde und Martin Jaschke ließ den Lichtstrahl seiner Mag-Lite über die Felsbrocken hüpfen.

»Und nun?«, fragte er. Der Waldboden war in welkes Gras und Flächen vertrockneten Farns übergegangen, hier Spuren zu finden, war unmöglich. Der Schnee des fast vergangenen Winters hatte die Vegetation niedergedrückt, keine Chance herauszufinden, in welche der zahlreichen Spalten und Öffnungen sich die Wölfin zurückgezogen hatte. Doch ihre Spur hatte hierhergeführt, eindeutig.

»Geben Sie mir noch mal zehn Minuten«, sagte Alan Scott. »Ich möchte gerne wissen, ob sie noch da drin ist.«

Er ging in Hocke und seine Hände tasteten über das niedergedrückte Gras, bis er wieder den nackten Waldboden fühlte.

»Und wie wollen Sie das herausfinden? Wollen Sie in die Höhlen kriechen? Sie sind zwar um einiges schlanker als ich, aber da gibt es kaum einen Spalt, in den Sie passen.«

»Ja, aber dennoch gibt es nur zwei Möglichkeiten. Entweder sie ist noch da drin, bei ihren Jungen, oder sie muss sich, wenn sie allein ist, was zu fressen suchen, stimmt's?«

»Normalerweise lässt sie ihre Jungen an den ersten Tagen nicht allein. Aber Sie haben recht, sie braucht Futter.«

»Wie ist das bei Wölfen? Geben die Welpen Laut?«, fragte Scott.

»Ja, von Anfang an. Sie fiepen oder winseln wie junge Hunde.«

»Dann sollten wir mal die Klappe halten und uns umhören. Die Alte ist nämlich nicht zu Hause.«

»Was? Woher wollen Sie das wissen?«

»Hier, kommen Sie her«, forderte Alan den Biologen auf. Er deutete auf eine Stelle vor sich und führte die Finger des Biologen, bis sie die kalte, feuchte Erde berührten. »Hier sind die Spuren, denen wir gefolgt sind. Und hier, fühlen Sie das?«

Der Biologe schüttelte den Kopf.

»Ich fühle nur Erde, mehr nicht«, entgegnete er.

»Diese Erde erzählt uns die Geschichte dieser Wölfin«, sagte Alan Scott leise. »Sie haben mir beschrieben, wie der Fußabdruck eines Wolfs aussieht. Herzförmiger Ballen.

Hier haben wir zwei Abdrücke nebeneinander. Sie können es ertasten!«

»Ich kann gar nichts ertasten!«, erwiderte Martin Jaschke.

»Dann sollten Sie die Handschuhe ausziehen«, feixte Alan Scott.

»Der Waldboden ist wie ein Buch. Man muss nur die Buchstaben richtig zusammensetzen, dann kann man die Bedeutung der Worte erkennen und versteht die Geschichte, die sie erzählen.«

»Jetzt machen Sie's nicht so spannend. Mir ist kalt und wir haben noch einen weiten Weg zurück.«

»Ich sagte, zwei Abdrücke nebeneinander. Aber sie zeigen in unterschiedliche Richtungen. Das heißt, die Wölfin ist hierhergekommen und von hier weggegangen. Fragt sich nur: Was tat sie zuerst?«

»Hm. Und was tat sie zuerst?«

»Der Abdruck, der von hier fortführt, überlagert hier einen der anderen Abdrücke. Und dort noch einmal. Ich wette, sie ist irgendwo da draußen unterwegs.«

»Und die Jungen allein in der Höhle …«, murmelte Martin Jaschke.

Die beiden Männer schwiegen und lauschten.

»Wenn wir zwischen die Felsen klettern, können wir sie vielleicht hören«, meinte Alan Scott unternehmungslustig.

»Das würde ich nicht riskieren. Die Fähe würde uns wittern, und Wölfe meiden nachweislich den Geruch von uns Menschen. Ich hätte Angst, dass sie ihre Jungen im Stich lässt oder sie in Panik von hier fortschafft. Dann können wir von vorn anfangen.«

»Okay, wie Sie meinen«, stimmte Alan zu. »Wenigstens wissen wir jetzt, wo sie ihr Versteck hat.«

»Ja. Ich werde gleich morgen früh zwei Kameras anbringen. Eine Wölfin mit Jungen im Schwarzwald, das ist mehr als eine Sensation. – Alan?«, fragte er.

»Ich hätte gerne, dass das unter uns bleibt.«

»Okay.«

»Kein Wort, zu niemandem.«

Alan nickte.

»Auch nicht zu Linda Roloff«, ergänzte Martin Jaschke. »Gehen wir zurück.«

Alan Scott erhob sich und folgte dem Biologen, der mit seiner taghellen Taschenlampe den Weg ausleuchtete. Sie brauchten fast eine Stunde, bis sie den Wagen erreichten.

Als Martin Jaschke den Schlüssel aus der Tasche fischte, zerriss ein Schuss die Stille.

75

Christian Steidinger fror, doch er traute sich nicht, irgendetwas dagegen zu unternehmen. Er hatte nicht mehr auf die Uhr gesehen, seit er sich in die Fichtenschonung zurückgezogen hatte, aus Angst, die Bewegung oder das Scharren des Anoraks könnten ihn verraten.

Er verharrte, an einen Baumstumpf gelehnt, und seine Augen überblickten einen Großteil der Lichtung, auf der Schäfer Johann die Weide für seine Herde eingepfercht hatte. Beim Umriss eines Baumes lagen die Lämmer eng beieinander, der Mond überzog die Szenerie mit einem matten Glanz, nur dort, wo der Wald seinen Schatten zog, lag alles in absoluter Finsternis.

Genau dorthin richtete Steidinger auch jetzt wieder angestrengt seinen Blick, versuchte, die Nacht zu durchdringen, ein graues Fell zu entdecken, gelb leuchtende Augen zu erspähen und er fühlte, wie seine Hände, die auf der Waffe ruhten, zitterten. Wenn Schwaiker schoss, würde er zu Tode erschrecken, so angespannt war er.

Plötzlich nahm er eine Bewegung wahr. Keine 20 Meter von seiner Seite des mit Lappen behängten Zaunes entfernt. War es der Schatten einer vorbeiziehenden Schleiereule? Zu langsam! Der Schemen eines Fuchses? Zu groß!

Er wird plötzlich kommen, lautlos!

Eines der Lämmer hob seinen Kopf und starrte in dieselbe Richtung, aus der die Bewegung kam.

Wenn er da ist, nicht zögern!

Tatsächlich! Wie ein grauer Geist schälte sich die Silhouette des Wolfs aus dem fahlen Grau der Lichtung, mit deren Färbung er fast verschmolz. Er verhoffte. Seine Lauscher waren nach vorn aufgestellt, er beobachtete das Lamm, das mit erhobenem Kopf reglos liegen blieb und ihn anstarrte.

Dann zählt jede Sekunde!

Christian Steidinger war wie gelähmt. Warum hatte Schwaiker nicht geschossen? Wie hatte es der Wolf geschafft, unbemerkt an dem erfahrenen Jäger vorbeizuziehen?

War er jetzt am Zug?

Oder hatte Role Gassner von der anderen Seite den besseren Schuss?

Einen Fehlschuss können wir uns nicht leisten!

Steidinger schluckte trocken und ging in den Anschlag.

In der Fichtenschonung war er für den Wolf nicht zu sehen. Kein Geräusch verriet den Schützen und der Wolf war viel zu sehr auf seine Beute fixiert.

Und Schuss!

Steidinger schoss.

76

Als Linda am Vormittag die Redaktion betrat, winkte Babs sie zu sich ins Büro.

»Unser Freund Heiko Büsgens hat wichtigen Besuch«, raunte sie ihrer Kollegin zu. »Ich dachte, das interessiert dich vielleicht. Hat für eine Stunde das Studio gebucht, Interview für eine Sondersendung. Soll heute Abend laufen.«

»Und wer sind seine Gäste?«, fragte Linda und stellte ihre Tasche auf Babs' Schreibtisch ab.

»Irgendein Lokalpolitiker aus dem Schwarzwald, Ortsvorsteher oder so was, und dann dieser Ministerialdings – den er schon angekündigt hat. Der mit dem furchtbar komplizierten Doppelnamen, den sich kein Schwein merken kann.«

»Meinst du den Lautenbach-Mewes?«

»Genau Doktor Alwin Lautenbach-Mewes, hier steht's

auf der Besucherliste. Und Christian Steidinger, Ortsvorsteher von Wintersbach. Sagt dir das was?«

»Klar. Der Steidinger war bei der Pressekonferenz, und der Herr Abgeordnete stammt, glaube ich, aus der Region. Da hat sich Heiko ja die Richtigen ausgesucht. Sind sie schon im Studio?«

Babs warf einen Blick auf ihren PC.

»Die sind wohl schon fertig. Die Aufnahme ist abgespeichert. Möchtest du mal reinhören?«

Linda schüttelte den Kopf.

»Ich geh mal rasch runter, vielleicht erwische ich sie ja noch.«

»Was hast du vor?«, fragte Babs.

»Mal schauen, ob ich Heiko noch ein bisschen in die Suppe spucken kann …«

77

Der Landtagsabgeordnete Doktor Alwin Lautenbach-Mewes blickte kurz auf, als Linda Roloff an der Fensterfront des Studios vorbeiging. »Eine Kollegin von Ihnen?«, fragte er Heiko Büsgens. »Ja«, sagte Büsgens. »Linda Roloff. Sie ist auch an dem Thema dran, allerdings beleuchtet sie es von der Gegenseite.«

»Also pro Wolf?«, fragte der Politiker.

Im selben Moment sah Linda zu ihnen herüber, blieb stehen, lächelte und kam auf die Studiotür zu. Sie tat so, als habe sie den Abgeordneten und den Ortsvorsteher neben Büsgens erst jetzt gesehen und erkannt, und da das Rotlicht aus war, öffnete sie die Studiotür und trat ein.

»Hoher Besuch? Hallo, die Herren!«, grüßte sie jovial und gab Lautenbach-Mewes und Steidinger die Hand. Büsgens nickte sie nur kurz zu.

»Ihr seid schon fertig?«, fragte sie ihn.

»Ja«, antwortete er. »Brisant und top aktuell!«

Angeber, dachte Linda und lächelte Lautenbach-Mewes kurz an, bevor sie ihren Trumpf gegen Büsgens ausspielte:

»Dann hast du sicher auch drin, wie die Leiche von Harald Haag an den Fundort kam?«

Sie registrierte mit Genuss, wie sich seine Gesichtszüge verfinsterten. Sollte es da etwas geben, was ich noch nicht weiß?, schien er zu denken. Doch er war schlagfertig genug, sich diese Zweifel nicht anmerken zu lassen, und antwortete:

»Ich werde alle aktuellen Aspekte heute Abend in der Sendung in meine Moderation packen.«

»Du kannst gerne einen O-Ton von mir haben oder noch ein kurzes Kollegengespräch aufzeichnen. Ich war nämlich vor Ort, als man Spuren fand, die den Fall in einem ganz anderen Licht zeigen.«

»Ach?«, sagte Lautenbach-Mewes neugierig. »Und darf man wissen, was das für Spuren waren?«

»Ich möchte da der Polizei nicht vorgreifen, das verstehen Sie hoffentlich. Aber ich werde jetzt gleich ein Telefoninterview mit dem leitenden Ermittler aufzeichnen und dann können Sie alles in unserer Nachrichtensendung hören.«

»Na komm schon, mach's nicht so spannend!«, forderte Heiko Büsgens jetzt.

Linda lachte in sich hinein. Sie hatte genau den wunden Punkt ihres ehrgeizigen Kollegen getroffen: Da gab es etwas, was er noch nicht wusste, und das wurmte ihn gewaltig. Sie beschloss, noch ein kleines bisschen Pulver zu verschießen, den Schuss aber nicht losgehen zu lassen.

»Wer ›A‹ sagt …«, drängelte er und Linda dachte: … muss auch ›rschloch‹ sagen …, und laut antwortete sie:

»Nur so viel: Es gibt die Theorie, dass der Wolf als Täter ausscheidet.«

»Sicher eine sehr vage Theorie«, gab Büsgens zu bedenken.

Linda zuckte die Schultern.

»Das kann man so oder so sehen«, gab sie zurück. »Die Polizei wird jedenfalls verstärkt in dieser Richtung ermitteln.«

Sie sah Büsgens an. Seine Augen funkelten zornig, seine Kiefer mahlten und sein Daumen klickte nervös die Mine seines Kugelschreibers rein und raus. Dabei entging ihr das nervöse Zucken im Gesicht des Ortsvorstehers nicht.

»Ich habe durch das Exklusivinterview mit Herrn Lautenbach-Mewes alles, was ich für meinen Beitrag brauche«, sagte Büsgens kurz angebunden.

»Sind Sie für oder gegen den Wolf?«, fragte Linda den Abgeordneten spitz.

»Das ist … zunächst einmal zweitrangig«, wich er aus, um dann mit der gewohnten Routine des geschulten Rhetorikers fortzufahren:

»Seit der Nordschwarzwald Wolfsgebiet ist, gelten hier

die besonderen Förderrichtlinien für den Herdenschutz, der wiederum Voraussetzung für Entschädigungen nach Wolfsrissen ist. Wenn es nach mir ginge, hätten wir längst Schutzzonen für Weidetiere, in denen eine unbürokratische Entnahme von Wölfen möglich sein müsste.«

»Dann sind Sie also gegen den Wolf?«

»Sie haben mich falsch verstanden, junge Frau. Ich bin überhaupt nicht gegen den Wolf. Wo er Platz hat und sich unauffällig verhält, darf er bleiben. Aber ich bin nach wie vor dafür, Wölfe, die Probleme machen, abzuschießen.«

»Ich tät da net lang rummachen«, mischte sich jetzt Christian Steidinger ein. »Der Wolf gehört ins Jagdrecht aufg'nomma und zum Abschuss freigeba, baschta! Jetzt ischs einer, und demnächst hemmer a ganzes Rudel. Weg damit, mir brauchet den Wolf net!!«

Alwin Lautenbach-Mewes blickte auf die Uhr und sagte:

»Ich muss mich jetzt leider entschuldigen. Ich habe einen ziemlich vollen Terminkalender. Von der Sendung bekomme ich einen Mitschnitt? Ich kann es leider nicht hören, da ich eine Veranstaltung in Bad Wildbad habe.«

»Zum Thema?«, fragte Linda.

»Ja, genau. Und damit die Bevölkerung sieht, dass wir den Wolf nicht fürchten, gehen wir rauf auf den Sommerberg, mitten in die Wildnis.«

»In die Höhle des Löwen«, höhnte Linda. »Wo stellen Sie sich dem Raubtier? Auf dem Baumwipfelpfad? Oder auf der Hängebrücke?«

»Wir nützen in der Tat die Popularität dieser touristischen Einrichtungen, um Leute für das Thema zu interessieren«, gab der Politiker zu. »Aber jetzt muss ich wirklich!«

»Geht klar mit dem Mitschnitt«, sagte Heiko Büsgens

noch, »und viel Erfolg heute Abend in Bad Wildbad. Vielleicht komme ich vorbei!«

Die Männer verließen das Studio und Linda nahm am Pult Platz und setzte den Kopfhörer auf. Büsgens warf ihr einen wütenden Blick zu. Es musste für ihn so aussehen, als nähme sie jetzt das angekündigte Telefoninterview auf und er würde sich in seinem Redaktionsbüro sofort daranmachen, es im System zu suchen und anzuhören, da war sie sich sicher.

Sie schmunzelte bei dem Gedanken, wie er sämtliche Speicherplätze durchforsten und nicht fündig werden würde, da es ja kein Interview geben würde.

Sie nahm den Kopfhörer ab und verließ das Studio mit einem breiten Grinsen im Gesicht.

78

Am späten Nachmittag war Linda wieder im Schwarzwald. Sie parkte ihren Wagen in einer Seitenstraße und ging die paar Meter zu Fuß. Sie wartete, nachdem sie geläutet hatte, vor der Tür der Gassners und lauschte auf das Geräusch von Schritten aus der Wohnung.

Wie sie von Jens Bosch erfahren hatte, war Katja Gassner nach der Nachricht von Luisas Schwangerschaft zusammengebrochen und vorsorglich zur Beobachtung in eine Klinik gebracht worden, die sie jedoch auf eigenen Wunsch am selben Tag wieder verlassen hatte. Linda hoffte, dass Katja Gassner zu Hause war und sich an sie erinnerte.

Endlich waren Schritte zu hören, langsam und schleppend, dann wurde die Tür aufgemacht. Katja Gassner war nur noch ein Schatten ihrer selbst, die Haut im Gesicht fahl, fast grau, die gepiercten Lippen blutleer und aufeinandergepresst, die ohnehin strähnigen Haare hingen ihr wirr ins Gesicht und ihre dunkel unterlaufenen Augen starrten die Besucherin fragend an. Linda konnte den Gedanken nicht unterdrücken, dass sie getrunken hatte, und als Katja den Mund öffnete und ein zaghaftes »Hallo« hauchte, bestätigte die Alkoholfahne ihre Vermutung.

»Hallo, Frau Gassner«, sagte Linda und setzte ihr freundlichstes Lächeln auf, »darf ich Sie für fünf Minuten stören?«

»Poli-zei …?«, fragte Katja stammelnd und blinzelte in das helle Grau des Nachmittags.

Stimmt, dachte Linda, Jens hat mich bei unserem Besuch als Kollegin vorgestellt. Soll ich ihr jetzt sagen, dass ich Journalistin bin, oder es einfach dabei belassen?

Linda entschied sich für Letzteres und nickte.

»Darf ich reinkommen?«

Katja trat einen Schritt nach hinten und machte ihr Platz. Wortlos ging sie durch den Flur in die Küche und Linda folgte ihr. Wieder fiel ihr die Unordnung auf, wie schon damals draußen im Gang. In der kleinen, engen Küche war es das ungespülte Geschirr, das sich in einer Ecke neben dem Waschbecken auftürmte, angebrochene Packungen der verschiedensten Lebensmittel, von denen ein Teil vermutlich abgelaufen war, ein anderer mit Sicherheit in den Kühlschrank gehörte. Sie sah leere und halbvolle Bierflaschen, eine angebrochene Flasche Wodka oder Rum – sie konnte das Etikett nicht erkennen –, aber kein dazugehöriges Glas.

»Sind Sie allein?«, begann Linda.

»Ich bin immer allein«, antwortete Katja.

»Sie wissen von Harald Haag?«, fragte sie. Jens Bosch hatte ihr am Morgen gesagt, dass man Katja über den Tod von Luisas Vater informieren werde, doch sie war sich nicht sicher, ob dies schon geschehen war.

Katja Gassner nickte und Tränen schossen ihr in die Augen.

»Wir alle fragen uns, warum erst Luisa und dann ihr Vater tot im Wald gefunden wurden. Es passt so vieles nicht zusammen. Haben Sie irgendeine Ahnung, was da passiert sein könnte?«

Katja Gassner schluchzte laut auf und setzte sich, wie von einem unsichtbaren, schweren Gewicht gezogen, auf einen der Küchenstühle. Sie stützte die Ellbogen auf die Tischplatte und presste ihren Kopf zwischen ihre zu Fäusten geballten Hände. Linda trat hinter sie und legte ihr tröstend beide Hände auf die Schultern.

»Ich habe auch eine Tochter. Sarah. Nur ein paar Jahre älter als Luisa. Ihr Vater lebt in Kenya. Wir haben ihn schon seit Jahren nicht mehr gesehen. Wenn ich mir vorstelle, dass Sarah und er …«

Sie brach ab und ließ Katja Gassner Zeit zu reagieren.

»Ich habe die ganze Zeit gelogen«, murmelte sie schließlich. »Und alle haben mir geglaubt. Keiner hat es gewusst. Nicht einmal mein Mann …«

»Was«, hakte Linda leise nach, »was hat keiner gewusst?«

Katja Gassner schüttelte den Kopf und bedeckte mit ihren Händen die Augen, als wolle sie sich verstecken. Mit tonloser Stimme sagte sie:

»Dass Harald … nicht Luisas Vater ist …«

Linda atmete tief durch. Sie hatte es geahnt, je mehr sie über Katja nachgedacht hatte, geahnt, dass es ein Geheimnis gab, das Katja vor allen anderen Menschen verbarg.

»Wollen Sie mir nicht alles erzählen?«, fragte Linda und versuchte, der verzweifelten Frau durch leichtes Streicheln ihrer Schultern Vertrauen einzuflößen.

Katja schüttelte den Kopf.

»Warum …«, flüsterte sie, »es bringt doch jetzt nichts mehr …«

»Aber es ist wichtig«, widersprach Linda. »Wenn Harald nicht Luisas Vater ist, bei wem war sie dann am Sonntag?«

»Sie war ja bei Harald. Sie war immer bei Harald. Er war immer wie ein Vater zu ihr.«

»Moment«, Linda fuhr auf. »Heißt das, Harald wusste, dass er nicht der Vater war?«

Katja nickte.

»Darum wollte er ja die Scheidung. Role war nur der offizielle Grund. Aber Harald hat mir versprochen, es niemandem zu sagen, schon allein wegen Luisa.«

»Und Harald kennt den richtigen Vater?«

»Ja.«

Linda dachte nach.

Harald Haag war nicht Luisas Vater, aber er kannte ihn. Und jetzt waren er und Luisa tot. Was hatte das alles zu bedeuten? War Luisa wirklich bei Harald gewesen?

»Könnte es sein«, begann Linda nach einer längeren Pause und nachdem sie sich die Formulierung ihrer Frage genau überlegt hatte, »dass Harald Luisa nicht immer bei sich behalten hat, wenn sie bei ihm war?«

Sie war nach vorne gekommen und hatte auf einem der Küchenstühle am Tisch Platz genommen, um Katja in die Augen schauen zu können.

»Nein!«, fuhr Katja auf. »Das hätte Luisa mir erzählt!«

Aber warum sind dann beide tot?, durchfuhr es Linda. Erst Luisa, dann ihr Vater? Und sie waren nicht im Wald gestorben, nicht vom Wolf getötet, wie es zunächst aussah …

»Wer?«, fragte Linda und wiederholte das Wort noch einmal. »Wer ist Luisas Vater, Katja?«

Ein Vater, von dem niemand wissen durfte …

»Ich hab ihm versprochen, es nicht zu sagen«, wimmerte sie, zog ein Taschentuch hervor und wischte sich über die verheulten Augen.

»Sie dürfen das nicht verschweigen, Katja!«

Linda holte Luft. »Es war kein Wolf, der Luisa getötet hat. Das haben Sie selbst gesagt!«

Linda ließ die Worte wirken.

»Sie haben es gewusst, Katja! Sie haben von Anfang an gewusst, dass es nicht der Wolf war! Sie haben gewusst, dass Luisa ermordet wurde! Von wem, Katja?«

Katja Gassner schrie auf.

»Nein! Nein, nein! Er war es nicht!«

»Wer? Wer war es nicht? Der Wolf? Oder Luisas Vater?«, fragte Linda. »Sagen Sie mir, wo Luisa am Sonntag war, und wir finden die Wahrheit heraus!«

Linda legte ihre Hand vorsichtig auf Katjas Faust, die das Taschentuch umschloss. Katja entzog sich der Berührung nicht. Linda drückte sie sanft und begann, sie mit ihrem Daumen zu streicheln. Sie senkte ihre Stimme zu einem Flüstern, als sie sagte:

»Sie müssen reden, Katja. Nur so können wir herausfinden, was wirklich geschehen ist. Wollen Sie mir nicht alles erzählen?«

Der Hauch einer Kopfbewegung, eine gefühlte Ahnung von Zustimmung und Resignation, ein unauffälliges Nicken.

»Luisa ging zu Harald«, begann sie. »Jedes zweite Wochenende. Für sie war Harald ihr Papa. Ihr richtiger Vater wollte nichts von ihr wissen. Er hatte nie Kontakt zu dem Kind, er hat Luisa nie gesehen.«

»Sind Sie da sicher?«, hakte Linda nach.

Katja nickte jetzt deutlich, doch Linda flüsterte:

»Trotzdem muss es an diesem Sonntag anders gewesen sein. Harald Haag ist ebenfalls tot. Wie bei Luisa wollte man auch hier, dass es nach einer Wolfsattacke aussah. Es gibt nur einen Schnittpunkt zwischen Luisa und Harald, ein Wort, das die beiden verbindet, und das heißt ›Vater‹. Katja, wir müssen wissen, wer Luisas leiblicher Vater ist!«

Katja Gassner starrte sie an. Ihr Gesicht glich einer Totenmaske, ihr Mund war geöffnet, doch es entglitt ihr nur ein ersticktes Röcheln.

»Aber … er …«, hauchte sie schließlich und sackte in sich zusammen.

»Den Namen«, flüsterte Linda. »Sagen Sie mir nur seinen Namen …«

Sie hielt ein Ohr ganz nah an Katja Gassners Mund.

Im selben Moment hörte sie den Schlüssel im Haustürschloss und Katja fuhr entsetzt hoch.

»Mein Mann!« stöhnte sie. »Er weiß es nicht! Sagen Sie ihm nichts! Bitte!«

»Er wird von mir kein Wort erfahren. Hier haben Sie meine Karte. Rufen Sich mich an oder schreiben Sie mir eine SMS. Nur den Namen, Katja, den Namen!«

Linda hörte Roland Gassner im Hausflur rumoren, drückte noch einmal Katjas Hand und wiederholte eindringlich: »Bitte!«

Katja sah sie an, als hätte sie kein Wort von alldem verstanden.

Roland Gassner stürmte in die Küche.

»Oh, die Presse!«, rief er hämisch, als er Linda neben Katja sitzen sah. »Was schnüffeln Sie bei uns herum?«

»Sie sind nicht von der Polizei?«, fragte Katja.

Linda schüttelte den Kopf.

»Nein«, gab sie zu, »das habe ich auch nie behauptet. Ich habe den Kommissar damals nur begleitet, weil ich ihn unterstützen wollte. Und weil ich mich als Mutter sicher ein bisschen besser in Ihre Lage versetzen kann. Ich möchte Ihnen helfen, Katja.«

»Jetzt sülzen Sie hier nicht rum!«, unterbrach Gassner und zeigte zur Tür. »Da hat der Zimmermann ein Loch gelassen, wir haben Ihnen nichts zu sagen! Und wehe, ich lese was über uns in irgendeiner Zeitung!«

Linda überhörte die Drohung und fand es nicht notwendig, ihm auf die Nase zu binden, dass sie beim Radio arbeitete. Sie warf Katja noch einmal einen Blick zu, dann verließ sie den Raum. Noch im Flur hörte sie, wie Roland Gassner seine Frau anfuhr:

»Was hast du der Schlampe erzählt, ha?«

»Nichts«, kam es kleinlaut zurück.

Linda öffnete die Haustür und blieb noch einen Augenblick stehen, um zu lauschen.

»Das wird auch gut sein!«, brüllte Gassner, dann hörte sie, dass er wieder Richtung Flur kam, und verschwand nach draußen.

Katja fragte ihren Mann etwas, was Linda akustisch nicht verstand, umso besser seine patzige Antwort:

»Ich hab noch was vor!« Er war jetzt offensichtlich im Flur und kam Richtung Garderobe.

»Wo willst du noch hin?«, rief Katja ihm nach.

»Nach Bad Wildbad.«

Linda ließ die Haustür leise ins Schloss schnappen und eilte zu ihrem Wagen. Resigniert nahm sie auf dem Fahrersitz Platz und trommelte mit ihren Fingern aufs Lenkrad.

Sie war keinen Schritt weitergekommen.

79

»Der böse Wolf und das tote Mädchen« – Heiko Büsgens las die Überschrift auf seinem Laptop und schüttelte den Kopf. Die Geschichte, die er Phil Svelink bringen würde, würde ihm den Posten in der Chefetage der »South African News & Broadcasting Conclomeration« einbringen, da war er sich sicher.

Seine Finger huschten über die Tastatur des Laptops und er formulierte die Überschrift neu. Dann den Untertitel:

»Rotkäppchen 2.0«

Genial, dachte er. Und es kostet dich nicht mehr als ein Flugticket nach Windhoek.

Er würde den Jäger begleiten und die ganze Geschichte exklusiv von ihm bekommen. Der Deal war so genial wie einfach gewesen. Büsgens hatte Kontakt zur weltweit führenden Trophäenspedition aufgenommen, die mit den ihr zur Verfügung stehenden Adressen und Mitteln eine problemlose Transitabfertigung des toten Wolfs nach Namibia garantierte. Und natürlich den legalen Import des präparierten Tieres zurück nach Deutschland für die Trophäensammlung des Großwildjägers.

Die Rechnung dafür würde Phil Svelink aus der Auslagenkasse bezahlen, denn die Geschichte, die er dafür bekam, würde eine Sensation werden.

Die Geschichte eines Großwildjägers und eines Menschen fressenden Wolfs aus erster Hand. Ehrlicher Journalismus war in manchen Fällen einfach nicht angebracht, dachte Büsgens und seine Augen leuchteten, als er die Überschrift erneut las:

»Das tote Mädchen, der gute Jäger und der böse Wolf«.

80

Linda hatte ihren Wagen zwischen ein paar Bäumen auf einem Feldweg abgestellt und beobachtet, wie Roland Gassner eilig sein Haus verließ. Er lief über die Straße zur Bushaltestelle, wo er nervös auf und ab ging und ständig auf die Armbanduhr blickte. Nach zehn Minuten kam ein Bus, der laut seiner Leuchtanzeige nach Bad Wildbad fuhr.

Linda überlegte, ihm zu folgen, als ihr Smartphone vibrierte: ›*Mitteilung empfangen*‹. Die Nachricht kam von einer ihr unbekannten Nummer, doch sie drückte auf

›*Öffnen*‹. Ihre Augen huschten über das eine Wort, und sie wusste, dass die SMS von Katja Gassner kam. Luisas Mutter hatte ihr nur einen Namen geschrieben und Linda erstarrte.

›*Steidinger!*‹

Also doch! Sie dachte an die Beobachtung Joggeles. Christian Steidinger! Wenn das stimmte, war sie auf einer verdammt heißen Spur!

Sie versuchte sofort, Jens Bosch zu erreichen, doch sie stieß nur auf seine Mailbox. Das altmodische Handy von Alan Scott war ausgeschaltet. Sie schrieb Jens eine kurze Whatsapp und Alan eine SMS.

›*Steidinger ist Luisas Vater. Bin auf dem Weg zum Steidinger.*‹

Dann fuhr sie los.

Endlich ein Lichtblick, dachte sie und sah den aufgeregten Ortsvorsteher bei der Pressekonferenz wieder vor sich. Vor wenigen Stunden in der Redaktion hatte sie ihm gegenübergestanden. Ein Mann, der den Wolf nicht wollte. Aber war dieser Mann ein Mörder? Plötzlich tauchte sein Sohn vor ihrem geistigen Auge auf und sie dachte an ihren Albtraum vom Kühlraum in der Metzgerei. In ihrer Fantasie verschmolzen die Gesichter der beiden miteinander. *Ich muss herausfinden, wer von den* beiden *…*, dachte sie, *der Alte oder sein Sohn …?*

Sie tastete mit der rechten Hand in ihrer geöffneten Handtasche, die auf dem Beifahrersitz lag. Gut, das Pfefferspray würde sie diesmal dabeihaben und für alle Fälle auch die Taschenlampe mit dem Elektroschocker, die sie illegal besaß. Es war eine Waffe, für die man eigentlich den kleinen Waffenschein benötigte. *Streiche »eigentlich«*, dachte sie, *das Wort braucht kein Mensch! Wenn dir das*

Ding dein Leben rettet, pfeifst du auf den kleinen Waffenschein …

Sie setzte den Blinker und bog auf die Straße ab, die zur Metzgerei führte.

81

Die beiden Männer stützten sich frustriert nebeneinander auf die Lehne einer Bank und starrten hinunter auf die Enz.

»Sie sollten das nicht zu pessimistisch sehen«, meinte Alan nach langem Schweigen. »Der Schuss kann alles Mögliche zu bedeuten haben …«

Martin Jaschke nickte.

»Ich weiß«, sagte er schließlich. »Aber ich finde es trotzdem seltsam, dass wir heute nicht eine einzige frische Spur der Wölfin entdeckt haben.«

»Könnte sie nicht einfach im Bau geblieben sein? Sie sagten doch, dass die Jungen die Wärme der Mutter brauchen.«

Der Biologe zuckte die Schultern.

»Dann hätten wir irgendetwas gehört. Ein Scharren, ein Winseln, irgendwas. Für mich war es zu still in der Höhle. Totenstill.«

»Und wenn sie doch schon die Höhle gewechselt hat?«, fragte Alan.

»Das ist meine letzte Hoffnung. Die Anzeichen sprechen in der Tat dafür. Geh'n wir was essen und suchen heute Nachmittag weiter«, schlug Jaschke schließlich vor.

Als sie das »Kreuz« erreichten, registrierte Alan das Blinken seines alten Nokia. *Verpasster Anruf oder SMS? Beides!* Er drückte die grüne Taste für einen Rückruf und stieß nun seinerseits auf die Mailbox von Linda. Dann las er die SMS.

›*Steidinger ist Luisas Vater. Bin auf dem Weg zum Steidinger.*‹

»Was ist«, fragte Jaschke, »Neuigkeiten?«

»Ich weiß nicht so recht«, murmelte Alan und folgte dem Biologen in den Gasthof. Wenn er Glück hatte, war Jens Bosch in der SOKO-Zentrale.

82

Linda stellte ihren Renault nicht auf dem Kundenparkplatz seitlich der Metzgerei ab, sondern fuhr direkt zum Hintereingang, wo die silbern glänzende Edelstahltür zu den Schlacht- und Kühlräumen führte.

Es war nach sieben, der Laden war bereits geschlossen. Zu ihrem Erstaunen war die Stahltür nur angelehnt und von innen schimmerte Licht aus einem der Fenster. Sie trat in den gefliesten Flur und rief ein zaghaftes »Hallo?«

Nichts rührte sich, doch sie hörte Geräusche aus einem der Räume. Sie ging den Flur entlang, den Joachim Steidinger mit ihr gegangen war, und schaute in jeden Raum, an dem sie vorbeikam.

Leer und dunkel.

Schließlich stand sie vor der dicken Metalltür, die zum Kühlraum führte. Auch sie war nur angelehnt. Die metallischen Geräusche kamen eindeutig von da drinnen. Vorsichtig schob sie die Tür auf und trat ein. Der Raum war hell erleuchtet, der Fleischgeruch unheimlich intensiv. Rechts eine Tür, nach vorne verdeckten ihr einige Regale die Sicht. Kamen die Geräusche von rechts oder von vorne? Es schien ihr, als schleife dort jemand ein Messer.

Sie haben wohl Angst? Zu viele schlechte Krimis geguckt?

Ihre Schritte klackten und hallten laut in dem kahlen, kalten Raum. *Aber in einem Kühlraum zu erfrieren, ist praktisch unmöglich.* Wie weit sollte sie sich noch vorwagen?

Ihr erneutes »Hallo« kam zaghaft, als schiene sie sich nicht zu trauen, lauter zu rufen. Sie ging zwischen zwei Regalreihen hindurch und spähte nach einer Bewegung, lauschte auf weitere Geräusche. Ihre Tasche blieb an einem Regalboden hängen, eine Wurstrolle kullerte über das Metallbrett und klatschte auf den Boden.

Linda erschrak und bückte sich, um die Wurst aufzuheben und zurückzulegen. Im Augenwinkel hinter sich erhaschte sie eine Bewegung, spürte einen Lufthauch. Ein Schatten huschte aus der Seitentür zum Ausgang des Kühlraums, Linda duckte sich und spähte zwischen den Regalreihen hindurch.

Plötzlich war es stockfinster.

Der hat das Licht ausgeschaltet, durchfuhr es sie.

»Halt, nein! Ich bin hier drin!«, schrie sie panisch und tastete sich am Regal entlang Richtung Ausgang. Sie hörte deutlich ein metallisches Knacken im Schloss. Die Tür!

Selbst, wenn außen abgeschlossen wird, können Sie jederzeit von innen öffnen.

Sie erreichte die Edelstahltür im Finstern und tastete nach der Metallklinke. Die Tür gab nicht nach. Sie dachte an ihren Albtraum. *Lieber Gott, lass mich aufwachen, lass es noch einmal ein Traum sein! Bitte … BITTE!*

Sie versuchte, mit ihren Augen die Dunkelheit zu durchdringen. Irgendein Schild, ein Alarmknopf?

Wir haben eine Alarmvorrichtung, die optisch und akustisch darauf hinweist, dass sich Personen im Kühlraum aufhalten.

Fehlanzeige!

Akustisch?

Ein Signal? Sie hörte nur das Summen der Kühlaggregate und ihren eigenen keuchenden Atem.

Sie hatte mal recherchiert, wie lange Menschen in kaltem Wasser überlebten.

Aber hier, bei unter sieben Grad Celsius?

Linda zog ihr Smartphone aus der Jackentasche. Sie musste Alan erreichen. *Falls der sein Handy endlich mal anhatte.* Sie starrte auf das Blinken ihres Smartphones. ›*Entgangener Anruf*‹*!* Alan Scott hatte versucht, sie zu erreichen, und sie hatte es nicht bemerkt. Hatte er sein Handy noch an?

Oder rief sie besser noch mal Jens Bosch an?

Oder gleich die Polizei?

110 …

83

Als sich nach dem dritten Läuten nichts rührte, pochte Alan nervös gegen die blaue Haustür des Einfamilienhauses am Ortsrand von Wintersbach.

»Das können wir vergessen, da ist keiner«, kommentierte Jens Bosch, doch Alan Scott ließ sich nicht davon abhalten, einmal um das Haus herumzulaufen und laut Lindas Namen zu rufen.

»Wir müssten doch auch ihren Wagen irgendwo sehen«, meinte der Kommissar, als Alan zurückkam. »Vielleicht versuchen wir es im Rathaus. Könnte sein, dass Steidinger als Ortsvorsteher noch Sprechstunde hat?«

»Sie kennen sich aus«, sagte Alan trocken und zog erneut das Handy aus der Tasche, in der Hoffnung, einen Anruf von Linda überhört zu haben. Doch das Display blieb schwarz.

»Ich habe keine Ahnung, wo Linda Steidinger treffen will. Ich habe nur keine Lust, noch einen Metzgergang zu machen. Wenn er wirklich Luisas Vater ist und Linda ihn damit konfrontiert, wäre ich gerne dabei.«

»Metzgergang?« Jens Bosch starrte Alan an. »Mensch, Alan, logisch! Warum bin ich da nicht gleich draufgekommen!«

»Was? Was meinen Sie?«, fragte Alan erstaunt.

»Zeigen Sie mir die SMS von Linda noch mal«, forderte Jens Bosch ihn auf. Alan hielt ihm das Display hin.

›*Steidinger ist Luisas Vater. Bin auf dem Weg zum Steidinger.*‹

»Hier«, sagte er schließlich und zeigte auf ein Wort: »Wir sind einem Denkfehler aufgesessen, aber Linda hat es eindeutig formuliert: *zum* Steidinger!«

»Ich verstehe nicht«, gab Alan zu.

»Wenn Linda Steidinger als Person gemeint hätte, egal ob den Vater oder den Sohn, hätte sie *zu* Steidinger geschrieben. *Zum* Steidinger meint *zum Metzger* Steidinger. Man geht ›zum Metzger‹ oder ›zum Bäcker‹!«

»Also los, worauf warten wir noch!«, rief Alan und eilte zu Boschs Dienstfahrzeug. Der Kommissar folgte ihm und meinte, während sie Platz nahmen:

»Woher haben Sie diesen Ausdruck? ›*Metzgergang*‹, meine ich. Sie haben einen guten deutschen Wortschatz, aber dieses Wort war nicht mal mir geläufig …«

»Das hat Linda mal gesagt, als sie mich am Flughafen abholen wollte und ich nicht im Flieger saß. Seither verwenden wir es immer, wenn wir irgendwo aufeinander warten oder uns zu einer bestimmten Zeit treffen wollen.«

84

Ihr Smartphone blinkte hektisch.

›*Niedriger Akkustand*‹.

Die Kälte!

»Verdammt«, zischte sie. *Akku leer*.

Sie steckte das Smartphone in die Hosentasche, vielleicht erholte sich der Akku in der wärmeren Umgebung noch mal? Sie spürte, dass sie panisch wurde.

Wie blöd kann man denn sein, dachte sie. *Steidinger so offensichtlich in die Falle zu tappen*!

Woher wusste er, dass sie ihm so dicht auf den Fersen war? Und vor allem, wer von beiden hatte sie hier eingesperrt? Der Alte oder der Junge? Wer von den beiden war Luisas Vater?

Linda schüttelte den Kopf. Irgendetwas stimmte da nicht. Irgendwo hatte sie einen Denkfehler im System.

Versuch noch mal, alles logisch auf die Reihe zu bekommen, sagte sie sich, *bevor die Kälte dein Gehirn erfrieren lässt.*

Ganz von vorn.

Luisa. Tochter von Katja Gassner. Geht jeden zweiten Sonntag zu Harald Haag, den sie für ihren Papa hält. Verbringt in Wirklichkeit aber den Sonntag bei ihrem leiblichen Vater. Steidinger senior oder junior? Sie kommt nicht nach Hause und wird tot im Wald gefunden. Sie ist schwanger.

»Nehmen wir mal an, es war ihr leiblicher Vater. Würde er sie deshalb umbringen?«, fragte sich Linda halblaut. »Und warum Haag? Warum musste Katja Gassners erster Mann sterben? Was wusste er? Und vor allem: Wem konnte er damit schaden? Oder war es doch so, dass Roland Gassner ihn in seiner Wut getötet hatte?«

Lindas Murmeln ebbte ab, als sie die Aussichtslosigkeit ihres lauten Denkens erkannte.

Du hast ein ganz anderes Problem, sagte sie sich jetzt. Du musst hier raus! Und zwar schnell.

Sie wagte nicht, die LED-Lampe des Smartphones zu benutzen, und tastete sich im Dunkeln durch den Raum. Eine Öffnung in der Wand? Eine offene Tür? Vorbei oder hinein? Führte die Öffnung in die Richtung, aus der sie gekommen war? Oder in einen anderen Raum? Linda fuhr entsetzt zurück.

Sie hatte die Orientierung verloren! Wo, verdammt noch mal, war in dem Kühlraum der Ausgang? Und in welche Richtung führte dieser Türrahmen?

Vorsichtig tastete sie sich durch die offene Tür und spürte, dass die Luft noch mal deutlich kühler wurde. Schon wollte sie kehrtmachen, als ihre tastende Hand über etwas Weiches fuhr.

Es fühlte sich an wie ein Teppich. Doch nein, da waren lange Borsten … Fäden … Wolle … Haare?

War es ein Fell, über das ihre Finger glitten? Hatte sie Haare in der Hand? Vorsichtig tastete sie in dem weichen Etwas nach unten und nahm einen seltsam strengen Geruch war. Woran erinnerte er sie?

Ein Geruch wie im Raubtierhaus im Zoo? Sie war sich nicht sicher, doch das Beißende, Markante, Wilde der Duftnote erinnerte sie genau daran. Und doch war der Gestank intensiver, fleischiger, roher. Eine Mischung aus frischem Fleisch, rohem Blut und Raubtierexkrementen.

Sie schrak zurück, als ihre Finger gegen etwas Hartes stießen, und zog ihr Smartphone hervor. Der grelle Lichtblitz der LED-Lampe traf auf den Schädel des toten Wolfs, der mit leicht geöffnetem Rachen am Nackenfell nach unten hing.

Linda unterdrückte einen Schrei, schaltete die Lampe aus und rannte aus dem Raum. Ihr Herz klopfte wild und ihre Hände zitterten.

Der Wolf!

Er war tot!

Hing dort drinnen im Kühlraum!

Was hatte der Wolf mit dem toten Mädchen zu tun?

Ein Wolf mit dem Namen W7-was-noch-mal …

Linda zog ihr Smartphone erneut aus der Tasche, in der Wärme hatte sich der Akku minimal erholt. Sie fuhr mit den Fingern über das Display, bis sie die zuletzt gespeicherten Fotos gefunden hatte. Die Leistung des Akkus war hauchdünn, doch das Foto, das sie antippte, öffnete sich sofort. Sie starrte auf das Foto der blutverschmierten Buchstaben, die Harald Haag im Todeskampf an die Wand gekritzelt hatte.

W7.

Mehr nicht. W7F, fiel es Linda jetzt ein.

Seltsam, dachte sie. *In welch verdrehter Stellung musste der Sterbende auf dem Boden gelegen haben, um die Buchstaben so dicht über der Sockelleiste anzubringen? Doch halt! Falls er auf dem Rücken lag, und dabei den Kopf nach hinten überstreckte, würde er die Wand doch auf dem Kopf gesehen haben. Und die Buchstaben standen dann auf dem Kopf!*

Sie drehte ihren Monitor so, dass das Bild jetzt auf dem Kopf stand.

»Das kann nicht sein!«, entfuhr es ihr und sie dachte an die SMS von Katja. ›*Steidinger*‹.

Ja. Steidinger war Luisas leiblicher Vater. Der Alte oder der Junge. Das hatte ihr Katja nicht mitgeteilt. Doch sie war dem Irrglauben aufgesessen, dass er auch der Mann war, zu dem Harald Haag das Kind gebracht hatte.

Der Mann, von dem Luisa schwanger war, hieß nicht Steidinger …

85

Alan bemerkte den Schatten, der um das Hauseck huschte, als Jens Bosch seinen Wagen vor der Metzgerei Steidinger parkte. Er sprang aus dem Wagen, noch bevor der Kommissar zum Stehen gekommen war, und rannte der Gestalt hinterher.

Christian Steidinger fuhr herum, als Alan ihn an der Schulter packte, und sah ihn erschrocken an.

»Wo ist Linda Roloff?«, fuhr er ihn an und seine Hände hielten die Oberarme des Ortsvorstehers wie Schraubzwingen fest.

»Die Journalistin?«, fragte der in seinem schwäbischen Dialekt, »woher soll i des wissa?«

Alan verstand ihn nur zum Teil, doch er sagte unbeirrt:

»Sie wollte zu Ihnen!«

»Sind Sie da sicher? Vielleicht hot sie auch zu mei'm Sohn wölla?«

Jetzt wandte sich Kommissar Jens Bosch, der Alan gefolgt war, an den Ortsvorsteher und gab Alan ein Zeichen, ihn loszulassen.

»Es könnte in der Tat sein, dass sie zu Ihrem Sohn wollte«, sagte er in freundlichem Ton, um dann jede Silbe ernst und scharf zu betonen:

»Es kommt allerdings darauf an, wer von Ihnen beiden der Vater von Luisa Gassner ist!«

Der Schock stand Christian Steidinger ins Gesicht geschrieben.

»Luisas Vater?«, stammelte er. »Wieso? Wer sagt des?«

»Das tut nichts zur Sache«, Jens Bosch blieb bei seinem unerbittlich scharfen Tonfall, der keinen Widerspruch duldete. »Also, wer ist es?«

»Hören Sie das?«, unterbrach ihn Alan. »Da klopft jemand!«

Das Geräusch klang metallisch und hohl.

»Das kommt von da drüben«, rief Steidinger, »da ist der Kühlraum! Kommen Sie!«

Alan Scott und Jens Bosch sahen sich überrascht an, dann folgten sie Steidinger zu der Edelstahltüre. Der gelernte Metzger drückte die Metallklinke nach unten und sie traten ein.

Das Pochen war jetzt lauter zu vernehmen und Steidinger rannte mehr als er ging auf eine Metalltür zu.

»Da ist jemand im Kühlraum eingeschlossen!«, rief er. »Das kann nur passieren, wenn jemand die Türsicherung außer Kraft setzt!«

»Und wer könnte das getan haben«, fragte Jens Bosch, »ich meine, wer, außer Ihnen?«

»Mein Sohn«, antwortete Steidinger, »aber wozu sollte er?«

»Nun, um jemanden einzusperren!«, rief Alan Scott, der an der Tür zu rütteln begonnen hatte, »verdammt, jetzt schließen Sie schon auf!«

Steidinger nahm einen Schlüssel aus der Tasche und entriegelte die schwere Tür. Alan trat einen Schritt zurück, als sie nach außen aufschwang, dann lag Linda mit einem Aufschrei in seinen Armen.

»Linda, oh mein Gott, du bist ja eiskalt!«, rief er und drückte sie fest an sich.

»Sollen wir den Rettungsdienst rufen?«, fragte Jens Bosch besorgt. »Sie könnte stark unterkühlt sein.«

Linda schüttelte den Kopf.

»Es geht schon«, sagte sie zitternd, »es ist mehr die Angst, glaube ich. Mir wird schon wieder wärmer.«

»Wie lange warst du da drin?«, fragte Alan.

»Ich weiß es nicht. Es war alles so finster. Ich habe kein Zeitgefühl. Außerdem hatte ich die seltsame Gewissheit, dass ich nicht allein war.«

»Aber wer soll denn noch da drin gewesen sein?«, fragte Steidinger jetzt.

»Derjenige, der sie eingeschlossen hat«, antwortete Alan Scott, »hast du einen Verdacht?«

Linda schüttelte den Kopf. »Keine Ahnung. Ich hab so etwas wie einen Lufthauch gespürt und einen Schatten gesehen. Dann wurde das Licht ausgeschaltet und die Tür war abgesperrt. Ich glaube, dass derjenige, der vor mir im Kühlraum war, mich absichtlich eingeschlossen hat.«

»So muss es sein«, sagte Steidinger, »man kann den Mechanismus der Tür nur von außen verriegeln.«

Linda drückte sich an Alan und spürte seine beruhigende Nähe. Nur für einen Augenblick dachte sie an eine ihrer schönsten Nächte, als sie an einem Abend am Ufer des Uaso Nyiro saßen, eine Decke unter sich ausgebreitet, und sich nach dem Sonnenuntergang in die afrikanische Nacht treiben ließen, nur er und sie. Stern um Stern fing an zu leuchten, bis der ganze Himmel von hellen Punkten übersät war. Linda hatte sich eng an Alan geschmiegt und die Wärme seines Körpers genossen. Die Sinnlichkeit des Augenblicks war in einen Hauch voll Zärtlichkeiten übergegangen und sie waren aus einem innigen Kuss in eine intensive Liebesnacht unter dem Sternenhimmel Afrikas getaumelt.

Ein Gedanke holte sie blitzartig aus ihrem Sekundentraum in die Realität zurück. *Warum bist du hier? Luisas Vater! Steidinger?*

Linda löste sich aus Alans Umarmung und sagte:

»Ich habe jetzt keine Zeit für lange Erklärungen, aber

ich glaube, ich weiß jetzt, wer Luisa und Harald Haag umgebracht hat.«

Sie wandte sich an Steidinger.

»Bis vor wenigen Minuten hatte ich Sie oder Ihren Sohn in Verdacht«, sagte sie. »Wer von Ihnen ist denn nun Luisas Vater?«

Steidinger blickte zu Boden.

»Des darf aber koiner wissa!«, sagte er in weinerlichem Ton. »Mei Familie, mei Frau. Do wär älles aus …«

»Ich glaube nicht, dass wir das geheim halten können«, sagte Jens Bosch trocken. »Wussten Sie, dass Luisa schwanger war?«

Steidinger starrte ihn an.

»Om Gott's Willa! Des war doch no a Kind!«, stammelte er entsetzt.

»Er hat nichts damit zu tun«, erklärte Linda jetzt.

»Woher weißt du das?«, fragte Kommissar Jens Bosch.

»Wir sind alle einem Irrtum aufgesessen«, antwortete Linda. »Harald Haag hat die Vaterrolle gespielt, obwohl er nicht der Vater war. Es war eine Abmachung zwischen Katja und ihm. Doch Luisa war an den Wochenenden weder bei ihm noch bei ihrem leiblichen Vater, stimmt's, Herr Steidinger?«

Steidinger nickte stumm und Jens Bosch schüttelte verwirrt den Kopf.

»Ich glaube, dass ich weiß, zu wem Harald Haag Luisa an den Wochenenden brachte. Hier, schaut euch das Bild noch einmal genau an«, sagte Linda zu Jens und Alan und hielt ihnen das Display ihres Smartphones hin. Hier draußen zeigte die Akkuleistung wieder zehn Prozent.

Die beiden Männer betrachteten das Foto der blutverschmierten Buchstaben aus der Wohnung von Harald Haag.

»Hier«, sagte Linda. »W7. Nun stellen wir das Bild mal auf den Kopf. So muss Haag die Buchstaben gesehen haben, als er sie im Todeskampf an die Wand schrieb. Es ist eine Botschaft. Ich glaube, er hat die Initialen seines Mörders gemalt.«

»Verdammt, du hast recht!«, zischte Jens. »Dann lauten seine Initialen L-M!«

»Und was heißt das jetzt?«, fragte Alan.

»Mir fällt nur einer ein, auf den diese Buchstabenkombination passt.«

Jens Bosch sah sie überrascht an.

»Du meinst …?«, er sprach nicht aus, was er dachte, doch Linda nickte.

»Wir sollten nach Bad Wildbad fahren«, antwortete sie. »Auf den Sommerberg. Dort finden wir ihn und können mit ihm sprechen!«

»Auf dem Sommerberg?«, fragte Jens Bosch ungläubig. »Und woher weißt du das schon wieder?«

»Recherche«, antwortete Linda spitz und fügte dann hinzu: »Ich habe übrigens auch das Fell entdeckt.«

»Das Wolfsfell?«, fragte Steidinger etwas zu schnell.

»Ja. Ich glaube, es ist das Wolfsfell. Es hängt da drinnen an einem Haken.«

»Ich lasse es sofort sicherstellen«, sagte Bosch und wählte eine Nummer auf seinem Diensthandy.

Zwei Minuten später fuhren Linda Roloff, Alan Scott und Kriminalhauptkommissar Jens Bosch in Richtung Bad Wildbad davon. Christian Steidinger war im Hof der Metzgerei zurückgeblieben und sah den Schatten, der sich aus der Deckung eines Nebeneingangs löste und auf ihn zukam.

»Ich hol mir nur das Fell, Christian«, flüsterte eine

Stimme. »Dann bist du mich los. In sechs Stunden sitze ich in der Maschine nach Windhoek.«

86

Der Abgeordnete Alwin Lautenbach-Mewes genoss den Beifall und blickte zufrieden in die Gesichter seines Publikums. Er rückte die schwarz-gold gebänderte Krawatte zurecht, strich sich über das dunkle Sakko des Anzugs und posierte lächelnd für ein Foto.

Das Panoramarestaurant des Sommerberg-Hotels war brechend voll, sogar in die anderen Räume hatte man per Lautsprecher seine Rede übertragen. An sonnigen Tagen saßen die Menschen draußen auf der Aussichtsterrasse und genossen neben dem Blick ins obere Enztal und auf die umliegenden waldigen Höhen auch die kulinarischen Angebote wie »Enztäler Forelle« oder den »Klassiker«, Schweinebraten mit Spätzle. Als besondere Spezialität war die unter »Schwarzwald total« angebotene hausgemachte Schwarzwälder Torte mit »Kaffee ohne Ende« bekannt.

Lautenbach-Mewes war mehr als zufrieden mit sich, seine Statements waren angekommen bei den Wählern. Er hatte das länderübergreifende Wolfsmonitoring aufgegriffen und auf den professionellen Umgang mit Wölfen in entsprechenden Jagdrevieren hingewiesen. Großen Beifall hatte er für die von ihm forcierte Aufstellung einer internationalen Eingreiftruppe aus professionellen Jägern bekommen.

»Und die werden, wenn's hart auf hart kommt, den Wolf auch abschießen, ob der Wolf ins Jagdrecht aufgenommen wird oder nicht, darauf haben Sie mein Wort, meine Damen und Herren«, hatte er geendet und sich im aufbrausenden Applaus gesonnt.

Jetzt nippte er genüsslich an seinem Rotweinglas und ließ die Anspannung der aufregenden vergangenen Tage langsam von sich abfallen.

Alles richtig gemacht, dachte er, souverän gespielt und alle Störfaktoren liquidiert. Er durchquerte das Panoramarestaurant mit seiner Glasfensterfront und trat durch den Seitenausgang hinaus auf eine schmale Brücke, die zum Weg zu den Parkplätzen führte, um sich ein wenig die Beine zu vertreten und eine Zigarette anzuzünden.

Plötzlich hörte er Schritte hinter sich und drehte sich um. Aus der Eingangstür zum Restaurant war ein Mann auf den Steg getreten und kam langsam auf ihn zu.

Scheiße!, durchfuhr es den Politiker und er ging langsam ein paar Schritte rückwärts. Er hatte den anderen erkannt und ahnte, dass diese Begegnung unangenehm enden würde. Roland Gassner! Der hatte ihm doch heute schon einmal aufgelauert! Was wollte der Vater der Kleinen ausgerechnet jetzt von ihm?

Angestrengt suchte er nach einem Ausweg, doch der Steg war zu schmal, um einfach ungehindert an Role vorbeizukommen und ins Restaurant zurückzukehren, wo seine Security auf ihn wartete. Er hatte die beiden Jungs im Saal gelassen, da er hier draußen ein paar Minuten allein sein wollte.

Role Gassner stand wie eine aus Fels gemeißelte Statue auf der schmalen Brücke und fixierte Lautenbach-Mewes mit unverhohlenem Hass im Blick. Seine rechte Hand fuhr über die nach außen stehende Wölbung in seiner rechten Hosentasche. Lautenbach-Mewes registrierte die tastende Hand Gassners und wusste instinktiv, dass der Mann eine Waffe bei sich hatte. Verzweifelt dachte er über einen Ausweg nach. Wenn er einen Wagen hier oben hätte… Doch er war – sich leutselig gebend – mit der Sommerbergbahn heraufgefahren.

Role Gassner genoss die Angst, die er im Blick seines Gegenübers zu erkennen glaubte.

»Du zitterst ja!«, sagte er mit hämischer Stimme. »Doch ein bisschen kalt hier draußen, so ganz ohne Mantel, nur im dunklen Anzug, was?«

»Lassen Sie mich bitte wieder rein?«, versuchte Lautenbach-Mewes mit flehender Stimme. Tatsächlich hatte er klamme Hände und auch seine schwarzen Halbschuhe schützten ihn kaum vor der beißenden Kälte des Winterabends hier oben.

»Nicht, bevor du mir erzählt hast, was du mit Luisa gemacht hast, du Schwein!«

»Mit Luisa?«, stammelte der Politiker und fühlte trotz der Kälte Schweißperlen auf seiner Stirn. »Ich weiß nicht, was Sie meinen …?«

Role Gassner machte einen großen Schritt auf ihn zu und herrschte ihn an:

»Erzähl mir keinen Scheiß, Mann! Ich weiß alles! Luisa war bei dir, wie jeden zweiten Sonntag! Also – was hast du mit ihr gemacht?«

Lautenbach-Mewes sah sich hilfesuchend um. Der Steg führte nur in ein paar Metern Höhe von der Zufahrt zum

Panoramarestaurant, den Sprung übers Geländer konnte er wagen, doch dann …? Wenn er sich dabei den Knöchel verstauchte oder das Bein brach, war er geliefert. Zurück ins Restaurant kam er nicht, also blieb nur der Weg Richtung Sommerbergsiedlung. Und der Wald. Es war dunkel, aber der Vollmond verbreitete genügend Licht, um die Wege zu erkennen. Er hatte nur diese eine Chance.

Er überlegte gerade, wie er seinen Gegner überrumpeln konnte, als ihm der Zufall zu Hilfe kam: Die Tür des Restaurants schwang auf und ein junges Paar verließ über den Steg das Sommerberg-Hotel. Die beiden blieben kurz stehen, als sie die Männer in ihrer seltsamen Haltung erkannten, dann gingen sie an Role vorbei, der sich zur Seite gedreht hatte, und kamen auf Lautenbach-Mewes zu. Der nützte die Gelegenheit, solange ihm die beiden Leute Deckung boten, und schritt rasch weiter über die Brücke Richtung Zufahrt, beachtete nicht die Rufe Roles und rannte, als er die Straße erreicht hatte, was das Zeug hielt, den Weg entlang, der Richtung Wald führte.

»Bleib stehen, du Drecksack!«, hörte er Role hinter sich rufen und fluchen, doch er drehte sich nicht um. »Ich krieg dich! Ich bin mit der Enduro hier oben und ich kenne alle Downhillstrecken! Egal, wohin du rennst, ich bin schneller!«

Die glatten Ledersohlen seiner Halbschuhe schlitterten auf der von festgefahrenem Schnee überzogenen Straße und Lautenbach-Mewes hatte Mühe, nicht das Gleichgewicht zu verlieren. Er registrierte hinter sich das Starten eines Motorrads und ahnte, dass es die Maschine seines Verfolgers war.

Der Sommerberg war ein Eldorado für Mountainbikefreaks, mit zahlreichen Abfahrten in unterschiedlichen

Schwierigkeitsgraden. Wenn dieser Gassner ihn mit seiner Geländemaschine verfolgte, hatte er keine Chance, heil den Berg hinunterzukommen. Die Hängebrücke! Sie war seine einzige Chance und nur zu Fuß zu überqueren.

Role Gassner ließ die Enduro noch einmal aufheulen und setzte dem Fliehenden nach. Kurz hatte er Lautenbach-Mewes noch im fahlen Straßenlicht des Peter-Liebig-Wegs im Blick, dann erreichte Role die große Auerhahnstatue und sah ihn vor der Rodelhütte des Schwarzwaldvereins Wildbad nach links Richtung Wald abbiegen. Er fühlte die Kraft der Yamaha zwischen seinen Beinen und würde ihn durch den Wald jagen. Doch er ließ ihm einen Vorsprung. So machte die Sache viel mehr Spaß!

Lautenbach-Mewes lief in raschem Tempo die schmale Straße zwischen den dunkel getäfelten Ferienwohnungen und Gästehäusern entlang, verließ den Teerweg und rannte schließlich geradeaus auf kürzestem Weg zwischen den Bäumen hindurch. Abseits der Wanderwege in dem unwegsamen, von Ästen und Wurzeln übersäten Waldgelände mit den zahlreichen Felsen, die aus dem Boden ragten, hatte das Motorrad sicher Schwierigkeiten. Er hingegen konnte die Hängebrücke so auf dem kürzesten Weg erreichen.

Als Role den Fliehenden an der Rodelhütte abbiegen sah, fuhr er in den Heermannsweg, der links am Trauf des Hochplateaus entlangführte. Er kannte den Sommerberg von zahlreichen Touren und wusste, dass es eine Abkürzung war, die an einem Aussichtspunkt vorbei zum Hauptweg Richtung Wild Line führte. Role unterdrückte ein Grinsen, denn er wusste nun, dass sein Opfer zur Hängebrücke floh.

Lautenbach-Mewes hatte den Weg verlassen und rannte in wilder Flucht in den Wald hinein. Er stolperte über im

Schnee versteckte Wurzeln, verfing sich in losen Ästen und kahlem Unterholz, setzte in weiten Sätzen über kahle Steine und kleine Felsen hinweg und duckte sich unter einem Holzzaun hindurch, der eine der Downhillstrecken des Bikeparks begrenzte.

Wieder hielt er sich links, riss beim Rennen mehrere der Steinmännchen um, jene Türmchen aufeinandergestapelter Steine, die er aus Norwegen kannte und die hier im ganzen Wald errichtet waren. Das Poltern der Steine erschreckte ihn, und er sah sich ängstlich um. Da! Der aufjaulende Motor der Geländemaschine. Aber er kam von weiter oben. Irgendwo dort irrte auch ein Licht durch den Wald. Sein Verfolger hatte auf einem der Wege bleiben müssen! Würde er seine Spur finden in der mondhellen Nacht im Wald? Oder würde er aufgeben? Lautenbach-Mewes rannte durch den Wald weiter und hielt sich talwärts nach links. Er zögerte nur kurz. Sollte er weiter den Hang hinunter, wild strauchelnd? Oder dem Pfad entlang weiter? Oder ganz nach oben aufs Hochplateau, wo irgendwo der mächtige Turm des Baumwipfelpfads stand?

Nein, er hielt an der Hängebrücke fest.

Role hielt die Enduro auf dem schmalen Waldweg, der sich ein paar Meter weiter vorne Richtung Baumwipfelpfad und Wild Line gabeln würde. Welche Richtung hatte Lautenbach-Mewes eingeschlagen? Wenn der Plan aufgehen sollte, musste er zur Hängebrücke abgebogen sein, aber alles andere machte auch keinen Sinn. Um einen potenziellen Verfolger mit einem Motorrad abzuschütteln, war die Wild Line mit ihrer Absperrung und dem Drehkreuz für die Wanderer ideal. Und Lautenbach-Mewes hatte das Aufheulen von Roles Yamaha gehört, dafür hatte er gesorgt.

Der Verfolgte fühlte den stechenden Schmerz zwischen

den Rippen und blieb drei Sekunden stehen. Seitenstechen hatte ihm gerade noch gefehlt. Er hielt sich keuchend an der Rückenlehne der Holzbank fest, in der auf einem eingelassenen steinernen Herz der Name des Bankstifters eingraviert war. Sein Atem stockte, als er, friedlich wie den Namen eines Liebespaars, die Inschrift des Herzens las: ›Bestattungen Wurm‹. Im selben Augenblick sah er das Licht seines Verfolgers am oberen Ende des Pfads auftauchen. Das Motorrad blieb stehen und Lautenbach-Mewes erkannte Role Gassner, der nicht einmal einen Helm trug.

»Bleib stehen, ich krieg dich!«, hörte er Role schreien.

Lautenbach-Mewes sah das Frontlicht der Maschine durch die Tannen blinken und bemerkte in der entgegengesetzten Richtung den seltsamen metallischen Glanz zwischen den Baumstämmen, der das Licht zu reflektieren schien. Die Hängebrücke!

Die Wild Line hatte die Form einer klassischen antiken Bogenbrücke, über die der begehbare Weg in leichter Bogenform verlief. Wenn er die Brücke erreichte und es ihm gelang, bis zu ihrem Scheitelpunkt zu kommen und dahinter zu verschwinden, würde er seinem Verfolger kein Ziel für einen Schuss mehr bieten können. Die Geländemaschine hatte ihr Licht auf dem glänzenden Stahl der Wild Line gespiegelt, sie lag nur noch wenige Meter vor ihm!

»Du perverses Schwein!«, hörte er Role brüllen. »Ich bring dich um!«

87

Seine Finger streichelten über das Fell. Dann nahm er es vom Haken und trug es vorsichtig auf einen der Leichtmetalltische des Schlachtraums, um den Balg fachgerecht und vorsichtig zusammenzulegen, die Läufe und den Kopf in das Fell einzuschlagen und das Ganze in der Thermobox zu verstauen.

Mit Hilfe dieses Journalisten, an den er seine Geschichte verkauft hatte, würde sich alles kinderleicht gestalten. Dieser Büsgens hatte Kontakt zu einem der Unternehmen hergestellt, die sich darauf spezialisiert hatten, illegale Trophäen aus aller Welt legal in alle Welt zu versenden, und schon in wenigen Tagen würde sich Laurens van Poosen in seinem Atelier in Windhoek an sein neues Meisterwerk machen können.

Über die Trophäenspedition würde das Prachtstück dann ganz legal seinen Weg auf einem Umweg über Russland zurück nach Deutschland finden und seine Sammlung bereichern. Jedem, der nach der Herkunft des präparierten Wolfs fragte, würde er die Papiere zeigen, die ihn als einen legal im russischen Jagdgebiet von Kirov geschossenen Grauwolf auswiesen. So perfekt hatte es dieser Büsgens als Teil ihrer Abmachung für ihn arrangiert.

Der Jäger grinste und tastete in seiner Jackentasche nach dem Flugticket, das ihm der windige Journalist vor einer Stunde zugesteckt hatte. Erste Klasse nach Windhoek und dazu eine nette Summe für seine Geschichte. Die Geschichte über die erfolgreiche Jagd auf einen Menschen fressenden Wolf im Schwarzwald, erzählt von dem Mann, der die Bestie mit einem einzigen Schuss erlegt hatte.

Exklusiv veröffentlicht von Heiko Büsgens für »South African News & Broadcasting Conclomeration«.

Dass der Jäger dabei nicht der Schütze war, war ein unschöner Formfehler, der jedoch in der Geschichte keine Rolle spielte. Das Schweigen des wirklichen Wolfsschützen hatte Hartmut Schwaiker sich mit einem Tausender erkauft.

88

Der Tunnel vor Bad Wildbad schien kein Ende nehmen zu wollen.

»Kannst du nicht schneller fahren?«, fragte Linda, doch der Kommissar schüttelte den Kopf und zeigte auf die Schilder mit dem Tempolimit.

»Hast du kein so ein Blaulicht aufs Dach?«, fragte Alan Scott.

Jens grinste und griff neben sich in eine Box zwischen Fahrer- und Beifahrersitz. Er hielt ein LED-Blaulicht mit Magnetbefestigung in der Hand, verband das Kabel mit dem Zigarettenanzünder, ließ das Seitenfenster herunter, positionierte das pulsierende Licht auf dem Dach und gab Gas.

Drei Minuten später fuhren sie die steile Bergstraße nach oben, die zum Besucherparkplatz auf dem Sommerberg führte. Linda, die sich hier oben von zahlreichen Reportagen auskannte, zeigte auf ein großes Gebäude, das am Ende des Parkplatzes zu erkennen war.

»Die Bergstation der Sommerbergbahn. Gleich dahinter ist das Aussichtsrestaurant, in dem Lautenbach-Mewes seinen Vortrag hält. Los, kommt, wir sollten uns beeilen!«

Sie gingen in Laufschritt über und bemerkten die ersten Leute, die von oben zum Parkplatz kamen.

»Ist der Vortrag schon aus?«, fragte Linda ein junges Paar, das gerade per Fernbedienung sein Auto entriegelt hatte.

»Ja, und der Lautenbach-Mewes hat, glaube ich, ein Problem«, gab der junge Mann zurück.

»Ein Problem? Warum?«, fragte Linda und blieb stehen. Jens Bosch zeigte den beiden seinen Ausweis und der Mann antwortete:

»Ist grad da oben davongelaufen, und ein anderer hinter ihm her. Haben uns erst nichts dabei gedacht, aber irgendwie sah das merkwürdig aus.«

»In welche Richtung sind die beiden gerannt?«, fragte Jens.

»Hm, das haben wir nicht so genau verfolgt. Aber eher Richtung Baumwipfelpfad oder Hängebrücke als zurück zum Parkplatz.«

»Vielen Dank!«, rief Linda und war schon weitergelaufen. Nach einer halben Minute hatten sie die ersten Häuser der Sommerbergsiedlung erreicht und blieben unentschlossen stehen.

»Was nun?«, fragte Bosch. »Soll ich Verstärkung anfordern?«

»Ich weiß zwar nicht, was da abgeht, aber es wäre sicher kein Fehler«, sagte Linda.

Alan Scott betrachtete das Gelände und die Wege, die neben der Auerhahnskulptur weiterführten.

»Wir sind zu dritt«, meinte er. »Jeder einen Weg?«

Linda schüttelte den Kopf. »Der Mann eben sagte Richtung Baumwipfelpfad oder Hängebrücke. Das wäre hier geradeaus. Aber ich weiß, dass links rüber der schnellere Weg zur Wild Line führt.«

»Also gut, ich geh geradeaus und ihr beiden links«, meinte Bosch. »Wir treffen uns, wo auch immer. Das Netz hier oben ist gut, wir können uns anrufen. Verstärkung ist unterwegs.«

Linda nickte und lief los. Alan folgte ihr.

»Was glaubst du, was da gerade passiert?«, fragte er, dem das schnelle Tempo nichts ausmachte.

»Ich weiß es nicht«, sagte sie keuchend. »Wenn meine Vermutung stimmt und dieser Lautenbach-Mewes den Haag auf dem Gewissen hat, dann muss es da noch jemanden geben, der davon weiß und jetzt mit ihm abrechnen will.«

»Und was könnte der Tod des Mädchens damit zu tun haben?«

»Das überlege ich mir auch schon die ganze Zeit. Und was ich vermute, ist so unglaublich, so schlimm, dass ich gar nicht darüber nachdenken möchte.«

»Du hast gesagt, sie war schwanger. Mit 14.«

»Ja.«

»Und du glaubst, es war dieser …?« Alan fiel der Name nicht ein. »Lautenbach-Mewes«, ergänzte Linda. »Ja. Es ist die einzige Erklärung, die ich für all das habe. Doch sei mal leise!« Linda war stehen geblieben und lauschte. Das Motorrad war verstummt.

»Hast du das auch gehört?«, fragte sie. »Diese Stimme?«

»Ja«, antwortete Alan. »Aber ich hab die Worte nicht verstanden.«

»Hat sich angehört wie: ›Ich krieg dich.‹ Und es kam von da!«

Linda deutete nach links und griff zum Smartphone, um Jens zu informieren. Sie kannte den Weg, der ein Teil des Märchenpfads war, und beschrieb ihm den Weg.

»Da vorne ist die Wild Line«, sagte sie schließlich zu Alan. »Eine fast 400 Meter lange Hängebrücke, ich glaube, 60 Meter über dem Waldboden. Los, komm!«

Sie eilten weiter, drei Minuten, fünf.

»Du perverses Schwein!«, hörten sie die Stimme jetzt viel näher brüllen, und verstanden dieses Mal jedes Wort: »Ich bring dich um!«

89

Alwin Lautenbach-Mewes rannte auf die Hängebrücke zu, die wie eine eiserne Zunge zwischen den Tannen in schwindelerregender Höhe über den Abgrund ragte. Er sah die stählernen Tragseile, die sich in den Himmel zu schwingen schienen, und den mächtigen Pylon, zwischen dessen Verankerungen sich der nördliche Zugang zur Brücke befand. Der Stahlzaun verwehrte den Zugang und die Drehkreuze an Ein- und Ausgang waren geschlossen.

»Da kommst du nicht weiter!«, schrie Role von hinten

und seine Stimme hatte etwas Hämisches. Erneut heulte der Motor der Yamaha auf. Der Verfolger würde die Brücke in wenigen Sekunden erreichen!

Lautenbach-Mewes blickte hinauf zu dem Blechdach, das den Eingangsbereich mit den Drehkreuzen abdeckte, und seine klammen Finger suchten im Gitterwerk des Stahlzauns Halt. Seine glatten Schuhsohlen glitten an den Stahlstäben nach unten, doch die schmalen Schuhspitzen fanden Halt in den Zwischenräumen der rechteckigen Stahlmaschen. Er unterdrückte den Schmerz in seinen Fingern und hangelte sich nach oben, stützte sich mit Handfläche und Ellbogen auf dem schneebedeckten Dachblech ab und hievte seinen Körper auf die ebene Fläche. Er ignorierte die kalte Nässe, die durch seinen Anzug drang, und glitt auf die andere Seite des Dachs, wo er sich zu Boden fallen ließ.

Er landete unsanft im harten Kies, zerriss die Hosenbeine und schürfte sich die Knie auf. Durch die Metallbögen des Drehkreuzes sah er Role, der die Maschine abgelegt hatte, den Rest des Weges rennen. Lautenbach-Mewes war jetzt im Vorteil. Kein weiteres Hindernis, keine Schranke, kein Tor versperrten den Weg auf die Hängebrücke und er lief los, um so schnell wie möglich aus der Schusslinie seines Verfolgers zu kommen.

Schon nach wenigen Metern meldete sich ein seltsames Kribbeln in seiner Magengegend und er spürte deutlich das starke Schwanken des Stahlgitters, über das er rannte. Er hätte von sich behauptet, schwindelfrei zu sein, doch dieses flaue Gefühl zwischen Bauch und Rippenfell, das er immer spürte, wenn er auf einem Kirchturm stand oder aus einem Hochhausfenster sah, breitete sich in ihm aus, und er begann bewusst, gleichmäßig zu atmen, ohne das Lauftempo seiner Schritte zu verringern.

Wann, verdammt, hörte diese Brücke endlich auf, sich vor ihm zu wölben, wann hatte er den Scheitelpunkt erreicht, wann konnte ihn die Kugel des Verfolgers nicht mehr erreichen?

Es war zu dunkel, um den Abgrund zu erkennen, über den sich der stählerne Brückenbogen wölbte, doch der Mond schien hell genug, um die Stahlgeländer rechts und links durch seine hastigen Bewegungen schwanken zu sehen. Der Wind, den er bisher überhaupt nicht gespürt hatte, schien aufzufrischen und wehte ihm ständig die Krawatte ins Gesicht. Er öffnete den Knoten, riss sie sich im Laufen vom Hals und schleuderte sie in die Tiefe.

Role Gassner war am Einstieg zur Wild Line stehen geblieben und sah zufrieden den Mann vor sich über die schmale Stahlkonstruktion der Hängebrücke laufen. Noch würde die Reichweite für einen Schuss aus der Luger passen, denn wenn der Fliehende erst den Scheitel des Bogens erreicht hatte und dahinter in Deckung ging, wäre es dafür zu spät. Doch Role Gassner entschloss sich, ihm nicht auf die schwankende Brücke zu folgen. Seine Hand fuhr in die rechte Hosentasche und im selben Augenblick hörte er hinter sich eine Stimme scharf rufen:

»Waffe weg!«

Er erkannte Kriminalkommissar Jens Bosch, der an einer Ecke des Besucherzentrums in Deckung gegangen war, die Heckler & Koch im Anschlag, neben ihm diese Journalistin, Linda Roloff. Ein Mann, dessen Gesicht er nicht sah, lehnte betont lässig weiter oben an einem Felsen.

»Lassen Sie die Waffe fallen, Mann!«, forderte Jens Bosch ihn erneut auf. Role zog langsam die Hand aus der Hosentasche und ließ einen langen, dicken Tannenzapfen zu Boden fallen.

Er blickte hinüber auf die Wild Line, wo Lautenbach-Mewes gerade rennend hinter dem Scheitelpunkt der Bogenkrümmung verschwand. Mit jedem Schritt wurde er kleiner, erst schienen seine Füße zu versinken, dann die Beine, sein Rumpf und schließlich sein Kopf. Die Hängebrücke war leer, als sei dort nie der Mörder zweier Menschen entflohen.

Linda entfuhr ein Schrei, als der erste Schuss krachte. Sieben weitere folgten in kurzen Abständen.

Kurz darauf traf die Verstärkung an der Hängebrücke ein.

90

Alwin Lautenbach-Mewes jubilierte innerlich und blickte über den Brückenbogen zurück. Der Weg, den er gerannt war, verschwand hinter der Krümmung, der nördliche Zugang zur Brücke mit seinem Verfolger war nicht mehr zu sehen.

»Mich kriegt ihr nie! Never! Und Beweise habt ihr auch keine! Und wenn doch, habe ich immer noch meine Immunität. Außerdem mach ich mich sowieso vom Acker! Buenos Aires oder Kampala. Mich kriegt ihr nie! NIE!«

Er holte tief Luft und ging rasch weiter. Tausend Gedanken jagten ihm durch den Kopf: Die Festplatte hatte er gelöscht, alle Daten vernichtet, den Verlauf des Browsers unkenntlich gemacht. Sie würden nichts finden, was ihn verraten konnte. Die Filmchen, die er sich während seiner lustvollen Fantasien angeschaut hatte, würde er sich neu besorgen müssen.

Und die Kleine?

Schade um das nette Ding, er hatte viel Spaß mit ihr gehabt, doch eine Schwangerschaft war das Letzte gewesen, was er brauchen konnte. Und die Idee, das alles auf den Wolf zu schieben, war nicht so schlecht gewesen … Nicht umsonst hatte er in seinem ersten Leben einen handwerklichen Beruf erlernt und sich zum Fleischer ausbilden lassen. So war es ihm leichtgefallen, den Leichen den Anschein eines Wolfsrisses zu verpassen. Zu dumm, dass dieser Haag plötzlich Skrupel bekommen hatte, nur weil die Kleine tot war. Hatte sich schier in die Hose gemacht und wäre in der Lage gewesen, sich zu verplappern. Dieses Risiko war zu groß und somit musste auch Haag zu einem Opfer des Wolfs werden …

Lautenbach-Mewes sah das südliche Ende der Hängebrücke vor sich und eilte darauf zu. Noch einmal über den Zaun und über das Dach, und dann hinunter ins Tal. Seinen Wagen würde er stehen lassen. Die S-Bahn fuhr nach Pforzheim, von dort mit dem Zug nach Stuttgart. Er säße in einer Maschine nach Frankfurt, Berlin oder Hamburg, noch bevor sie sein Verschwinden bemerkten.

Lautenbach-Mewes dachte mit Freude an seine gelungene Vorstellung heute Abend. Er hatte sie alle an der Nase herumgeführt! Die Polizei, die Naturschützer, die Journalisten. Alle. Einem wie ihm konnte nichts passieren! Dafür war er viel zu schlau.

Er registrierte den Ausgang der Brücke und das große rote Schild mit der Aufschrift »STOP! Tür nur im Notfall öffnen. Alarmgesichert.«

Die Person, die plötzlich neben dem Schild auftauchte und mit einer Pistole auf ihn zielte, bemerkte er erst, als es zu spät war.

Sie wusste nicht, ob sie ihn bei der Dunkelheit, die nur das Mondlicht erhellte, überhaupt treffen würde. Sie hatte noch nie auf einen Menschen geschossen.

Nach dem ersten Schuss war es ganz leicht. Sie entlud das Magazin und feuerte alle acht Patronen auf ihn ab. Sie sah, wie er sich auf der Brücke an die Brust fasste und sich krampfhaft an dem breiten stählernen Handlauf festhielt. Dann sackte er in sich zusammen, fiel auf die Knie, kippte vornüber und blieb auf dem Stahlgitterboden der Hängebrücke bewegungslos liegen.

Katja Gassner sah zu Boden und blickte erst langsam wieder auf, als sie die Schritte hörte, die über die Wild Line auf sie zukamen.

Sie ließ die Pistole fallen und ging den drei Polizisten langsam entgegen.

91

Jens Bosch hatte Roland Gassner Handschellen anlegen lassen. Ein Bediensteter des Besucherzentrums hatte den Zugang zur Wild Line geöffnet und Katja war mit den drei Beamten über die Brücke zur Nordseite gekommen und dort ebenfalls festgenommen worden.

»Und woher wussten Sie, dass er es war?«, fragte Linda Roland Gassner.

Er sah hinunter zu den Wipfeln der Tannen, die wie ein schwarzes Baummeer im sanften Abendwind unter der Hängebrücke wogten.

»Harald Haag hat uns alles erzählt«, sagte er leise, fast tonlos. »Ich hatte ihm ja eine ordentliche Abreibung verpasst und ihm gedroht, falls Luisa nicht zurückkommt. Nachdem Luisa tot war, rief er bei uns an. Er sprach auf den Anrufbeantworter. Wir haben es nicht gelöscht, Sie können es sich noch anhören.«

»Was hat er gesagt?«

»Er hatte Angst.«

»Vor Ihnen?«

»Ja, auch. Aber noch mehr vor dem Mann, zu dem er Luisa immer für Geld gebracht hatte. Dieser Mistkerl hat Luisa an den Wochenenden, an denen sie bei ihm war, verkauft! An dieses pädophile Schwein!«

Roland Gassner spuckte die Worte aus und starrte hinüber zur Brücke, wo sie gerade die Leiche von Alwin Lautenbach-Mewes bargen.

»Haag wollte, dass wir es wissen, falls ihm was zustößt, hat er gesagt.«

»Und warum haben Sie das nicht der Polizei erzählt?«

»Der Polizei? Ha! Was hätten die denn gemacht? Bei einem Abgeordneten!« Er holte tief Luft. »Nein, das musste ich selbst regeln. Wollte ihn stellen. Wollte wissen, was das für ein Drecksack ist, der unsere Tochter …«

Er unterbrach sich und schluckte. »Aber dann war Harald tot. Und es gab niemanden mehr, der davon wusste. Da hab ich die alte Luger genommen. Wollte das Schwein drankriegen! Aber so einfach ist das gar nicht, an so einen Politiker ranzukommen. Heute Nachmittag, als er aus dem Sender kam, war ich kurz davor. Aber er hat mich erkannt und sich mit seinen Jungs in seinem Wagen verschanzt. Also bin ich heut Abend hier hochgefahren.«

»Und wie kam Ihre Frau an Ihre Waffe?«

»Es war ihre Idee.«

»Auch, an der Wild Line auf ihn zu warten?«

»Ja. Ich folgte ihm mit der Yamaha, damit er nicht auf die Idee kam, über eine der Downhillstrecken ins Tal zu laufen.«

»Und wenn er es trotzdem getan hätte?«

»Hätte ich ihn mit der Maschine erledigt. Das war Plan B.«

»Dann haben Sie ihn mit dem Motorrad verfolgt?«

»Ja. Aber ich blieb schön auf Abstand. Er sollte ja die Wild Line unbedingt erreichen. Er kannte sich aus hier oben und wusste, seine einzige Chance war die Hängebrücke.«

»Weil Sie dort mit dem Motorrad nicht weitergekommen wären. Am Drehkreuz wäre Endstation gewesen.«

»Ja. Er würde über die Brücke rennen, da die Wölbung ihn vor den Schüssen schützen würde, das war der Plan.«

»Und dort wartete Katja auf ihn.«

Er nickte langsam und bedächtig.

»Sie wollte es selbst tun, sagte sie. Er war der Mörder ihrer Tochter. Den Rest kennen Sie ja …«

Ja, dachte Linda und schauderte. *Den Rest kenne ich …*

92

Linda sah auf die Uhr.

Sie mussten los. Die B27 von Tübingen Richtung Flughafen war um diese Zeit meist dicht und Alans Zubringerflug nach Frankfurt ging in zwei Stunden.

»Es war schön, dich hierzuhaben«, sagte sie, als er, seine kleine Reisetasche wie einen Rucksack auf dem Rücken, im Flur vor ihr stand. Mehr Gepäck hatte er nicht.

Er zog sie an sich und hielt sie fest in seinen Armen.

»Haben wir noch … ›fünf sprachfreie Minuten‹?«, fragte er.

Sie lachte und drückte ihn an sich. Sie genossen die stille Umarmung, die Nähe ihrer Körper und küssten sich.

»Wann kommst du nach ›Ojumamuya‹?«, flüsterte Alan schließlich in ihr Ohr.

»Wolltest du nicht ›fünf sprachfreie Minuten‹?«, entgegnete sie ausweichend.

»Nur die eine Antwort«, bat er.

»Ich weiß es nicht«, sagte sie. »Ich weiß es wirklich nicht.«

»›Ojumamuya‹ wartet auf dich. Und ich auch. Es wäre mein Traum …«

Linda befreite sich aus seiner Umarmung und sah ihn an. »Ich weiß, du bist ein romantischer Träumer. Und ich möchte auch, dass das für immer so bleibt, denn das liebe ich an dir.«

Sie machte eine Pause, atmete schwer ein und fuhr fort: »Das Leben ist kein Traum, Alan, sondern Realität. Du lebst in Afrika und ich lebe hier. Und es war bisher kein Problem für uns. Ich möchte nicht, dass du dir falsche Hoffnungen machst, darum sage ich: Ich weiß es nicht.«

»Okay«, sagte er trocken und schluckte. »Wir sollten wohl besser los. Die Realität ruft!«

Er versuchte ein Grinsen, doch es misslang. Linda bemerkte es nicht. »Ja«, antwortete sie. »Realität ist real. Träume werden geträumt.«

Sie griff nach dem Autoschlüssel und wollte an ihm vorbei zur Tür.

Alan stellte sich ihr in den Weg und ließ seine kleine Reisetasche zu Boden gleiten. Seine Arme griffen nach Lindas Schultern und er zog sie an sich, bis sich ihre Lippen fast berührten.

»Hat dir schon mal jemand gesagt«, flüsterte er, bevor er sie küsste, »dass man Träume auch leben kann …?«

EPILOG

Martin Jaschke hatte die Jacke ausgezogen und sich in den engen Spalt der Höhle gequetscht, nachdem er minutenlang vergeblich auf Geräusche, Fiepen und Winseln gelauscht hatte.

Der Strahl seiner LED-Lampe folgte dem niedrigen Gang, in dem er sich auf allen vieren vorantastete. Der strenge Geruch sagte ihm, dass er auf dem richtigen Weg war. Als der Lampenstrahl schließlich die kahlen Felswände der Wurfhöhle erfasste und einmal durch das kleine Gewölbe gekreist war, wusste er, dass er zu spät war.

Die Höhle war leer. Die Wölfin hatte ihre Jungen vor ihren Verfolgern in Sicherheit gebracht. Der Biologe hatte keine Chance, sie noch lebend zu finden. Ohne die Wärme ihrer Mutter und ihre Milch würden sie jämmerlich verschmachten.

*

Der junge Rüde, der den Duft der Fähe in seiner Nase trägt und ihrer Spur seit Wochen gefolgt ist, ist irritiert. Seit Tagen hat er die Wölfin nicht mehr gewittert und in den Nächten keine Antwort auf sein Heulen bekommen. Doch das Revier gefällt ihm. Es gibt Wasser, dichten Wald und Wiesen, um die Beute zu hetzen und zu jagen. Und es gibt Beute.

Dass einer seiner größten Feinde sein Revier durchkreuzt, stört ihn nicht. Der Rüde hat beschlossen zu bleiben. Es ist ein altes Wolfsrevier, das er für seine Art zurückerobern wird.

Der Wolf wittert die Schafe, und sein Instinkt befiehlt ihm zu jagen. Es ist der uralte Instinkt seiner Art, und er wird erfolgreich sein und seinen neuen Lebensraum erobern. Er hat seinen Platz hier in diesem Wald.

Wolfswald.

Wolfsland.

Wolfsgebiet.

ENDE

Journalistin Linda Roloff ermittelt:

1. Fall: Nashornfieber
ISBN 978-3-89977-634-8

2. Fall: Löwenriss
ISBN 978-3-89977-645-4

3. Fall: Elefantengold
ISBN 978-3-89977-691-1

4. Fall: Leopardenjagd
ISBN 978-3-89977-778-9

5. Fall: Bombenspiel
ISBN 978-3-8392-1035-2

6. Fall: Verschleppt
ISBN 978-3-8392-1310-0

7. Fall: Bombenlauf
ISBN 978-3-8392-1843-3

8. Fall: Wolfsgebiet
ISBN 978-3-8392-2480-9

Privatdetektiv Rainer Tsuval ermittelt:
1. Fall: Kriminalpolka
ISBN 978-3-8392-1424-4

2. Fall: Russlandcup
ISBN 978-3-8392-2253-9